Prières pour la pluie

Du même auteur
dans la même collection

Un dernier verre avant la guerre
Ténèbres, prenez-moi la main
Sacré
Mystic River
Gone, Baby, Gone
Shutter Island

dans la collection Rivages/noir

Un dernier verre avant la guerre (n° 380)
Ténèbres, prenez-moi la main (n° 424)
Sacré (n° 466)
Mystic River (n° 515)

Dennis Lehane

Prières pour la pluie

Traduit de l'anglais (États-Unis)
par Isabelle Maillet

*Collection dirigée par
François Guérif*

Rivages/Thriller

Titre original : *Prayers For Rain*

© 1999, Dennis Lehane
© 2004, Éditions Payot & Rivages
pour la traduction française
106, boulevard Saint-Germain – 75006 Paris

ISBN : 2-7436-1279-7
ISSN : 0990-3151

Pour mes amis
John Dempsey, Chris Mullen et Susan Hayes,
Qui m'ont laissé leur voler
Certaines de leurs meilleures répliques
Sans porter plainte.

Et pour
Andre,
Qui nous manque beaucoup.

REMERCIEMENTS

Merci au Dr Keith Ablow pour avoir répondu à mes questions sur la psychiatrie ; à Tom Corcoran, pour m'avoir apporté des précisions sur la Shelby de 68 ; à Chris et Julie Gleason, pour m'avoir donné des éclaircissements sur des points de littérature anglaise qu'à ma grande honte, j'ai dû leur demander ; à l'inspecteur Michael Lawn, de la police de Watertown, pour m'avoir expliqué la procédure sur les lieux d'un accident ; au Dr Laura Need pour m'avoir renseigné sur les maladies cardio-vasculaires ; à Emily Sperling, de l'Association des cultivateurs de canneberge à Cape Cod ; à Paul et Maureen Welch, pour m'avoir emmené à Plymouth ; et à MM pour avoir clarifié le fonctionnement du service postal américain.

Merci aussi à Jessica Baumgardner, Eleanor Cox, Michael Murphy, Sharyn Rosenblum et mon frère Gerry pour m'avoir soutenu au cours de mes voyages à New York.

Et enfin, comme toujours, toute ma reconnaissance à Claire Wachtel, à Ann Rittenberg, et à Sheila pour avoir lu les premiers jets, s'être exprimée en toute franchise et m'avoir forcé à rester honnête.

J'ai entendu les plus anciens dire,
« Tout ce qui est beau s'en va
Comme emporté par les eaux. »

W. B. Yeats

Dans ce rêve, j'ai un fils. Il a environ cinq ans, mais sa voix et son intelligence sont celles d'un adolescent d'une quinzaine d'années. Il voyage à côté de moi, solidement maintenu par la ceinture de sécurité, les jambes arrivant à peine au bord du siège. Notre voiture, grande et vieille, possède un volant aussi large qu'une roue de vélo, et nous roulons par une matinée de fin décembre couleur de chrome terne. Nous sommes à la campagne, au sud du Massachusetts mais au nord de la ligne Mason-Dixon – dans le Delaware, peut-être, ou le sud du New Jersey –, et des silos à carreaux rouges et blancs émergent au loin des champs labourés que la neige tombée la semaine précédente a recouverts d'une couche gris clair rappelant le papier journal. Il n'y a rien alentour à part les champs et les silos à l'horizon, une éolienne pétrifiée et silencieuse, des kilomètres de câble téléphonique scintillant de givre. Pas de voitures, pas âme qui vive. Juste mon fils, moi-même et la route d'ardoise creusée à travers des champs de blé gelés.
– Patrick, dit mon fils.
– Oui ?
– C'est une chouette journée.
Je jette un coup d'œil dehors, à la grisaille immobile, à ce paysage d'une tranquillité absolue. Derrière le silo le plus éloigné, un filet de fumée sombre s'élève d'une cheminée. Je ne distingue pas la maison, mais je n'en imagine pas moins la chaleur à l'intérieur. Je sens les plats mis à rôtir, je vois les poutres apparentes en merisier au-dessus d'une cuisine en bois couleur miel. Un tablier est accroché à la poignée de la porte du four. Je suis capable d'apprécier

combien il est agréable de se calfeutrer chez soi par une calme matinée de décembre.

Je reporte mon attention sur mon fils.
– C'est vrai.
– On roulera tout le jour. Toute la nuit. Toute la vie.
– D'accord.
Il regarde par la vitre.
– Papa ?
– Oui ?
– On ne s'arrêtera jamais.
Je tourne la tête vers lui, et j'ai l'impression de voir mes propres yeux me contempler.
– O.K., dis-je, on ne s'arrêtera jamais.
Il pose sa main sur la mienne.
– Si on s'arrête, on n'aura plus d'air.
– Ah.
– Et quand on n'a plus d'air, on meurt.
– Exact.
– Je ne veux pas mourir, papa.
Je caresse ses mèches soyeuses.
– Moi non plus.
– Alors, on ne s'arrêtera jamais.
– Non, mon gars. (Je lui souris. Je sens l'odeur de sa peau, de ses cheveux – une odeur de nouveau-né dans le corps d'un enfant de cinq ans.) On ne s'arrêtera jamais.
– Bon.
Il s'adosse à son siège, puis s'endort, la joue appuyée contre le dos de ma main.

Devant moi, le ruban d'asphalte s'étend à travers des champs saupoudrés de blanc ; je tiens le volant d'une main légère mais sûre. La route est droite, plane, et s'étire sur un millier de kilomètres. La neige plus ancienne balayée par le vent s'élève des prés dans un doux bruissement et jaillit en petits tourbillons des fissures du bitume devant la calandre.

Je ne m'arrêterai jamais. Je ne sortirai jamais de cette voiture. Je ne tomberai jamais en panne d'essence. Je n'aurai jamais faim. Il fait bien chaud à l'intérieur. Je suis avec mon fils. Il ne craint rien. Moi non plus. Je ne m'arrêterai jamais. Je ne me fatiguerai jamais. Je ne m'arrêterai jamais.

La route déserte se prolonge à l'infini devant moi.

Mon fils redresse la tête et demande :

– Où elle est, maman ?
– Je ne sais pas.
– Mais ça va ?
Il lève les yeux vers moi.
– Tout va bien, dis-je. Pas de problème. Rendors-toi.
Mon fils s'assoupit de nouveau. Je roule toujours.
Et nous disparaissons tous les deux quand je me réveille.

1.

Lorsque j'ai rencontré Karen Nichols pour la première fois, je me suis dit que c'était bien le genre de femme à repasser ses chaussettes.

Elle était blonde, petite, et elle est descendue d'une Coccinelle vert pomme modèle 98 au moment où Bubba et moi, notre premier café du matin à la main, traversions l'avenue en direction de l'église St Bartholomew. Nous étions en février, mais cette année-là, l'hiver avait oublié de se montrer. À part une tempête de neige et quelques journées en dessous de zéro, il avait fait relativement doux. Ce jour-là, la température frôlait déjà les dix degrés, et il n'était que dix heures. Qu'on dise ce qu'on voudra sur le réchauffement de la planète, moi, s'il peut m'éviter de déblayer l'allée enneigée, je suis pour.

Karen a placé une main en visière sur ses yeux, bien que le soleil ne soit pas particulièrement éblouissant, puis elle m'a adressé un sourire incertain.

– Monsieur Kenzie ?

Avec mon plus beau sourire d'enfant sage qui mange-sa-soupe-aime-sa-maman, je lui ai tendu la main.

– Mademoiselle Nichols ?

Elle a éclaté de rire sans raison apparente.

– Oui, Karen. Je suis en avance.

Sa main s'est glissée dans la mienne, tellement lisse et douce qu'elle aurait pu être gantée.

– Appelez-moi Patrick. Et voici M. Rogowski.

Bubba a grogné en avalant son café.

Karen Nichols a retiré sa main et esquissé un léger mouvement de recul, comme effrayée par la perspective d'avoir à serrer celle de Bubba. Au risque de ne peut-être pas récupérer la sienne.

Elle portait une veste en daim marron qui lui arrivait à mi-cuisse, un pull ras du cou gris anthracite, un jean impeccable et des Reebok d'un blanc éclatant. Aucun de ses vêtements ne semblait avoir connu les plis, les taches ou les traînées de poussière.

Elle a posé ses doigts délicats sur sa gorge satinée.

– Deux détectives privés en chair et en os. Waouh.

Ses yeux bleu clair se sont plissés en même temps que son nez retroussé, et de nouveau, elle a éclaté de rire.

– C'est moi, le privé, ai-je précisé. Lui, il s'encanaille.

Bubba a encore grogné en me bottant les fesses.

– Couché, Médor, ai-je ordonné. Au pied.

Il a bu un peu de café.

À présent, Karen Nichols paraissait convaincue d'avoir fait une erreur en venant. J'ai donc décidé de ne pas la conduire dans mon bureau en haut du clocher. Lorsque les gens hésitent à m'engager, les emmener dans le clocher n'est généralement pas une bonne opération de promotion.

Les enfants n'avaient pas classe parce qu'on était samedi, et comme l'air était humide mais pas froid, Karen Nichols, Bubba et moi nous sommes dirigés vers un banc dans la cour. Je me suis assis. Karen Nichols aussi, mais seulement après avoir essuyé la surface avec un mouchoir blanc immaculé. Les sourcils froncés, Bubba a évalué le manque de place sur le banc, puis il m'a gratifié d'un regard torve avant de s'installer par terre devant nous, en tailleur, et de nous dévisager d'un air interrogateur.

– Bon chien, ai-je approuvé.

À en juger par son expression, j'allais le payer très cher dès que nous serions à l'écart de toute assistance choisie.

– Mademoiselle Nichols ? Qui vous a parlé de moi ?

Elle a détaché ses yeux de Bubba et, nageant manifestement en pleine confusion, les a plongés dans les miens durant quelques secondes. Ses cheveux blonds coupés à la garçonne me rappelaient la coiffure de ces femmes prises en photo à Berlin dans les années 20. Elle les avait enduits de gel pour mieux les plaquer sur son crâne, et s'ils semblaient capables de résister à tout, sauf peut-être au réacteur d'un jet en phase de décollage, elle les avait néanmoins attachés près de son oreille gauche, juste en dessous de la raie, par une barrette noire ornée d'un hanneton peint.

Ses grands yeux bleus ont retrouvé leur vivacité, et une nouvelle fois, elle a fait entendre son rire bref, nerveux.

– Mon petit ami.

– Qui s'appelle..., ai-je commencé, pensant à quelque chose comme Tad, Ty ou Hunter.

– David Wetterau.

Bon, mes capacités divinatoires laissaient encore à désirer.

– J'ai bien peur de ne pas le connaître.

– Il a rencontré quelqu'un qui a travaillé avec vous. Une femme ?

Aussitôt, Bubba a redressé la tête en me foudroyant du regard. Pour lui, c'était ma faute si Angie avait mis un terme à notre association, quitté le quartier, acheté une Honda, rempli sa penderie de tailleurs Anne Klein, et plus généralement, décidé de ne plus nous fréquenter.

– Angela Gennaro, c'est ça ? ai-je demandé à Karen Nichols.

Elle a souri.

– Oui, c'est ça.

Bubba a encore grogné. Il n'allait plus tarder à hurler à la lune.

– Et pourquoi auriez-vous besoin d'un détective privé, mademoiselle Nichols ?

– Karen, a-t-elle rectifié en ramenant derrière son oreille une mèche imaginaire.

– Karen, donc. Pourquoi avez-vous besoin d'un détective ?

Un sourire triste, tout de guingois, a incurvé ses lèvres pincées, et elle s'est absorbée quelques instants dans la contemplation de ses genoux.

– Il y a ce type, à mon club de gym...

D'un signe de tête, je l'ai encouragée à poursuivre.

Elle a avalé avec peine. À mon avis, elle espérait que je saisirais tout en une phrase. J'étais certain qu'elle allait me raconter quelque chose de déplaisant, et plus certain encore que son expérience des choses déplaisantes était on ne peut plus limitée.

– Il m'a draguée, suivie sur le parking... Au début, c'était juste énervant, vous voyez ? (Elle a cherché un soutien dans mon regard.) Mais après, c'est devenu insupportable. Il a commencé à me téléphoner chez moi. J'ai tout fait pour éviter de le croiser au club, mais deux ou trois fois, je l'ai vu garé devant chez moi. En fin de compte, David en a eu marre et il est allé lui parler. L'autre a nié, et ensuite, il l'a menacé. (Elle a cillé, crispé les doigts de sa main gauche emprisonnés dans la droite.) Physiquement, David n'est pas du genre... impressionnant. Vous comprenez ?

J'ai acquiescé.

– Alors, Cody – c'est son nom, Cody Falk – s'est moqué de lui, et il m'a téléphoné un peu plus tard ce soir-là.

Cody. Par principe, je le détestais déjà.

— Il m'a appelée pour me dire qu'il savait combien j'en avais envie, que je n'étais sans doute jamais tombée sur, sur...

— Un bon coup? a lancé Bubba.

Elle a tressailli, jeté un coup d'œil dans sa direction et vite reporté son attention sur moi.

— Euh, oui. Un bon... Enfin... jamais, quoi. Et soi-disant, j'avais secrètement envie de lui. Alors, j'ai laissé ce mot sur sa voiture. C'était idiot, j'en suis consciente, mais je... eh bien, je l'ai laissé.

Karen Nichols a retiré de son sac un morceau de papier violet tout froissé. De sa belle écriture nette, elle avait noté :

M. Falk,
Veuillez me laisser tranquille.
Karen Nichols

— La fois d'après, quand je suis sortie de la gym, il l'avait remis sur mon pare-brise, à l'endroit où je l'avais placé sur le sien. Si vous le retournez, monsieur Kenzie, vous verrez ce qu'il a répondu.

D'un geste, elle a indiqué la feuille dans ma main.

Je l'ai retournée. Au verso, Cody Falk avait inscrit un seul mot :

Non

Je commençais vraiment à le prendre en grippe, ce minable.

— Et puis, hier?

Ses yeux se sont emplis de larmes, et elle a dû avaler à plusieurs reprises tandis que des tremblements irrépressibles parcouraient sa douce gorge blanche.

J'ai placé une main sur la sienne ; elle a replié ses doigts sous ma paume.

— Qu'est-ce qu'il a fait?

Elle a aspiré de l'air et un son mouillé est monté de sa gorge.

— Il a saccagé ma voiture.

Avec un bel ensemble, Bubba et moi avons pivoté vers la Coccinelle verte garée devant l'entrée de l'école. Elle semblait tout juste sortie de chez le concessionnaire et devait encore sentir le neuf à l'intérieur.

— Cette voiture-là? ai-je demandé.

— Quoi? (Elle a suivi la direction de mon regard.) Oh, non, non. Celle-là, c'est celle de David.

– Un mec ? s'est écrié Bubba. C'est *un mec* qui conduit cette bagnole ?

Je lui ai fait les gros yeux.

Bubba a froncé les sourcils puis, toujours assis en tailleur, il a contemplé ses Rangers et les a calées sur ses genoux.

Karen a secoué la tête comme pour s'éclaircir les idées.

– Normalement, j'ai une Corolla. Je voulais une Camry, mais on n'avait pas les moyens. David est en train de monter son affaire, on n'a pas fini de rembourser nos prêts étudiants, alors j'ai choisi la Corolla. Et maintenant, elle est fichue. Il l'a aspergée d'acide. Il a percé le radiateur. Le garagiste a même dit qu'il avait mis du sirop dans le moteur.

– Vous en avez parlé à la police ?

Toujours tremblante, elle a acquiescé.

– Il n'y a pas de preuves contre lui. Il a raconté aux policiers qu'il était au cinéma ce soir-là, et des gens l'ont vu entrer dans la salle et en ressortir. Il... (Son visage a paru s'affaisser, et elle s'est empourprée.) Il est intouchable, et la compagnie d'assurances refuse de prendre en charge les frais.

Bubba s'est redressé en me regardant.

– Pourquoi ? ai-je demandé.

– Parce qu'ils n'ont pas reçu ma dernière cotisation. Et je... je l'ai envoyée. Il y a trois semaines. Ils ont dit qu'ils m'avaient adressé un rappel, mais je ne l'ai jamais eu. Et, et...

Quand elle s'est voûtée, des larmes ont coulé sur ses genoux.

Karen Nichols avait une collection d'animaux en peluche, je l'aurais parié. Sa Corolla saccagée s'ornait d'autocollants style visage souriant ou petits poissons. Elle lisait les romans de John Grisham, écoutait du rock doux, adorait les sorties entre copines et n'avait sans doute jamais vu un film de Spike Lee.

Elle n'avait sans doute jamais pensé non plus que ce genre de choses pourrait lui arriver.

– Karen, ai-je murmuré, quel est le nom de votre compagnie d'assurances ?

D'un revers de main, elle a essuyé ses larmes.

– State Mutual.

– Et vous êtes passée par quel bureau de poste ?

– Eh bien, je ne m'en souviens plus, parce que j'habite à Newton Upper Falls, mais... Mon petit ami ? (D'un air penaud, elle a regardé ses belles baskets blanches.) Il vit à Back Bay, et je... je suis beaucoup là-bas.

Elle l'avait dit comme si elle confessait un péché, et je me suis demandé où poussaient les gens comme elle, s'il y avait une variété de graines spéciales et comment je pourrais m'en procurer si je devais avoir un jour une fille.

– Vous avez déjà eu du retard dans vos versements ?

Elle a nié de la tête.

– Jamais.

– Depuis combien de temps êtes-vous assurée chez eux ?

– Depuis que j'ai quitté la fac, après ma licence. Ça fait sept ans.

– Où habite-t-il, ce Cody Falk ?

Avant de répondre, elle a pressé ses mains sur ses yeux pour vérifier qu'ils étaient secs. Comme elle n'était pas maquillée, rien n'avait coulé. Elle avait la beauté saine de ces femmes dans les publicités pour la crème Nivéa.

– Je ne sais pas. Mais il est au club de gym tous les soirs à sept heures.

– Quel club ?

– Le Mount Auburn Club, à Watertown. (Elle s'est mordillé la lèvre inférieure, avant de nous décocher son sourire Ultrabrite.) Je me sens tellement ridicule...

– Mademoiselle Nichols, vous n'êtes pas armée pour affronter des gens comme Cody Falk. Vous comprenez ? Personne ne l'est. C'est un sale type, et vous n'avez rien à vous reprocher. Lui, si.

– Vous croyez ?

Elle a réussi à sourire, mais la peur et la confusion se lisaient toujours dans ses yeux.

– Oh que oui, ai-je affirmé. C'est lui, le méchant. Une espèce de taré qui prend plaisir à effrayer les gens.

– C'est vrai. (Elle a opiné.) Ça se voit dans son regard. Plus il me mettait mal à l'aise dans le parking ce soir-là, plus il semblait content.

Bubba a lâché un petit rire.

– Vous, vous étiez mal à l'aise ? Mouais, ben attendez qu'on aille rendre visite à Cody, et on en reparlera !

Karen Nichols l'a regardé, et durant un bref instant, elle a paru plaindre Cody Falk.

Dans mon bureau, j'ai décroché le téléphone pour appeler mon avocat, Cheswick Hartman.

Karen Nichols était repartie au volant de la Coccinelle de son petit ami. Je lui avais conseillé d'aller trouver sur-le-champ son assureur et de lui signer un nouveau chèque. Elle craignait de voir sa demande rejetée, mais je lui avais affirmé que tout serait arrangé quand elle arriverait. Elle s'était ensuite demandé à voix haute si elle aurait de quoi payer mes honoraires, et je lui avais répondu que si elle pouvait me régler une journée de travail, ce serait parfait, parce que je n'aurais pas besoin de plus.

– Une journée seulement?
– Une journée, avais-je confirmé.
– Et pour Cody?
– Vous n'entendrez plus jamais parler de lui.

Sur ce, j'avais refermé la portière de sa voiture. Karen Nichols s'était éloignée et m'avait encore adressé un petit signe de la main en s'arrêtant au premier feu rouge.

– Regarde le mot « mignonne » dans le dico, ai-je dit à Bubba. Vérifie s'ils ont mis la photo de Karen Nichols à côté de la définition.

Il a examiné la modeste pile de livres sur le rebord de ma fenêtre.
– C'est lequel, le dico?

Cheswick a pris la communication et je lui ai parlé des ennuis de Karen Nichols avec sa compagnie d'assurances.

– Elle a toujours payé ses cotisations? a-t-il demandé.
– Toujours.
– Pas de problème. C'est une Corolla, tu dis?
– Exact.
– Ce genre de bagnole, ça va chercher dans les combien? Vingt-cinq mille dollars?
– Quatorze mille maximum.

Il a rigolé.
– Ah bon? On peut vraiment s'offrir une voiture pour ce prix-là?

À ma connaissance, Cheswick possédait une Bentley, une Mercedes V10 et deux Range Rover. Quand il voulait se fondre dans la masse, il roulait en Lexus.

– Ils paieront, a-t-il affirmé.
– Ils ont refusé, ai-je souligné, juste pour l'entendre monter sur ses grands chevaux.
– Et tu crois qu'ils s'opposeront à moi? Si je raccroche sans avoir obtenu satisfaction, ils en auront déjà pour cinquante mille dollars, et ils le savent parfaitement. Ils paieront, a-t-il répété.

Quand j'ai raccroché, Bubba a lancé :
– Alors? Qu'est-ce qu'il a dit?
– Ils paieront.

Il a hoché la tête.
— Cody aussi, vieux. Cody aussi.

Bubba est retourné dans son entrepôt pour régler une affaire, et moi, j'ai appelé Devin Amronklin, un des rares flics de cette ville qui accepte encore de me parler.
— Brigade criminelle, j'écoute.
— Mets-y un peu de conviction, mon grand.
— Hé! La persona non grata par excellence au BDP! T'as eu droit à un contrôle de routine, récemment?
— Nan.
— Fais gaffe. Tu serais étonné de savoir ce que certains gars d'ici aimeraient trouver dans ton coffre.
J'ai fermé les yeux. Se retrouver en tête de la liste noire des services de police n'était pas exactement ce que j'avais prévu à ce stade de ma vie.
— Ta cote de popularité a dû en prendre un coup aussi, ai-je répliqué. C'est toi qui as passé les menottes à un collègue.
— Bah, personne n'a jamais eu beaucoup de sympathie pour moi, et comme ils me craignent presque tous, ça ne change pas grand-chose. Toi, c'est différent : tout le monde sait que t'es une lavette.
— Ben voyons.
— Bon, qu'est-ce que tu veux?
— J'ai besoin de renseignements sur un certain Cody Falk. Antécédents, tout ce qui peut avoir un rapport avec le harcèlement.
— Et ça me rapporte quoi?
— Ma reconnaissance éternelle?
— Une de mes nièces voudrait toute la collection des Beanie Babies pour son anniversaire.
— Et t'as pas envie de traîner ta carcasse jusqu'au magasin de jouets.
— Et je verse une sacrée pension alimentaire pour un gosse qui refuse de me voir.
— Parce qu'en plus, faut que je les paie?
— Une dizaine, ça devrait suffire.
— Une dizaine? T'es complètement...
— Falk avec un « F »?
— Ouais, comme dans « fripouille », ai-je répondu juste avant de raccrocher.
Devin m'a rappelé dans l'heure et m'a demandé d'apporter les Beanie Babies chez lui le lendemain soir.

– Cody Falk, trente-trois ans. Pas d'inculpations.
– Mais...
– Mais arrêté une fois pour violation d'une ordonnance obtenue contre lui par Bronwyn Blythe. Les charges ont été abandonnées. Arrêté aussi pour agression contre Sara Little. Là encore, les charges ont été abandonnées quand Mlle Little a refusé de témoigner et quitté l'État. Suspect numéro un dans le viol d'Anne Bernstein, convoqué au poste pour interrogatoire. Mais l'affaire n'a jamais été instruite, parce que Mlle Bernstein a refusé de porter plainte, de se soumettre à un examen médical ou d'identifier son assaillant.
– Un type bien, quoi.
– Un ange.
– C'est tout ?
– Il a été condamné pour délinquance quand il était mineur, mais le dossier est sous scellés.
– Évidemment.
– Il s'en est pris à quelqu'un d'autre ?
– Peut-être, ai-je répondu avec prudence.
– Alors, fais gaffe, a dit Devin.
Sur ce, il a raccroché.

2.

Cody Falk conduisait une Audi Quattro gris perle, et à neuf heures et demie ce soir-là, nous l'avons vu sortir du Mount Auburn Club, les cheveux fraîchement peignés et encore humides, le manche d'une raquette de tennis émergeant de son sac de sport. Il portait un blouson de cuir noir et souple sur un gilet en lin crème, une chemise blanche boutonnée jusqu'au cou et un jean délavé. Son pas était celui d'un homme persuadé que les obstacles vont s'écarter d'eux-mêmes devant lui.

– Je hais ce mec, ai-je confié à Bubba. Et je ne le connais même pas.

– C'est cool, la haine. Ça ne coûte rien.

L'Audi a émis deux petits bips lorsque son propriétaire a actionné la télécommande sur son porte-clés pour désactiver l'alarme et ouvrir le coffre.

– Si tu m'avais laissé faire, a repris Bubba, il serait pulvérisé à l'heure qu'il est.

Bubba voulait fixer une charge de C-4 au moteur de l'Audi et la relier au système d'alarme. Quitte à rayer de la carte la moitié de Watertown et expédier le Mount Auburn Club quelque part de l'autre côté de Rhode Island. Il ne voyait toujours pas en quoi ce n'était pas une bonne idée.

– On ne tue pas un type simplement parce qu'il a démoli la voiture d'une nana.

– Ah ouais ? C'est écrit où ?

Là, force m'a été d'admettre qu'il avait marqué un point.

– En plus, a-t-il ajouté, tu sais très bien que s'il en a l'occasion, il la violera.

J'ai hoché la tête.
- Je déteste les violeurs, a-t-il affirmé.
- Moi aussi.
- Faut pas qu'il puisse remettre ça.
Je lui ai jeté un coup d'œil.
- Pas question de le liquider, Bubba.
Il a haussé les épaules.

Cody Falk a fermé le coffre de sa voiture, puis il est resté immobile un moment, levant son menton bien dessiné tandis qu'il contemplait les courts de tennis bordant le parking. Il avait l'air de poser devant l'objectif d'un photographe, et avec son épaisse chevelure sombre, ses traits finement ciselés, son torse soigneusement sculpté et ses vêtements de prix, il aurait pu sans problème passer pour un mannequin. Il semblait se savoir observé, mais pas par nous; de toute évidence, c'était le genre d'homme qui se croit toujours regardé, soit avec admiration, soit avec envie. Le monde lui appartenait; nous autres, nous ne faisions qu'y vivre.

À la sortie du parking, il a tourné à droite, et nous l'avons suivi dans Watertown jusqu'à la limite de Cambridge. Il a ensuite bifurqué vers la gauche pour prendre Concord Street en direction de Belmont, l'une des banlieues les plus chic de toutes nos banlieues les plus chic.

- Pourquoi on dit qu'on va aux putes, mais pas qu'on va au docteur? a soudain demandé Bubba.

Il a bâillé derrière son poing en regardant dehors.
- Aucune idée.
- C'est déjà ce que tu m'as dit la dernière fois que je t'ai posé la question.
- Et?
- Et j'aimerais bien qu'on me réponde, bordel. Ça m'énerve, mais ça m'énerve...

Nous avons quitté la route principale pour nous engager à la suite de Cody Falk dans un univers de tons brun fumé où se côtoyaient grands chênes et bâtisses Tudor aux façades chocolat – un quartier nimbé par les dernières lueurs du couchant d'une chaude couleur bronze qui conférait aux rues hivernales une luminosité d'automne, un air de confort raffiné, de fortune familiale reçue en héritage, de bibliothèques particulières ornées de vitraux, de boiseries sombres et de tapisseries délicates.

- Encore heureux qu'on ait pris la Porsche, a marmonné Bubba.
- La Crown Vic aurait détonné, tu crois?

Je possédais une Porsche Roadster modèle 63. J'avais acheté la carcasse – et pas grand-chose d'autre – dix ans plus tôt, et passé les cinq années suivantes à acquérir les pièces détachées pour la retaper. Je n'en suis pas amoureux à proprement parler, mais quand je suis au volant, je dois bien reconnaître que j'ai tendance à me considérer comme le type le plus cool de tout Boston. Voire du monde entier. Parce que j'ai encore besoin de grandir, me répétait toujours Angie. Peut-être qu'elle avait raison, mais bon, jusqu'à une date très récente, elle conduisait un break.

Enfin, Cody Falk s'est arrêté dans une petite allée voisine d'un bâtiment en stuc de style colonial ; j'ai ralenti et éteint les phares au moment où la porte de son garage s'élevait en bourdonnant. Les vitres de sa voiture avaient beau être fermées, j'entendais les basses s'échapper de ses haut-parleurs, et nous avons pu nous garer derrière lui sans attirer son attention. J'ai coupé le moteur juste avant de le suivre à l'intérieur. La porte commençait à se refermer quand il est descendu de l'Audi et nous de la Porsche. Il a ouvert le coffre, et Bubba et moi avons franchi le seuil.

En me découvrant, Cody Falk a bondi en arrière et projeté les mains vers moi comme pour repousser une meute d'assaillants. Puis ses yeux se sont rétrécis. Je ne suis pas particulièrement costaud, et il était grand, musclé et manifestement en bonne condition physique. Déjà, la peur en lui cédait la place au calcul tandis qu'il me jaugeait et constatait que je ne portais pas d'arme.

C'est alors que Bubba a rabattu le coffre le dissimulant à la vue de Cody Falk. Celui-ci a lâché un son étranglé. Bubba produit souvent cet effet-là. Il a le visage d'un gosse de deux ans mentalement dérangé – comme si ses traits avaient cessé de mûrir à peu près en même temps que son cerveau et sa conscience – sur un corps qui m'a toujours fait penser à un tank doté de bras et de jambes.

– Qu'est-ce que... ?

Bubba, qui avait sorti du sac de sport la raquette de tennis, la tapotait dans sa main.

– Pourquoi on dit qu'on va aux putes, mais pas qu'on va au docteur ? a-t-il demandé à Cody Falk.

Je l'ai regardé en levant les yeux au ciel.

– Quoi ? Mais enfin, comment vous voulez que je le sache ? s'est écrié Cody Falk.

Bubba a haussé les épaules, puis écrasé la raquette sur le coffre de l'Audi, creusant au centre un sillon d'une bonne vingtaine de centimètres.

– Écoute-moi bien, Cody, ai-je déclaré quand la porte du garage s'est refermée derrière moi. Tu ne dis pas un mot sauf si je te pose une question. Compris ?

Il s'est borné à me dévisager.

– Ça, c'était une question, Cody.

– Euh, oui, compris.

Cody Falk a jeté un coup d'œil à Bubba et paru se ratatiner sur lui-même. Bubba a ôté la housse de la raquette et l'a jetée par terre.

– Je vous en prie, pas sur la voiture...

Bubba a levé une main apaisante, il a hoché la tête et, d'un mouvement assez fluide, il a effectué un beau revers, amenant la raquette droit dans la lunette arrière de l'Audi. La vitre a explosé, et une pluie d'éclats de verre s'est répandue sur la banquette.

– Oh, merde !

– Je ne t'ai pas demandé de te taire, Cody ?

– Mais il a démoli mon...

Tel un Indien armé d'un tomahawk, Bubba lui a expédié la raquette en plein front, l'envoyant valdinguer contre le mur du garage. Cody Falk s'est effondré et du sang a jailli de l'entaille au-dessus de son sourcil droit. Il semblait sur le point de pleurer.

Je l'ai agrippé par les cheveux pour le plaquer contre la portière côté conducteur.

– Qu'est-ce que tu fais dans la vie, Cody ?

– Je... Comment ?

– C'est quoi, ton boulot ?

– Je suis restaurateur.

– Il est quoi ? a lancé Bubba.

J'ai tourné la tête vers lui.

– Il a des restaurants.

– Oh.

– Lesquels ? ai-je demandé à Cody.

– Le Boatyard, à Nahant. Je suis aussi propriétaire du Flagstaff, en ville, d'une partie du Tremont Street Grill et du Fours à Brookline. Je... je...

– Chut, l'ai-je interrompu. Y a quelqu'un dans la maison ?

– Hein ? (Il a jeté autour de lui des regards frénétiques.) Non, non, je suis célibataire.

Je l'ai obligé à se redresser.

– Donc, ça te plaît de harceler les femmes, Cody. Tu aimes aussi les violer de temps en temps, leur taper dessus quand elles refusent de jouer le jeu ?

Ses yeux se sont assombris tandis qu'une grosse goutte de sang glissait sur l'arête de son nez.

– Non, c'est pas vrai. Qui vous a...

La petite gifle assénée sur la blessure de son front lui a arraché un glapissement de douleur.

– Doucement, Cody. Doucement. Avise-toi encore une fois d'emmerder une femme – n'importe quelle femme –, et crois-moi, tous tes restaus partiront en fumée et tu te retrouveras dans un fauteuil à vie. Tu saisis ?

Quelque chose dans mon discours a fait resurgir l'imbécile en lui. Peut-être n'avait-il pas apprécié de s'entendre dire qu'il ne pourrait plus utiliser sa méthode de prédilection avec les femmes. Quoi qu'il en soit, il a remué la tête, crispé la mâchoire et levé vers moi un regard où brillait une lueur d'amusement cruel, comme s'il pensait avoir découvert mon talon d'Achille : ma préoccupation pour le sexe « faible ».

– Eh bien, a-t-il répondu, je ne suis pas d'accord.

Je me suis écarté de lui tandis que Bubba contournait l'Audi, retirait de sous son trench un calibre .22, fixait un silencieux sur le canon, le dirigeait vers la figure de Cody Falk et pressait la détente.

Le percuteur a frappé une chambre vide, mais Cody n'a pas paru s'en rendre compte. Il a fermé les yeux en hurlant « Non ! », et il est tombé par terre.

Quand il a rouvert les yeux, nous étions penchés sur lui. Il a porté les doigts à son nez, manifestement surpris de le sentir encore là.

– Qu'est-ce qui s'est passé ? ai-je demandé à Bubba.

– Sais pas. Je l'avais chargé, pourtant.

– Essaie encore.

– O.K.

Aussitôt, Cody a tendu les mains vers nous.

– Non, attendez !

Bubba lui a braqué le canon sur la poitrine et il a pressé la détente une deuxième fois.

Nouveau claquement sec.

Cody Falk s'est affaissé sur le sol, les yeux clos, le teint couleur mastic, les traits convulsés en un masque de terreur abjecte. Des larmes ont coulé de sous ses paupières et une odeur âcre d'urine est montée de l'auréole sur la jambe gauche de son pantalon.

– La poisse, a maugréé Bubba.

L'air contrarié, il a approché l'arme de son visage pour l'examiner, puis il l'a pointée vers Cody au moment où celui-ci ouvrait un œil.

Œil qu'il s'est empressé de refermer quand Bubba a pressé la détente pour la troisième fois, sans plus de résultat.

– T'as acheté ce truc au rabais ? ai-je lancé.

– Tais-toi. Il marche, je te dis.

D'un petit mouvement du poignet, il a exposé le barillet. À l'intérieur, la pupille dorée d'une douille semblait nous contempler, interrompant le cercle presque parfait formé par les trous noirs.

– Ah, tu vois ? Y en a une.

– Une seule ?

– Ça suffira.

Soudain, Cody a voulu se jeter sur nous.

D'un coup de pied dans le thorax, je l'ai repoussé au sol.

Bubba a remis le barillet en place, puis visé. Il a tiré à vide une première fois, et Cody a hurlé. Il a tiré une seconde fois, et Cody a laissé échapper un drôle de son, à mi-chemin entre le rire et le sanglot.

Les mains plaquées sur les yeux, il a entamé une litanie de « Non, non, non, non, non, non, non », avant de faire entendre de nouveau cette espèce de rire étranglé.

– La sixième sera forcément la bonne, a déclaré Bubba.

Cody a contemplé l'extrémité du silencieux en enfonçant dans le sol l'arrière de son crâne. Sa bouche était béante, comme s'il criait, mais seule une sorte de plainte étouffée et suraiguë montait de sa gorge.

Je me suis accroupi près de lui et j'ai agrippé son oreille droite pour l'amener près de mes lèvres.

– Je hais les mecs qui s'en prennent aux femmes, Cody. Je ne peux pas les blairer, tout simplement. Je me dis toujours, et si c'était ma sœur ? Ou ma mère ? Tu piges ?

Il essayait en vain de libérer son oreille, mais je tenais bon. Ses yeux se révulsaient et ses joues n'arrêtaient pas de se creuser et de se gonfler.

– Regarde-moi.

Au prix d'un immense effort, il est parvenu à concentrer son attention sur moi.

– Si l'assurance ne lui rembourse pas sa voiture, Cody, on reviendra avec la facture.

Un éclair de lucidité a remplacé la panique dans ses prunelles.

– J'ai pas touché à la bagnole de cette salope.

– Bubba ?

Celui-ci a braqué son arme sur la tête de Cody Falk.

– Non ! Écoutez-moi, écoutez-moi... Je... je... C'est Karen Nichols, pas vrai ?

J'ai arrêté Bubba d'un geste.

– D'accord, je... appelez ça comme vous voudrez, je l'ai un peu embêtée, c'est vrai. Mais c'était un jeu. Rien qu'un jeu. J'ai pas touché à sa bagnole. Jamais je...

Je l'ai frappé au creux de l'estomac. Le souffle coupé, il a ouvert et fermé la bouche pour essayer d'aspirer un peu d'oxygène.

– O.K., Cody, c'était un jeu. Et maintenant, on aborde la dernière manche. Alors, si j'apprends qu'une femme – n'importe quelle femme – a été harcelée ? Qu'une femme a été violée ? Ou simplement qu'une femme a passé une putain de mauvaise journée dans cette ville ? Eh bien, je vais supposer que c'est toi qui as fait le coup, Cody, et tu nous retrouveras sur ta route.

– Et on te cassera en deux, a renchéri Bubba.

Les poumons de Cody Falk ont expulsé de l'air quand ils se sont remis à fonctionner.

– Dis-moi que t'as compris, Cody.

– J'ai compris, a-t-il articulé.

J'ai consulté Bubba du regard. Il a haussé les épaules. J'ai hoché la tête.

Il a dévissé le silencieux fixé sur le calibre .22, rangé le dispositif dans une poche de son trench et l'arme dans l'autre. Puis il est allé ramasser la raquette de tennis près du mur avant de revenir vers Cody Falk.

– Je voudrais que tu saches qu'on ne plaisante pas, Cody, ai-je insisté.

– Je sais ! Je sais !

Il piaillait, à présent.

– Tu crois qu'il le sait ? ai-je demandé à Bubba.

– Mouais, je crois.

Un soupir de soulagement s'est échappé des lèvres de Cody, qui a dévisagé Bubba avec une gratitude presque gênante.

Bubba a souri, juste avant de lui expédier la raquette dans le bas-ventre.

Cody s'est redressé d'un coup, comme si son coccyx avait pris feu. Un terrible hoquet a jailli de sa bouche, il a croisé les bras sur son estomac et vomi sur ses cuisses.

– Mais vaut mieux s'en assurer, pas vrai ? a lancé Bubba avant de jeter la raquette sur le capot de l'Audi.

J'ai regardé Cody tenter de résister aux spasmes douloureux qui lui parcouraient le corps tout entier, lui contractant les intestins, la poitrine, les poumons. La sueur ruisselait sur son visage comme une pluie d'été.

Bubba a ouvert la petite porte en bois qui donnait dehors.

Au bout d'un moment, Cody Falk a fini par tourner la tête vers moi ; son rictus m'a rappelé le sourire grimaçant des squelettes.

J'ai scruté ses yeux pour voir si la terreur allait se transformer en fureur, si la vulnérabilité allait céder la place à la supériorité tranquille du prédateur-né. J'ai guetté dans son expression cette lueur que Karen Nichols avait remarquée dans le parking, celle-là même dont j'avais eu un aperçu juste avant que Bubba ne presse pour la première fois la détente du calibre .22.

J'ai attendu.

Peu à peu, la douleur a reflué, ses traits se sont décrispés, sa peau s'est relâchée en haut de son front et sa respiration a recouvré un rythme plus ou moins régulier. Mais la peur n'a pas disparu. Elle était gravée profondément en lui, et je savais maintenant qu'il ne pourrait pas dormir plus d'une heure ou deux pendant plusieurs nuits ni refermer la porte du garage derrière lui pendant au moins un mois. Il continuerait longtemps, très longtemps, à regarder par-dessus son épaule au moins une fois par jour, redoutant de nous découvrir sur ses talons, Bubba et moi. Cody Falk, j'en étais presque sûr, passerait le reste de sa vie dans un état de peur permanente.

De la poche de ma veste, j'ai retiré le message que Karen Nichols lui avait laissé sur son pare-brise. Je l'ai froissé dans ma main.

– Cody, ai-je chuchoté.

Aussitôt, il a soulevé les paupières.

– La prochaine fois, les lumières s'éteindront. (Je l'ai attrapé par le menton.) Tu m'as bien compris ? Tu n'entendras rien, tu ne verras rien non plus.

Je lui ai fourré dans la bouche le papier roulé en boule. Ses yeux se sont agrandis et il a essayé de ne pas tousser. D'une tape sous le menton, je l'ai forcé à refermer la mâchoire. Puis je me suis levé, et tout en me dirigeant vers la porte, j'ai lancé sans me retourner :

– Et tu mourras, Cody. Tu mourras.

3.

Six mois devaient s'écouler avant que je ne repense sérieusement à Karen Nichols.

Une semaine après notre petite mise au point avec Cody Falk, j'ai reçu un chèque signé de sa main ; un visage souriant était dessiné à l'intérieur du « o » de son nom, des canetons jaunes ornaient la bordure du chèque, et sur la carte jointe, elle avait écrit : « Merci ! Vous êtes vraiment le meilleur ! »

Compte tenu de ce qui allait arriver, j'aimerais pouvoir dire que je n'ai plus jamais entendu parler d'elle avant ce matin où, six mois plus tard, j'ai appris la nouvelle à la radio, mais en vérité, elle m'a téléphoné quelques semaines après l'envoi du chèque.

Elle est tombée sur mon répondeur. En passant chez moi, environ une heure après son appel, pour prendre une paire de lunettes noires, j'ai écouté le message. Le bureau était fermé cette semaine-là parce que je partais pour les Bermudes avec Vanessa Moore, une avocate qui ne cherchait pas plus que moi à s'investir dans une relation sérieuse. Elle aimait les plages, les daïquiris, les gin-fizz aromatisés à la prunelle et les longues siestes suivies d'un massage au crépuscule. Elle était incroyablement appétissante en tailleur strict, tout simplement renversante en bikini, et à l'époque, c'était la seule personne de ma connaissance au moins aussi superficielle que moi. Par conséquent, pendant deux ou trois mois, nous nous sommes bien entendus.

Je récupérais mes lunettes de soleil dans un tiroir du bureau quand la voix de Karen Nichols s'est élevée du minuscule haut-parleur. Il m'a fallu un certain temps pour l'identifier, non parce que j'en avais oublié le timbre, mais parce qu'il était altéré. Elle s'exprimait d'un ton rauque, las et hésitant.

« Bonjour, monsieur Kenzie. C'est Karen. Vous, euh... Vous m'avez aidée il y a un mois, ou peut-être six semaines ? Alors, je, euh... Enfin, rappelez-moi, d'accord ? Je, j'aimerais vous parler de quelque chose. » Pause. « O.K., eh bien, rappelez-moi, c'est tout. »

Elle m'a aussi indiqué son numéro de téléphone.

Dehors, dans l'avenue, Vanessa a klaxonné.

Notre avion décollait dans l'heure, la circulation serait infernale et Vanessa était capable de faire avec ses hanches et les muscles de ses mollets un truc probablement interdit dans la plus grande partie de la civilisation occidentale.

J'allais de nouveau appuyer sur la touche « Lecture » quand Vanessa a klaxonné une seconde fois, plus fort et plus longtemps ; du coup, mon doigt a glissé, et par inadvertance, j'ai pressé la touche « Effacer ». Oh, je me doute bien de ce que Freud penserait d'une telle bévue, et il n'aurait sans doute pas tort. Mais j'avais noté le numéro de Karen Nichols quelque part, je serais de retour dans une semaine et je ne manquerais pas de la rappeler à ce moment-là. Après tout, les clients devaient comprendre que moi aussi, j'avais une vie privée.

Alors, je suis retourné à ma vie privée, laissant Karen Nichols poursuivre la sienne, et bien entendu, j'ai oublié de la rappeler.

Des mois plus tard, quand j'ai entendu parler d'elle à la radio, je revenais du Maine avec Tony Traverna, un voleur considéré en général par ceux qui le connaissaient comme le meilleur perceur de coffres de tout Boston et le plus grand abruti de tout l'univers.

Tony T., disait la rumeur, n'avait pas plus de cervelle qu'une soupe en conserve. Enfermez-le dans une pièce pleine de crottin, racontait-on, et vingt-quatre heures plus tard, il en sera toujours à chercher le cheval. Tony T. pensait que franco de port était le président du Mexique et Hong-Kong, un grand singe.

Jusque-là, chaque fois que Tony avait voulu échapper à la justice, il s'était réfugié dans le Maine. Il s'y était rendu en voiture, bien qu'il n'ait pas le permis. Il n'avait jamais réussi à l'obtenir, parce qu'il avait toujours raté la partie écrite de l'examen. Neuf fois. Mais il savait conduire, et sa débrouillardise lui garantissait que l'homme n'avait pas encore inventé de serrure capable de lui résister. Alors, il fauchait une voiture et faisait les trois heures de route jusqu'à la cabane de pêche héritée de son défunt père. Sur le trajet, il se procurait deux ou trois caisses de Heineken et plusieurs bouteilles de

Bacardi – car en plus de posséder le plus petit cerveau du monde, Tony T semblait également doté du foie le plus résistant –, puis il se terrait dans son refuge, où il regardait des dessins animés en attendant qu'on vienne le chercher.

Tony Traverna avait amassé un joli magot au fil des années, et même si on prenait en considération tout ce que lui avaient coûté l'alcool et les filles qu'il payait pour se déguiser en squaws et l'appeler « La gâchette », on se disait qu'il avait forcément des réserves quelque part. Suffisamment, en tout cas, pour s'offrir un billet d'avion. Mais chaque fois qu'il prenait la poudre d'escampette, au lieu de s'envoler pour la Floride, l'Alaska ou un endroit où il serait encore plus difficile à localiser, il filait dans le Maine. Peut-être, comme l'avait suggéré quelqu'un, avait-il peur de prendre l'avion. Ou peut-être, comme l'avait suggéré quelqu'un d'autre, ignorait-il l'existence de ce moyen de transport.

La caution de Tony T. avait été avancée par Mo Bags, un ancien flic doublé d'une vraie peau de vache qui n'aurait pas hésité à se lancer lui-même à la poursuite de Tony avec tout un stock de bombes lacrymogènes, de pistolets paralysants, de coups de poing américains et de nunchakus, s'il n'avait pas été victime d'une récente attaque de goutte lui enflammant la hanche droite comme des piqûres de fourmis rouges chaque fois qu'il faisait plus de trente kilomètres en voiture. De plus, entre Tony et moi, c'était une longue histoire. Mo savait que je le retrouverais sans problème, et que Tony ne me glisserait pas entre les doigts. Cette fois, la caution de Tony avait été réglée par sa petite amie, Jill Dermott. Jill était la dernière d'une longue cohorte de femmes qui, dès l'instant où elles posaient les yeux sur lui, éprouvaient aussitôt le besoin de le materner. Il en avait été ainsi pour lui presque toute sa vie, ou du moins, depuis que je le connaissais. Tony n'avait qu'à pousser la porte d'un bar (et il était toujours en train de pousser la porte d'un bar), s'installer au comptoir et engager la parole avec son voisin ou le barman, et une demi-heure plus tard, la plupart des femmes célibataires dans la salle (voire certaines de leurs consœurs mariées) se pressaient autour de lui, écoutant la lente cadence de sa voix, lui payant des verres et décidant que tout ce qu'il fallait à ce garçon, c'était quelqu'un pour le choyer, l'aimer et peut-être aussi lui donner des cours du soir.

Tony avait une voix douce et un de ces petits visages ouverts qui inspire immédiatement la confiance. Ses yeux de cocker surmontaient un nez crochu et un sourire tout de guingois – une sorte de courbure perpétuelle des lèvres qui semblait dire qu'il était passé par là, lui aussi, et franchement, qu'est-ce qu'on pouvait y faire, sinon payer une tournée et partager son histoire avec tous les copains, les anciens comme les nouveaux ?

Avec un tel visage, si Tony avait opté pour une carrière d'escroc, il se serait sans doute bien débrouillé. Mais il n'était pas assez malin pour monter des arnaques, et puis, peut-être qu'il était trop gentil. Car Tony T. aimait ses semblables. Ceux-ci le déroutaient autant que tout le reste, mais il les aimait sincèrement. Hélas, il aimait aussi les coffres. Beaucoup. Peut-être un tout petit plus que les humains. Il avait une oreille capable d'entendre une plume se poser sur la lune et des doigts si agiles qu'il pouvait résoudre un Rubik's Cube d'une seule main sans même le regarder. Durant ses vingt-huit années d'existence sur la planète, Tony avait percé un nombre incroyable de coffres; résultat, chaque fois que le maniement nocturne du chalumeau transformait une chambre forte en carcasse trouée, les flics rappliquaient chez Tony à Southie avant même de passer prendre un café chez Dunkin'Donuts, et les juges délivraient des mandats de perquisition en moins de temps qu'il ne faut à la plupart d'entre nous pour rédiger un chèque.

Mais le vrai problème de Tony, du moins dans une perspective juridique, ce n'étaient pas les coffres, ni la stupidité (même si elle n'arrangeait rien); non, c'était l'alcool. Presque toutes ses condamnations à des peines de prison (sauf deux) lui avaient été infligées pour conduite en état d'ivresse, et la dernière ne faisait pas figure d'exception – circulation à contresens sur Northern Avenue à trois heures du matin, refus d'obtempérer (il avait continué de rouler), destruction délibérée de biens (il s'était crashé) et délit de fuite sur les lieux d'un accident (il avait grimpé à un poteau téléphonique, persuadé que les flics ne le remarqueraient pas à trois mètres au-dessus de l'épave par une nuit noire).

Quand je suis entré dans la cabane de pêche, Tony a levé les yeux vers moi, l'air de dire : C'est seulement maintenant que t'arrives ? Avec un soupir, il a attrapé la télécommande pour arrêter *Les Razmoket*, puis il s'est redressé en chancelant et s'est tapé les cuisses pour réactiver la circulation du sang.

– Salut, Patrick. C'est Mo qui t'envoie ?

J'ai hoché la tête.

Tony a cherché du regard ses chaussures, qu'il a fini par retrouver sous un coussin posé par terre.

– Je t'offre une bière ?

J'ai examiné l'intérieur du refuge. Depuis son arrivée, un jour et demi plus tôt, Tony avait réussi à accumuler des cadavres de Heineken sur tous les rebords de fenêtres. Les bouteilles couleur émeraude captaient la lumière du soleil reflétée par le lac et la réfléchissaient dans la pièce sous forme de minuscules lueurs vertes, de sorte qu'on se serait cru dans un pub irlandais le jour de la Saint Patrick.

– Non, merci, Tony. J'essaie d'arrêter la bière au petit déjeuner.
– C'est un truc religieux ?
– Quelque chose comme ça.

Il a plié une jambe, ramené sa cheville contre lui et sautillé sur l'autre pied en essayant d'enfiler une chaussure.

– Tu vas me passer les menottes ?
– Tu vas te sauver ?

Sa chaussure enfin mise, il a reposé la jambe par terre.

– Mais non, Patrick, tu le sais bien.
– Dans ce cas, pas de menottes.

Il m'a adressé un sourire reconnaissant avant de lever l'autre pied et de recommencer à sautiller pour enfiler la seconde chaussure. Quand il y est enfin parvenu, il a reculé jusqu'au canapé, où il s'est effondré, essoufflé après tant d'efforts. Les chaussures de Tony ne se fermaient pas par des lacets, mais par de simples attaches en Velcro. La rumeur voulait que... Oh, et puis zut. Je vous laisse deviner. Tony a donc fixé les attaches, et il s'est levé.

Je lui ai donné le temps de rassembler des vêtements de rechange, sa Game Boy et des bandes dessinées pour le trajet. À la porte, il s'est arrêté en lançant un coup d'œil plein d'espoir vers le réfrigérateur.

– Tu permets que j'en prenne une pour la route ?

Je ne voyais pas quel mal pourrait faire une petite bière à un type sur le point d'aller en prison.

– Pas de problème.

Tony a ouvert le frigo, d'où il a retiré un pack de douze.

– On ne sait jamais, m'a-t-il lancé au moment où nous sortions de la cabane, au cas où on tomberait sur des embouteillages, un truc comme ça.

Nous sommes effectivement tombés sur des embouteillages – quelques bouchons à la sortie de Lewiston, de Portland et des stations balnéaires de Kennebunkport et d'Ogunquit. Cette douce matinée d'été prenait peu à peu des allures de journée caniculaire, les arbres, les rues et les autres voitures brillant d'un éclat presque blanc, aveuglant et impitoyable sous un soleil au zénith.

Tony était assis à l'arrière du Cherokee noir modèle 91 que j'avais choisi quand le moteur de ma Crown Victoria avait lâché au printemps. Ce véhicule convenait parfaitement à mes rares expéditions de chasseur de primes, parce qu'il comportait une grille métallique entre les sièges à l'avant et le plateau à l'arrière. Tony s'était installé de l'autre côté de la grille en question, le dos appuyé contre la housse en vinyle protégeant la roue de secours. Il avait allongé ses jambes, prenant ses aises comme un chat sur un rebord de fenêtre chauffé par le soleil. En ouvrant sa troisième bière de ce début d'après-midi, il a éructé les gaz de la deuxième.

– Excuse-toi, vieux.

Tony a croisé mon regard dans le rétroviseur.

– S'cuse-moi. C'est marrant, je savais pas que t'étais aussi à cheval sur, hum...

– La politesse la plus élémentaire ?

– C'est ça, ouais.

– Si je te laisse roter dans ma bagnole, Tony, tu vas t'imaginer que tu peux aussi pisser dedans.

– Mais non, mon pote. N'empêche, j'aurais dû apporter un seau, ou un truc comme ça.

– On s'arrêtera à la prochaine sortie.

– T'es chouette, Patrick.

– Oh, c'est sûr, je suis super sympa.

À vrai dire, nous avons fait plusieurs haltes dans le Maine et une aussi dans le New Hampshire. Rien de bien étonnant quand on embarque dans sa voiture un voleur alcoolique armé d'un pack de douze, mais au fond, ça ne me dérangeait pas trop. J'appréciais la compagnie de Tony comme on apprécie un après-midi passé avec un neveu de douze ans un peu lent à la détente, mais d'un naturel fondamentalement enjoué.

Au cours de notre traversée du New Hampshire, la Game Boy de Tony a soudain cessé d'émettre bips et autres signaux électroniques, et en jetant un coup d'œil dans le rétroviseur, je me suis aperçu qu'il avait sombré dans un profond sommeil et ronflait doucement, les lèvres tremblotantes, un pied oscillant de droite à gauche comme la queue d'un chien.

Nous venions de franchir la frontière du Massachusetts et j'avais pressé le bouton de recherche automatique sur la radio avec l'espoir de capter WFNX tant que nous étions encore dans sa zone d'émission, quand le nom de Karen Nichols a émergé d'un concert de grésillements et de crachotements. Les chiffres numériques ont défilé sur l'écran LED, avant de capter brièvement un faible signal en provenance de 99.6 :

– ... maintenant identifiée sous le nom de Karen Nichols, habitant à Newton, a apparemment sauté de...

Le tuner a quitté la station et affiché 100.7.

J'ai fait une légère embardée en tournant le bouton pour retrouver la fréquence 99.6.

Tony, réveillé en sursaut à l'arrière, a lancé :

– Hein ? Quoi ?

– Chut, lui ai-je ordonné en levant un doigt.

– ... d'après les déclarations de la police. La façon dont la victime a accédé à la terrasse panoramique de Custom House reste à déterminer. La météo, maintenant : Gil Hutton nous annonce encore de la chaleur...

Tony s'est frotté les yeux.

– C'est dingue, cette histoire, pas vrai ?

– T'es au courant, Tony ?

– J'ai regardé les infos, ce matin, a-t-il répondu en bâillant. Cette nana, elle a voulu plonger toute nue de Custom House en oubliant que la gravité, ça tue. Tu vois ce que je veux dire ? La gravité tue.

– Ferme-la, Tony.

Il a reculé comme si je l'avais frappé, puis s'est détourné pour fouiller le pack à la recherche d'une énième bière.

Il y avait peut-être une autre Karen Nichols à Newton. Voire plusieurs. C'était un nom courant aux États-Unis. Tout à fait banal et aussi répandu que Mike Smith ou Ann Adams.

Mais la sensation de froid se propageant dans mon ventre ne me laissait pas le moindre doute : la Karen Nichols qui avait sauté de Custom House était bien celle que j'avais rencontrée six mois plus tôt. Celle qui repassait ses chaussettes et possédait toute une collection de peluches.

Cette femme-là ne m'avait pas paru du genre à se jeter nue du haut d'un bâtiment. Mais pourtant, je savais que c'était elle. Je le savais au plus profond de moi.

– Tony ?

Il a levé vers moi des yeux malheureux de hamster sous la pluie.

– Oui ?

– Je regrette de t'avoir parlé sur ce ton.

– Mouais, bon. D'accord.

Tout en continuant de m'observer d'un air méfiant, il a avalé une gorgée de bière.

– La femme qui a sauté..., ai-je repris sans trop savoir pourquoi je me justifiais auprès d'un type comme Tony. Je la connaissais peut-être.

– Oh, merde, vieux. Désolé. Les gens, merde, y font parfois de ces trucs...

J'ai reporté mon attention sur l'autoroute, parcourue de reflets bleu métal sous le soleil de plomb. La climatisation avait beau être poussée au maximum, je sentais la chaleur me picoter la nuque.

Les yeux de Tony larmoyaient et le sourire qui lui gonflait les joues était trop grand, trop large.

– Des fois, vieux, tu te sens poussé par quelque chose.

– À boire, tu veux dire ?

Il a fait non de la tête.

– Comme ta copine qui a sauté ? (Il s'est mis à genoux, avant de coller son nez contre la grille entre nous.) Ben, moi, un jour, je suis parti en mer avec un copain. J'ai jamais appris à *nager*, et pourtant, je suis monté sur un *bateau*. On s'est retrouvés coincés dans cette tempête, je te jure, et le bateau, il penchait un coup complètement à droite, un coup complètement à gauche, et ces putains de vagues, elles ressemblaient à des espèces de murs prêts à s'écrouler sur nous. Alors, c'est sûr, j'avais une trouille d'enfer, parce que si je tombais à l'eau, j'étais foutu. Mais bizarrement, je sais pas trop comment expliquer ça, je me sentais aussi presque content, tu vois ? Au fond, je me disais : « Tant mieux. J'aurai enfin la réponse à toutes mes questions. J'aurai plus à me demander comment, quand et pourquoi je vais mourir. Je vais mourir, là, maintenant. Et en un sens, je suis soulagé. » T'as jamais ressenti ça ?

J'ai regardé par-dessus mon épaule son visage pressé contre les petits carrés de métal, la chair de ses joues débordant de mon côté, remplissant les vides telles des châtaignes épluchées.

– Une fois, ai-je répondu.

– Ah bon ? (Les yeux écarquillés, il s'est légèrement écarté de la grille.) Quand ?

– Un type m'avait braqué son flingue en pleine figure. J'étais pratiquement sûr qu'il allait presser la détente.

– Et pendant une petite seconde, a-t-il enchaîné en rapprochant le pouce et l'index, une toute petite seconde, t'as pensé : « Ce serait cool. » Pas vrai ?

Je lui ai souri dans le rétroviseur.

— Possible. Quelque chose comme ça, en tout cas. J'ai oublié.

Il s'est accroupi.

— Moi, c'est ce que j'ai ressenti sur ce rafiot. Et peut-être que ta copine, ben, c'est aussi ce qu'elle a ressenti hier soir. Un truc du style : « Waouh, j'ai jamais essayé de voler. Et si je tentais le coup ? » Tu comprends ce que je veux dire ?

— Pas vraiment, non. (Je lui ai jeté un coup d'œil dans le rétroviseur.) Pourquoi t'es monté sur ce bateau, Tony ?

Il s'est frotté le menton.

— Parce que j'avais jamais appris à nager, a-t-il déclaré en haussant les épaules.

Notre périple touchait à sa fin, la route semblait s'étendre à l'infini devant moi et la fatigue des cinquante derniers kilomètres pesait sur mes yeux.

— Allez, ai-je insisté. Dis-moi la vérité.

Tony a levé le menton, le visage plissé par la concentration.

— Ben, c'est le fait de pas savoir.

Réponse qu'il a ponctuée d'un rot sonore.

— Comment ça ?

— Ce qui m'a poussé à monter sur ce bateau. Enfin, je crois. Ce que tu sais pas, tout ce que tu sais jamais dans cette chienne de vie, tu vois ? À force, ça finit par te rendre dingue. Y a un moment où t'as envie de savoir, c'est tout.

— Même si t'es incapable de voler ?

Tony m'a souri.

— Parce que t'es incapable de voler, justement.

De sa paume, il a tapoté la grille entre nous. Une nouvelle fois, il a roté, et une nouvelle fois, il s'est excusé. Puis il s'est recroquevillé sur le plancher en entonnant à mi-voix le thème de *La Famille Pierrafeu*.

Quand nous sommes arrivés à Boston, il ronflait tranquillement.

4.

Quand je suis entré en compagnie de Tony Traverna, Mo Bags a délaissé son sandwich à la saucisse et aux boulettes de viande pour lancer :
– Salut, l'enfoiré ! Alors, quoi de neuf ?

J'étais presque sûr que la question s'adressait à Tony, mais avec Mo, on ne savait jamais.

Il a reposé son sandwich, essuyé ses lèvres et ses doigts graisseuses sur une serviette, puis contourné son bureau au moment où je faisais asseoir Tony sur une chaise.
– Salut, Mo, a dit Tony.
– Pas de « Salut, Mo » avec moi, minable. Passe-moi ton poignet.
– Sois sympa, Mo, suis-je intervenu.
– Quoi ?

Mo a refermé une menotte autour du poignet gauche de Tony, puis attaché l'autre à l'accoudoir du siège.
– Comment va ta goutte ? a demandé Tony, l'air sincèrement préoccupé.
– Mieux que toi, couillon. Mieux que toi.
– Content de l'apprendre, a répondu Tony, avant de lâcher un rot sonore.

Les yeux plissés, Mo s'est tourné vers moi.
– Il est bourré ?
– J'en sais rien. (J'ai repéré un exemplaire du *Trib* sur le canapé en cuir de Mo.) T'es bourré, Tony ?
– Mais non, vieux. Dis, Mo, y a des W.-C. dans le coin ?
– Ce type est bourré, a affirmé Mo.

J'ai soulevé la page des sports posée sur l'épais journal plié en deux, pour découvrir la première page juste en dessous. Karen Nichols faisait les gros titres au-dessus du pli central : UNE DÉSESPÉRÉE SE JETTE DE CUSTOM HOUSE. À côté de l'article figurait une photo en couleurs du bâtiment la nuit.

– Complètement bourré, a insisté Mo. Kenzie ?

Tony a roté de nouveau, avant de se mettre à chanter « Raindrops Keep Fallin' on My Head ».

– O.K., il est bourré, ai-je admis. Bon, où est mon argent ?

– Tu l'as laissé boire ?

Mo respirait laborieusement, comme si un gros morceau de boulette s'était logé dans son œsophage.

J'ai pris le journal et parcouru la une.

– Mo...

Quand il a entendu mon intonation, Tony s'est arrêté de chanter.

Mais Mo était trop remonté pour y prêter attention.

– J'ai un problème, là, Kenzie. Mouais, j'ai un sérieux problème avec les types comme toi. Tu vas finir par me coller une mauvaise réputation.

– T'as déjà mauvaise réputation, de toute façon, ai-je répliqué. Allez, aboule le fric.

L'article commençait par : « Une habitante de Newton, apparemment désespérée, a fait hier soir un saut fatal depuis la terrasse panoramique d'un des monuments les plus appréciés de la ville. »

– Non, mais, t'as vu ce mec ? a demandé Mo à Tony.

– Ben, oui.

– Tais-toi, crétin. Personne t'a sonné.

– Faut que j'aille aux W.-C.

– Qu'est-ce que je viens de dire ?

Mo, qui soufflait bruyamment par les narines, allait et venait derrière Tony. Il lui a donné un petit coup de poing sur l'arrière du crâne.

– C'est la porte là-bas, Tony, ai-je déclaré. Juste après le canapé.

– Ah ouais ? a raillé Mo. Et il va y aller avec sa chaise, peut-être ?

Un petit déclic a soudain résonné quand Tony a ouvert la menotte autour de son poignet. Il s'est précipité vers les toilettes.

– Hé ! a crié Mo.

Tony lui a jeté un coup d'œil par-dessus son épaule.

– Faut vraiment que j'y aille, vieux.

« La victime, identifiée sous le nom de Karen Nichols, a abandonné sur la terrasse son portefeuille et ses vêtements avant de plonger vers une mort certaine... »

Une grosse masse de chair a heurté mon épaule ; je me suis retourné au moment où Mo ramenait vers lui son poing fermé.

– Qu'est-ce que tu fous, Kenzie ?

J'ai repris la lecture de mon journal.

– Mon fric, Mo.

– T'as des vues sur cet abruti, c'est ça ? Tu lui paies des bières pour le rendre plus sentimental ?

La terrasse panoramique de Custom House est située au vingt-sixième étage de la tour. En tombant, on aperçoit sûrement le sommet de Beacon Hill, le Government Center, les gratte-ciel du quartier des affaires, et enfin, Faneuil Hall et le marché de Quincy. Le tout en l'espace d'une poignée de secondes – un tourbillon de brique, de verre et de lumière jaune – avant de s'écraser sur le pavé. Et de sentir une partie de son corps rebondir, mais pas l'autre.

– Tu m'entends, Kenzie ? a braillé Mo, prêt à me frapper de nouveau.

J'ai esquivé le coup, lâché le journal et refermé ma main droite autour de sa gorge avant de le pousser vers son bureau, où je l'ai forcé à s'allonger sur le dos.

– Ben, dis donc ! Waouh ! a fait Tony en sortant des W.-C.

– Quel tiroir ? ai-je demandé à Mo.

Ses yeux exorbités me fixaient frénétiquement.

J'ai desserré ma prise.

– Celui du milieu.

– J'espère que c'est pas un chèque.

– Non, non. En liquide.

Quand je l'ai libéré, il est resté là à souffler comme un bœuf pendant que je contournais le bureau, ouvrais le tiroir et en retirais une liasse de billets entourée d'un élastique.

Entre-temps, Tony s'était réinstallé sur sa chaise et avait refermé la menotte sur son poignet.

Enfin, Mo s'est redressé. Il a laissé retomber pesamment ses pieds sur le sol et s'est frotté la gorge en hoquetant comme un chat qui tenterait de cracher une boule de poils.

J'ai fait le tour du bureau et ramassé le journal.

L'amertume a assombri les petits yeux de Mo.

Après avoir rassemblé les pages du quotidien, je l'ai replié avec soin, puis fourré sous mon bras.

– Écoute-moi bien, Mo, ai-je dit. T'as un flingue de maquereau dans le holster à ta cheville gauche et une matraque en plomb dans ta poche arrière.

Le regard de Mo s'est encore durci.

– Essaie d'attraper l'un ou l'autre, et je te montrerai à quel point je suis de mauvais poil aujourd'hui.

Il a toussé, baissé les yeux et grommelé d'une voix rauque :

– T'es fini dans ce métier, Kenzie.

– Mince, alors ! Quel dommage, hein ?

– Tu verras. Tu verras. Sans Gennaro, j'ai entendu dire que tu ramais dur. Cet hiver, tu me supplieras de te filer du boulot. Ouais, tu me supplieras.

J'ai regardé Tony.

– Ça ira ?

Il a levé les deux pouces.

– À Nashua Street, l'ai-je informé, il y a un garde nommé Bill Kuzmich. Dis-lui que t'es un copain, il s'occupera de toi.

– Cool, a répondu Tony. Tu crois qu'il m'apportera une pression de temps en temps ?

– Oh, bien sûr. Compte là-dessus, Tony.

J'ai lu le journal dans ma voiture, devant le bureau de Mo Bags sur Ocean Street, en plein Chinatown. L'article ne donnait guère plus d'informations que la radio, mais il s'accompagnait de la photo de Karen Nichols figurant sur son permis de conduire.

C'était bien elle qui m'avait engagé six mois plus tôt. Sur le cliché, elle paraissait aussi radieuse et innocente que le jour où je l'avais rencontrée ; un large sourire illuminait son visage, comme si le photographe venait de la complimenter sur sa robe et ses chaussures.

Elle était entrée à Custom House dans l'après-midi, elle avait fait une visite guidée de la terrasse panoramique et avait même échangé quelques mots avec une employée du Bureau de l'Immobilier au sujet des nouvelles opportunités de multipropriété qui se présentaient depuis que l'État avait décidé de récolter des fonds supplémentaires en vendant un monument historique à la Marriott Corporation. L'agent immobilier, Mary Hughes, se souvenait d'une femme distraite, plutôt évasive sur son emploi.

À dix-sept heures, lorsqu'ils avaient fermé la plate-forme au grand public, ne la laissant accessible qu'aux seuls résidents munis du code pour le système de verrouillage, Karen s'était cachée, et à vingt et une heures, elle avait sauté.

Pendant quatre heures, elle était restée là-haut, vingt-six étages au-dessus du ciment bleuté, en se demandant si elle aurait la force d'aller jusqu'au bout. Je me suis demandé si elle s'était blottie dans un coin, si elle avait arpenté les lieux ou contemplé la ville, le ciel, les lumières. Quelle partie de sa vie – de ses hauts, de ses bas et de ses brusques changements de cap – avait alors défilé dans sa tête ? À quel moment s'était-elle sentie submergée au point de hisser ses jambes par-dessus le mur d'un mètre vingt pour se précipiter dans le vide ?

J'ai posé le journal sur le siège passager, puis fermé les yeux quelques instants.

Dans mon esprit, elle tombait. Sa frêle silhouette pâle se découpait sur le ciel nocturne, et elle tombait, la façade en calcaire beige de Custom House déferlant derrière elle comme l'eau d'une cascade.

J'ai ouvert les yeux et vu deux étudiants en médecine de Tufts qui, en blouse blanche, tiraient frénétiquement sur leur cigarette en se hâtant dans Ocean.

Puis, en regardant l'enseigne MO BAGS PRÊTEUR DE CAUTION, je me suis demandé d'où me venait l'inspiration pour mon petit numéro de Gros Dur. Toute ma vie, je m'étais débrouillé pour éviter les démonstrations de machisme. Je ne doutais pas de pouvoir me dominer en cas de confrontation violente, et c'était tout aussi bien, car je ne doutais pas non plus, après avoir grandi dans un quartier comme le mien, qu'il y aurait toujours des types plus fous, plus forts, plus méchants et plus rapides que moi. Et trop heureux de le prouver. Tant de garçons que j'avais connus dans mon enfance étaient aujourd'hui morts, en prison ou, dans un cas au moins, devenu tétraplégique, parce qu'ils avaient besoin de montrer au monde entier combien ils étaient coriaces. Or le monde, d'après mon expérience, est comme Las Vegas : vous pouvez sortir gagnant une ou deux fois, mais si vous retournez trop souvent à la table de jeu, si vous lancez les dés une fois de trop, le monde ne manque pas de vous remettre à votre place et de vous dépouiller de votre portefeuille, de votre avenir, ou des deux.

La mort de Karen Nichols me troublait, c'est vrai. Mais au-delà de ce drame, me semblait-il, je commençais à prendre conscience qu'au cours de l'année écoulée, j'avais peu à peu perdu le goût du métier. J'en avais assez de traquer les fraudes à l'assurance, les hommes qui jouaient la comédie avec leurs maîtresses squelettiques et les femmes qui ne se contentaient pas d'échanger des balles avec leurs profs de tennis argentins. J'en avais assez, je crois, de mes semblables – de leurs vices prévisibles, de leurs besoins, manques et désirs latents tout aussi prévisibles. De l'imbécillité pathétique de toute cette foutue espèce humaine. Et sans Angie pour lever les yeux au ciel en même temps que moi, pour ponctuer de commentaires ironiques le chaos ambiant, ce n'était plus drôle du tout.

Sur le siège passager, le visage radieux de Karen Nichols, plein d'espoir, digne de la reine à la fête de l'école, semblait me regarder, m'offrir son sourire tout de dents blanches, de bonne santé et de bienheureuse ignorance.

Elle était venue me demander de l'aide. Je pensais la lui avoir apportée, et peut-être était-ce le cas. Mais durant les six mois suivants, elle s'était totalement dissociée de la personne que j'avais rencontrée, au point que le corps tombé de Custom House la veille au soir aurait pu être celui d'une parfaite inconnue.

Hé, oui, le pire de tout, c'est qu'elle m'avait téléphoné. Six semaines après ma discussion musclée avec Cody Falk. Quatre mois avant sa mort. Quelque part au milieu de ce processus de désintégration fatale.

Et moi, je ne l'avais pas rappelée.

J'étais trop occupé.

Elle se noyait, et moi, j'étais trop occupé.

J'ai encore contemplé son visage, en me forçant à soutenir son regard plein d'espoir.

– O.K., ai-je dit à voix haute. O.K., Karen. Je vais voir ce que je peux trouver. Je vais voir ce que je peux faire.

Une Chinoise qui passait à ce moment-là devant la jeep m'a entendu parler tout seul. Lorsqu'elle m'a regardé, je lui ai adressé un petit signe de la main. Elle a remué la tête et poursuivi son chemin.

Elle la remuait toujours quand j'ai démarré.

Un fou, semblait-elle penser. Comme sur toute cette fichue planète. Nous sommes tous tellement fous...

5.

Ce que l'on présume au sujet des inconnus rencontrés pour la première fois s'avère souvent exact. Prenez l'homme assis près de vous au bar, par exemple, avec sa chemise bleue, ses ongles crasseux et son odeur d'huile de moteur ; vous pouvez sans problème le supposer mécanicien. S'aventurer plus loin dans la conjecture comporte plus de risques, et pourtant, c'est ce que nous faisons tous à longueur de journée. Notre mécanicien, aurions-nous tendance à croire, boit de la Budweiser. Regarde lé foot à la télé. Aime les films où des tas de trucs explosent. Habite un appartement imprégné de la même odeur que ses vêtements.

Il y a de bonnes chances pour que ce soit vrai.

Et tout autant pour que ce ne le soit pas.

Quand j'avais fait la connaissance de Karen Nichols, je l'avais imaginée originaire de la banlieue, issue d'une famille relativement aisée appartenant à la classe moyenne, protégée durant sa jeunesse des dissensions, du désordre et des individus autres que blancs. J'avais également imaginé (le tout en un instant, la durée d'une poignée de main) que son père était médecin ou directeur d'une petite affaire florissante – une chaîne de boutiques de golf, peut-être. Sa mère était restée femme au foyer jusqu'à ce que les enfants aillent à l'école, et depuis, travaillait à temps partiel dans une librairie ou pour un avocat.

En vérité, Karen Nichols avait six ans lorsque son père, lieutenant de marine stationné à Fort Devens, avait été abattu dans leur cuisine par un autre lieutenant. Le meurtrier s'appelait Reginald Crowe – Tonton Reggie pour Karen, alors qu'ils n'avaient aucun lien de parenté. Reginald Crowe était leur plus proche voisin et le meilleur ami du père de Karen jusqu'à ce samedi après-midi où il lui avait tiré dans la poitrine deux balles de calibre .45 après avoir partagé quelques bières avec lui.

Karen, partie jouer à côté avec les jeunes Crowe, s'était précipitée chez elle en entendant les coups de feu, pour découvrir son père étendu aux pieds de Tonton Reggie. En la voyant, celui-ci avait aussitôt retourné l'arme contre lui.

Une photo des deux cadavres, récupérée dans les archives de Fort Devens par un journaliste du *Trib* plein de ressources, a été publiée deux jours après le plongeon fatal de Karen.

L'article, paru en page 3 et intitulé UNE FEMME HANTÉE PAR LES FANTÔMES DU PASSÉ, a dû alimenter les conversations autour de la machine à café pendant au moins une demi-heure.

Jamais je n'aurais deviné qu'à six ans, Karen Nichols avait été témoin d'une telle scène d'horreur. La maison de banlieue était arrivée quelques années plus tard, quand sa mère s'était remariée avec un cardiologue résidant à Weston. À partir de là, effectivement, elle avait eu une jeunesse tranquille, épargnée par les soucis.

Et si j'étais presque sûr que les médias donnaient un certain retentissement à son suicide à cause du bâtiment d'où elle avait choisi de sauter, et non des raisons qui avaient motivé son geste, je me disais aussi qu'elle était devenue, du moins pour un temps, le symbole macabre de la façon dont le monde, ou la destinée, mutile parfois nos rêves. Car depuis notre première et dernière rencontre, six mois plus tôt, Karen Nichols avait glissé sur une pente plus vertigineuse encore que la face du Eiger.

Un mois après mon intervention pour résoudre son problème avec Cody Falk, son petit ami, David Wetterau, avait trébuché alors qu'il traversait Congress Street en dehors des clous à l'heure d'affluence. Sa chute elle-même était sans gravité – il avait juste déchiré sa jambe de pantalon en tombant sur les genoux –, mais en essayant de l'éviter, une Cadillac lui avait heurté le front avec l'angle de son pare-chocs arrière. Pour l'heure, il était toujours dans le coma.

Au cours des cinq mois suivants, Karen Nichols n'avait fait que s'enfoncer toujours plus profondément, perdant son travail, sa voiture, et enfin, son appartement. Même la police ignorait où elle avait passé les dernières semaines de sa vie. Des psychiatres étaient intervenus dans diverses émissions pour expliquer que l'accident de son petit ami, associé à la fin tragique de son père, avait anéanti quelque chose dans l'esprit de Karen, la coupant des préoccupations et des modes de pensée conventionnels jusqu'à la conduire à la mort.

Ayant reçu une éducation catholique, je connaissais l'histoire de Job, mais l'accumulation des malheurs qui s'étaient abattus sur Karen durant les mois précédant son suicide me troublait au plus haut point. Je sais que la chance et la malchance surviennent par périodes. Je sais aussi que les périodes de malchance durent souvent très, très longtemps, un drame en entraînant un autre jusqu'au moment où tous, grands et petits, semblent exploser comme un chapelet de pétards le 4 juillet. Je sais que parfois, les pires tragédies frappent les meilleurs d'entre nous. Mais si tout avait commencé avec Cody Falk, ai-je pensé, peut-être les choses ne s'étaient-elles pas arrêtées là de son côté. D'accord, nous lui avions flanqué une sacrée frousse, mais les gens sont stupides – surtout les prédateurs. Il était tout à fait possible qu'il ait surmonté sa peur et résolu d'attaquer Karen par le flanc au lieu de lancer son assaut de front, de détruire son fragile univers pour avoir osé nous envoyer chez lui, Bubba et moi.

Cody, ai-je décidé, aurait droit à une seconde visite.

Mais d'abord, je voulais parler aux flics chargés d'enquêter sur la mort de Karen pour voir s'ils pouvaient me fournir des éléments qui m'empêcheraient de débarquer chez Cody sans même préparer mon expédition.

– Inspecteurs Thomas et Stapleton, m'a appris Devin. Je vais les prévenir, leur demander de te parler. Mais laisse-moi quelques jours, O.K. ?

– J'aimerais bien les joindre plus vite.

– Et moi, j'aimerais bien prendre une douche avec Cameron Diaz. Mais y a pas plus de chances pour que ça arrive.

Alors, j'ai attendu. Et attendu encore. En désespoir de cause, j'ai laissé quelques messages et refréné mon envie de me précipiter chez Cody Falk pour lui soutirer des réponses à grand renfort de coups de poing avant même de savoir quelles questions poser.

À force d'attendre, j'ai senti l'impatience me gagner ; j'ai recopié la dernière adresse connue de Karen Nichols inscrite dans mon dossier, relevé dans les journaux qu'elle avait été employée au service restauration de l'hôtel Four Seasons, puis je suis sorti.

L'ancienne colocataire de Karen Nichols s'appelait Dara Goldklang. Pendant que nous discutions dans le salon qu'elle avait partagé avec Karen pendant deux ans, Dara courait à perdre haleine sur un tapis de marche installé en face des fenêtres, comme si elle abordait le dernier tour lors d'une rencontre d'athlétisme. Seulement vêtue d'un soutien-gorge blanc spécial sportives et d'un short noir en lycra, elle n'arrêtait pas de me jeter des coups d'œil par-dessus son épaule.

– Avant l'accident de David, je ne voyais presque plus Karen, m'a-t-elle expliqué. Elle était toujours fourrée chez lui. En gros, elle venait chercher son courrier, faire sa lessive, et après, elle repartait chez David pour la semaine. Elle était dingue de ce type. Elle ne vivait que pour lui.

– Comment était-elle ? Je ne l'ai rencontrée qu'une fois.

– Oh, elle était très gentille, m'a-t-elle répondu, avant d'ajouter presque aussitôt : Vous trouvez que j'ai un gros cul ?

– Non.

– Vous n'avez même pas regardé. (Elle a gonflé les joues tout en s'activant.) Allez, dites-moi. Mon copain me répète tout le temps que j'ai grossi.

J'ai tourné la tête. Son cul avait la taille d'une pomme sauvage. Difficile d'imaginer plus petit, sauf peut-être chez une gamine de douze ans.

– Il a tort.

Je me suis carré dans une espèce de fauteuil en cuir rouge soutenu par une structure et un pied en verre. C'était sans doute le meuble le plus laid que j'aie jamais vu. C'était incontestablement le plus laid dans lequel je me sois jamais assis.

– Il a dit aussi que j'avais besoin de me muscler les mollets.

J'ai survolé du regard l'arrière des mollets en question. Ils ressemblaient à des galets saillant sous la peau.

– Et de me faire refaire les nichons, a-t-elle haleté.

Lorsque Dara s'est tournée vers moi, j'ai eu un bon aperçu de ses seins sous le soutien-gorge de sport. Ils avaient à peu près la taille, la forme et la fermeté de deux ballons de base-ball.

– Il fait quoi, votre copain ? ai-je demandé. Prof de gym ?

Elle a éclaté de rire, puis posé le bout de sa langue sur sa lèvre inférieure.

– Paaaas du tout ! Il est trader à State Street. Lui, il a un corps vraiment moche, avec un petit bouddha à la place des abdos, des bras tout maigres et un cul qui commence à se ramollir.

– Mais vous, il faudrait que soyez parfaite ?

Dara a acquiescé d'un signe de tête.

– Ça me paraît hypocrite, non ?

Elle a levé les mains.

— Peut-être, mais bon, je gagne dans les vingt-cinq mille dollars par an en tant que gérante d'un restau, et lui, il conduit une Ferrari. Vous allez penser que je suis superficielle, pas vrai ? (Elle a haussé les épaules.) O.K., j'aime bien les meubles de son appart. J'aime bien manger au Cafe Louis et chez Aujourd'hui. Et j'aime bien la montre qu'il m'a offerte.

Elle a tendu le bras vers moi pour me la faire admirer. C'était un modèle sportif, en acier inoxydable, qui allait sûrement chercher dans les mille dollars ; de quoi accessoiriser parfaitement sa tenue pour une séance d'exercice physique.

— Très jolie, ai-je commenté.
— Vous avez quoi, comme voiture ?
— Une Escort, ai-je prétendu.
— Vous voyez ? (Sans se retourner, elle a agité son index dans ma direction.) Vous êtes mignon et tout, mais avec vos fringues, votre bagnole... (Elle a secoué la tête.) Ah, non, je ne pourrais pas coucher avec un mec comme vous.
— Je ne me rappelle pas vous l'avoir demandé.

Dara s'est de nouveau tournée vers moi. Elle m'a contemplé longuement tandis que de nouvelles gouttes de sueur perlaient sur son front, puis elle a éclaté de rire.

Moi aussi.

Quelle franche partie de rigolade ç'a été pendant trente secondes !

— Alors, Dara, ai-je repris, pourquoi Karen a-t-elle perdu sa place dans cet appartement ?

Elle a reporté son attention sur la fenêtre.

— C'est triste, hein ? Je vous le répète, Karen était très gentille. Mais elle était aussi un peu, eh bien, naïve, si vous voyez ce que je veux dire. Elle n'avait pas le sens des réalités.
— Le sens des réalités, ai-je énoncé lentement.

Elle a hoché la tête.

— C'est une expression de mon psy pour désigner les... vous savez, toutes ces choses qui servent à nous structurer – pas seulement les gens, mais aussi les précepteurs et...
— Les préceptes ?
— Quoi ?
— Les préceptes. Les précepteurs, ce sont des profs particuliers. Les préceptes, ce sont des principes, des commandements religieux.
— Oui, c'est bien ce que je disais. Les préceptes, les principes, et aussi tous ces petits dictons, idéaux et théories philosophiques auxquels on se raccroche pour tenir le coup chaque jour. Karen, elle, n'en avait pas. Elle avait David, point final. Il était toute sa vie.

– Du coup, quand il a eu cet accident...

Elle a hoché la tête.

– Hé, ne vous y trompez pas, je suis parfaitement consciente du choc que ç'a été pour elle. (Son dos s'était couvert d'un voile de sueur qui faisait briller sa peau au soleil.) Je la plaignais de tout mon cœur. J'ai même pleuré à cause de ce qui lui arrivait. Mais au bout d'un mois, je me suis dit, merde, la vie continue.

– C'est un de vos préceptes ?

Elle m'a jeté un coup d'œil par-dessus son épaule pour voir si je me foutais d'elle. Je lui ai opposé un regard égal, compatissant.

De nouveau, elle a hoché la tête.

– Mais Karen passait ses journées à dormir ou à traînasser dans des vêtements sales, a-t-elle repris. Des fois, croyez-moi, elle ne sentait pas la rose. Elle s'est, eh bien, elle s'est effondrée, voilà. Vous comprenez ? Et O.K., c'était malheureux, ça me fendait le cœur, mais encore une fois, merde, faut savoir se reprendre.

Précepte numéro deux, ai-je pensé.

– J'ai même essayé de lui trouver quelqu'un.

– Un autre homme ?

– Tout juste. (Elle a laissé échapper un petit rire.) Je veux dire, d'accord, David était super. Mais aujourd'hui, c'est un légume. Hé, vous aurez beau frapper à la porte, il n'y a plus personne à la maison. Mais bon, il y a d'autres poissons dans la mer. On n'est pas dans *Roméo et Juliette*. La vie, c'est réel. La vie, c'est dur. Alors, je lui ai dit, Karen, tu dois sortir et rencontrer d'autres types. Une bonne séance de baise, ça lui aurait peut-être remis les idées en place.

Elle m'a regardé par-dessus son épaule tout en pressant à plusieurs reprises un bouton sur la console du tapis de marche, et peu à peu, la bande de caoutchouc sous ses pieds a ralenti jusqu'à reproduire l'allure d'un vieillard dans un centre commercial. Ses foulées sont devenues plus longues, plus lentes et plus souples.

– J'avais tort ? a-t-elle demandé à la fenêtre.

Je n'ai pas répondu.

– Donc, Karen était dépressive et elle passait ses journées à dormir. Est-ce qu'elle allait toujours travailler ?

Dara Goldklang a fait non de la tête.

– C'est pour ça qu'elle a été virée. Trop d'absences. Et quand elle y allait, elle avait l'air d'une loque, si vous voyez ce que je veux dire : cheveux gras, pas de maquillage, collants filés...

– Dieu du ciel ! ai-je ironisé.

– Écoutez, je l'ai prévenue. Sérieux.

Le tapis de marche s'est enfin arrêté, et Dara Goldklang en est descendue en se tamponnant le visage et la gorge avec une serviette, puis elle a bu de l'eau dans une bouteille en plastique. Enfin, elle a baissé la bouteille, les lèvres pincées, les yeux rivés aux miens.

Peut-être essayait-elle d'oublier ma tenue et la voiture dont elle me croyait propriétaire. Peut-être cherchait-elle à s'encanailler, à se changer les idées en appliquant la méthode dont elle semblait coutumière.

– Donc, elle a perdu sa place, ai-je repris, et elle s'est retrouvée fauchée.

Dara a renversé la tête, ouvert la bouche et versé l'eau à l'intérieur sans que ses lèvres touchent la bouteille. Au bout de plusieurs gorgées, elle s'est redressée, avant de s'essuyer le menton.

– Oh, elle était déjà fauchée depuis un moment. À cause d'un problème avec l'assurance maladie de David.

– Quel genre de problème ?

Elle a haussé les épaules.

– Karen a voulu régler une partie des frais. Ils étaient exorbitants. Toutes ses économies y sont passées. Moi, je lui ai dit, O.K., deux ou trois mois sans payer de loyer, ça peut s'arranger. Ça ne me plaît pas, mais je comprends. Mais le troisième mois, bon, je lui ai fait remarquer qu'elle devrait s'en aller si elle ne pouvait plus assumer. Je veux dire, on était copines et tout – bonnes copines, même –, mais c'est la vie.

– C'est la vie. Bien sûr.

Ses yeux se sont arrondis quand elle a hoché la tête.

– Pour moi, la vie, c'est comme un train, a-t-elle expliqué. Elle continue de rouler, et vous, vous courez devant. Si vous vous arrêtez trop longtemps pour reprendre votre souffle, elle vous écrase. Alors, tôt ou tard, vous avez intérêt à arrêter de penser aux autres et à vous prendre en charge.

– Excellent précepte.

Elle a souri, avant de s'approcher du truc hideux qui me tenait lieu de siège et de me tendre la main.

– Je vous aide à vous redresser ?

– Non, ça va. Ce fauteuil n'est pas si profond.

Dara Goldklang a éclaté de rire, et de nouveau, sa langue a pointé entre ses lèvres, comme Jordan chaque fois qu'il voulait marquer un panier.

– Je ne parlais pas du fauteuil.

Quand je me suis levé, elle a reculé.
– Je sais, Dara.
Une main sur les reins, elle s'est cambrée en avalant une gorgée d'eau.
– Et où se situe le problème, au juste ?
– J'ai des critères, ai-je répondu en me dirigeant vers la porte.
– Vous vous méfiez des inconnues ?
– Du genre humain, ai-je lancé au moment de sortir.

6.

L'intérieur de Pickup on South Street, la société de matériel de cinéma récemment fondée par David Wetterau, était un vaste entrepôt où s'entassaient caméras 16 mm, caméras 35 mm, objectifs, projecteurs, filtres, trépieds, chariots et rails de travelling. De petites tables boulonnées au sol, disposées à trois mètres d'intervalle, s'alignaient le long du mur de droite, où plusieurs employés inspectaient des appareils, tandis que près du mur de gauche, un jeune homme et une jeune femme faisaient rouler sur des rails un chariot gigantesque en forme de grue. La jeune femme, assise au sommet, manœuvrait un volant semblable à celui d'un camion.

Les salariés ou stagiaires des deux sexes se présentaient comme un assemblage hétéroclite de shorts amples, de T-shirts froissés, de tennis en toile ou de Doc Martens fatiguées sans chaussettes, et tous arboraient au moins une boucle d'oreille chacun ornant des têtes soit hirsutes, soit complètement rasées. Je les ai trouvés d'emblée sympathiques, sans doute parce qu'ils me rappelaient les étudiants avec qui je traînais à la fac. Des filles et des gars décontractés, le regard enfiévré par l'ambition artistique, intarissables quand ils avaient trop bu et qui possédaient une connaissance encyclopédique des meilleurs magasins de disques d'occasion, de livres d'occasion, de fringues d'occasion – bref, de tous les fournisseurs d'articles de seconde main.

Pickup on South Street avait été créée par David Wetterau et Ray Dupuis. Ray Dupuis comptait parmi les types au crâne rasé, et s'il se différenciait des autres, c'était juste parce qu'il semblait un peu plus âgé et que son T-shirt froissé était en soie. Il a posé ses Chuck Taylor sur un bureau balafré placé au beau milieu du chaos, puis il s'est adossé à son fauteuil branlant en cuir et il a écarté les bras comme pour englober la folie ambiante.

– Mon royaume, a-t-il déclaré en me gratifiant d'un sourire ironique.

– Vous avez beaucoup de boulot ?

Il a tâté les poches sombres et gonflées sous ses yeux.

– Oh oui.

À cet instant, deux gars ont fait irruption dans l'entrepôt. Ils couraient parallèlement l'un à l'autre en s'efforçant de rester à la même hauteur alors même qu'ils semblaient foncer à toute allure. Celui de gauche avait sanglé sur son torse ce qui ressemblait à l'association d'une caméra et d'un détecteur de métaux, et portait une lourde ceinture équipée de grosses poches qui m'a rappelé les ceintures de munitions destinées aux soldats.

– Avance un peu, encore un peu, disait le cameraman.

Le jeune à l'extérieur s'est exécuté.

– Maintenant ! Arrête et retourne-toi ! Arrête et retourne-toi !

Son partenaire a freiné, pivoté sur ses talons et foncé en sens inverse, aussitôt imité par le cameraman.

Mais soudain, celui-ci a pilé net, levé les mains et hurlé :

– Aaron ! Tu la fais, cette putain de mise au point ?

Une superposition de vieilles nippes surmontée d'une tignasse de cheveux sombres et arborant une moustache tombante à la Fu Manchu a détaché son regard de la télécommande dans sa main.

– Je la fais, Eric. Mais c'est à cause des projos, mec.

– Déconne pas ! a braillé Eric. Les projos sont O.K.

Ray Dupuis a souri, puis détaché son regard d'Eric, qui semblait sur le point d'exploser de rage.

– Ah, les gars de la Steadicam, a-t-il dit. Ils sont comme les prima donna du football. Hyperspécialisés, hypersensibles.

– Parce que ce truc sanglé sur sa poitrine, c'est une Steadicam ? me suis-je étonné.

Il a hoché la tête.

– Je croyais qu'elles étaient sur roulettes.

– Nan.

– Alors, pour le premier plan de *Full Metal Jacket*, un type se balade autour des bâtiments avec une caméra attachée sur la poitrine ?

– Bien sûr. Pareil pour le plan dans *Les Affranchis*. Vous pensez vraiment qu'ils auraient pu faire rouler un chariot dans cet escalier ?

– À vrai dire, je n'avais jamais considéré les choses comme ça.

De la tête, il a désigné le jeune qui tenait la télécommande.

– Et lui, c'est l'opérateur qui essaie de régler la mise au point à distance.

J'ai reporté mon attention sur l'équipe qui se préparait à tourner une nouvelle fois la scène, réglant tout ce qu'elle avait à régler.

Rien d'autre ne m'est venu à l'esprit que :

– Cool.

– Donc, vous êtes cinéphile, monsieur Kenzie.

J'ai acquiescé.

– Je suis surtout fan des vieux films, en fait.

Il a haussé les sourcils.

– Alors, vous savez d'où vient notre nom?

– Bien sûr, ai-je répondu. Sam Fuller, 1953. Mauvais film, excellent titre.

Un sourire a éclairé le visage de Ray Dupuis.

– C'est exactement ce que disait David. (Il a pointé le doigt vers Eric, qui passait de nouveau près de nous en courant.) C'est ce qu'il était censé récupérer le jour où il a été blessé.

– Quoi? La Steadicam?

Il a hoché la tête.

– C'est pour ça que je ne comprends pas, a-t-il ajouté.

– Qu'est-ce que vous ne comprenez pas?

– Cet accident. David n'aurait pas dû se trouver là.

– Au croisement de Congress et de Purchase, vous voulez dire?

– Oui.

– Où devait-il aller?

– À Natick.

– Natick, ai-je répété. Patrie de Doug Flutie et des filles avec des choucroutes sur la tête?

– C'est ça. Sans oublier le Natick Mall, évidemment.

– Évidemment. Mais Natick est à une trentaine de kilomètres, non?

– Tout juste. Et c'est là-bas qu'était la Steadicam. (De la tête, il a indiqué la caméra.) En comparaison, tous les trucs qu'on a ici – et il y en a pour une vraie fortune – paraissent minables. Le type de Natick la bradait. Il la vendait au prix coûtant. David s'est rué là-bas. Mais il n'est jamais arrivé. Pour une raison inexplicable, il est revenu et il s'est rendu à ce carrefour.

Il a fait un geste vers la fenêtre en direction du quartier financier quelques rues plus au nord.

– Vous l'avez dit à la police?

Il a opiné.

— Ils sont repassés me voir quelques jours plus tard et ils ont affirmé que c'était un accident ; pour eux, il n'y avait pas le moindre doute. J'ai eu une longue conversation avec un inspecteur, dont je suis sorti pratiquement convaincu qu'ils avaient raison. David a trébuché au grand jour devant quelque chose comme quarante témoins. Alors, je ne remets pas en cause la thèse de l'accident, d'accord, mais j'aimerais juste savoir ce qui a bien pu le pousser à faire demi-tour avant d'atteindre Natick. J'en ai parlé à l'inspecteur, et il m'a répondu que son boulot consistait à déterminer s'il s'agissait d'un accident, et que sur ce point-là, il était parvenu à une conclusion satisfaisante. Tout le reste était « à côté de la plaque ». Je cite.

— Et vous, qu'en pensez-vous ?

Il a passé la main sur son crâne lisse.

— David n'était pas à côté de la plaque. C'était un type fantastique. Je ne dis pas qu'il était parfait. Il avait des défauts, c'est vrai, mais...

— Du genre ?

— Eh bien, il n'avait rien d'un gestionnaire, et c'était un sacré dragueur quand Karen n'était pas dans les parages.

— Il la trompait ?

— Non. (Il a secoué la tête avec vigueur.) Non, pour lui, il s'agissait surtout de se prouver qu'il pouvait encore plaire. Il aimait bien attirer l'attention des jolies femmes, savoir qu'elles l'appréciaient. O.K., c'était puéril, et peut-être qu'à force de jouer avec le feu il aurait fini par se brûler, mais croyez-moi, il aimait sincèrement Karen et il était décidé à lui rester fidèle.

— De corps, sinon d'esprit...

— Exact. (Il a souri, puis soupiré.) Écoutez, j'ai financé cette société avec l'argent de papa, d'accord ? Je me suis porté garant pour les emprunts. Sans mon nom, elle n'aurait jamais décollé. Ce que je fais me passionne, et je ne suis pas idiot, mais David, lui, il avait du talent. C'était la vitrine et l'âme de notre entreprise. Les gens traitaient avec nous parce que David allait les voir, multipliait les contacts. Il a démarché les compagnies indépendantes, les industriels, les commerciaux. C'est lui qui a persuadé Warner Brothers de se procurer leur chariot Panther par notre intermédiaire quand ils tournaient ce film de Costner l'année dernière, et comme ils ont été contents, ils se sont adressés à nous pour remplacer leurs caméras 35 mm, leurs projecteurs, leurs filtres, leurs perches... (Il est parti d'un petit rire.) Je ne sais pas ce qu'ils fabriquaient, mais ils étaient toujours en train de casser un truc. Là-dessus, ils ont voulu récupérer notre Rank quand la leur est tombée en panne, et la seconde équipe a bossé avec nos Avid. Et c'est David qui a réussi à faire entrer tout cet argent. Pas moi. David avait du charme et du tonus, mais surtout, la capacité de convaincre. Sa parole avait valeur d'engagement, et il n'a jamais roulé personne dans une transaction. Il aurait assuré le succès de cette société. Mais sans lui? (Il a parcouru la pièce du regard, gratifié toute cette jeunesse, cette énergie et ce matériel d'un petit haussement d'épaules et d'un sourire désabusé.) Je ne nous donne pas dix-huit mois avant de couler.

— Si c'est le cas, qui en bénéficierait?

Il a réfléchi à la question quelques instants en tapant ses paumes sur ses genoux nus.

— Quelques concurrents, je suppose, mais pas de manière significative. On ne traite pas tant d'affaires que ça, et du coup, en cas de faillite, il n'y aura pas grand-chose à grappiller.

— Vous avez ce contrat avec Warner Brothers...

— C'est vrai. Mais c'est Eight Millimeter qui s'est chargé du film de Branagh que Fox Searchlight a tourné ici, et Martini Shot du film de Mamet. Je veux dire, on avait tous notre part du gâteau, et elle n'était ni trop grosse ni trop petite. Je vous garantis que personne ne gagnera des millions, ou même des centaines de milliers de dollars, parce que David ne fait plus partie du tableau. (Il a placé les mains derrière sa tête et levé les yeux vers les poutrelles en acier et les canalisations de chauffage apparentes.) N'empêche, ç'aurait pu être chouette. Comme disait David, on ne serait peut-être pas devenus riches, mais au moins, on aurait vécu confortablement.

— Et l'assurance?

Il s'est redressé, les coudes lui encadrant le visage, et il m'a regardé droit dans les yeux.

— Quoi, l'assurance?

— J'ai entendu dire que Karen Nichols s'était ruinée pour essayer de payer les frais médicaux de David.

— Et vous en avez déduit...?

— Qu'il n'était pas assuré.

Ray Dupuis m'a étudié, paupières baissées, corps figé. J'ai patienté, mais après une minute d'examen silencieux, j'ai fini par ouvrir les mains.

— Écoutez, Ray, je ne soupçonne personne ici. Vous avez dû faire preuve de créativité dans le domaine financier pour maintenir le navire à flot? Parfait. Ou vous...

– C'était David, a-t-il répliqué posément.
– Comment ça ?
Il a ôté ses pieds du bureau et laissé retomber ses mains.
– David a envoyé une... (Ses traits se sont crispés comme s'il mâchait des tablettes de LSD, et il a détourné les yeux un petit moment. Lorsqu'il a repris la parole, sa voix s'était pratiquement réduite à un murmure.) Vous apprenez à vous méfier. Surtout dans ce milieu, où tout le monde est charmant, tout le monde est votre ami, tout le monde vous aime jusqu'à ce que vous leur donniez la facture. J'avais toujours cru David différent, je le jure devant Dieu. Je lui faisais confiance.
– Mais ?
– Mais. (Il a répété le mot d'un ton méprisant, avant de contempler une nouvelle fois les poutrelles en grimaçant un sourire las.) Environ six semaines avant son accident, David a résilié la police d'assurance. Pas sur le matériel, juste sur les employés, y compris lui. C'était le moment de payer la cotisation trimestrielle, et au lieu de la régler, il a tout annulé. Je suis sûr que c'était un coup de dés – vous voyez le genre ? Déshabiller Pierre pour habiller Paul, investir l'argent ailleurs, peut-être dans la Steadicam.
– Vous étiez limités à ce point ?
– Oh, oui. Mes finances personnelles sont limitées, et celles de papa ne bougeront pas du coffre avant un bon bout de temps. On a un tas de factures en attente chez nos clients, et quand ils auront payé, ça ira mieux, mais les quelques derniers mois ont été plutôt difficiles. Alors, c'est vrai, je peux comprendre pourquoi David a fait ça. Ce que je ne comprends pas, c'est pourquoi il ne m'a rien dit, et pourquoi l'argent qu'il a économisé n'a jamais quitté le compte de la société.
– Il est toujours là ?
Il a acquiescé.
– Il l'était au moment de l'accident. Je m'en suis servi pour payer l'assurance et régler vingt pour cent de la Steadicam. Le reste, j'ai dû l'emprunter.
– Vous êtes bien sûr que c'est David qui a contacté la compagnie d'assurances ?
Durant quelques minutes, il a paru hésiter entre deux possibilités : me flanquer hors du bureau ou se justifier. En fin de compte, il a opté pour la seconde, et je m'en suis réjoui, parce que je ne sais pas si j'aurais survécu à la honte d'être jeté dehors par un groupe de gamins qui, collectivement, avaient plus souvent vu *La Guerre des étoiles* que connu les joies du sexe.

Il a regardé autour de nous pour s'assurer que personne dans l'entrepôt ne nous prêtait attention, puis il s'est servi d'une petite clé pour déverrouiller un des tiroirs du bureau. Après en avoir fouillé le contenu, il a retiré une feuille de papier qu'il m'a tendue.

C'était la copie d'une lettre de Wetterau envoyée à leur compagnie d'assurances. Elle disait expressément que David Wetterau, directeur financier de Pickup on South Street, souhaitait annuler la couverture santé de tous ses employés, y compris la sienne. Sa signature était apposée au bas de la page.

– La compagnie d'assurances me l'a renvoyée quand j'ai demandé une prise en charge pour David, a expliqué Ray Dupuis. Ils ont refusé de verser un centime. J'ai réuni ce que je pouvais, Karen aussi, jusqu'au moment où il ne lui est plus rien resté, et les factures ont continué de s'accumuler. Comme David n'a pas de famille, je suppose que l'État finira bien par payer, mais Karen et moi, on avait peur qu'il soit relégué dans un établissement merdique, et on a voulu lui garantir les meilleurs soins, mais c'était vraiment trop lourd pour nous deux.

– Vous connaissiez bien Karen ?

Il a opiné à plusieurs reprises.

– Oui.

– Que pensez-vous d'elle ?

– C'est tout à fait le genre de fille que le héros épouse à la fin du film. Vous voyez ce que je veux dire ? Pas la bombe sexy qui n'apporte que des emmerdes, mais la gentille fille. Celle qui ne vous écrirait jamais une lettre de rupture si vous étiez parti à la guerre. Celle qui est toujours là, pour peu qu'on fasse attention à elle. Barbara Bel Geddes dans *Vertigo*, si Jimmy Stewart avait été suffisamment malin pour regarder ce qu'elle cachait derrière ses lunettes.

– Je vois, oui.

– C'en était presque irréel.

– Comment ça ?

– Les filles comme elle, ça n'existe que dans les films.

– D'après vous, c'était de la comédie ?

– Non. Simplement, je me suis toujours demandé si elle savait qui elle était. Si elle avait fait tellement d'efforts pour correspondre à un idéal qu'elle avait fini par perdre sa personnalité.

– Et après l'accident ?

Il a haussé les épaules.

– Elle a tenu le coup un moment, et ensuite, elle a craqué. Je veux dire, c'était horrible à voir. Elle venait ici, et c'est tout juste si je ne jetais pas un coup d'œil à son permis pour être sûr que c'était bien la même personne. La plupart du temps, elle avait bu, elle était complètement partie. Une vraie loque. C'était comme si... Bon sang, qu'est-ce qui vous arrive quand vous vous croyez dans un film toute votre vie, et que le film se termine ?

Je n'ai rien répondu.

– Ça me rappelle tous ces gosses dont on fait des acteurs, a-t-il ajouté. Ils jouent leur rôle le plus longtemps possible, mais ils sont engagés dans une course contre l'évolution hormonale et ils ne peuvent pas gagner. Un jour, ils se réveillent, et ils ne sont plus des gosses, ils ne sont plus des vedettes, il n'y a plus de rôle nulle part pour eux, et ils sombrent.

– Donc, pour en revenir à Karen ?

Les yeux embués, il a relâché brusquement son souffle.

– Bon sang, ça me brisait le cœur. Ça nous brisait le cœur à tous. Elle ne vivait que pour David. Tous ceux qui les voyaient ensemble le comprenaient au premier regard. Et quand David a été blessé, elle est morte. Son corps a mis quatre mois à suivre, c'est tout.

Nous avons gardé le silence un moment, puis je lui ai rendu la lettre de la compagnie d'assurances. Il l'a gardée quelques instants en main, les yeux fixés sur le papier. Enfin, il a esquissé un sourire amer.

– Pas de « P », a-t-il murmuré en remuant la tête.

– Pardon ?

Il a tourné la lettre vers moi.

– Le second prénom de David, c'était Phillip. Quand on a monté la société, tout d'un coup, il s'est mis à tracer un grand P en plein milieu de sa signature. Mais juste sur les documents administratifs et les chèques. Rien d'autre. Je lui disais pour blaguer que le P, c'était pour « Prétentieux », je le charriais un peu.

J'ai examiné la signature.

– Je n'en vois pas, sur cette lettre.

Ray Dupuis a hoché la tête, puis laissé tomber la lettre dans le tiroir.

– Il ne devait pas se sentir d'humeur particulièrement prétentieuse, ce jour-là.

– Ray ?

– Oui ?

– Je pourrais avoir une copie de cette lettre et d'une autre où il y a sa signature avec le P ?

Il a haussé les épaules.

– Pas de problème.

Il n'a pas mis longtemps à retrouver un mémo rédigé par David, où figurait une signature ornée d'un large P avec une boucle bien ronde.

Je l'ai suivi jusqu'à une photocopieuse Xerox crasseuse, et il a placé la feuille sous le couvercle.

– Vous pensez à quoi ? m'a-t-il demandé.

– Pour le moment, je ne suis sûr de rien.

Il a retiré la photocopie et me l'a tendue.

– C'est juste un « P », monsieur Kenzie, a-t-il dit en faisant une photocopie du mémo, qu'il m'a également remise.

– Vous auriez aussi un document comportant votre signature ?

– Bien sûr, a répondu Ray.

De retour près du bureau, il m'a donné un mémo rédigé et signé de sa main.

– À votre avis, qu'est-ce qui est le plus important quand on veut falsifier un document ? ai-je lancé en prenant le mémo et en le mettant à l'envers.

– L'écriture ?

J'ai fait non de la tête.

– La Gestalt.

– La Gestalt.

– Vous visualisez la signature comme une forme, pas comme une succession de lettres individuelles.

Délicatement, je me suis appliqué à reproduire au stylo la forme de la signature maintenant inversée. Quand j'ai eu fini, je lui ai montré le résultat.

Il a examiné mon œuvre, entrouvert la bouche et haussé les sourcils.

– Pas mal... Waouh !

– Et je n'en suis qu'à mon premier essai, Ray. Imaginez ce que je pourrais faire avec un peu d'entraînement.

7.

J'ai téléphoné une nouvelle fois à Devin, que j'ai réveillé.
– Alors, où t'en es avec Miss Diaz ?
– Nulle part. Ah, les nanas...
– Écoute, je n'arrive pas à joindre les inspecteurs Thomas et Stapleton. Ils ne me rappellent jamais.
– Stapleton était un des protégés de Doyle. Ceci explique cela.
– Ah.
– Même si t'avais vu Hoffa[1] boire un café dans un boui-boui, Stapleton ne voudrait pas entendre parler de toi.
– Et Thomas ?
– Elle est moins prévisible. Et aujourd'hui, elle bosse en solo.
– J'ai de la chance.
– Ah, vous les Micks[2]... Qu'est-ce que tu veux que je te dise ? Attends. Je regarde où elle est.

J'ai patienté deux ou trois minutes, puis il a repris la communication.
– T'as une dette envers moi, dois-je te le rappeler ?
– C'est évident.
– Évident, bien sûr... (Il a soupiré.) Bon, l'inspecteur Thomas enquête à Back Bay sur un décès par crétinerie. Rejoins-la dans la ruelle entre Newbury et Comm. Ave.
– Près de quel carrefour ?

---

[1]. Jimmy Hoffa, dirigeant des Teamsters, le syndicat américain des camionneurs, a disparu en 1975 dans le cadre d'un règlement de comptes mafieux. (*N.d.T.*)
[2]. Terme péjoratif désignant les Irlandais. (*N.d.T.*)

– Dartmouth et Exeter. Évite de te la mettre à dos, O.K. ? C'est une coriace, mon pote. Capable de te bouffer tout cru sans que ça fasse un pli.

**

L'inspecteur Joella Thomas a émergé de la ruelle donnant sur Dartmouth Street et s'est baissée pour passer sous le ruban de scène de crime en même temps qu'elle enlevait une paire de gants en latex. Tout en se redressant, elle a retiré le premier gant d'un coup sec et secoué sa main pour ôter le talc blanc sur sa peau d'ébène. Puis elle a interpellé l'homme assis sur le pare-chocs de la fourgonnette du légiste.

– Larry ? Il est à vous.

Le dénommé Larry, plongé dans son journal, n'a même pas détaché son regard de la page des sports.

– Il est toujours défunté ? a-t-il lancé.

– De plus en plus.

Joella Thomas s'est débarrassée du second gant, et bien qu'elle ait remarqué ma présence, elle n'a pas quitté Larry des yeux.

– Alors, qu'est-ce qu'il vous a raconté ? a-t-il demandé en tournant une page.

Avant de répondre, elle a fait rouler un bonbon Life Savers dans sa bouche, puis hoché la tête.

– Oh, il a dit que la vie après la mort...

– Ouais ?

– C'était rien d'autre qu'une grande fiesta.

– Tant mieux. J'en parlerai à ma femme. (Larry a refermé le journal, puis l'a jeté dans la camionnette derrière lui.) Vous savez, inspecteur, les Sox font chier.

Elle a haussé les épaules.

– Moi, mon truc, c'est le hockey.

– Ben, les Bruins font chier aussi, tiens.

Larry nous a tourné le dos pour chercher quelque chose dans la fourgonnette.

Joella Thomas, qui se détournait déjà, a soudain paru se souvenir de moi. Sa tête a pivoté lentement dans ma direction, et elle m'a observé derrière les verres or sombre de ses lunettes noires sans monture.

– C'est pour quoi ?

– Inspecteur Thomas ?

Je lui ai tendu la main.

Elle m'a effleuré les doigts avant de carrer les épaules de façon à se placer en face de moi.

– Patrick Kenzie. Devin Amronklin vous a peut-être parlé de moi.

Quand elle a incliné la tête, j'ai entendu le Life Savers heurter une de ses dents du fond.

– Et vous ne pouviez pas passer au poste, monsieur Kenzie ?

– Je pensais gagner du temps.

Elle a placé les mains dans les poches de sa veste de tailleur-pantalon, puis s'est légèrement penchée en arrière.

– Peut-être aussi que vous n'aimez pas trop traîner chez les flics depuis que vous en avez fait tomber un ? Je me trompe, monsieur Kenzie ?

– Les cellules me semblent beaucoup plus proches, c'est vrai.

– Mmm.

Elle s'est écartée pour laisser passer Larry et deux autres flics de l'identité judiciaire.

– Écoutez, inspecteur, je regrette qu'une de mes enquêtes ait conduit à l'arrestation d'un de vos collè...

– Bla-bla-bla. (Joella Thomas a agité une longue main devant mon visage.) Je me fiche pas mal de lui, monsieur Kenzie. Il était de la vieille école, il faisait partie d'une autre génération, quoi. (Elle s'est tournée vers le trottoir.) J'ai l'air d'être de la vieille école ?

– Absolument pas.

Mince et élancée, l'inspecteur Joella Thomas devait mesurer un bon mètre quatre-vingts. Elle portait un tailleur-pantalon vert olive sur un T-shirt noir. Sa plaque dorée, attachée à une cordelette de nylon noir passée autour de son cou, rappelait les trois anneaux d'or dans son lobe gauche. Le droit était aussi nu et lisse que son crâne rasé.

Autour de nous, une fine brume de chaleur montait du bitume en même temps que s'évaporait la rosée matinale. Il était encore tôt, en ce dimanche matin ; les cafetières Krups des jeunes cadres dynamiques devaient commencer à filtrer le café et les propriétaires de chiens s'apprêtaient à sortir de chez eux.

Joella Thomas a déchiré la bande d'aluminium autour de son rouleau de Life Savers et elle en a pris un.

– Un bonbon à la menthe, monsieur Kenzie ?

Elle m'a tendu le rouleau, et je me suis servi.

– Merci.

Après avoir glissé les confiseries dans sa poche, elle a jeté un coup d'œil vers la ruelle, puis vers le toit de l'immeuble proche.
J'ai suivi son regard.
– Il a sauté ? ai-je demandé.
Elle a fait non de la tête.
– Il est tombé. Il est monté sur le toit pendant une fête pour se shooter. Il s'est assis sur le rebord, il s'est piqué et il a voulu admirer les étoiles. (Elle a imité le mouvement de quelqu'un qui se penche en arrière.) Et là, il a dû voir une comète.
– Aïe...

**

Joella Thomas a brisé un petit bout de scone pour le tremper dans sa grande tasse de thé avant de le glisser sur sa langue.
– Alors, comme ça, vous voulez en savoir plus sur Karen Nichols.
– Oui.
Elle a pris le temps de mâcher et d'avaler une gorgée de thé.
– Pourquoi ? Vous vous demandez si on l'a poussée ?
– C'est le cas ?
– Non.
Adossée à sa chaise, elle a regardé par la fenêtre un vieil homme jeter des miettes de pain aux pigeons. Avec son petit visage étroit et son nez crochu, le vieillard ressemblait beaucoup aux oiseaux qu'il nourrissait. Nous étions au Jorge's Café de Jose, à une centaine de mètres des lieux du drame. Jorge proposait neuf variétés différentes de scones, quinze variétés de muffins, des carrés de tofu, et semblait monopoliser le marché du son.
– C'était un suicide, a affirmé Joella Thomas. (Elle a haussé les épaules.) Un cas net et sans bavure : mort par pesanteur. Aucune trace de lutte, pas de marques de semelles autres que les siennes à proximité de l'endroit d'où elle a sauté. Franchement, ça n'aurait pas pu être moins suspect.
– Et d'après vous, son geste s'explique ?
– Comment ça ?
– Eh bien, elle était déprimée suite à l'accident de son petit ami, etc., etc.
– Je suppose, oui.
– Ça vous paraît suffisant, comme raison ?
– Oh, je vois où vous voulez en venir... (Elle a remué la tête.) Les suicides, vous savez, s'expliquent rarement. Et je vais vous dire

une chose : la plupart des gens qui en arrivent à cette extrémité n'écrivent pas de lettre. Ils sont peut-être dix pour cent à le faire. Les autres se suppriment en laissant seulement des points d'interrogation derrière eux.

– Il doit tout de même bien y avoir un ou deux dénominateurs communs.

– Entre les victimes ? (Nouvelle gorgée de thé, nouveau mouvement de tête.) À l'évidence, elles sont toutes dépressives. Mais qui ne l'est pas ? Vous, par exemple, vous vous réveillez tous les matins en pensant : « Hé, c'est pas fantastique d'être en vie ? »

J'ai lâché un petit rire en lui signifiant que non.

– Je m'en doutais, a-t-elle repris. Moi non plus. Bon, et du côté de votre passé ?

– Hein ?

– Votre passé. (Elle a brandi une cuillère dans ma direction, puis l'a plongée dans sa tasse.) Vous êtes en paix avec tout ce qui vous est arrivé autrefois, ou est-ce qu'il y a des trucs – des trucs dont vous ne parlez pas – qui vous tourmentent, qui vous font grimacer quand vous y repensez aujourd'hui, vingt ans plus tard ?

J'ai réfléchi à la question. Un jour, quand j'étais tout gosse – je devais avoir dans les six ou sept ans –, j'ai reçu une bonne raclée avec la ceinture paternelle et je me suis aussitôt précipité dans la chambre que je partageais avec ma sœur. Elle était là, agenouillée près de ses poupées, et je l'ai frappée de toutes mes forces à l'arrière du crâne. Son expression à ce moment-là – mélange de stupeur, de frayeur, mais aussi de résignation empreinte de lassitude – s'est gravée à tout jamais dans mon cerveau. À tel point que même maintenant, au bout de vingt-cinq ans, lorsque son visage d'enfant de neuf ans a surgi devant moi dans ce café de Back Bay, j'ai cru étouffer sous le poids de ma honte.

Et ce n'était qu'un souvenir parmi tant d'autres... La liste était longue, résultat d'une accumulation de faux pas, d'erreurs de jugement, d'impulsions incontrôlées.

– Je lis la réponse sur votre figure, a déclaré Joella Thomas. Il y a certains épisodes de votre passé avec lesquels vous ne vous êtes jamais réconcilié.

– Et vous ?

Elle a hoché la tête.

– Oh, c'est pareil pour moi. (Elle s'est appuyée contre le dossier de son siège, puis elle a levé les yeux vers le ventilateur au-dessus de nous en poussant un profond soupir.) Pareil, oui, a-t-elle répété.

Au fond, tout le monde en est là. On est tous obligés de vivre avec notre passé, on bousille tous notre présent et on a tous des moments où on ne voit plus trop l'intérêt de continuer à se battre pour avancer. Les suicidés, ce sont juste des gens qui franchissent le pas. Ils se disent : « Supporter *ça* encore longtemps ? Ah non, pas question. Je préfère descendre du bus. » Et la plupart du temps, vous ne savez même pas quelle est la goutte d'eau qui a fait déborder le vase. J'ai connu des cas où, croyez-moi, ce geste n'avait apparemment aucun sens. Tenez, cette jeune mère à Brighton, l'année dernière... Aux dires de tous, elle aimait son mari, ses gosses, son chien. Elle avait un super job, des rapports fabuleux avec ses parents, pas de soucis d'argent. Et puis, la voilà demoiselle d'honneur au mariage de sa meilleure amie. Après la noce, elle est rentrée à la maison, et sans même enlever son affreuse robe en mousseline de soie, elle s'est pendue dans sa salle de bains. Qu'est-ce qui a pu se passer, hein ? Sa mort avait-elle un rapport avec le mariage ? Est-ce qu'elle était secrètement amoureuse du marié ? Ou de la mariée, peut-être ? Est-ce qu'elle s'est rappelé son propre mariage et tous les espoirs qu'elle avait à l'époque, et en regardant ses amis échanger leur consentement, est-ce qu'elle a pris conscience de l'échec de son propre couple, de l'effondrement de ses rêves ? Ou est-ce que tout simplement, elle en a eu marre de cette vie de merde ? (Joella a fait lentement rouler ses épaules.) Je ne sais pas. Personne ne le sait. Je peux vous dire qu'aucun de ceux qui la connaissaient n'a rien vu venir.

Mon café avait refroidi, mais j'en ai tout de même avalé un peu.

– Monsieur Kenzie, a-t-elle repris, Karen Nichols s'est tuée. Il n'y a pas le moindre doute là-dessus. Vous perdez votre temps à chercher pourquoi – franchement, qu'est-ce que ça va changer ?

– Vous ne l'avez pas rencontrée, ai-je objecté. Je vous assure, sa mort ne me paraît pas normale.

– Rien ne l'est, en ce bas monde.

– Vous avez découvert où elle avait passé les deux derniers mois de sa vie ?

– Non, mais j'imagine qu'un propriétaire ou un autre se signalera quand il aura besoin de relouer son appartement.

– Et entre-temps ?

– Entre-temps, elle est morte, monsieur Kenzie. Alors, qu'est-ce que ça peut lui faire ?

J'ai grimacé.

Elle a grimacé en retour, puis elle s'est penchée en avant et m'a fixé de son regard pénétrant.

— Je peux vous poser une question ?
— Bien sûr, inspecteur.
— Avec tout le respect que je vous dois, parce que vous m'avez l'air d'un brave type.
— Allez-y.
— Vous avez rencontré Karen Nichols, quoi, une fois ?
— Une fois, oui.
— Et vous me croyez quand je vous dis qu'elle s'est tuée toute seule, sans l'aide de personne ?
— Oui.
— Alors, monsieur Kenzie, pourquoi vous souciez-vous autant de ce qui a pu lui arriver *avant* ?

Je me suis redressé sur ma chaise.

— Vous ne vous êtes jamais dit que vous aviez foiré dans les grandes largeurs et que vous aimeriez réparer ça ?
— Oh si.
— Il y a quatre mois, Karen Nichols a laissé un message sur mon répondeur, ai-je expliqué. Elle me demandait de la rappeler. Je ne l'ai pas fait.
— Et alors ?
— Alors, la raison pour laquelle je ne l'ai pas fait n'était pas valable.

Joella Thomas a chaussé ses lunettes noires, qui ont glissé sur son nez, puis m'a observé par-dessus les verres.

— Donc, si je comprends bien, vous croyez que si vous l'aviez rappelée, elle serait encore vivante aujourd'hui ?
— Non. Je pense lui devoir quelque chose pour l'avoir laissée tomber dans ces conditions.

Elle m'a regardé, la bouche légèrement ouverte.

— Vous me prenez pour un dingue, ai-je marmonné.
— Oui, je vous prends pour un dingue. C'était une adulte. Elle...
— Son fiancé s'est fait renverser par une voiture. C'était un accident, d'après vous ?

Elle a opiné.

— J'ai vérifié, monsieur Kenzie. Il y avait quarante-six personnes présentes autour de lui ce jour-là quand il a trébuché, et elles ont toutes été catégoriques : il a trébuché, un point c'est tout. Une voiture de patrouille stationnait un pâté de maisons plus loin, au croisement entre Atlantic et Congress. Elle a été alertée par le bruit de l'impact et elle est arrivée sur les lieux environ douze secondes après l'accident. L'automobiliste qui a heurté Wetterau était un touriste, un certain Steven Kearns. Il est tellement choqué qu'il continue à lui envoyer des fleurs tous les jours à l'hôpital.

– Admettons. Mais qu'est-ce qui a pu amener Karen Nichols à sombrer comme ça – jusqu'à perdre son travail, son appartement ?

– C'est typique de la dépression, a répondu Joella Thomas. Vous vous enfermez dans vos idées noires au point d'en oublier vos responsabilités vis-à-vis du monde extérieur.

Deux femmes d'un certain âge avec les mêmes lunettes de soleil Versace repoussées en haut du front se sont arrêtées près de notre table, un plateau dans les mains, en balayant la salle du regard à la recherche de places libres. L'une d'elles a jeté un coup d'œil à ma tasse presque vide, puis aux miettes de Joella, et a poussé un soupir fort peu discret.

– Impressionnant ! a commenté Joella. Vous vous êtes beaucoup entraînée ?

La femme n'a pas paru l'entendre. Elle a tourné la tête vers sa compagne, qui a soupiré à son tour.

– C'est contagieux, ai-je observé.

– Je trouve certains comportements tout à fait inconvenants, pas toi ? a lancé l'une des deux amies à l'autre.

Joella m'a gratifié d'un grand sourire.

– Inconvenant, a-t-elle répété. Elles aimeraient me traiter de négresse, mais elles préfèrent dire « inconvenant ». C'est plus dans leur style. (Elle a levé les yeux vers les deux femmes, qui prenaient soin de nous ignorer.) Je me trompe ?

Elles ont soupiré de plus belle.

– Mmm, a fait Joella, comme si cette réaction la confortait dans ses certitudes. On y va ?

Elle s'est mise debout.

J'ai indiqué ses miettes et sa tasse de thé, ma tasse de café.

– Laissez, m'a-t-elle conseillé. Les deux sœurs, là, s'en chargeront. (Elle a croisé le regard de la première.) Pas vrai, mon chou ?

Sans répondre, son interlocutrice a reporté son attention sur le comptoir.

– Mouais, a dit Joella Thomas avec un sourire jusqu'aux oreilles, c'est sûr. La solidarité féminine, monsieur Kenzie, c'est merveilleux.

Quand nous sommes sortis, les deux femmes se tenaient toujours près de la table ; leur plateau dans les mains, elles peaufinaient l'art du soupir en attendant apparemment qu'on vienne débarrasser.

Nous avons marché un peu. La brise matinale embaumait le jasmin, et autour de nous, la rue commençait à se remplir de piétons qui jonglaient avec la pile des journaux du dimanche et des sacs en papier blanc contenant des muffins, du café ou des gobelets de jus de fruit.

– Pourquoi s'était-elle adressée à vous, au fait ? m'a demandé Joella.

– Un type la harcelait.
– Vous vous êtes occupé de lui ?
– Mmm.
– Vous croyez qu'il a compris le message ?
– Sur le moment, je l'ai cru. (Je me suis arrêté, elle aussi.) Dites-moi, inspecteur, Karen Nichols a-t-elle été violée ou agressée au cours des mois précédant sa mort ?

Elle a scruté mon visage à la recherche de quelque chose – des signes de démence, peut-être, de la fébrilité d'un homme lancé dans une quête autodestructrice.

– Si c'était le cas, vous retourneriez voir ce type ?
– Non.
– Ah bon ? Vous feriez quoi, alors ?
– Je transmettrais mes informations à un représentant de la loi.

Un grand sourire a éclairé son visage, révélant les dents les plus blanches que j'aie jamais vues.

– C'est ça, a-t-elle ironisé.
– Je vous assure.

Elle a hoché la tête comme pour elle-même.

– La réponse est non. Pour autant que je le sache, elle n'a été ni violée ni agressée.

– Ah.
– Mais, monsieur Kenzie ?
– Oui ?
– Je vous préviens tout de suite, si ce que je m'apprête à vous dire filtre dans la presse, je vous démolis.
– Compris.
– Sérieux, je vous anéantis.
– Message reçu.

Les mains dans les poches, elle s'est adossée à un réverbère.

– Juste pour que vous ne me preniez pas pour un flic sympa qui copine avec tous les privés de cette ville – ce gars du BPD que vous avez fait tomber l'année dernière... ?

J'ai attendu la suite.

– Il n'aimait pas les femmes flics, il ne pouvait pas sentir les femmes flics noires et si vous tentiez de vous affirmer quand même, il racontait à tout le monde que vous étiez lesbienne. Après votre intervention, il y a eu pas mal de remaniements dans son service, et j'ai été transférée à la Criminelle.

– Où était votre place.

– Où je méritais d'être. Alors, disons que si je vous mets au courant aujourd'hui, c'est une façon de vous remercier, O.K. ?

– O.K.

– Avant de mourir, votre amie a été arrêtée deux fois à Springfield. Pour racolage.

– Elle tapinait ?

Elle a opiné.

– Oui, monsieur Kenzie. C'était une prostituée.

8.

Carrie et Christopher Dawe, la mère et le beau-père de Karen Nichols, vivaient à Weston dans une vaste maison coloniale identique au Monticello de Jefferson. Elle se situait dans une rue bordée de propriétés semblables dont les pelouses grandes comme Vancouver scintillaient sous les gouttelettes répandues par des arroseurs automatiques qui chuintaient doucement. J'avais pris la Porsche, je l'avais lavée et cirée avant de venir, et j'avais choisi pour la circonstance le style estival décontracté que les jeunes de *Beverly Hills 90210* semblaient apprécier – légère veste de cachemire sur un T-shirt blanc tout neuf, pantalon de toile Ralph Lauren, mocassins fauves. Dans Dorchester Avenue, une tenue pareille m'aurait valu des huées dans les trois ou quatre secondes, mais ici, elle semblait *de rigueur*[1]. Si j'avais arboré des lunettes noires à cinq cents dollars et si je n'avais pas été irlandais, on m'aurait peut-être même invité à jouer au golf. Mais voilà, Weston n'était pas devenue la banlieue la plus huppée d'une ville huppée sans avoir établi certains critères.

Au moment où je m'engageais dans l'allée conduisant chez les Dawe, ils ont ouvert la porte en grand, et du seuil, enlacés par la taille, ils m'ont adressé de grands signes de la main tels Robert Young et Jane Wyatt dans un vieux film en noir et blanc.

– Monsieur Kenzie ? a lancé le Dr Dawe.

– Oui, monsieur. Enchanté.

Parvenu à leur hauteur, j'ai eu droit à deux poignées de main fermes.

---

1. En français dans le texte.

– Le trajet s'est bien passé ? a demandé Mme Dawe. Vous avez pris le Pike, j'espère ?

– Oui, madame. Pas de problème. Il n'y avait pas de circulation.

– Tant mieux, a commenté M. Dawe. Mais entrez, monsieur Kenzie. Entrez, je vous en prie.

Il portait un T-shirt fané sur un pantalon froissé. Ses cheveux noirs et son bouc taillé avec soin se nuançaient d'un gris distingué et il avait un sourire avenant. Il ne correspondait pas du tout à l'image que je m'étais faite du chirurgien versatile de Mass General dont l'épais portefeuille d'actions se doublait d'un fort complexe de supériorité. Je le voyais plutôt lire des poèmes dans Inman Square, boire des tisanes et citer Ferlinghetti.

Elle portait une chemise à carreaux noir et gris sur un pantalon noir moulant et des sandales noires, et elle avait des cheveux lustrés d'une chaude couleur myrtille foncé. Elle devait avoir une cinquantaine d'années – du moins, je le supposais étant donné ce que je savais de Karen Nichols –, mais elle n'en paraissait pas plus de quarante, et dans ces vêtements décontractés, elle m'évoquait plutôt une nouvelle venue au club des étudiantes qui passerait sa première soirée entre filles à boire du vin à la bouteille et à bavarder assise en tailleur par terre.

Ils m'ont fait traverser un vestibule en marbre baigné par une lumière ambrée, et à leur suite, j'ai longé un escalier blanc qui s'incurvait gracieusement vers la gauche tel un cygne tendant le cou, puis j'ai pénétré dans une pièce douillette servant de double bureau où, sous un plafond agrémenté de poutres apparentes en merisier, des tapis persans dans des tons doux réchauffaient le sol et accentuaient l'impression de confort moelleux dégagée par les chaises de capitaine en cuir et le canapé et les fauteuils assortis. La pièce en question était grande, mais elle m'a semblé petite sur le coup, car entre les murs peints en saumon foncé se trouvaient quantité de livres et de CD bien rangés, ainsi qu'un objet remarquablement kitsch – une moitié de canoë dressée à la verticale et transformée en meuble destiné à recevoir des bibelots, des livres de poche aux dos fatigués et de vieux 33 tours datant pour la plupart des années 60 : Dylan et Joan Baez voisinant avec Donovan et les Byrds ; Peter, Paul & Mary ; Blind Faith. Des cannes à pêche, des chapeaux de pêcheurs et des maquettes de schooners minutieusement détaillées se partageaient les murs, les étagères et le dessus des bureaux, et une table de ferme en bois clair était disposée derrière le canapé, en dessous ce qui m'est apparu à première vue comme des originaux de Pollock et de Basquiat et une lithographie de Warhol. Je n'avais aucun problème avec le Pollock et le Basquiat, même si pour rien au monde je n'aurais remplacé par l'un d'eux le poster de Marvin le Martien dans ma chambre, mais je me suis assis de façon à ne surtout pas voir le Warhol. Pour moi, Warhol est à l'art ce que Rush est au rock ; autrement dit, il craint.

Le bureau du Dr Dawe, placé dans l'angle ouest, croulait sous les piles de revues et d'ouvrages de médecine, deux maquettes de bateau et un petit dictaphone entouré de monceaux de microcassettes. Celui de Carrie Dawe, dans l'angle est, présentait un aspect immaculé et minimaliste ; une ramette de papier crème et un calepin relié de cuir, sur lequel était posé un stylo en argent, en occupaient la moitié droite. En y regardant de plus près, je me suis rendu compte que ces deux meubles étaient de fabrication artisanale, et peut-être en séquoia de Californie du Nord ou en teck d'Extrême-Orient, je n'aurais su me prononcer compte tenu de la lumière ambiante, douce et diffuse. Suivant le même procédé utilisé pour construire les chalets en rondins, le bois avait été façonné à la main, puis on l'avait laissé vieillir et travailler pendant plusieurs années, jusqu'à ce que les différentes parties se fondent les unes aux autres et atteignent un degré d'adhérence et de solidité impossible à égaler avec de la tôle et un chalumeau. À ce moment-là seulement, il avait été mis en vente. Aux enchères, à n'en pas douter. Quant à la table de ferme, ce n'était pas une simple imitation du style rustique. Non, c'était de l'authentique rustique, français qui plus est.

L'intérieur était peut-être douillet, mais il témoignait avant tout d'un goût exquis et d'un budget illimité.

J'avais pris place à un bout du canapé et Carrie Dawe à l'autre ; assise en tailleur, comme je m'y étais attendu, elle jouait distraitement avec les glands du plaid jeté sur le dossier tout en me fixant de ses yeux verts empreints de douceur.

Son mari s'est installé sur une chaise à roulettes qu'il a approchée de la table basse entre nous.

— Ainsi, monsieur Kenzie, ma femme m'a dit que vous étiez détective privé ?

— Oui, monsieur.

— Je ne crois pas en avoir jamais rencontré auparavant, a-t-il observé en caressant son bouc. Et toi, ma chérie ?

Carrie Dawe a remué la tête et tendu vers moi son index replié.

— Vous êtes le premier.

— C'est vrai ? ai-je lancé.

Le Dr Dawe s'est frotté les mains, avant de se pencher en avant.
– Quelle a été votre enquête la plus intéressante ?
J'ai souri.
– Oh, il y en a eu tellement...
– Ah oui ? Eh bien, je vous en prie, racontez-nous.
– Écoutez, monsieur, j'en serais ravi, mais je n'ai pas beaucoup de temps, et si ça ne vous ennuie pas trop, je voudrais juste vous poser quelques questions sur Karen.
Il a passé sa paume sur la table basse.
– Posez-les, monsieur Kenzie. Posez-les.
– Comment avez-vous connu ma fille ? a demandé Carrie Dawe à mi-voix.
J'ai tourné la tête vers elle, et il m'a semblé voir une lueur de chagrin briller dans ses yeux verts avant de s'évanouir.
– Elle a fait appel à mes services il y a six mois, ai-je répondu.
– Pourquoi ?
– Un homme la harcelait.
– Et cet homme, vous l'avez obligé à cesser ses agissements ?
J'ai opiné.
– Oui, madame.
– Eh bien, merci, monsieur Kenzie. Je suis sûre que votre intervention a aidé Karen.
– Madame Dawe, ai-je repris, votre fille avait-elle des ennemis ?
Elle m'a adressé un sourire déconcerté.
– Non, monsieur Kenzie. Elle n'était pas du genre à se faire des ennemis. C'était une créature beaucoup trop inoffensive.
Une créature inoffensive, ai-je pensé.
Carrie Dawe a incliné la tête vers son mari, qui a pris le relais.
– D'après les policiers, monsieur Kenzie, Karen s'est suicidée.
– En effet.
– Y a-t-il une raison de mettre en doute la validité de leurs conclusions ?
– Aucune, monsieur.
– Mmm... (Il a opiné comme pour lui-même, puis il a paru se plonger dans ses pensées tandis que ses yeux survolaient mon visage et la pièce alentour. Enfin, il a reporté son attention sur moi, souri, puis tapoté ses genoux comme s'il venait de prendre une décision.) Eh bien, je prendrais volontiers un thé. Pas vous ?
Ou il y avait un interphone dans la pièce, ou la bonne attendait dans le couloir, car à peine avait-il formulé cette remarque que la porte s'ouvrait, livrant passage à une petite femme chargée d'un plateau sur lequel étaient disposés trois services à thé en cuivre.

Âgée d'environ trente-cinq ans, elle était juste vêtue d'un short et d'un T-shirt. Ses cheveux courts, d'un brun terne, se dressaient sur son crâne comme des touffes de gazon artificiel. Sa peau était très pâle et très vilaine, ses joues et son menton criblés de boutons d'acné, son cou gonflé, ses bras nus desséchées et couverts de squames.

Les yeux baissés, elle a déposé le plateau sur la table basse entre nous.

– Merci, Siobhan, a dit Mme Dawe.

– De rien, madame. Désirez-vous autre chose ?

Elle s'exprimait avec un accent irlandais encore plus prononcé que celui de ma mère. Dans sa bouche, *de* devenait *deux*, *autre chose* devenait *ôt' chôse*. Il n'y a que dans le Nord où il est aussi marqué, dans les froides villes grises où les raffineries se dressent sous un ciel chargé de suie.

Les Dawe n'ont pas répondu. Ils ont soigneusement ôté les trois parties de leur service à thé respectif – d'abord le pot de crème, ensuite le sucre et enfin le thé –, puis se sont servi leur breuvage dans des tasses si délicates que je n'aurais jamais osé éternuer à proximité.

Siobhan, qui attendait toujours, m'a jeté un coup d'œil furtif pardessous ses paupières baissées tandis que la chaleur empourprait sa peau blafarde.

Le Dr Dawe a fait tourner une cuillère dans sa tasse, raclant longuement la bordure de porcelaine. Il l'a portée à ses lèvres, puis il a noté que je n'avais pas touché à la mienne et remarqué la présence de Siobhan à ma gauche.

– Siobhan ? Merci, ma fille, vous pouvez disposer. (Il a éclaté de rire.) En fait, vous avez l'air fatigué. Pourquoi ne pas prendre votre après-midi ?

– Oui, docteur. Merci.

– Merci à vous, a-t-il répliqué. Ce thé est absolument délicieux.

Elle a quitté la pièce en voûtant les épaules et en arrondissant le dos, et lorsque la porte s'est refermée derrière elle, le Dr Dawe a déclaré :

– C'est une bonne petite. Oui, une bonne petite. À notre service pratiquement depuis qu'elle est descendue du bateau il y a quatorze ans. Oui..., a-t-il murmuré. Donc, monsieur Kenzie, nous en étions à nous demander pourquoi vous enquêtiez sur la mort de ma bellefille s'il n'y a aucune raison d'enquêter.

Il a plissé le nez au-dessus de sa tasse avant de l'approcher de sa bouche.

— En fait, monsieur, ai-je répondu en soulevant le pot de crème, je m'intéresse plus à sa vie. Aux six derniers mois qui ont précédé son décès, plus exactement.
— Pourquoi ? est intervenue Carrie Dawe.

J'ai versé le thé brûlant dans ma tasse, ajouté du sucre et un peu de crème. Quelque part, ma mère s'est retournée dans sa tombe : la crème, c'était pour le café ; le lait, pour le thé.
— Elle ne m'a pas paru suicidaire.
— Ne le sommes-nous pas tous ? a lancé Carrie Dawe.

Je l'ai regardée.
— Comment ça ?
— Placés dans les bonnes – ou plutôt mauvaises – circonstances, ne sommes-nous pas tous capables de nous suicider ? Une tragédie par-ci, une tragédie par-là...

Elle m'a étudié par-dessus sa tasse, et j'ai porté la mienne à mes lèvres avant de répondre. Le Dr Dawe avait raison : crème ou pas, le thé était excellent. Désolé, M'man.
— J'en suis bien persuadé, ai-je répondu, mais le déclin de Karen m'a semblé assez brutal.
— Et votre opinion se fonde sur une connaissance approfondie de la situation ? s'est enquis le Dr Dawe.
— Pardon ?

Il a tendu sa tasse vers moi.
— Étiez-vous intimes, ma belle-fille et vous ?

J'ai dû plisser les yeux d'un air perplexe, car il m'a gratifié d'un haussement de sourcils presque espiègle.
— Allons, monsieur Kenzie, il n'est pas question de dire du mal des morts, mais nous n'ignorons pas que sur la fin, Karen avait une vie sexuelle plutôt, eh bien, débridée.
— Comment pouvez-vous le savoir ?
— Elle est devenue grossière, m'a expliqué Carrie Dawe. Elle en parlait de façon tout à fait explicite. Elle buvait, prenait de la drogue... Une telle déchéance aurait été vraiment affligeante si elle n'avait pas été aussi banale. Un jour, elle a même fait des avances à mon mari.

J'ai reporté mon attention sur le Dr Dawe, qui a acquiescé de la tête et posé sa tasse sur la table basse.
— Oui, monsieur Kenzie. Oui. On se serait crus dans une pièce de Tennessee Williams chaque fois qu'elle passait à la maison.
— Je n'ai pas eu l'occasion de voir cet aspect de sa personnalité, ai-je répliqué. Je l'ai rencontrée avant l'accident de David.

– Qu'avez-vous pensé d'elle ? m'a demandé sa mère.

– J'ai été frappé par sa gentillesse, sa douceur, et oui, peut-être aussi par une innocence surprenante, surtout dans un monde comme le nôtre, mais qui n'en restait pas moins de l'innocence, madame Dawe. Elle ne m'a pas fait l'effet d'une femme prête à se jeter toute nue du haut de Custom House.

Les lèvres pincées, Carrie Dawe a hoché la tête. Son regard nous a survolés, son mari et moi, pour se fixer sur le mur derrière nous, puis elle a aspiré avec force une gorgée de thé, produisant un bruit semblable à celui de feuilles mortes éparpillées par la brise en automne.

– C'est lui qui vous a envoyé ? a-t-elle lancé.

– Quoi ? Qui ?

Ses yeux verts se sont rivés sur moi.

– Nous n'avons plus rien, monsieur Kenzie. Transmettez le message, d'accord ?

Très lentement, j'ai répondu :

– Je ne sais pas de quoi vous voulez parler.

Son rire léger a résonné comme les notes d'un carillon à vent.

– Oh, je suis persuadée du contraire.

– Mmm, pas si sûr, a répliqué le Dr Dawe. Pas si sûr.

Elle a tourné la tête vers lui, puis tous deux m'ont regardé, et soudain, j'ai pris conscience d'une lueur de fébrilité courtoise dans leurs prunelles qui m'a donné envie de me dépouiller de ma peau, de précipiter mon squelette par la fenêtre et de m'enfuir à travers les rues de Weston dans un bruit d'os entrechoqués.

– Si vous n'êtes pas venu pour nous extorquer de l'argent, a repris le Dr Dawe, quelle est la raison de votre présence aujourd'hui ?

Je l'ai dévisagé un instant. La lumière sur son visage lui conférait un air maladif.

– Je ne suis pas certain que tout ce qui est arrivé à votre fille au cours des mois précédant sa mort soit purement accidentel, ai-je répondu.

Il s'est penché en avant, tout de gravité solennelle à présent.

– Est-ce une « intuition » ? Quelque chose que vous sentez « dans vos tripes », Starsky ? (Ses yeux brillaient à nouveau de ce même éclat fiévreux quand il s'est redressé sur sa chaise.) Bon, vous avez quarante-huit heures pour résoudre cette affaire, et si vous échouez, vous vous retrouverez à faire la circulation dans Roxbury cet hiver, croyez-moi. (Il a tapé dans ses mains.) Pas mal, hein ?

– J'essaie juste de découvrir pourquoi votre fille est morte.
– Elle est morte, a répondu Carrie Dawe, parce qu'elle était faible.
– Pardon ?
Elle m'a adressé un sourire chaleureux.
– Il n'y a aucun mystère là-dedans, monsieur Kenzie. Karen était faible. Il a suffi de deux ou trois contrariétés pour qu'elle craque sous la pression. Ma fille, à qui j'ai donné naissance, était un être vulnérable. Elle avait besoin d'être rassurée en permanence. Elle a vu un psychiatre pendant vingt ans. Il fallait toujours lui tenir la main et lui répéter que tout irait bien. Que le monde tournait rond. (Elle a écarté les mains comme pour signifier *Que sera, sera.*) Eh bien, le monde ne tourne pas rond, monsieur Kenzie. Et lorsque Karen a fini par le découvrir, ça l'a anéantie.
– Des études ont montré, a enchaîné le Dr Dawe en inclinant la tête vers sa femme, que le suicide était un acte d'agression passive. En avez-vous entendu parler, monsieur Kenzie ?
– Oui.
– Autrement dit, un acte par lequel la personne qui le commet cherche moins à se détruire qu'à détruire son entourage. (Il s'est de nouveau servi du thé.) Regardez-moi, monsieur Kenzie.
Docilement, j'ai obéi.
– Je suis un cérébral avant tout, ce qui m'a rapporté un succès certain dans le domaine professionnel. (Une lueur de fierté a éclairé son regard.) Mais en tant qu'intellectuel, je suis peut-être moins sensible aux besoins affectifs des autres. J'aurais sans doute pu apporter plus de soutien à Karen dans sa jeunesse, c'est vrai.
– Tu as fait de ton mieux, Christopher, a affirmé sa femme.
D'un geste, il a balayé cette remarque. Ses yeux ont plongé dans les miens.
– Je savais que Karen ne s'était jamais remise de la mort de son père naturel, et avec le recul, je me dis que j'aurais peut-être dû fournir plus d'efforts pour lui prouver mon amour. Mais nous sommes des êtres imparfaits, monsieur Kenzie. Tous autant que nous sommes. Vous, moi, Karen... Et la vie n'est qu'une succession de regrets. Alors, croyez-moi, dans les années à venir, ma femme et moi aurons souvent l'occasion de regretter ce qui s'est passé avec notre fille. Mais ces regrets-là ne concernent pas les étrangers. Ces regrets-là, ce sont les nôtres, monsieur. Parce que ce deuil est le nôtre. Alors, j'ignore quel est le but de votre étrange quête, mais permettez-moi de vous dire que je la trouve morbide.

– Puis-je vous poser une question, monsieur Kenzie ? a demandé Carrie Dawe.

Je me suis de nouveau concentré sur elle.

– Bien sûr.

Elle a replacé sa tasse sur la soucoupe.

– S'agit-il de nécrophilie ?

– Quoi ?

– Cet intérêt pour ma fille ?

Du bout des doigts, elle a effleuré le plateau de la table basse.

– Pas du tout, madame.

– Vous en êtes sûr ?

– Certain.

– Alors, de quoi s'agit-il ?

– À vrai dire, madame, je n'en sais trop rien.

– Je vous en prie, monsieur Kenzie, vous devez bien avoir une petite idée, a-t-elle insisté en lissant sur ses cuisses les pans de sa chemise.

Je me suis senti terriblement embarrassé, soudain, oppressé par cette pièce dont les murs semblaient se resserrer autour de moi. Complètement démuni. Essayer de justifier mon désir de réparer les torts causés à une victime qui ne pourrait jamais bénéficier du fruit de mes efforts me semblait impossible. Comment résumer en quelques phrases concises l'influence des forces qui gouvernent et souvent déterminent notre vie ?

– J'attends, monsieur Kenzie.

Accablé par un sentiment d'absurdité, j'ai levé la main.

– Elle m'est apparue comme quelqu'un qui respectait les règles.

– Quelles règles ? a demandé le médecin.

– Celles de la société, je veux dire. Elle travaillait, elle avait ouvert un compte commun avec son fiancé et économisé pour l'avenir. Elle s'habillait et parlait comme on est censé le faire à Madison Avenue. Elle avait acheté une Corolla alors qu'elle voulait une Camry.

– Je ne vous suis plus, m'a interrompu la mère de Karen.

– Elle respectait les règles, ai-je insisté, et pourtant, elle a été anéantie. Tout ce que je voudrais savoir, c'est si cet anéantissement doit être mis sur le compte de la seule malchance.

– Mmm, a fait Carrie Dawe. Et vous gagnez bien votre vie à vous battre contre des moulins à vent, monsieur Kenzie ?

J'ai souri.

– Je m'en sors.

Elle a considéré le service à thé sur sa droite.
— On l'a mise dans un cercueil scellé.
— Pardon ?
— Karen, a-t-elle précisé. On l'a mise dans un cercueil scellé, parce qu'on ne pouvait pas l'exposer aux regards. (Ses yeux embués brillaient dans la pénombre grandissante quand elle les a posés sur moi.) Même la façon dont elle s'est donné la mort était une agression, un moyen de nous faire du mal. Elle a privé ses amis et sa famille d'une dernière chance de la voir, de faire leur deuil normalement.

Ne sachant quoi répondre, j'ai gardé le silence.

L'air las, Carrie Dawe a fait voltiger sa main.

— Quand Karen a perdu David, puis son travail, puis son appartement, elle est venue nous trouver. Pour avoir de l'argent, un endroit où habiter. De toute évidence, elle était déjà sous l'emprise de la drogue à ce moment-là. Alors, j'ai refusé – pas Christopher, monsieur Kenzie, mais moi – de financer son égocentrisme, ses vices. Nous avons continué de régler les honoraires du psychiatre, mais pour le reste, j'ai décidé qu'elle devrait apprendre à s'assumer. Aujourd'hui, je me dis que c'était peut-être une erreur. Mais dans les mêmes circonstances, je crois que je réagirais exactement de la même manière. (Elle s'est penchée en avant et m'a invité d'un geste à faire de même.) Je vous parais cruelle ?

— Pas forcément.

Brusquement, le Dr Dawe a tapé dans ses mains, et le bruit a claqué dans la pièce comme un coup de feu.

— Eh bien, c'était formidable, vraiment ! Je ne me rappelle pas la dernière fois où je me suis autant amusé. (Il s'est levé, la main tendue.) Mais toutes les bonnes choses ont une fin, monsieur Kenzie, alors, merci de nous avoir divertis, et j'espère vous revoir dans quelques années, vos troubadours et vous, quand votre prochaine tournée vous ramènera parmi nous.

Il est allé ouvrir la porte et m'a attendu sur le seuil.

Sa femme n'a pas bougé. Elle s'est resservi du thé. Elle remuait le sucre dans sa tasse quand elle a lancé :
— Prenez soin de vous, monsieur Kenzie.
— Au revoir, madame Dawe.
— Au revoir, monsieur Kenzie, a-t-elle répondu lentement, d'une voix chantante, en versant un peu de crème.

Son mari m'a raccompagné dans le vestibule, où j'ai remarqué pour la première fois les photographies. Elles se trouvaient sur le mur à gauche de la porte d'entrée, mais en arrivant, encadré comme je l'étais par les époux Dawe, et surpris par leur gentillesse et leur entrain, je ne les avais pas vues.

Il y en avait au moins une vingtaine, qui montraient une petite fille brune. Sur certaines, elle était encore bébé ; sur d'autres, elle était un peu plus âgée. Le Dr Dawe et sa femme, plus jeunes, figuraient sur la plupart des clichés, tenant la fillette par la main, l'embrassant ou riant avec elle. Sur tous ces portraits de famille, l'enfant n'avait pas plus de quatre ans.

Karen était présente sur certains, très jeune et pourvue d'un appareil dentaire, mais toujours souriante, et avec le recul, sa chevelure blonde, son teint délicat et son aura de perfection absolue tellement typique de la bonne société m'ont paru désespérants. J'ai noté aussi la présence d'un grand jeune homme mince sur plusieurs tirages. Ses cheveux se clairsemaient et lui découvraient le front à mesure que la fillette grandissait, le situant aux abords de la trentaine. Le frère du médecin, ai-je supposé. Ils avaient le même visage étroit, le même regard brillant, absent – toujours en mouvement, sans doute, rarement immobile –, de sorte que le jeune homme sur les photos donnait l'impression d'avoir été systématiquement capturé par l'objectif au moment où il allait s'en détourner.

Les yeux toujours fixés sur les photos, j'ai demandé :

– Vous avez une autre fille, docteur ?

Il est venu se placer à côté de moi pour me prendre par le coude.

– Voulez-vous que je vous explique comment repartir, monsieur Kenzie ?

– Quel âge a-t-elle, aujourd'hui ?

– C'est un très beau cachemire. Il vient de chez Neiman ?

Il m'a orienté vers la porte.

– Non, de chez Saks, ai-je répondu. Qui est ce jeune homme ? Votre frère ? Votre fils ?

– Saks, a-t-il répété avec un hochement de tête approbateur. J'aurais dû deviner.

– Qui vous fait chanter, docteur ?

Son regard malicieux m'a survolé.

– Soyez prudent au volant, monsieur Kenzie. Il y a des tas de cinglés sur la route.

Pas autant que dans cette maison, ai-je pensé tandis qu'il me poussait doucement dehors.

9.

Du seuil, le Dr Christopher Dawe m'a regardé me diriger vers ma voiture, garée à l'entrée de la descente de garage derrière une Jaguar vert sapin. Je ne sais pas ce qui le poussait à rester là ; peut-être se disait-il que s'il ne jouait pas les sentinelles, je risquais de revenir à la charge et de me précipiter à la salle de bains pour chiper toutes leurs petites savonnettes parfumées. Je suis monté dans ma Porsche, et en m'asseyant, j'ai senti un papier craquer sous mon poids. J'ai glissé une main sous mes fesses, puis retiré une feuille que j'ai posée sur le siège passager en reculant dans la rue. Je suis passé devant la propriété au moment où le Dr Dawe refermait la porte, et après avoir longé un pâté de maisons jusqu'à un stop, j'ai jeté un coup d'œil à la note près de moi :

ILS MENTENT.
R.V. TOUTE URGENCE LYCÉE WESTON.

L'écriture était serrée, hâtive et féminine. J'ai longé un autre pâté de maisons, avant de sortir mon plan de l'est du Massachusetts de sous le siège passager et de le feuilleter jusqu'à la page consacrée à Weston. Le lycée se situait à une demi-case de l'endroit où je me trouvais, à environ huit cents mètres à l'est et deux cents au nord.

J'ai fait le trajet à travers des rues tachetées de soleil, et en arrivant, j'ai vu Siobhan patienter sous un arbre tout au bout des courts de tennis qui bordaient le parking. Tête baissée, elle s'est précipitée vers ma voiture et installée à côté de moi.

– Prenez à gauche en sortant, m'a-t-elle dit. Et dépêchez-vous, d'accord ?

Je me suis exécuté.

– On va où ?

– Ailleurs. Cette ville a des yeux, monsieur Kenzie.

Nous avons donc quitté Weston, Siobhan gardant la tête baissée et mordillant la peau autour de ses ongles. De temps à autre, elle levait les yeux juste le temps de me demander de tourner ici à droite, là à gauche. Quand je commençais à lui poser une question, elle m'intimait d'un geste le silence, comme si quelqu'un pouvait nous entendre dans une décapotable roulant à soixante kilomètres/heure sur des routes à moitié désertes. J'ai suivi ses indications laconiques jusqu'au parking derrière Saint Regina's College. Saint Regina était un établissement catholique privé réservé aux filles, où familles aisées et catholiques bon teint retranchaient leur progéniture en espérant lui faire oublier le sexe. Une mesure qui produisait l'effet inverse, bien entendu ; quand j'étais à la fac, nous avions organisé plusieurs pèlerinages jusqu'ici le vendredi soir, dont nous étions revenus fourbus et quelque peu sidérés par la fougue des jeunes chrétiennes et la férocité de leurs appétits réprimés.

Siobhan est descendue de voiture dès que j'ai trouvé une place, et après avoir coupé le moteur, je l'ai suivie le long d'un chemin qui conduisait à l'entrée du dortoir principal. Nous avons marché un moment en silence, traversant le campus désert tels les survivants d'une bombe à neutrons ; autour de nous, l'herbe et les arbres desséchés jaunissaient. Les grands bâtiments couleur chocolat et les murets de calcaire semblaient désolés – comme si, sans voix humaines pour se répercuter sur leurs surfaces, ils perdaient leurs forces, se délitaient sous la chaleur.

– Ils sont diaboliques.

– Les Dawe ?

Siobhan a acquiescé.

– Lui, il se croit tout-puissant.

– Comme beaucoup de toubibs, non ?

Elle a souri.

– Peut-être, oui.

Nous avons atteint un petit pont de pierre qui surplombait un minuscule étang dont les eaux paraissaient argentées sous le soleil. Parvenue au milieu, Siobhan s'est accoudée à la rambarde. Je l'ai rejointe, et nous avons contemplé le reflet de nos visages à la surface.

– Diaboliques, oui, a-t-elle répété. Lui, il aime la torture – la torture mentale. Il aime montrer aux autres combien il est intelligent et combien ils sont bêtes.

– Et avec Karen ?

Elle s'est penchée par-dessus le garde-fou pour mieux voir son reflet en contrebas, comme si elle se demandait ce qu'il faisait là et à qui il appartenait.

– Ah, a-t-elle craché, avant de secouer la tête. Il la traitait comme un animal de compagnie. Il l'appelait sa « petite nigaude ». (Elle a pincé les lèvres, puis relâché son souffle.) Sa jolie petite nigaude.

– Vous la connaissiez bien ?

Elle a haussé les épaules.

– Oui, depuis que je suis arrivée ici, il y a treize ans. Elle était gentille, vous savez. Presque jusqu'à la fin.

– Mais elle a changé ?

– Oui, a-t-elle répondu d'une voix éteinte, les yeux rivés à un groupe de colverts se dandinant sur la berge de la rivière. Elle est devenue un peu folle, je crois. Elle voulait mourir, monsieur Kenzie. Elle le voulait tellement...

– Mourir, ou être sauvée ?

Elle a tourné la tête vers moi.

– C'est bien la même chose, non ? Vouloir être sauvée, dans un monde pareil, c'est...

Son petit visage s'est assombri, son expression s'est faite amère, et elle a remué la tête à plusieurs reprises.

– C'est quoi ? ai-je insisté.

Sous son regard, j'ai eu l'impression d'être un enfant qui demande pourquoi le feu brûle ou pourquoi les saisons changent.

– Eh bien, c'est comme prier pour qu'il pleuve, monsieur Kenzie. (Elle a levé les mains vers le ciel d'un bleu pâle presque blanc.) Prier pour qu'il pleuve en plein désert.

Laissant le pont derrière nous, nous avons longé un vaste terrain de football, traversé un bouquet d'arbres et diverses allées en pente menant à des dortoirs. Siobhan a incliné la tête vers les grands bâtiments.

– Je me suis toujours demandé comment c'était d'aller à l'université.

– Vous n'y êtes pas allée, dans votre pays ?

Elle a fait non de la tête.

– On n'avait pas assez d'argent. Et puis, je n'étais pas la plus brillante du lot, si vous voyez ce que je veux dire.

– Parlez-moi des Dawe. Vous avez affirmé tout à l'heure qu'ils étaient diaboliques. Pas juste méchants, mais diaboliques.

Elle a acquiescé, puis elle s'est assise sur un banc en calcaire, elle a retiré de sa poche un paquet de cigarettes froissé et me l'a tendu. Quand j'ai décliné son offre, elle a sorti une cigarette tordue, qu'elle a redressée et allumée. Avant de reprendre la parole, elle a ôté un fragment de tabac collé sur sa langue.

– Ils ont donné une fête pour Noël, une année, a-t-elle raconté. Ce soir-là, comme il y avait de l'orage, beaucoup d'invités ne sont pas venus et il y a eu plus de nourriture servie que mangée. Mme Dawe m'avait surprise un jour en train d'emporter les restes après un dîner, et elle m'avait fait comprendre très clairement que c'étaient les pauvres qui agissaient ainsi ; moi, je devais toujours tout jeter après une soirée. Alors, c'est ce que j'ai fait cette nuit-là. Mais à trois heures du matin, le Dr Dawe est entré dans ma chambre en brandissant la carcasse de la dinde. Il l'a jetée sur mon lit en me reprochant de l'avoir flanquée à la poubelle. Il hurlait qu'il avait connu la pauvreté dans sa jeunesse et que ces restes auraient nourri sa famille pendant une semaine. (Elle a tiré une autre bouffée de sa cigarette, enlevé un autre petit bout de tabac sur sa langue.) Il m'a obligée à manger.

– Quoi ?

Elle a hoché la tête.

– Il s'est assis au bord de mon lit et m'a forcée à tout avaler, morceau par morceau, jusqu'à l'aube.

– C'est...

– Contraire à la loi, je n'en doute pas. Mais vous avez déjà essayé de décrocher une place d'aide-ménagère, monsieur Kenzie ?

J'ai soutenu son regard.

– Vous êtes en situation illégale, Siobhan, c'est ça ?

En guise de réponse, elle m'a opposé une expression neutre, fermée – une expression laissant supposer que si elle avait eu des rêves un jour, ils s'étaient volatilisés depuis longtemps au cours de ses voyages.

– Vous devriez limiter vos questions aux choses qui vous concernent, monsieur Kenzie.

J'ai levé la main et acquiescé.

– Donc, vous avez dû finir une dinde récupérée dans la poubelle, ai-je dit.

– Oh, il l'avait nettoyée, a-t-elle répliqué avec une pointe d'ironie qui s'est évanouie presque aussitôt. Il a été très clair là-dessus.

Il l'avait nettoyée avant de venir, et ensuite, il m'a forcée à l'avaler. (Un grand sourire a éclairé son visage criblé d'acné.) Voilà pour votre bon docteur, monsieur Kenzie.

— Cet abus de pouvoir a-t-il dépassé le cadre du harcèlement psychologique ?

— Oh, non. Pas avec moi. Ni avec Karen, à ce que je sache. Il méprise les femmes, monsieur Kenzie. À mon avis, il ne les juge même pas dignes de ses attentions. (Elle s'est accordé quelques instants de réflexion, avant de secouer la tête avec vigueur.) Non, j'ai passé pas mal de temps avec Karen sur la fin. Nous buvions trop, toutes les deux, je le reconnais. Je pense qu'elle me l'aurait dit. Elle n'était pas fan de son beau-père.

— Parlez-moi d'elle.

Elle a croisé les jambes en tirant sur sa cigarette.

— C'était une épave, monsieur Kenzie. Elle les a suppliés de la loger pendant quelques semaines. Je vous assure, elle les a suppliés. À genoux devant sa mère. Et Mme Dawe a répondu : « Oh, mais ce n'est pas possible, ma chérie. Tu dois apprendre – quel était le mot, déjà ? – à t'assumer. » C'est ça. Tu dois apprendre à t'assumer, ma chérie. Karen pleurait à ses pieds, et sa mère m'a demandé de servir le thé. Alors, oui, c'est vrai, Karen me retrouvait pour prendre quelques verres, et après, elle allait s'envoyer des inconnus.

— Vous savez où elle vivait ?

— Dans un motel, a-t-elle répondu d'un ton lugubre. J'ignore le nom. Elle m'a dit que c'était en pleine cambrousse, si je me rappelle bien.

J'ai opiné.

— C'est tout, a-t-elle repris. La cambrousse, un motel. Je crois...

Les yeux fixés sur son genou, elle a jeté son mégot au loin.

— Oui ?

— Les deux derniers mois, elle avait beaucoup plus d'argent. Du liquide. Je ne lui ai pas demandé où elle le trouvait, mais...

— Vous avez pensé à...

— La prostitution. Elle s'était mise à parler de sexe en termes grossiers. Ça ne lui ressemblait pas du tout.

— C'est ce que je n'arrive pas à comprendre. Six mois plus tôt, c'était une personne entièrement différente. Elle était...

— Un modèle de douceur et de pureté, peut-être ?

— Oui.

— Et vous ne l'auriez jamais crue capable d'avoir des pensées cochonnes.

— Exactement.
— Elle avait toujours été comme ça, en fait. Pour pouvoir résister à tout ce foutoir – toute cette putain de folie dans cette putain de baraque –, elle était devenue on ne peut plus comme il faut. Mais pour moi, ce n'était pas naturel. Elle essayait de ressembler à un idéal.
— À propos de toutes ces photos, dans le vestibule... Quelques-unes montrent un jeune homme, peut-être le frère cadet du Dr Dawe, et d'autres une petite fille.

Un soupir lui a échappé.
— Naomi. Le seul enfant qu'ils ont eu tous les deux.
— Elle est morte ? ai-je demandé.

Siobhan a acquiescé.
— Ça fait longtemps. Elle aurait quatorze ans, je pense, peut-être quinze aujourd'hui. Elle est morte juste avant son quatrième anniversaire.
— Comment ?
— Il y a un petit étang derrière la maison. C'était l'hiver, et elle a couru après une balle sur la surface gelée. (Elle a haussé les épaules.) Elle est passée à travers la glace.
— Qui la surveillait ?
— Wesley.

J'ai imaginé la fillette avançant sur l'étendue blanche, tendant la main vers sa balle, et soudain...

Un frisson m'a parcouru.
— Wesley, ai-je répété. C'est le frère du Dr Dawe ?
— Non, son fils. Le Dr Dawe était veuf quand il a rencontré Carrie – veuf avec un enfant. Elle était veuve avec un enfant. Ils se sont mariés, ils ont eu Naomi ensemble, et elle est morte.
— Et Wesley...
— Il n'avait rien à voir avec la mort de Naomi, a-t-elle répliqué, un soupçon de colère dans la voix. Mais c'est lui qu'on a accusé, parce qu'il était censé la surveiller. Il l'a quittée des yeux un moment, c'est vrai, et elle s'est précipitée sur l'étang. Le Dr Dawe s'en est pris à son fils parce qu'il ne pouvait pas s'en prendre à Dieu.
— Vous savez où je pourrais joindre Wesley ?

Elle a remué la tête en allumant une deuxième cigarette tordue.
— Il est parti depuis longtemps, monsieur Kenzie. Le docteur ne veut même pas que son nom soit prononcé dans la maison.
— Karen était en relation avec lui ?

– Non. Son départ doit remonter à une dizaine d'années. À mon avis, personne ne sait ce qu'il est devenu. (Elle a tiré une petite bouffée de sa cigarette.) Qu'est-ce que vous comptez faire, maintenant ?

J'ai haussé les épaules.

– Aucune idée. Oh, Siobhan, les Dawe m'ont dit que Karen voyait un psychiatre. Vous connaissez son nom ?

De nouveau, elle a esquissé un mouvement de dénégation.

– Allons, vous l'avez sûrement entendu mentionner, durant toutes ces années...

Ses lèvres se sont entrouvertes, mais elle s'est contentée de remuer la tête encore une fois.

– Désolée, ça ne me revient pas.

Je me suis levé.

– O.K. Je me débrouillerai pour le découvrir.

À travers la fumée qui s'élevait entre nous, Siobhan a sondé mon regard pendant un long moment. Il y avait une telle gravité en elle, une telle absence de légèreté, que je me suis demandé si son dernier fou rire remontait à des mois ou à des années.

– Qu'est-ce que vous cherchez au juste, monsieur Kenzie ?

– Une raison à sa mort.

– Elle est morte parce qu'elle venait d'une famille de monstres. Elle est morte parce que David a eu un accident. Elle est morte parce qu'elle n'a pas pu le supporter.

J'ai ébauché un sourire désabusé.

– C'est l'explication que tout le monde me donne, Siobhan.

– Alors, pourquoi ne vous suffit-elle pas ?

– Je finirai peut-être par l'accepter. (J'ai haussé les épaules.) Mais je voudrais aller jusqu'au bout, Siobhan. Trouver un élément concret qui m'amènera à dire : « O.K., je comprends mieux, maintenant. Peut-être que je ferais pareil dans les mêmes circonstances. »

– Ah, vous êtes bien un catholique ! Toujours à chercher des raisons à tout.

Un petit rire m'a échappé.

– Non pratiquant, Siobhan. Non pratiquant.

Elle a levé les yeux au ciel, puis elle s'est adossée au banc, se bornant à fumer en silence.

Quand le soleil a disparu derrière des nuages d'un blanc sale, elle m'a lancé :

– Vous voulez une raison, c'est ça ? Eh bien, commencez donc par l'homme qui l'a violée.

— Pardon ?
— Elle a été violée, monsieur Kenzie. Six semaines avant sa mort.
— C'est elle qui vous l'a dit ?
Siobhan a acquiescé.
— Karen vous a donné un nom ?
— Elle m'a juste dit qu'il ne devait plus l'embêter, mais qu'il s'en était pris à elle quand même.
— Salaud de Cody Falk, ai-je murmuré.
— Qui est-ce ?
— Un fantôme. Sauf qu'il ne le sait pas encore.

10.

Cody Falk, levé à six heures et demie le lendemain matin, se tenait sur la terrasse derrière la maison, une serviette de toilette autour de la taille, une tasse de café à la main. De nouveau, il semblait poser devant des admirateurs imaginaires ; à travers mes jumelles, j'ai vu son menton légèrement redressé, ses doigts serrant fermement la tasse, ses yeux quelque peu embués. Il regardait son jardin comme un souverain contemplerait son royaume. Dans sa tête, je l'aurais parié, résonnait la voix off d'une publicité pour Calvin Klein.

Soudain, il a porté un poing à ses lèvres pour étouffer un bâillement, comme si la publicité commençait à l'ennuyer, puis il est rentré en prenant soin de tirer derrière lui et de verrouiller les baies vitrées coulissantes.

J'ai quitté mon poste d'observation, et après voir fait le tour du pâté de maisons, je me suis garé à deux pavillons de chez Cody et j'ai marché tranquillement jusqu'à sa porte. Trois heures plus tôt, j'avais découvert ses clés de secours dissimulées dans un boîtier magnétique plaqué derrière la gouttière. Je m'en suis servi pour ouvrir.

À l'intérieur, j'ai décelé l'odeur de ces pots-pourris que les gens achètent chez Crate & Barrel ; apparemment, Cody avait aussi commandé tout son mobilier dans ce même catalogue, créant un décor rustique inspiré d'une certaine idée du chic façon Santa Fe. Sur ma gauche se trouvait une salle à manger en merisier, avec des chaises protégées par des coussins à motifs amérindiens assortis au tapis en dessous. Une commode et un coffre en chêne ornés de moulures aztèques servaient de bar à liqueurs, et j'ai pu constater que s'ils contenaient de nombreuses bouteilles, la plupart étaient cependant aux deux tiers vides. Quant aux murs, ils étaient peints en doré foncé. C'était exactement le genre de pièce dont un architecte d'intérieur se servirait comme publicité. Laisse donc tomber Boston pour aller à Austin, Cody, ai-je pensé, tu te sentiras tellement mieux.

Lorsque j'ai entendu la douche couler à l'étage, je suis sorti de la salle à manger.

Dans la cuisine, quatre tabourets de bar à dossier haut entouraient un billot de boucher servant de table au centre de la pièce. Les placards de chêne blond étaient à moitié remplis ; j'ai vu surtout des verres à pied et des verres à Martini, quelques conserves de légumes, des préparations asiatiques à base de riz. À en juger par la pile de menus venant de divers supermarchés et restaurants haut de gamme qui proposaient la livraison à domicile, Cody ne devait pas beaucoup cuisiner. Il y avait dans l'évier deux assiettes rincées, une tasse à café et trois verres.

J'ai ouvert le réfrigérateur. Quatre bouteilles de Tremont Ale, une brique de crème liquide et une boîte de riz au porc frit. Pas de condiments. Pas de lait, de bicarbonate ou d'autres produits. Et pas le sentiment non plus qu'il y ait jamais eu autre chose dedans que de la bière, de la crème liquide et les plats chinois de la veille.

J'ai retraversé la salle à manger et le vestibule, et j'ai senti l'odeur du cuir dans le salon avant même d'y entrer. Là encore, le décor s'inspirait des ambiances du Sud-Ouest – chaises de chêne sombre à dossier droit recouvert d'un cuir couleur canneberge. Une table basse sur pieds massifs. Tout paraissait neuf et soigneusement ciré. La pile de revues et de prospectus sur papier glacé me semblait typique du propriétaire : *GQ, Men's Health,* et même *Details*, nom d'un chien, ainsi que les catalogues de Brookstone, de Sharper Image, de Pottery Barn. Le plancher impeccable brillait.

De fait, le rez-de-chaussée tout entier méritait de figurer dans un magazine. Tout était harmonisé, et en même temps, rien ne permettait de cerner la personnalité de l'occupant. Les sols en bois ne faisaient qu'accentuer l'impression de fausse chaleur dégagée par l'ensemble. C'étaient des pièces à regarder, pas à vivre.

À l'étage, la douche s'est arrêtée.

J'ai quitté le salon, puis j'ai rapidement gravi l'escalier en enfilant mes gants. Au sommet, j'ai pris la matraque dans ma poche arrière et écouté à travers la porte de la salle de bains Cody Falk sortir de la cabine et commencer à s'essuyer. Mon plan était on ne peut plus simple : Karen Nichols avait été violée ; Cody Falk était un violeur ; faire en sorte que Cody Falk ne puisse plus jamais violer personne.

En appui sur un genou, j'ai regardé par le trou de la serrure. Cody, penché, se séchait les chevilles, le haut du crâne à environ un mètre de la porte.

Quand je l'ai enfoncée d'un coup de pied, elle a heurté la tête de Cody Falk, qui est parti en arrière avant de tomber sur les fesses. Il a levé les yeux vers moi, et je l'ai frappé avec la matraque un quart de seconde avant de m'apercevoir que ce n'était pas Cody Falk.

Cet homme-là était châtain, large d'épaules, légèrement trop développé au niveau des bras et du torse. Il s'est effondré sur le marbre italien, et il a cambré le dos en suffoquant tel un thon frais expédié sur un quai de chargement.

Deux portes permettaient d'accéder à la salle de bains : celle que je venais d'ouvrir et une autre sur ma gauche. C'est par là qu'est entré le vrai Cody Falk. Habillé de pied en cap, il tenait une clé anglaise avec laquelle il m'a visé en souriant.

Au moment où je reculais, le type à terre m'a agrippé la cheville. L'arme de Cody a manqué d'un cheveu mon œil gauche, mais elle m'a atteint à l'oreille, et toutes les cloches des cathédrales d'une ville sainte se sont mises à sonner dans ma tête en même temps.

Le type à terre avait de la force. Bien qu'affaibli, il se cramponnait obstinément à ma jambe. Je lui ai expédié un coup de pied dans la tête, puis j'ai frappé Cody sur la bouche.

Le coup manquait de puissance – j'étais déséquilibré, mon oreille bourdonnait, et de toute façon, je n'ai jamais été doué pour la boxe –, mais il a pris Cody au dépourvu, et ses yeux ont reflété un mélange d'étonnement et d'apitoiement. Surtout, il l'a obligé à reculer.

Le type à terre a crié quand ma chaussure s'est de nouveau écrasée sur son crâne. Ayant enfin réussi à dégager ma jambe, j'ai fait un pas vers Cody. Celui-ci a porté une main à ses lèvres, avant de brandir à nouveau la clé anglaise.

Le type à terre est parvenu à agripper ma jambe de pantalon, il l'a tordue et j'ai chancelé.

Cody a laissé échapper un hoquet de surprise en voyant ma tête osciller comme un ballon au bout d'une ficelle.

Au deuxième coup, tout dans la pièce est devenu d'un gris ondoyant et mon épaule a tapé contre le mur.

Le type à terre s'est agenouillé, puis il s'est précipité tête la première contre mon dos et Cody s'est fendu d'un grand sourire en levant haut la clé anglaise.

Je ne me souviens plus du troisième coup.

– Qu'est-ce qu'on va faire, Leonard ?
– Exactement ce que je vous ai dit. Appeler la police.
– Ah, Leonard, c'est un peu plus compliqué que ça.

J'ai ouvert les yeux, pour découvrir le monde en double. Deux Cody Falk – l'un concret, l'autre transparent, fantomatique – arpentaient la cuisine. Ils faisaient courir leurs doigts sur toutes les surfaces et n'arrêtaient pas de lécher l'entaille sur leur lèvre supérieure enflée.

J'étais assis par terre, le dos contre le mur, les pieds contre la base du billot de boucher. J'avais les poignets entravés derrière moi. En tâtonnant dans mon dos, j'ai senti une espèce de grosse ficelle. Pas forcément le meilleur moyen de ligoter quelqu'un, mais en l'occurrence, ça tenait bon.

Cody et Leonard ne me regardaient pas. Cody allait et venait le long du plan de travail à côté de l'évier. Leonard était juché sur un tabouret de bar, une serviette remplie de glace plaquée à l'arrière du crâne. Quelques vilains boutons rouges bordaient son cou et sa mâchoire imposante saillait sur son petit visage comme Lincoln sur le mont Rushmore. Un dingue de la gonflette, ai-je deviné, passant son temps à sculpter ses muscles et à défouler sa hargne dopée aux stéroïdes jusqu'à ce que ses articulations soient bousillées. Tout ça pour impressionner des nanas qu'il ne devait même plus avoir la force de baiser quand venait l'heure de s'amuser un peu.

– Ce mec s'est introduit chez vous, monsieur Falk. Il nous a agressés tous les deux.
– Mmm...

Cody a effleuré avec précaution sa bouche meurtrie. Il a fait rapidement pivoter ses deux têtes vers moi, et mon estomac s'est soulevé.

Quand j'ai croisé son regard, il m'a adressé un large sourire accompagné d'un petit salut de la main.

– Re-bonjour, Kenzie.

J'ai avalé pour tenter de refouler le goût de coton imbibé d'acide de batterie qui m'avait envahi la bouche. Il connaissait mon nom ; autrement dit, il m'avait pris mon portefeuille. Mauvais signe.

Quand il s'est accroupi près de moi, le Cody transparent s'est rapproché de son homologue plus substantiel ; résultat, j'avais maintenant devant moi non plus deux Cody, mais un et demi.

– Comment tu te sens ?

En guise de réponse, j'ai grimacé.
— Pas si bien que ça, hein ? Tu vas vomir ?
J'ai tenté d'ignorer la bile qui remontait dans ma poitrine.
— J'essaie d'éviter.
Il a incliné la tête vers le billot.
— Leonard, lui, a vomi. Il a aussi récolté une sacrée ecchymose en bas de la colonne en tombant sur le carrelage. Autant te dire qu'il est un peu remonté.

Comme pour le prouver, Leonard m'a regardé en fronçant les sourcils.
— Et quelle est sa fonction, au juste ? ai-je demandé.
— Garde du corps. (Cody m'a giflé la joue, pas trop fort, mais pas trop doucement non plus.) Suite à la visite que vous m'avez rendue, ton copain et toi, j'ai cru bon d'assurer ma protection.
— Et la SPA organisait une journée portes ouvertes ?

Leonard s'est penché par-dessus la table et j'ai vu jouer les muscles de son avant-bras.
— Continue comme ça, connard, et...

Cody l'a fait taire d'un geste.
— Alors, où est ton copain, Pat ? Tu sais, le gros lourdaud qui aime bien taper les gens avec des raquettes de tennis.

J'ai voulu indiquer de la tête l'entrée de la maison, mais j'avais trop mal, et la sensation de nausée a redoublé.
— Dehors, Cody. Dans la rue.
— Oh, non, a-t-il répliqué. On est allés prendre l'air pendant que tu roupillais. Il n'y a personne dehors.
— T'en es bien sûr ?

Une lueur de doute a traversé son regard.
— S'il était dans le coin, il aurait déjà enfoncé la porte, a-t-il objecté.
— Quand il va débarquer, Cody, qu'est-ce que tu feras ?

Il a pris le .38 glissé dans sa ceinture et me l'a agité sous le nez.
— Je lui tirerai dessus.
— C'est ça, histoire de l'énerver encore plus...

Il a gloussé, avant de me coller le canon sous la narine gauche.
— J'en rêve depuis le jour où tu m'as humilié, Pat. Ça me fait même bander, si tu veux tout savoir. Alors, qu'est-ce que t'en dis ?
— J'en dis que t'aurais intérêt à revoir la théorie de la stimulation érotique.

Il a armé le chien avec son pouce tout en poussant plus fort sur l'arme.

– Tu vas me tuer ?

Cody a haussé les épaules.

– Très franchement, j'ai cru que je t'avais tué là-haut, dans la salle de bains. Je n'avais jamais assommé personne. Remarque, je n'avais même jamais essayé.

– Comme quoi, on n'est jamais à l'abri d'un coup de pot.

En souriant, il m'a de nouveau giflé. J'ai cillé, et quand j'ai rouvert les yeux, les deux Cody étaient revenus, le transparent à droite de l'autre, cette fois.

– Monsieur Falk ? a lancé Leonard.

– Mmm ? a marmonné l'interpellé en examinant le côté de ma tête.

– On a un problème, là. Alors, soit on appelle la police, soit on emmène ce type quelque part pour le liquider.

Cody a opiné, puis s'est penché pour mieux voir mon crâne.

– Tu saignes drôlement, dis donc.

– Au niveau de la tempe ?

– Non, plutôt de l'oreille.

Pour la première fois, j'ai pris conscience d'une sorte de faible bourdonnement aigu dans cette région.

– Externe ou interne ?

– Les deux, a répondu Cody.

– T'y es pas allé de main morte.

– C'est que, tu comprends, je voulais bien faire, a-t-il déclaré d'un air satisfait.

Il a éloigné le canon de ma narine et s'est assis par terre devant moi en gardant son .38 braqué vers ma figure.

J'ai eu l'impression de voir l'idée germer dans son cerveau. Son regard est devenu glacial, privant la pièce de toute chaleur.

Je savais ce qu'il allait dire avant même qu'il prenne la parole.

– Et si on le tuait pour de bon ? a-t-il lancé à Leonard.

Celui-ci a écarquillé les yeux et posé la serviette remplie de glace sur le comptoir devant lui.

– Eh bien...

– Vous auriez une prime, évidemment, a précisé Cody.

– Euh, oui, monsieur Falk, d'accord, mais je crois qu'il faut vraiment réfléchir à...

– Comment ça ? (Cody m'a adressé un clin d'œil de l'autre côté du canon.) On lui a pris son portefeuille et ses clés. C'est sa Porsche devant la maison des Lowenstein. On la rentre dans le garage, on le balance dans le coffre, et après, on l'emmène faire un petit tour. (Il s'est penché en avant et m'a effleuré les lèvres avec le canon.) Là-dessus, on l'abat. Oh, non, on l'achève à coups de couteau.

Les yeux ronds de Leonard ont croisé les miens.

– Tu sais, Leonard, tu me « descends », ai-je ironisé. Comme dans les films.

Cody m'a giflé une nouvelle fois. Ça commençait à m'agacer.

– Tuer quelqu'un, a articulé Leonard, c'est pas une décision qu'on prend à la légère, monsieur Falk.

– Pourquoi ?

– C'est, hum... Eh bien...

– Ce n'est pas si facile, ai-je expliqué à Cody. Il y a toujours des trucs qu'on oublie de prendre en compte.

– Genre ?

– Genre, qui est au courant de ma visite. Qui peut se douter que je suis venu ici. Qui risque de passer te voir.

Cody a éclaté de rire.

– Et si je me souviens bien, tous mes restaus partiront en fumée et je me retrouverai dans un fauteuil à vie. C'est ça ?

– En guise de hors-d'œuvre, oui.

Il s'est plongé dans ses pensées. La tête calée contre le billot, les paupières mi-closes, il m'a observé d'un air de plus en plus réjoui. Il semblait tout émoustillé, comme un gosse de douze ans à son premier peep-show.

– Vraiment, Patrick, l'idée me plaît beaucoup.

– Tant mieux, Cody. (Je l'ai gratifié d'un hochement de tête appuyé.) Je suis content pour toi.

Il a ouvert grand les yeux, et quand il s'est rapproché de moi, j'ai décelé dans son haleine un mélange amer de café et de dentifrice.

– Je t'entends déjà hurler... (Sa langue a caressé l'entaille sur sa lèvre.) T'es sur le dos et je te plante une lame dans la poitrine. (De son poing fermé, il a fendu l'air.) Je retire le couteau, et je le plante une deuxième fois. (Ses yeux brillaient.) Et encore une troisième. Une quatrième. Tu gueules comme un veau, le sang gicle de ta poitrine, et moi, je continue à te poignarder.

Il a encore fendu l'air plusieurs fois, son sourire se muant peu à peu en rictus hideux.

– C'est pas possible..., a commencé Leonard. (Sa bouche s'est soudain asséchée. Il a avalé à plusieurs reprises.) Monsieur Falk ? Écoutez, si on doit en arriver là, on ne pourra pas le sortir d'ici avant la tombée de la nuit. Ça fait, hum, ça fait longtemps à attendre.

Les yeux rivés sur moi, Cody m'étudiait comme si j'étais une fourmi essayant d'emporter sa serviette en papier pendant un pique-nique.

– On va passer par le garage et le mettre dans le coffre de sa bagnole, a-t-il répondu.

– Et après ? a enchaîné Leonard, dont le regard m'a survolé avant de se porter de nouveau sur Cody. On le balade toute la journée ? Dans une Porsche de 63 ? Non, monsieur, on ne peut pas le supprimer au grand jour. Impossible.

À présent, Cody avait l'air d'un gamin qui, le soir de Noël, vient d'apprendre qu'il ne pourrait pas ouvrir ses cadeaux avant le lendemain matin. Il s'est tourné vers son garde du corps.

– Vous vous dégonflez, Leonard ?

– Non, monsieur Falk. J'essaie juste de me rendre utile.

Cody a consulté l'horloge sur le mur au-dessus de ma tête, jeté un coup d'œil à son jardin, puis à moi, avant de frapper le sol avec sa paume en criant :

– Merde ! merde et merde !

Il s'est mis à quatre pattes, il a envoyé un coup de pied dans la porte du placard sous le billot, puis il s'est avancé vers moi comme un animal, les tendons saillant sur son cou. Il s'est approché jusqu'à ce que nos nez se touchent.

– Tu vas crever, a-t-il articulé. Tu piges, connard ?

Je n'ai rien répondu.

Cette fois, c'est son front qu'il a pressé contre le mien.

– Je t'ai demandé si t'avais pigé.

Je lui ai opposé un regard éteint, sans vie.

Il a accentué la pression de son front sur le mien.

M'efforçant d'ignorer les élancements dans ma tête, j'ai gardé le silence.

Après m'avoir giflé encore une fois, Cody s'est redressé.

– Et si on se débarrassait de lui maintenant ? Là, tout de suite ?

Leonard a écarté ses mains grosses comme des battoirs.

– Les indices, monsieur Falk. Pensez aux indices. Supposons qu'une seule personne sache, ou devine, qu'il est venu ici, et qu'après, on le retrouve mort. Ben, les types de la police scientifique, ils sont capables de récupérer des morceaux de lui dans des endroits pas possibles. Des petits bouts de cervelle logés au fond de fissures dans les plinthes dont vous ne soupçonniez même pas l'existence.

Cody s'est adossé au billot. Il a passé sa paume sur sa bouche à plusieurs reprises en respirant bruyamment par les narines.

Enfin, il a déclaré :
– Donc, on le garde ici jusqu'à la nuit. C'est ce que vous me conseillez, Leonard.

Celui-ci a hoché la tête.
– Oui, monsieur.
– Et on l'emmène où, après ?

Le garde du corps a haussé les épaules.
– Je connais une décharge à Medford qui fera l'affaire.
– Une décharge ? a répété Cody. Un appart merdique, vous voulez dire ? Ou une vraie de vraie ?
– Une vraie de vraie.

Cody a beaucoup réfléchi. Il a fait plusieurs fois le tour du billot, puis ouvert le robinet, mais au lieu de placer la main sous l'eau et de s'humecter le visage, il s'est juste penché pour la renifler. Après, il s'est redressé et étiré au maximum. Il m'a ensuite contemplé en se mordillant l'intérieur de la joue.

– D'accord, a-t-il dit. Ça me va. (Il a souri à Leonard.) C'est cool, pas vrai ?
– Euh, quoi, monsieur ?

Cody a tapé dans ses mains, serré les poings et levé les bras au-dessus de sa tête.
– Mais tout ça, Leonard ! Nous avons l'occasion de faire quelque chose de prodigieux. Vous vous rendez compte ? Un truc complètement dément !
– Oui, monsieur. Mais dans l'intervalle ?

Leonard se tenait voûté au-dessus du billot, comme si un semi-remorque s'était logé entre ses deux omoplates.

– Dans l'intervalle, a répondu Cody en agitant la main, j'en ai rien à foutre. Il n'a qu'à regarder des pornos avec nous dans le salon. Je lui préparerai des œufs que je lui ferai bouffer à la petite cuillère. Engraissez le veau, blablabla...

– Oui, monsieur, a approuvé Leonard, l'air complètement dépassé. Bonne idée.

Cody s'est laissé tomber à genoux devant moi.
– T'aimes les œufs, Pat ?

J'ai scruté ses yeux pétillant de gaieté.
– Tu l'as violée, Cody ?

Il a penché la tête vers la gauche, le regard soudain absent.
– Qui ?
– Tu sais très bien qui.
– Qu'est-ce que t'en penses ?

— Je pense que t'es le suspect numéro un. Autrement, je ne serais pas là.

— Elle m'a écrit des lettres.

— Quoi ?

Il a opiné.

— Ça t'en bouche un coin, pas vrai ? Elle m'a écrit des lettres pour me demander pourquoi je ne réagissais pas à ses signaux. Peut-être que je n'étais pas assez viril ?

— Tu délires.

Avec un petit rire, il s'est tapé la cuisse.

— Non, non, c'est ça, le plus beau.

— Des lettres, ai-je répété. Et pourquoi Karen Nichols t'aurait-elle écrit, Cody ?

— Parce qu'elle le voulait, Pat. Elle en crevait d'envie. C'était une petite vicieuse, comme toutes les autres.

J'ai fait non de la tête.

— Tu me crois pas ? Ah ! Attends, je vais les chercher.

Il s'est relevé et il a tendu l'arme à Leonard.

— Qu'est-ce que je suis censé...

— S'il bouge, vous tirez.

— Il est ligoté.

— C'est moi qui vous paie, Leonard. Alors, vous ne discutez pas, O.K. ?

Cody est sorti de la cuisine, et quelques instants plus tard, ses pas ont résonné dans l'escalier.

Avec un soupir, Leonard a posé l'arme sur le comptoir.

— Leonard...

— Tu me parles pas, connard.

— Il est en train de s'exciter tout seul. Il ne va pas...

— J'ai dit...

— ... se calmer d'ici midi, si c'est ce que t'espères.

— ... ferme ta putain de gueule.

— Tuer quelqu'un, tu te rends compte ? Il en faut, non ? Ce sera une sacrée expérience.

— Ta gueule ! a répété Leonard en pressant les paumes sur ses yeux.

— Et après, Leonard, je veux dire, merde, tu le crois assez malin pour ne pas se faire épingler ?

— Y en a plein qui s'en tirent.

— Oh, bien sûr, mais je te parle de pros, là. Il va merder, Leonard. Rapporter un trophée de chasse à la maison, en parler à un copain ou à un inconnu dans un bar. Et après ? Comment t'imagines qu'il réagira quand le procureur débarquera ?

— Tu vas fermer ta...

— Il te balancera comme une vieille paire de godasses, Leonard. Il te donnera sans hésiter.

Il a saisi l'arme et l'a dirigée vers moi.

— Tu la fermes, ou je te descends moi-même.

— O.K. Mais juste encore une chose, Leonard. Juste...

— Arrête de répéter mon nom !

Leonard a reposé le .38, puis s'est de nouveau couvert les yeux.

— ... une petite chose, et là, je ne déconne pas, ai-je insisté. J'ai des copains très très méchants. Crois-moi, t'auras intérêt à prier pour que les flics te chopent avant.

Il a levé la tête et laissé retomber ses mains.

— Tu penses que j'ai la trouille de tes copains ?

— Tu devrais, Leonard. Sérieux. T'as déjà fait de la taule ?

De la tête, il m'a signifié que non.

— Me prends pas pour un imbécile, Leonard. À mon avis, t'as même traîné avec une bande ou deux. Du côté de North Shore, je dirais.

— Je t'emmerde ! T'essaies de me flanquer la frousse, hein ? Mais je suis ceinture noire, enfoiré. Septième dan...

— Même si t'étais le fils illégitime de Bruce Lee et de Jackie Chan, ça n'empêcherait pas Bubba Rogowski et ses potes de se jeter sur toi comme des rats sur un gros tas de steak haché.

En entendant le nom de Bubba, Leonard s'est de nouveau emparé de l'arme. Il ne l'a pas braquée sur moi, cette fois. Non, il l'a juste serrée.

À l'étage, Cody Falk allait et venait, martelant le sol de ses pas lourds.

Leonard a laissé échapper un souffle entre ses lèvres molles.

— Bubba Rogowski, a-t-il chuchoté, avant de s'éclaircir la gorge. Nan. Inconnu au bataillon.

— C'est ça, Leonard. C'est ça.

Il a baissé les yeux vers le .38. Puis reporté son attention sur moi.

— Non, franchement, je...

— Tu te souviens de Billyclub Morton ? ai-je lancé. Allez, un petit effort. C'était un type de North Shore.

Quand il a opiné, j'ai vu un léger tressaillement nerveux agiter sa joue gauche.

— Tu sais qui l'a liquidé, Leonard ? Je veux dire, c'est un de ses exploits les plus célèbres. On m'a raconté que le crâne de Billyclub ressemblait à une tomate explosée à la dynamite. Qu'ils avaient dû récupérer ses dents pour l'identifier. Que...

– O.K., O.K. Merde.

Au-dessus de nous, un tiroir arraché à ses glissières est tombé par terre.

– Eurêka ! s'est écrié Cody.

J'ai dû lutter pour ne pas jeter un coup d'œil paniqué par-dessus mon épaule ou vers le plafond. Au lieu de quoi, je me suis obligé à parler d'une voix calme, posée.

– Barre-toi, Leonard. Emporte le flingue et barre-toi. Tout de suite.

– Je...

– Écoute-moi, Leonard, ai-je sifflé entre mes dents. C'est soit les flics, soit Bubba Rogowski. Mais quelqu'un va se charger de toi. Tu le sais très bien. Cody ne fait pas le poids, là. Alors, arrête de jouer au con. Ou t'es à cent pour cent dans le coup, ou tu fous le camp.

– J'ai pas envie de te tuer, vieux. Je veux juste...

– Fous le camp, ai-je murmuré. T'as pas de temps à perdre. C'est maintenant ou jamais.

Leonard s'est mis debout. Il a posé une paume moite sur le billot de boucher en inspirant à fond.

J'ai appuyé mon dos contre le mur pour me redresser. Tout tournait, j'avais l'impression de ne plus sentir mon nez ni ma bouche.

– Emporte le flingue, ai-je répété. Vas-y.

Le visage de Leonard n'était qu'un masque de stupidité, de peur et de confusion.

J'ai opiné en signe d'encouragement.

Il s'est essuyé la bouche.

Je ne le quittais pas des yeux.

Enfin, il a acquiescé.

J'ai refoulé un énorme soupir de soulagement.

Il est passé devant moi, puis il a ouvert la baie vitrée donnant sur la terrasse derrière la maison. Sans un regard en arrière. Une fois dehors, il a pressé le pas, voûté les épaules et coupé à travers le jardin pour sortir par la grille latérale.

Un de moins, ai-je pensé en secouant la tête et en avalant de grandes goulées d'air pour tenter d'éclaircir ma vision.

J'ai entendu Cody se rapprocher de l'escalier.

Il n'en restait plus qu'un.

11.

Je me suis baissé et relevé à plusieurs reprises pour réactiver la circulation du sang dans mes jambes, et j'ai aspiré le plus d'oxygène possible.

Cody s'est engagé dans l'escalier.

Tout doucement, j'ai longé le mur jusqu'à l'angle de la cuisine.

En arrivant au pied des marches, Cody s'est de nouveau exclamé « Eurêka ! » Mais quand il a débouché dans la cuisine, il a trébuché sur mon pied, et une liasse de feuilles de couleur vive s'est échappée de ses mains au moment où il heurtait un tabouret de bar, puis tombait avec force sur sa hanche et son épaule droites.

Je ne crois pas avoir jamais envoyé de coups de pied aussi puissants que ceux dont j'ai bourré Cody. Je l'ai frappé dans les côtes et le bas-ventre, l'estomac, le dos, la tête. Je lui ai écrasé l'arrière des genoux, les épaules et les chevilles. L'une d'elles a émis un craquement sec en se brisant. Cody a plaqué son visage par terre en hurlant.

– Où tu ranges tes couteaux ? ai-je demandé.

– Ma cheville ! Ma cheville, bordel, tu...

Mon talon l'a atteint à la tempe, lui arrachant un nouveau cri de douleur.

– Où, Cody ? Réponds-moi, si tu tiens à ton autre cheville.

En un éclair, j'ai revu l'arme braquée sur ma figure, l'expression dans son regard quand il avait décidé de me supprimer, et je lui ai expédié un nouveau coup dans les côtes.

– Le... le billot, a-t-il haleté. Tiroir du haut.

Je suis allé me placer de l'autre côté de la table, puis j'ai tourné le dos au tiroir pour l'ouvrir. Je me suis écorché les doigts sur la première lame, mais je les ai fait remonter jusqu'au manche et j'ai sorti le couteau.

Cody s'était agenouillé.

Tout en essayant de couper la corde entre mes poignets, je suis revenu vers lui.

– Reste couché, ai-je ordonné.

Il s'est allongé sur le flanc, avant de remonter le genou vers sa poitrine. Il a tâté sa cheville, sifflé entre ses dents et roulé sur le dos.

Je commençais à sentir la ficelle se relâcher, mes poignets s'écarter peu à peu. Les yeux fixés sur Cody, j'ai continué de manipuler la lame.

Enfin, les liens ont cédé, libérant mes bras.

Après avoir posé le couteau sur le plan de travail, j'ai secoué les mains une bonne minute pour permettre au sang d'affluer de nouveau.

En voyant Cody lever la jambe, agripper son genou et gémir devant moi, j'ai soudain éprouvé cette lassitude si familière depuis quelque temps – une sorte d'amertume qui était allée se loger dans ma moelle comme des cellules cancéreuses, liée à ce que je faisais, au constat de ce que j'étais devenu.

Dans ma jeunesse, me semblait-il, j'avais pourtant eu l'espoir de devenir quelqu'un d'autre. Mais aujourd'hui, quel genre de vie était la mienne ? Affronter les Leonard et les Cody Falk de ce monde, s'introduire chez les gens par effraction, les agresser, briser les os d'êtres humains – même s'ils n'avaient d'humain que le nom...

Cody respirait par saccades sifflantes maintenant que, le premier moment de choc passé, la douleur s'installait.

Je l'ai enjambé pour aller ramasser les feuilles de couleur vive éparpillées dans la pièce. Il y en avait dix au total, toutes adressées à Cody, toutes rédigées d'une écriture d'adolescente.

Et toutes signées Karen Nichols.

Cody,
Au club, tu as l'air d'aimer ton corps autant que je l'aime. Je te regarde soulever ces poids, je regarde les gouttes de sueur perler sur ta peau et j'ai envie de lécher l'intérieur de tes cuisses. Je me demande quand tu vas te décider à tenir tes promesses. Cette nuit-là, dans le parking, tu ne l'as pas vu dans mes yeux ? On ne t'a jamais allumé, Cody ? Certaines femmes ne veulent pas qu'on les courtise, elles veulent qu'on les prenne. Qu'on les plaque au sol. Qu'on s'enfonce en elles, Cody, pas qu'on vienne doucement. Choisis la manière forte, imbécile. Tu en as envie ? Alors, décide-toi.

Auras-tu assez de cran, Cody ?
Ou est-ce que ce ne sont que des mots ?
Je t'attends,
Karen Nichols

Les autres missives étaient du même acabit – tour à tour narguant Cody, le suppliant et l'incitant à agir.

Parmi ces pages, j'ai également trouvé le message que Karen avait laissé sur la voiture de Cody, celui que j'avais roulé en boule et fourré dans sa bouche. Cody l'avait lissé et gardé en souvenir.

Il me dévisageait, à présent. Sa bouche était pleine de sang, et il a craché des petits bouts de dents quand il a pris la parole.

– Tu vois ? Elle demandait que ça. Littéralement.

J'ai plié neuf des pages et je les ai rangées dans ma veste. J'ai gardé la dixième et le message de Karen. Puis j'ai hoché la tête.

– Quand avez-vous, hum, couché ensemble, Karen et toi ?

– Le mois dernier. Elle m'a envoyé sa nouvelle adresse. Dans une de ces lettres.

Je me suis éclairci la gorge.

– Et c'était bon ?

Il a levé les yeux au ciel.

– Le pied. Vicieux au possible. Y avait longtemps que je m'étais pas éclaté comme ça.

En cet instant, je n'avais qu'une envie : aller chercher mon flingue dans la boîte à gants de la Porsche et vider mon chargeur sur lui. J'aurais aimé voir jaillir son sang.

Je me suis adossé au mur un moment, les yeux fermés.

– Est-ce qu'elle a résisté ? ai-je murmuré. Essayé de se défendre ?

– Bien sûr. Ça faisait partie du jeu. Elle s'est débattue jusqu'à ce que je parte. Elle a même chialé. Oh, c'était une sacrée tordue. Exactement comme je les aime.

J'ai rouvert les yeux, mais je les ai fixés sur le plan de travail et le réfrigérateur devant moi. Je ne pouvais pas regarder Cody.

– T'as même conservé le mot qu'elle avait laissé sur ta bagnole, ai-je repris en serrant le papier entre mes doigts.

Du coin de l'œil, je l'ai vu se fendre d'un sourire sanguinolent et déplacer légèrement sa tête en signe d'acquiescement.

– Ben, évidemment ! C'était le début de son petit manège. Le premier contact.

– T'as rien remarqué de différent entre ce mot et les lettres ?

Cette fois, je me suis forcé à le regarder.

– Non, a-t-il répondu. J'aurais dû ?
Je me suis accroupi près de lui.
– Oh oui, Cody, t'aurais dû.
– Et pourquoi ?
Je tenais la lettre dans ma main gauche, le message dans la droite. Je les ai placés devant lui.
– Parce que l'écriture n'est pas la même, Cody. Elles ne se ressemblent pas.

Les yeux agrandis par l'horreur, il a voulu s'écarter de moi et il s'est raidi violemment, comme si je l'avais déjà frappé.

Quand je me suis relevé, il a de nouveau roulé, avant d'aller se réfugier près de l'évier et d'essayer de se glisser dans le placard en dessous.

Je l'ai contemplé quelques secondes, puis j'ai récupéré le couteau dont je m'étais servi et je me suis rendu au salon, où j'ai coupé le long fil électrique d'une lampe. De retour dans la cuisine, je lui ai lié les mains derrière le dos.

– Qu'est-ce que tu vas faire ? m'a-t-il demandé.

Sans répondre, je lui ai tiré les bras et j'ai attaché l'autre extrémité du fil à l'un des pieds du réfrigérateur – un profilé fin, plutôt petit, mais plus costaud que quatre Cody réunis même après une journée de viol et de musculation.

– Où sont mon portefeuille, mes clés de voiture et le reste ?

Il a incliné la tête en direction du placard au-dessus du four, et en l'ouvrant, j'ai découvert mes affaires à l'intérieur.

Au moment où je les fourrais dans mes poches, Cody a lancé :
– Tu vas me torturer, c'est ça ?
– Non, je ne te toucherai plus.

Les yeux fermés, il a appuyé l'arrière de sa tête contre la porte du réfrigérateur.

– Mais je vais passer un coup de fil.

Il a soulevé une paupière.

– Vois-tu, je connais un gars...

Cette fois, il s'est tourné vers moi.

– ... à qui je compte parler de toi.

– Quoi ? Hé, Patrick, réponds-moi ! Quel gars ?

Sans plus m'occuper de lui, j'ai fait coulisser les baies vitrées pour sortir sur la terrasse, puis j'ai franchi le portail en bois avant de contourner la maison. Après avoir ramassé le *Trib* sur le perron, j'ai guetté les bruits en provenance des pavillons voisins. Tout était tranquille. Il n'y avait personne en vue. Décidé à profiter de ma chance, je me suis dirigé vers ma Porsche, et une fois au volant, j'ai remonté l'allée de Cody jusqu'au garage. Là, j'étais protégé des regards indiscrets par la maison de Cody sur ma droite et la longue rangée de chênes et de peupliers bordant son jardin sur ma gauche.

Je suis entré dans le garage par la porte que Bubba et moi avions empruntée pour quitter les lieux lors de notre précédente visite, et posté dans la pénombre fraîche près de l'Audi, j'ai composé un numéro sur mon téléphone portable.

– McGuire, a répondu une voix d'homme.
– C'est le Grand Rich ?
– Lui-même.

Une certaine méfiance perçait dans ses intonations, à présent.

– Salut, Rich, c'est Patrick Kenzie. Je cherche Sully.
– Hé, salut, Patrick ! Alors, quoi de neuf ?
– Oh, la routine.
– Ouais, je sais ce que c'est. Bon, bouge pas. Sully est au fond.

J'ai patienté un petit moment, puis Martin Sullivan a pris la communication dans l'arrière-salle du pub McGuire.

– Sully.
– Ça va, Sul ?
– Patrick. Qu'est-ce qui se passe ?
– J'en ai un vivant pour toi.
– C'est vrai ? a-t-il demandé d'un ton grave. T'en es sûr ?
– Certain.
– Quelqu'un a essayé de le raisonner ?
– Mouais, mais c'est plus le moment de discuter.
– Je suis pas surpris, a déclaré Sully. Cette maladie-là, c'est comme le virus Ebola, vieux.
– Mmm.
– Il attend ?
– C'est ça. Et il n'ira nulle part.
– Vas-y, j'ai un stylo.

Je lui ai donné l'adresse.

– Écoute, Sul, il y a quelques circonstances atténuantes. Pas beaucoup, mais il y en a quand même.
– Et alors ?
– Alors, éviter de causer des dégâts permanents. Importants, ça suffira.
– D'accord.
– Merci, vieux.
– Tu parles. Tu seras là ?

– Non, je serai parti depuis longtemps.
– Merci à toi pour le tuyau, vieux frère. Je te revaudrai ça.
– Tu ne dois rien à personne, Sul.
– Paix à toi.

Sur ce, il a raccroché.

J'ai trouvé un rouleau d'adhésif sur une étagère et j'ai franchi l'autre porte du garage pour rentrer dans la maison. Elle donnait sur une salle de jeux, vide à l'exception d'un StairMaster au milieu et de quelques palets de curling par terre. Je l'ai traversée, j'ai poussé encore une porte et après avoir gravi deux marches, j'ai débouché dans la cuisine, près de Cody Falk.

– Quel gars ? m'a-t-il demandé aussitôt. T'as dit que tu connaissais un gars. Tu parlais de qui ?
– Écoute-moi bien, Cody, c'est très important.
– Quel gars ?
– Arrêter de m'emmerder avec ça. J'y reviendrai plus tard. Pour l'instant, écoute-moi.

Il m'a regardé d'un air à la fois docile, inoffensif et avide de bien faire, mais j'ai décelé une peur panique dans ses yeux.

– J'ai besoin d'une réponse sincère, O.K. ? Je veux juste savoir. C'est toi qui as démoli la bagnole de Karen Nichols ?

Cody semblait complètement dérouté, comme la nuit où j'étais venu avec Bubba.

– Non, a-t-il déclaré d'un ton ferme. Je... je veux dire, c'est pas mon genre. Pourquoi j'aurais touché à sa bagnole ?

J'ai hoché la tête. Il disait la vérité, sans le moindre doute.

Et cette même nuit, une petite sonnette d'alarme avait retenti dans ma tête, mais j'étais trop obsédé par cette histoire de harcèlement et de viol pour y prêter attention.

– T'es pas dans le coup, c'est sûr ?
– Oui, a-t-il affirmé. (Il a jeté un coup d'œil à sa cheville.) Je pourrais avoir de la glace ?
– Tu ne veux pas en savoir plus sur ce gars ?

Il a dégluti, faisant monter et descendre sa pomme d'Adam.

– Qui est-ce ?
– Un type sympa, la plupart du temps, ai-je expliqué. Il a un boulot, une vie normale... Mais il y a dix ans, deux cinglés se sont introduits chez lui et ont violé sa femme et sa fille pendant son absence. Les flics ne les ont jamais retrouvés. Sa femme s'est remise – si tant est qu'une femme puisse se remettre d'une rencontre de ce genre avec des ordures comme toi –, mais sa fille, Cody ? Elle s'est enfer-

mée à l'intérieur d'elle-même et elle s'est laissée partir. Elle est à l'asile, aujourd'hui. Elle ne parle plus. Elle reste là, le regard perdu dans le vague. À vingt-trois ans, elle en paraît quarante. (Je me suis accroupi devant lui.) Alors, ce gars, tu vois ? Depuis ce jour-là, chaque fois qu'il entend parler d'un violeur, il rassemble sa, je sais pas, on pourrait appeler ça une milice, je suppose, et ils... Eh bien, t'as peut-être entendu parler de ce mec qu'on a découvert dans la cité de D Street, il y a quelques années ? Il saignait par tous les orifices et on lui avait coupé la queue pour la lui fourrer dans la bouche.

Cody, la tête plaquée sa tête contre le frigo, a manqué s'étouffer.

– Bon, t'en as entendu parler, apparemment, ai-je observé. Ça n'a rien d'une légende, Cody, c'est la réalité. Et ceux qui ont fait ça, c'étaient mon copain et sa bande.

La voix de Cody s'est réduite à un murmure.

– Je t'en prie...

– Comment tu dis ? (J'ai haussé les sourcils.) Mmm, pas mal. Essaie avec eux, des fois que ça marcherait.

– Je t'en prie, a-t-il répété. Fais pas ça.

– Continue à t'exercer, Cody. T'as presque trouvé le ton juste.

– Non, a gémi Cody.

J'ai déroulé trente centimètres de ruban adhésif, que j'ai coupés avec mes dents.

– O.K., pour Karen, c'était en partie une erreur. T'as reçu ces lettres, c'est vrai, et t'es le dernier des cons, alors...

– Je t'en prie. Je t'en prie, je t'en prie, je t'en prie...

– Mais il y a eu beaucoup d'autres femmes avant elle, hein, Cody ? Des femmes qui n'avaient rien demandé. Et qui n'ont pas porté plainte.

Il a baissé les yeux comme pour m'empêcher d'y lire la réponse.

– Attends, a-t-il chuchoté. J'ai de l'argent.

– Utilise-le pour te payer des séances chez le psy. Quand mon copain et sa bande en auront fini avec toi, t'en auras besoin.

Lorsque je lui plaqué l'adhésif sur la bouche, j'ai cru que les yeux allaient lui sortir de la tête.

Il a voulu hurler, mais seul un son faible, assourdi, s'est élevé derrière le bâillon.

– *Bon voyage*[1], Cody. (Je me suis dirigé vers les baies vitrées.) Bon voyage.

---

1. En français dans le texte.

12.

Le père McKendrick, chargé de dire la messe de midi à l'église Saint Dominick du Sacré-Cœur, devait avoir des places pour le match des Sox à une heure de l'après-midi. Il avait remonté l'allée centrale au douzième coup de midi, flanqué de deux enfants de chœur obligés de trottiner pour ne pas se laisser distancer. Il avait expédié les formules d'accueil, la demande de pardon et la prière d'ouverture comme si sa Bible était en feu, puis précipité la lecture de la Lettre de Paul aux Romains comme si l'apôtre avait bu trop de café en la rédigeant. Lorsqu'il a refermé l'Évangile selon Luc, et invité d'un geste ses paroissiens à s'asseoir, il était midi passé de sept minutes et la plupart des ouailles avaient l'air épuisé.

Il a agrippé le lutrin à deux mains, avant de toiser l'assemblée avec une froideur qui frisait le dédain.

– Paul a écrit : « Nous devons émerger de l'obscurité et nous revêtir d'une armure de lumière. » À votre avis, quel est le sens de ces formules, « émerger de l'obscurité », « revêtir une armure de lumière » ?

À l'époque où j'allais encore à la messe assez régulièrement, c'était toujours la partie que j'aimais le moins. Le prêtre allait tenter d'expliquer un texte hautement symbolique écrit presque deux mille ans plus tôt, puis appliquerait sa démonstration au mur de Berlin, à la guerre du Viêt-nam, à l'affaire *Roe contre Wade*[1], aux chances des Bruins pour la Stanley Cup. Il nous userait avec ses raisonnements laborieux.

---

1. Affaire au terme de laquelle la Cour suprême a légalisé l'avortement en 1973. (*N.d.T.*)

– Bon, ça veut bien dire ce que ça veut dire, a déclaré le père McKendrick comme s'il s'adressait à une salle remplie d'écoliers venus en car. « En d'autres termes, levez-vous de votre lit. Renoncez à l'obscurité de vos désirs vénaux, de vos récriminations mesquines, de votre haine pour vos voisins, de votre méfiance envers votre conjoint et de la facilité qui vous pousse à laisser la télé élever et corrompre vos enfants. Sortez, nous dit Paul, allez prendre l'air ! À la lumière ! Dieu est la lune et les étoiles, mais surtout, Il est le soleil. Sachez apprécier Sa chaleur. Transmettez-la. Privilégiez les bonnes actions. Mettez un peu plus dans le tronc aujourd'hui. Tâchez de sentir la force du Seigneur à l'œuvre en vous. Donnez aux plus démunis les vêtements que vous *aimez*. Soyez réceptifs à la présence du Seigneur. C'est Lui, l'armure de lumière. Alors, sortez et faites le bien. (Il a frappé le lutrin de son poing fermé pour mieux souligner ses propos.) Sortez, et faites la *lumière*. Vous me suivez ?

J'ai regardé les bancs autour de moi. Plusieurs personnes ont hoché la tête. Aucune ne semblait avoir la moindre idée de ce que racontait le père McKendrick.

– Parfait, a-t-il décrété. Maintenant, veuillez vous lever.

Nous nous sommes tous redressés. J'ai consulté ma montre. Deux minutes au total. Le sermon le plus rapide auquel j'aie jamais assisté. Cette fois, le doute n'était plus permis : le père McKendrick avait vraiment des places pour aller voir les Red Sox.

Les paroissiens paraissaient sonnés, mais contents. S'il y a bien une chose que les bons catholiques aiment encore plus que Dieu, c'est un sermon court. Remballez votre orgue et votre chœur, remballez votre encens et vos processions. Donnez-nous seulement un prêtre capable de garder un œil sur la Bible et l'autre sur l'heure, et nous viendrons au moins aussi nombreux que pour la loterie aux dindes une semaine avant Thanksgiving.

Tandis que les quêteurs circulaient parmi les bancs avec des paniers en osier, le père McKendrick a hâté la présentation des dons et la consécration de l'hostie en arborant une expression qui semblait signifier à ses deux assistants de onze ans qu'on ne jouait pas entre juniors, là, alors magnez-vous un peu, les gars, et que ça saute !

Environ trois minutes et demie plus tard, juste après avoir récité à toute allure le Notre Père, le prêtre nous a demandé d'échanger le signe de la paix. Cette perspective n'avait pas l'air de l'enchanter, mais il y avait des règles à respecter, j'imagine. J'ai donc serré les mains des époux à côté de moi, puis des trois vieillards dans la rangée de derrière et des deux vieilles femmes devant.

Ce faisant, j'ai réussi à accrocher le regard d'Angie. Elle était à neuf rangées seulement de l'autel, et au moment où elle se retournait pour serrer la main d'un adolescent grassouillet, elle m'a aperçu. J'ai cru déceler sur ses traits de la surprise, de la joie et aussi de la peine, puis elle a incliné la tête en guise de salut. Je ne l'avais pas revue depuis six mois, mais l'homme viril que j'étais a su résister au désir d'agiter la main et de pousser des cris de joie. Nous étions dans une église, après tout, où les bruyantes démonstrations d'affection sont en général mal considérées – et dans l'église du père McKendrick, qui plus est; or j'avais le sentiment que si je me laissais aller, il m'enverrait tout droit en enfer.

Encore sept minutes, et nous étions dehors. Si McKendrick avait pu faire autrement, nous serions sortis au bout de quatre, mais quelques fidèles âgés avaient ralenti la progression de la file au moment de la communion, et il les avait regardés approcher avec leur déambulateur d'un air de dire, Dieu a peut-être tout Son temps, mais pas moi.

Posté sur le trottoir devant l'église, j'ai observé Angie qui s'était arrêtée en haut des marches pour parler à un vieux gentleman en costume de seersucker. Elle a serré entre les siennes la main tremblante qu'il lui tendait, elle s'est penchée quand il lui a glissé quelques mots, puis elle lui a adressé un grand sourire. J'ai surpris l'adolescent grassouillet – un gamin qui devait avoir dans les treize ans – en train de se dévisser le cou derrière le bras maternel pour lorgner le décolleté d'Angie toujours penchée vers le vieil homme. Soudain conscient de mon regard, le môme a tourné la tête vers moi, et son visage criblé d'acné s'est empourpré sous l'effet de cette bonne vieille culpabilité catholique. J'ai brandi un doigt menaçant dans sa direction, et il s'est signé rapidement, avant de se concentrer sur la pointe de ses chaussures. Nul doute que le samedi suivant, il serait au confessionnal pour avouer des désirs concupiscents. À son âge, la liste était sûrement longue.

Tu me réciteras six cents « Je vous salue, Marie », mon fils.
Oui, mon père.
Si tu continues comme ça, tu vas devenir aveugle, mon fils.
Oui, mon père.

Angie s'est frayé un chemin au milieu des groupes qui s'attardaient sur les marches. D'un geste léger, elle a repoussé sa frange, mais elle aurait pu tout aussi bien se contenter de relever la tête. Elle l'a cependant gardée baissée, craignant peut-être de me révéler une expression susceptible de me ravir ou de me briser le cœur.

Elle avait coupé ses cheveux. Court. Toutes ces boucles luxuriantes couleur chocolat qui se nuançaient d'auburn dès la fin du printemps et pendant l'été – ces longues mèches épaisses qui lui descendaient jusqu'aux reins et se déployaient sur son oreiller comme sur le mien, et qu'elle mettait une heure à brosser quand elle se préparait pour la nuit – avaient disparu, remplacées par un carré au niveau du menton qui remontait vers les pommettes et lui dégageait la nuque.

Bubba en pleurerait s'il le savait. Enfin, non, peut-être qu'il ne pleurerait pas. Il descendrait quelqu'un, plutôt. Le coiffeur d'Angie, pour commencer.

– Pas un mot sur mes cheveux, m'a-t-elle averti en redressant enfin la tête.

– Quels cheveux ?

– Merci.

– Non, sérieux. Quels cheveux ?

Ses yeux caramel étaient aussi impénétrables que les eaux sombres d'un étang.

– Qu'est-ce que tu fais ici, Patrick ?

– J'ai entendu dire que les sermons étaient d'enfer.

Elle a transféré son poids d'une jambe sur l'autre.

– Aha.

– Je n'ai pas le droit de passer voir une vieille copine ? ai-je lancé.

Angie a pincé les lèvres.

– Il me semble qu'après ta dernière visite, on s'était mis d'accord pour en rester au téléphone. Je me trompe ?

En cet instant, son regard reflétait la souffrance, l'embarras et l'orgueil blessé.

L'épisode remontait à l'hiver précédent. Nous nous étions rejoints pour prendre un café. Ensuite, nous avions déjeuné et aussi bu quelques verres. Comme deux bons copains. Et puis, soudain, nous nous étions retrouvés sur le tapis du salon dans son nouvel appartement, le souffle court et la voix altérée, après avoir abandonné nos vêtements à la salle à manger. Ç'avait été un moment de sexe rageur, triste, violent, euphorisant, absurde. De retour à la salle à manger, tandis que nous ramassions nos habits en frissonnant dans la fraîcheur ambiante, Angie m'avait dit :

– Je suis avec quelqu'un.

– Qui ? avais-je demandé en enfilant mon sweat-shirt.

– Quelqu'un d'autre. On n'a pas le droit de faire ça. Il faut arrêter tout de suite.

– Reviens, alors. On s'en fout, de ton Quelqu'un.

Nue jusqu'à la taille, ce qui n'arrangeait manifestement pas son humeur, elle me dévisageait tout en démêlant les bretelles du soutien-gorge resté sur la table. En tant qu'homme, c'était plus facile pour moi : le temps de retrouver mon caleçon, mon jean et mon sweat-shirt, et j'étais prêt.

Mais Angie, avec ce sous-vêtement dans les mains, avait l'air abandonné.

– Ça ne marche pas entre nous, Patrick.
– Bien sûr que si.

J'avais eu l'impression d'une finalité brutale quand elle avait agrafé son soutien-gorge, puis cherché son pull sur les chaises.

– Non, Patrick. On voudrait bien, mais on n'y arrive pas. Sur toutes les questions de détails, pas de problème. Mais pour ce qui est du reste, de l'essentiel ? On déconne complètement.

– Alors qu'entre Quelqu'un et toi, tout baigne ? avais-je répliqué en mettant mes chaussures.

– Possible, Patrick. Possible.

Je l'avais regardée faire passer son pull par-dessus sa tête, puis libérer son opulente chevelure et la secouer pour dégager les mèches encore prisonnières du col.

De mon côté, j'avais récupéré ma veste.

– Ah oui ? Mais puisque Quelqu'un est si *simpatico* avec toi, Ange, c'est quoi, ce qui vient de se passer dans le salon ?

– Un rêve.

Dans l'entrée, j'avais jeté un rapide coup d'œil au tapis.

– Un beau rêve, alors.

– Peut-être, avait-elle répondu d'une voix éteinte. Mais maintenant, je suis réveillée.

Cet après-midi de janvier touchait à sa fin lorsque j'avais quitté l'appartement d'Angie. Dehors, la ville était dépouillée de ses couleurs. Soudain, j'avais glissé sur le sol verglacé et je m'étais rattrapé de justesse au tronc d'un arbre noir. Et j'étais resté longtemps ainsi, la main sur ce tronc, à attendre que l'immense vide en moi se remplisse de nouveau.

Et puis, au bout d'une éternité, je m'étais éloigné. Il faisait de plus en plus sombre, de plus en plus froid aussi, et je n'avais pas de gants. Je n'avais pas de gants, alors qu'un vent mordant se levait.

– Tu as entendu parler de Karen Nichols, je suppose, ai-je dit quand nous nous sommes promenés dans Bay Village, sous les arbres mouchetés de soleil.

– Comme tout le monde, non ?

L'après-midi était nuageux, rafraîchi par une brise humide annonciatrice d'averses soudaines qui caressait la peau, puis s'insinuait dans les pores comme du savon.

Angie a considéré l'épais pansement sur mon oreille.

– Qu'est-ce qui s'est passé, au fait ?

– On m'a frappé avec une clé anglaise. Rien de cassé, juste de sérieuses contusions.

– Ça n'a pas saigné ?

– Si, un peu. (J'ai haussé les épaules.) Ils ont tout nettoyé aux urgences.

– T'as dû bien t'amuser.

– Comme un petit fou.

– Tu prends beaucoup de coups, Patrick.

J'ai levé les yeux au ciel, déterminé à ne pas m'appesantir sur mes aptitudes physiques – réelles ou imaginaires.

– J'ai besoin d'en savoir plus sur David Wetterau, ai-je dit.

– Pourquoi ?

– C'est bien toi qui lui as conseillé de m'envoyer Karen Nichols ?

– Oui.

– Comment l'as-tu connu, pour commencer ?

– Il montait sa société. Sallis & Salk a procédé à des vérifications pour son associé et lui.

Sallis & Salk, l'entreprise où travaillait Angie aujourd'hui, était une énorme agence de sécurité high-tech proposant toutes sortes de services, de la protection des chefs d'État à l'installation des alarmes et à la télésurveillance chez les particuliers. La plupart de leurs employés étaient d'anciens flics ou d'anciens agents fédéraux, et tous avaient vraiment fière allure en costume noir.

Angie s'est arrêtée.

– Qu'est-ce qui justifie ton enquête, là, Patrick ?

– À priori, rien.

– Ah.

– Écoute, Ange, j'ai de bonnes raisons de croire que la série de malheurs qui s'est abattue sur Karen avant sa mort n'était pas due au hasard.

Elle s'est adossée à la grille en fer forgé bordant une bâtisse de grès brun, puis elle a passé la main dans ses courts cheveux, apparemment fatiguée par la chaleur. Respectant la tradition héritée de ses parents, Angie soignait toujours sa tenue pour aller à l'église. Ce jour-là, elle portait un pantalon en lin crème, un chemisier blanc en soie sans manches et un blazer en lin bleu qu'elle avait ôté au début de notre promenade.

Bien qu'elle ait massacré ses cheveux (bon, d'accord, ce n'était pas un massacre ; en fait, c'était même plutôt joli, pour qui ne l'avait pas connue avant), elle restait sublimissime.

L'air interrogateur, elle a ouvert la bouche en un ovale parfait exprimant une foule de questions muettes.

– Tu vas me dire que je suis dingue, Ange.

Elle a remué lentement la tête.

– Tu es un bon enquêteur. Jamais tu n'inventerais un truc pareil.

– Merci.

À la pensée qu'au moins une personne ne doutait pas du bien-fondé de ma démarche, j'éprouvais un immense soulagement.

Nous nous sommes remis en route. Bay Village, dans South End, est souvent surnommé avec dérision Gay Village par les homophobes et les bonnes âmes attachées aux valeurs familiales en raison de la prédominance des couples du même sexe dans le quartier. Angie s'y était installée à l'automne dernier, quelques semaines après avoir quitté mon appartement. Il se situe à environ cinq kilomètres de Dorchester, mais il pourrait tout aussi bien se trouver sur la face cachée de Pluton. Avec ses quelques rues serrées, ses façades arrondies en grès couleur chocolat et ses pavés rouges, Bay Village est fermement implanté entre Columbus Avenue et le Mass Pike. Alors que le reste de South End devient de plus en plus tendance – galeries, cafés et bars décorés dans le style L. A. y poussent comme du chiendent, et les anciens habitants ayant sauvé tout le coin de la dégradation urbaine durant les années 70 et 80 sont impitoyablement repoussés par des spéculateurs essayant d'acheter à bas prix aujourd'hui pour revendre cher un mois plus tard –, Bay Village apparaît comme le dernier vestige d'une époque révolue où tout le monde connaissait tout le monde. Ainsi que le laissait supposer sa réputation, nous avons surtout croisé des couples gays ou lesbiens, dont au moins les deux tiers promenaient des chiens, et ils ont tous salué Angie de la main, échangé avec elle un bonjour, quelques mots sur le temps ou des potins. Il m'est alors venu à l'esprit que c'était sans doute le seul endroit de la ville où subsistait une vraie vie de quartier. Non seulement ces gens-là se connaissaient, mais ils semblaient se soucier les uns des autres. Un homme a même dit à Angie qu'il avait chassé la veille au soir deux gamins en train de rôder autour de sa voiture, avant de lui suggérer d'acheter une alarme. Peut-être n'étais-je pas en mesure d'appréhender toute la subtilité du raisonnement prédominant, mais j'avais le sentiment que c'était ça, l'essence même de la notion de valeurs familiales, et je me suis demandé comment ces bons chrétiens engoncés dans la stérilité et l'affectation des banlieues pouvaient se considérer comme l'incarnation de cet idéal, quand ils n'étaient même pas capables de citer le nom des gens qui vivaient quatre maisons plus loin.

J'ai raconté à Angie tout ce que je savais sur les derniers mois de Karen Nichols – sa brutale plongée dans l'alcool et la drogue, les fausses lettres envoyées à Cody Falk, ma certitude que ce n'était pas lui qui avait vandalisé la voiture de la jeune femme, son viol et son arrestation pour racolage.

À part un « Oh, nom de Dieu » quand j'en suis arrivé au viol, Angie a gardé le silence tandis que nous traversions South End, puis Huntingtone Avenue, pour finalement longer le site de la Christian Science Church, avec sa piscine scintillante et ses bâtiments surmontés de dômes.

– Alors, pourquoi cet intérêt pour David Wetterau ? m'a-t-elle demandé à la fin de mon récit.

– C'est le premier maillon qui a cédé. C'est à partir de là que Karen est partie à la dérive.

– Tu crois qu'on aurait pu le pousser devant les voitures, c'est ça ?

J'ai haussé les épaules.

– En d'autres circonstances, avec quarante-six témoins, j'en douterais, mais puisqu'il n'était pas censé se trouver à ce carrefour ce jour-là, et que Cody a reçu toutes ces lettres, je dirais que quelqu'un s'est donné beaucoup de mal pour nuire à Karen Nichols.

– Et l'acculer au suicide ?

– Pas forcément, même si je n'écarte pas cette hypothèse. Pour l'instant, je pars plutôt du principe que quelqu'un était déterminé à la détruire petit à petit.

Nous nous sommes assis au bord de la piscine, et Angie a machinalement plongé sa main dans l'eau.

– Quand David Wetterau et Ray Dupuis ont monté leur société, Sallis & Salk s'est chargé de faire des vérifications sur leurs employés et leurs stagiaires, m'a-t-elle expliqué. Rien à signaler.

– Et Wetterau ?

– Comment ça ?

– Il a réussi le test ?

Elle a contemplé son reflet sur la surface brillante.
– C'est lui qui nous avait engagés.
– Mais ce n'est sûrement pas lui qui payait, ai-je souligné. Il conduisait une Coccinelle, et Karen m'a dit qu'ils avaient acheté une Corolla parce qu'ils ne pouvaient pas s'offrir une Camry. Est-ce que Ray Dupuis a demandé un complément d'information sur son associé ?

Angie a observé les vaguelettes autour de ses doigts.
– Oui. (Les yeux toujours fixés sur l'eau, elle a hoché la tête.) Wetterau a réussi le test, Patrick. Haut la main.
– Vous avez un spécialiste de l'analyse graphologique, chez Sallis & Salk ?
– Bien sûr. On a au moins deux experts en falsification. Pourquoi ?

Je lui ai montré les deux échantillons de la signature de Wetterau : un avec le « P », l'autre sans.
– Tu pourrais leur demander si ces deux signatures ont été tracées par la même personne ?
– Je peux toujours essayer, en tout cas, a-t-elle répondu en prenant les échantillons.

Elle a ramené un genou vers sa poitrine, et après y avoir calé son menton, elle m'a dévisagé.
– Quoi ?
– Rien. Je te regarde, c'est tout.
– Et tu vois quelque chose qui te plaît ?

Elle a tourné la tête vers l'église – une façon d'éluder la question, de me faire comprendre que le flirt n'était pas au programme ce jour-là.

J'ai donné un coup de pied dans le pourtour du petit bassin en m'efforçant de lutter contre l'envie de lui dire ce que je ressentais depuis quelques mois. Mais en fin de compte, j'ai cédé.
– Écoute, Ange, ça commence à me miner.

Elle m'a jeté un coup d'œil perplexe.
– Quoi, Patrick ? L'histoire de Karen Nichols ?
– Tout. Le boulot, le... Ce n'est plus...
– Drôle ? a-t-elle suggéré avec un petit sourire.

J'ai souri en retour.
– C'est ça. Exactement.

Elle a baissé les yeux.
– Qui a dit que la vie était drôle ?
– Qui a dit qu'elle ne l'était pas ?

Le petit sourire est reparu sur ses lèvres.
– O.K. Tu marques un point. Tu songes à démissionner ?

J'ai haussé les épaules. J'étais encore relativement jeune, mais ça changerait.

– Tu en as assez de tous ces os brisés ? a-t-elle insisté.
– De toutes ces vies brisées, plutôt.

Elle a déplié sa jambe et replongé la main dans l'eau.
– Et tu ferais quoi ?

Je me suis redressé, puis étiré pour tenter de soulager les douleurs et les crampes que je sentais dans mon dos depuis ma visite chez Cody Falk le matin même.

– Je ne sais pas. Je suis juste vraiment... fatigué.
– Et Karen Nichols ?

J'ai reporté mon attention sur Angie. La voir comme ça, assise au bord de la piscine scintillante, avec sa peau dorée par le soleil et ses grands yeux sombres écarquillés, pétillant d'intelligence, me fendait le cœur.

– Je veux lui rendre justice, Ange. Je veux prouver à quelqu'un – peut-être à celui ou celle qui l'a détruite, ou peut-être à moi-même, tout simplement – que sa vie valait quelque chose. Tu comprends ?

Quand elle m'a regardé, son expression était ouverte, pleine de tendresse.

– Oui. Oui, Patrick. (Elle a secoué la main, et s'est mise debout à côté de moi.) Écoute, je vais te proposer un marché.
– Vas-y.
– Si tu peux prouver que l'accident de David Wetterau mérite plus d'attention, je collaborerai à l'enquête. Pour rien.
– Et Sallis & Salk ?

Un soupir lui a échappé.

– Oh, je ne sais pas trop. En fait, je commence à me demander si toutes ces affaires de merde qu'on me refile font juste partie du bizutage. C'est... (Elle a levé la main, puis l'a laissée retomber.) Mais bon, peu importe. Écoute, je ne suis pas débordée, là-bas. Je peux t'aider – prendre un jour de congé par-ci par-là au besoin – et peut-être que ce sera...
– Drôle ?

Elle a souri.
– Oui.
– Donc, je prouve que l'accident était louche et tu enquêtes avec moi. C'est ça, le marché ?

– Je n'enquête pas avec toi, non. Je t'aide à l'occasion, en fonction de mes disponibilités.
– Ça me convient.
J'ai tendu la main. Elle l'a serrée. La simple pression de sa paume sur la mienne a suffi à ouvrir des trous béants dans ma poitrine et mon estomac. J'avais tellement faim d'elle... J'aurais fondu sur place si elle me l'avait demandé.
Elle a retiré vivement sa main et l'a fourrée dans sa poche.
– Je...
Angie a reculé, peut-être effrayée par ce qu'elle voyait sur mon visage.
– Ne le dis pas, Patrick.
– O.K. Mais je le pense.
– Chut... (Elle a porté un doigt à ses lèvres et souri, mais ses yeux embués brillaient.) Chut, a-t-elle répété.

13.

Le motel Holly Martens de Mishawauk, une ville minuscule non loin de Springfield, se situait à cinquante mètres d'une portion de la Route 147 envahie par des herbes folles jaunies. Simple agglomérat de bâtiments en parpaing formant un T, l'établissement s'étendait en bordure d'un champ de terre brune et voisinait avec une mare si large et sombre qu'elle aurait pu abriter les restes d'un dinosaure. Le Holly Martens semblait avoir fait partie d'une base militaire ou d'un abri antiaérien dans les années 50, et rien dans son aspect n'invitait le voyageur fatigué à y séjourner une seconde fois. J'ai vu une piscine sur ma gauche lorsque je me suis garé devant la réception. Vide, entourée d'un grillage surmonté de barbelés, elle servait de dépotoir pour des bouteilles de bière vertes ou marron, des chaises de jardin rongées par la rouille, des emballages de fast-food et un vieux caddie de supermarché. Sur la pancarte écaillée fixée au grillage, on pouvait lire : PISCINE NON SURVEILLÉE BAIGNADE DANGEREUSE. Peut-être qu'on avait vidé le bassin parce que les clients n'arrêtaient pas de jeter leurs bouteilles de bière dedans. Ou peut-être qu'ils y jetaient des bouteilles parce que le bassin avait été vidé. Peut-être que le surveillant de baignade avait emporté l'eau en partant. Peut-être aussi que je ferais mieux d'arrêter de me poser des questions stupides.

La réception sentait le chien mouillé, les copeaux de bois, l'eau de Javel et le papier journal souillé par des matières fécales et des flaques d'urine. Et ce en raison de la présence d'au moins sept cages, toutes occupées par des rongeurs – des cochons d'Inde pour la plupart, ainsi que plusieurs hamsters faisant grincer leur roue, leurs petites pattes pédalant à toute allure, leur museau pointé vers le haut du cylindre comme s'ils se demandaient bien pourquoi ils n'arrivaient jamais à l'atteindre.

Faites qu'il n'y ait pas de rats, ai-je supplié. Je vous en prie, faites qu'il n'y ait pas de rats.

La femme derrière le comptoir était blonde décolorée et émaciée. Son corps paraissait réduit à un assemblage de tendons et de cartilage ; à croire que la graisse avait pris la tangente en même temps que le surveillant de baignade, la privant de seins et de fesses. Sa peau était tellement bronzée et tannée qu'elle m'a fait penser à du bois noueux. Elle pouvait avoir entre vingt-huit et trente-huit ans, et on sentait qu'elle était revenue de tout avant son vingt-cinquième anniversaire.

Elle m'a accueilli d'un grand sourire franc, teinté néanmoins d'une nuance de défi.

– Salut ! C'est vous qui avez appelé ?

– Pardon ?

La cigarette entre ses lèvres a tressauté.

– Ben oui, pour le climatiseur.

– Non, ai-je répondu. Moi, je suis détective privé.

Elle a éclaté de rire, la cigarette coincée entre les dents.

– Sérieux ?

– Sérieux.

Elle a ôté la cigarette de sa bouche, fait tomber la cendre sur le sol derrière elle, puis elle s'est accoudée au comptoir.

– Comme Magnum ?

– Exactement, ai-je affirmé en m'essayant au célèbre haussement de sourcils estampillé Tom Selleck.

– Je regarde tout le temps les rediffusions, m'a-t-elle expliqué. Bon sang, ce qu'il était mignon ! Voyez ce que je veux dire ? (Un sourcil arqué dans ma direction, elle a ajouté à mi-voix :) Comment se fait-il que les hommes ne portent plus la moustache, hein ?

– Peut-être parce qu'ils ont peur d'être pris pour des homos ou des ploucs ? ai-je suggéré.

Elle a hoché la tête.

– Sûrement. Mouais, sûrement. Mais c'est quand même rudement dommage.

– C'est indiscutable.

– Rien ne vaut un homme avec une belle moustache.

– Comme vous dites.

– Alors, qu'est-ce que je peux faire pour vous ?

Je lui ai montré la photo d'identité de Karen Nichols que j'avais découpée dans le journal.

– Vous la connaissez ?

Après avoir longuement examiné le portrait, elle a remué la tête en signe de dénégation.

– Mais c'est pas la nana dont ils ont parlé ? a-t-elle lancé.
– Quelle nana ?
– Celle qui a sauté de cette tour, en ville ?

J'ai opiné.

– J'ai des raisons de penser qu'elle a peut-être séjourné ici un petit moment.
– Nan... (Elle a baissé d'un ton.) Elle a l'air un peu trop, hum, comme il faut pour un endroit de ce genre. Vous me suivez ?
– Pourquoi ? Ils sont comment, vos clients ? ai-je demandé, comme si je ne m'en doutais pas.
– Oh, sympas, très sympas. Le sel de la terre, quoi. Mais c'est juste qu'ils ont peut-être l'air un peu plus coriace que la moyenne. On a pas mal de bikers...

Chercher de ce côté-là, ai-je songé.

– ... de routiers...

De ce côté-là aussi.

– ... et puis, des gens qui ont besoin d'un toit le temps de, hum, remettre de l'ordre dans leurs idées, de prendre du recul.

Autrement dit, des junkies et des types tout juste libérés sur parole.

– Beaucoup de femmes seules ? ai-je interrogé.

Ses yeux clairs se sont assombris.

– O.K., mon grand, arrêtez de tourner autour du pot. Qu'est-ce que vous voulez ?

Une vraie dure à cuire. Waouh. Même Magnum aurait été impressionné.

– Une de vos clientes ne serait-elle pas partie sans régler la note ? Depuis une bonne semaine, mettons, voire plus ?

Elle a consulté le registre devant elle, puis s'est de nouveau accoudée au comptoir. La lueur malicieuse était revenue dans son regard.

– Possible.
– Possible ?

J'ai placé mon coude à côté du sien. Elle m'a souri, avant de rapprocher légèrement son bras.

– Ouais, possible.
– Vous pourriez m'en dire plus à son sujet ?
– Oh, bien sûr. (Une nouvelle fois, elle a souri. Elle avait vraiment un chouette sourire ; il révélait l'enfant en elle, avant les trop

nombreuses heures de vol, la cigarette et la brûlure du soleil.) Mais mon vieux pourrait vous en dire encore plus.

Je ne savais pas trop si « vieux » désignait un père ou un mari. Dans un trou pareil, il pouvait signifier soit l'un, soit l'autre. Pis, dans un trou pareil, il pouvait signifier les deux.

J'ai laissé mon coude où il était. Ah, l'amour du risque...

– Ah oui ? Comme quoi, par exemple ?

– Dites, pourquoi on ne commencerait pas par les présentations, hein ? C'est quoi, votre petit nom ?

– Patrick Kenzie, ai-je répondu. Mes amis m'appellent Magnum.

– Tiens donc. (Elle a pouffé.) Je parie que c'est même pas vrai.

– Je parie que vous avez raison.

Elle a ouvert sa main et me l'a tendue. Je l'ai imitée, et nous avons échangé une poignée de main en gardant nos coudes sur le comptoir, comme si nous étions sur le point d'engager un bras de fer.

– Moi, c'est Holly.

– Holly Martens ? Ça me rappelle ce type, Holly Martins, dans le film...

– Quel film ?

– *Le Troisième Homme.*

Elle a haussé les épaules.

– Mon vieux, vous voyez, quand il a repris le motel, ça s'appelait Molly Martenson's Lie Down. Y avait un chouette néon sur le toit, ça faisait une belle lumière la nuit. Mon vieux, Warren, il avait ce copain, Joe, qui était vraiment doué pour réparer toutes sortes de trucs. Alors, Joe, il a fait tomber le M, mis un H à la place, et après, il a peint en noir le O-N-apostrophe-S. D'accord, les lettres sont pas bien centrées, mais la nuit, ça reste joli.

– Et pour le « Lie Down » ?

– Oh, c'était pas sur le néon.

– Sacré coup de pot.

– Hé, c'est exactement ce que j'ai dit ! s'est-elle exclamée en frappant le comptoir du plat de la main.

– Holly ! a crié quelqu'un d'une pièce derrière la réception. Cette foutue gerbille a chié sur mes papiers !

– J'ai pas de gerbille ! a-t-elle répliqué.

– Ce foutu cochon nain, alors. Combien de fois je t'ai demandé de ne pas les laisser sortir de leur cage ?

– J'élève des cochons d'Inde, a-t-elle murmuré, comme si elle me confiait un secret cher à son cœur.

– J'avais remarqué. Des hamsters, aussi.

Holly a hoché la tête.

– J'ai eu des furets, mais ils sont morts.

– Merde.

– Vous aimez les furets ?

– Pas du tout, ai-je répondu en souriant.

– Vous avez tort. C'est marrant, un furet. (Elle a ponctué ces mots d'un claquement de langue.) Drôlement marrant, je vous assure.

J'ai entendu s'élever derrière elle un crissement et des grincements trop bruyants pour provenir des roues de hamsters, et soudain, le dénommé Warren s'est approché de la réception dans un fauteuil roulant tout de cuir noir et de chrome brillant.

Ses jambes s'arrêtaient au niveau des genoux, mais le reste de son corps était massif. Il portait un T-shirt noir sans manches sur un torse large comme la coque d'un petit bateau, et d'épais tendons saillaient sous la peau de ses avant-bras et de ses biceps. Ses cheveux blond décoloré, comme ceux de Holly, étaient rasés sur les tempes, et leur masse épaisse rejetée en arrière lui descendait jusqu'aux omoplates. Les muscles de sa mâchoire puissante s'activaient, et ses mains, dissimulées par de grosses moufles en cuir noir, semblaient capables de briser comme une vulgaire allumette un poteau de clôture en chêne.

Il s'est dirigé vers Holly sans m'accorder un regard.

– Chérie ?

Elle a tourné la tête vers lui, et ses yeux se sont emplis d'un amour si total, si absolu, que j'ai eu l'impression d'une quatrième présence dans la pièce.

– Oui, bébé ?

– Tu sais où j'ai mis mes comprimés ?

Warren a approché son fauteuil du bureau pour jeter un coup d'œil aux étagères du bas.

– Les blancs, tu veux dire ? a demandé Holly.

– Non, les jaunes, ma puce, a-t-il répondu, sans paraître me voir. Ceux de trois heures.

Holly a incliné la tête comme si elle fouillait sa mémoire. Puis son merveilleux sourire a de nouveau illuminé son visage, et elle a tapé dans ses mains, amenant Warren, manifestement sous le charme lui aussi, à sourire en retour.

– Bien sûr que je sais, bébé ! (Elle a retiré de sous le comptoir une petite bouteille ambrée.) Tiens, attrape !

Elle lui a envoyé le flacon, qu'il a rattrapé au vol sans la quitter des yeux un seul instant. Il a avalé deux cachets, et il contemplait toujours Holly quand il a demandé :
– Qu'est-ce que vous cherchez, Magnum ?
– Les affaires d'une morte.

Il a saisi la main de Holly, puis il en caressé le dos avec son pouce, scrutant la peau comme s'il voulait en mémoriser chaque détail.
– Pourquoi ?
– Parce qu'elle est morte.
– Vous l'avez déjà dit, a-t-il répliqué en retournant la main de Holly pour exposer la paume, dont il tracé les contours du bout du doigt.

Holly lui a passé sa main libre dans les cheveux.
– Parce qu'elle est morte, ai-je répété, et que tout le monde s'en fout.
– Mais pas vous ? Parce que vous, vous êtes un type bien ?

Il lui caressait le poignet, à présent.
– J'essaie, en tout cas, ai-je répondu.
– Cette nana, elle était petite, blonde et défoncée au Quaalude et au Midori du matin au soir ?
– Elle était petite et blonde. Pour le reste, je ne sais pas.
– Viens là, ma puce.

Avec beaucoup de douceur, il a fait asseoir Holly sur ses genoux, puis il a repoussé les mèches qui lui tombaient dans le cou. Tout en se mordillant la lèvre inférieure, elle a rivé son regard au sien, et j'ai vu son menton trembler.

Warren a tourné la tête, amenant son oreille contre la poitrine de Holly, et il m'a regardé directement pour la première fois depuis son arrivée. En découvrant son visage de face, j'ai été surpris par la jeunesse de son apparence. Vingt-huit ou vingt-neuf ans, peut-être, des yeux bleus d'enfant, des joues lisses comme celles d'une fille, une pureté de surfeur délavée par le soleil.

– Vous avez lu le papier de Denby sur le *Le Troisième Homme* ? m'a-t-il demandé.

Il voulait sans doute parler de David Denby, ai-je supposé, le critique de cinéma attitré du magazine *New York*. Pas du tout le genre de référence que je m'attendais à l'entendre citer, d'autant que sa femme m'avait affirmé ne pas savoir de quel film je parlais.

– Non, je ne crois pas.
– Il a dit qu'aucun adulte après la guerre n'avait le droit d'être aussi innocent que Holly Martens.

– Hé! a protesté sa femme.

Du bout du doigt, il lui a effleuré le nez.

– Le personnage du film, ma puce, pas toi.

– Oh. Je vois. Pas de problème.

Warren a reporté son attention sur moi.

– Vous êtes d'accord, monsieur le détective ?

J'ai hoché la tête.

– J'ai toujours pensé que Calloway était le seul héros de l'histoire, ai-je déclaré.

Il a claqué des doigts.

– Trevor Howard. Moi aussi. (Il a levé les yeux vers Holly, qui a enfoui le visage dans ses cheveux en les humant.) Pour en revenir aux affaires de cette femme... Vous ne cherchez rien de valeur, hein ?

– Comme des bijoux, vous voulez dire ?

– Bijoux, appareil photo, tout ce qui pourrait vous tomber sous la main.

– Non, ai-je répondu. Je cherche une raison pour expliquer sa mort.

– Elle occupait la 15B, m'a-t-il révélé. Petite, blonde, elle se faisait appeler Karen Wetterau.

– C'est elle.

– O.K. (D'un geste, il m'a indiqué le battant en bois à côté du comptoir.) Venez, on va jeter un coup d'œil.

Quand je me suis approché du fauteuil roulant, Holly a tourné la tête et posé sur moi un regard embrumé.

– Pourquoi êtes-vous aussi sympa ? ai-je demandé.

Warren a balayé la question d'un haussement d'épaules.

– Cette fille, Karen Wetterau... ? Ça m'étonnerait qu'on l'ait été beaucoup avec elle.

14.

Une grange se dressait derrière le motel, à environ trois cents mètres des bâtiments, après un bouquet d'arbres tordus ou cassés et une petite clairière souillée par l'huile de moteur. Aussi facilement que s'il roulait sur une route goudronnée de frais, Warren Martens a manœuvré son fauteuil au milieu des branches pourries, des feuilles mortes accumulées depuis plusieurs années, des petites bouteilles vides, des pièces détachées abandonnées et des fondations en ruine d'un bâtiment disparu sans doute en même temps que Lincoln.

Holly était restée à la réception au cas où quelqu'un se présenterait, car le Ritz affichait complet, et Warren m'avait précédé sur une rampe d'accès en bois installée à l'arrière du motel pour me guider jusqu'à la grange où il entreposait le contenu des chambres délaissées par leurs occupants. Il avait pris les devants au niveau du bosquet, actionnant les roues de plus en plus vite jusqu'à ce que leur chuintement couvre le bruit des feuilles écrasées. Le dossier en cuir de son fauteuil s'ornait d'un aigle Harley-Davidson cousu au milieu et d'autocollants fixés de chaque côté : LES MOTARDS SONT PARTOUT ; UN JOUR À LA FOIS ; SEMAINE DE LA MOTO, LACONIA, NH ; L'AMOUR, ÇA ARRIVE.

– C'est qui, votre acteur préféré ? m'a-t-il lancé par-dessus son épaule tandis que ses bras musclés continuaient de s'activer.

– Ancien ou actuel ?

– Actuel.

– Denzel, ai-je répondu. Et vous ?

– Je dirais Kevin Spacey.

– C'est vrai, il est bon.

— Je suis fan depuis *Un flic dans la Mafia*. Vous vous rappelez cette série ?

— Mel Profitt et sa sœur incestueuse, Susan.

— Bien vu. (Il a tendu la main par-dessus son épaule, et je lui ai frappé la paume.) O.K, a-t-il repris, s'échauffant peu à peu maintenant qu'il avait trouvé un autre fana de cinéma au milieu des arbres morts. Et votre actrice préférée du moment ? Sachant que vous ne pouvez pas répondre Michelle Pfeiffer.

— Pourquoi ?

— Trop de sex-appeal. Ça pourrait fausser l'objectivité du scrutin.

— Oh. Alors, Joan Allen. Et vous ?

— Sigourney. Avec ou sans armes automatiques. (Il m'a jeté un coup d'œil quand je suis venu me placer à côté de lui.) Et parmi les anciens ?

— Lancaster. Sans hésitation.

— Mitchum, a-t-il répliqué. Sans hésitation. Actrice ?

— Ava Gardner.

— Gene Tierney.

— On n'est peut-être pas tout à fait d'accord sur les détails, Warren, mais je dirais qu'on a tous les deux des goûts irréprochables.

— C'est sûr ! (Il a laissé échapper un petit rire, penché la tête en arrière et regardé les branches noires défiler au-dessus de lui.) Mais vous savez, c'est vrai ce qu'on dit sur les bons films.

— Ah oui ? Et qu'est-ce qu'on dit ?

Il a continué d'avancer en gardant la tête renversée, comme s'il connaissait par cœur chaque centimètre de ce dépotoir.

— Ils vous transportent, a-t-il expliqué. Je veux dire, quand je vois un bon film ? Ben, j'oublie pas que j'ai perdu mes jambes. Non, *j'ai* des jambes. Ce sont celles de Mitchum parce que je suis Mitchum, et là, ce sont mes mains qui courent sur les bras nus de Jane Greer. Un bon film, vieux, ça vous donne une nouvelle vie. Ça vous donne un avenir, au moins pour un temps.

— Pendant deux heures.

— Ouais. (Cette fois, son rire s'est teinté de mélancolie.) Ouais, a-t-il répété plus doucement, et j'ai soudain senti peser sur nous le fardeau de son existence – le motel délabré, les arbres abîmés, les membres fantômes à trente ans et ces hamsters qui faisaient tourner leur roue là-bas, à la réception, en poussant des couinements frénétiques.

— C'était pas un accident de moto, a-t-il dit soudain, répondant à la question qu'il savait sur mes lèvres. Quand ils me rencontrent, la plupart des gens s'imaginent que j'ai foutu en l'air ma Harley dans un virage. (Il m'a jeté un coup d'œil en faisant non de la tête.) Ce soir-là, à l'époque où c'était encore le Molly Martenson's Lie Down, j'ai déconné. J'ai pris mon pied avec une femme qui n'était pas la mienne. Holly s'est pointée – déchaînée, une vraie furie, et va te foutre, connard –, elle m'a balancé son alliance à la figure et elle s'est tirée. Je lui ai couru après. Y avait pas encore de grillage autour de la piscine, elle était vide et j'ai glissé. Je suis tombé du côté le plus profond. (Il a haussé les épaules.) Ça m'a cassé en deux. (De la main, il a indiqué le terrain autour de nous.) J'ai obtenu tout ça en dédommagement.

Il a arrêté le fauteuil devant la grange, puis déverrouillé le cadenas sur la porte. Le bois avait été peint en rouge autrefois, mais à force de soleil et de négligence, la couleur avait viré au saumon tirant sur le jaune, et le bâtiment s'affaissait dangereusement sur la gauche, penchant vers la terre sombre comme s'il risquait à tout moment de s'étendre sur le flanc et de s'endormir.

Je me suis demandé comment une fracture de la colonne vertébrale avait pu entraîner l'amputation de ses deux jambes, mais j'ai pensé qu'il choisirait de me le dire s'il en avait envie, ou de me laisser m'interroger.

– Le plus drôle, a-t-il repris, c'est que depuis, Holly m'aime deux fois plus qu'avant. Peut-être parce que je ne peux plus courir les filles, hein ?

– Peut-être.

Il a souri.

– C'est ce que je croyais, au début. Mais vous savez pourquoi, en fait ? Vous savez d'où ça vient ?

– Non.

– Eh bien, Holly, elle fait partie de ces gens qui trouvent un sens à leur vie quand on a besoin d'eux. Tenez, prenez ces foutus cochons nains. Ces saloperies de bestioles crèveraient si elles devaient se débrouiller toutes seules.

Il m'a encore regardé, puis il a opiné comme pour lui-même et il a ouvert la porte de la grange. Je l'ai suivi à l'intérieur.

La plus grande partie de l'espace devant moi ressemblait à un marché aux puces où l'on trouvait pêle-mêle des tables basses à trois pieds, des abat-jour déchirés, des miroirs fendus et des téléviseurs à l'écran fracassé par des poings ou des pieds. Des plaques chauffantes rouillées, suspendues au mur du fond par leur cordon, voisinaient avec des croûtes représentant des champs vides, des clowns ou des fleurs dans un vase, le tout maculé par du jus d'orange, de la crasse ou du café.

Quant au premier tiers du bâtiment, il regroupait diverses possessions abandonnées ou oubliées par leurs propriétaires – valises et vêtements, livres et chaussures, bijoux fantaisie s'échappant d'une boîte. Sur ma gauche, Holly ou Warren avait passé une corde jaune autour de quelques objets soigneusement empilés : un mixeur apparemment neuf ; des tasses, des verres et un service en porcelaine restés dans leurs emballages d'origine ; un plat en étain sur lequel était gravée l'inscription : LOU & DINA, POUR TOUJOURS ET À JAMAIS, 4 AVRIL 1997.

– Des jeunes mariés, a dit Warren en suivant la direction de mon regard. Ils sont venus ici pour leur nuit de noces, ils ont déballé leurs cadeaux, et sur le coup de trois heures du mat', ils se sont engueulés comme c'est pas possible. Elle s'est barrée avec la voiture, les boîtes de conserve toujours attachées au pare-chocs. Lui, à moitié à poil, s'est lancé à sa poursuite. C'est la dernière fois qu'on les a vus. Mais Holly ne veut pas que je vende tout ce bazar. Elle dit qu'ils reviendront. J'ai beau lui répéter « Ça fait déjà deux ans, ma puce », elle s'entête. « Ils reviendront. » Alors, voilà.

– Voilà, ai-je répété, toujours troublé par la vision de tous ces présents, du plat en étain, du marié à moitié nu poursuivant sa femme à trois heures du matin tandis que résonnait le fracas des boîtes de conserve sur la route.

Warren a fait rouler son fauteuil vers la droite.

– Là, ce sont ses affaires. Celles de Karen Wetterau, je veux dire. Y a pas grand-chose.

Je me suis approché d'un gros carton marqué Chiquita Banana, dont j'ai soulevé les rabats.

– Quand l'avez-vous vue pour la dernière fois, Warren ?

– Ça remonte à une semaine. Là-dessus, j'ai appris qu'elle avait sauté de Custom House.

Je l'ai regardé.

– Donc, vous étiez au courant.

– Sûr.

– Et Holly ?

Il a secoué la tête.

– Elle ne vous a pas menti, a-t-il affirmé. Holly, faut toujours qu'elle voie le côté positif des choses. Et si ce n'est pas possible, alors ça ne s'est pas passé. Y a un truc en elle qui refuse de faire le lien. Moi, quand j'ai vu la photo dans le journal, ça m'a pris deux bonnes minutes, mais j'ai fini par la reconnaître. Elle avait l'air différente, et pourtant, c'était bien elle.

— Pourquoi ? Comment était-elle, ici ?

— Triste. Peut-être la personne la plus triste que j'aie rencontrée depuis longtemps. Elle en crevait, de toute cette tristesse. Je ne bois plus, mais je restais près d'elle certains soirs pendant qu'elle picolait. Tôt ou tard, elle finissait par me draguer. Une des fois où je l'ai repoussée, elle est devenue vraiment mauvaise, elle a insinué que mon équipement était foutu. Alors, je lui ai répondu : « Écoute, Karen, j'ai perdu pas mal de trucs dans cet accident, mais pas ça. » Merde, sur ce plan, je suis comme un gamin de dix-huit ans : le soldat se met au garde-à-vous pour un rien. Bref, je lui ai dit aussi : « Je ne veux pas te vexer, mais tu comprends, j'aime ma femme. » Et elle, elle a éclaté de rire. Après, elle a lancé : « Personne n'aime personne, Warren. Personne n'aime personne. » Et croyez-moi, vieux, c'étaient pas des paroles en l'air.

— Personne n'aime personne...

— Tout juste.

Il s'est gratté le crâne en parcourant la grange du regard pendant que je sortais du carton une photo encadrée. Le verre était brisé, mais des éclats s'étaient logés dans les rainures du cadre. Le cliché montrait le père de Karen dans son plus bel uniforme d'officier de marine ; il tenait sa fille par la main et tous deux plissaient les yeux, éblouis par le soleil.

— Karen ? a repris Warren. À mon avis, elle était au fond d'un trou noir. Du coup, le monde entier était un trou noir. Puisque les gens autour d'elle pensaient que l'amour était une vaste fumisterie, eh bien, c'est que c'en était une.

Une autre photo, un autre verre brisé. Karen et un brun séduisant. David Wetterau, ai-je supposé. Tous deux bronzés, en tenue pastel, debout sur le pont d'un bateau de croisière, le regard rendu légèrement vitreux par les daïquiris dans leurs mains. Sourires radieux. Tout allait pour le mieux dans le meilleur des mondes.

— Elle m'a raconté que son fiancé avait été renversé par une bagnole, a ajouté Warren.

J'ai hoché la tête. Encore un cliché du couple, encore des petits bouts de verre dégringolant dans ma paume quand je l'ai soulevé. Encore de grands sourires, cette fois pendant une fête ; derrière Karen et David, on voyait des banderoles marquées JOYEUX ANNIVERSAIRE tendues sur le mur d'un salon.

– Vous saviez qu'elle tapinait ? ai-je demandé en posant la photo par terre, près des deux autres.

– Je m'en doutais. Les mecs étaient nombreux à défiler, mais ils n'étaient pas nombreux à revenir.

– Vous lui en avez parlé ?

J'ai retiré du carton une pile d'avis de passage déposés à l'ancienne adresse de Karen à Newton, et un polaroïd d'elle avec David Wetterau.

– Elle a nié en bloc, a répondu Warren. Juste avant de me proposer une pipe pour cinquante dollars. (Il a fait rouler ses épaules, puis il a jeté un coup d'œil sur les cadres par terre.) J'aurais dû la flanquer dehors, mais putain, elle avait déjà l'air assez larguée comme ça.

J'ai découvert des lettres retournées à l'expéditeur – rien que des factures, toutes barrées des lettres rouges : INSUFFISAMMENT AFFRANCHI. Je les ai mises de côté et j'ai sorti deux T-shirts, un short, des culottes et des chaussettes blanches, une montre arrêtée.

– Donc, la plupart de ces mecs ne revenaient pas, ai-je dit. Et les autres ?

– Ils étaient deux. Un que je voyais souvent – une espèce de petit rouquin morveux à peu près de mon âge. C'est lui qui payait la chambre.

– En liquide ?

– Yep.

– Et l'autre ?

– Plus séduisant. Blond, dans les trente-cinq ans. Il s'amenait surtout la nuit.

Sous les vêtements, j'ai trouvé une boîte blanche en carton d'environ quinze centimètres de haut. J'ai ôté le ruban rose dont elle était entourée et je l'ai ouverte.

Warren, qui regardait par-dessus mon épaule, s'est exclamé :

– Oh, merde ! Holly m'avait jamais parlé de ces trucs-là.

Des faire-part de mariage. Peut-être deux cents, imprimés en caractères élégants sur un papier rose pâle : *M. et Mme Christopher Dawe ont le plaisir de vous inviter au mariage de leur fille, Karen Ann Nichols, avec M. David Wetterau, le 10 septembre 1999.*

– Le mois prochain, ai-je murmuré.

– Merde, a répété Warren. Elle s'y était prise drôlement tôt, non ? Elle a dû les commander, quoi, huit ou neuf mois avant la noce.

– Ma sœur s'en est occupée presque un an à l'avance. C'est le genre de fille parfaitement respectueuse des convenances. (J'ai haussé les épaules.) Exactement comme Karen quand je l'ai rencontrée.

– Sérieux ?

– On ne peut plus sérieux, Warren.

J'ai rangé les faire-part dans la boîte et renoué le ruban autour. Six ou sept mois plus tôt, assise à table, Karen avait dû caresser le papier, le humer peut-être. Avec bonheur.

Sous une revue de mots croisés, j'ai récupéré une autre série de photos glissées dans une enveloppe blanche toute simple, oblitérée à Boston et datée du 15 mai de cette année. L'adresse de l'expéditeur n'y figurait pas. L'enveloppe avait été envoyée à l'appartement de Karen à Newton. Encore des photos de David Wetterau. Sauf que la femme en sa compagnie n'était pas Karen. C'était une brune habillée tout en noir, avec une silhouette de mannequin et une expression distante derrière ses lunettes de soleil. Les clichés montraient le couple assis à la terrasse d'un café. Ils se tenaient par la main. Et s'embrassaient.

Warren, à côté de moi, regardait les tirages à mesure que je les passais en revue.

– Aïe, ça se gâte.

J'ai opiné. Les arbres bordant le café n'avaient plus de feuilles. J'ai situé la scène au mois de février, durant cet hiver exceptionnellement doux, peu après la visite que nous avions rendue à Cody Falk, Bubba et moi, et juste avant l'accident de David Wetterau.

– D'après vous, c'est elle qui les a prises ? a demandé Warren.

– Non. C'est du travail de pro, avec un téléobjectif pour mieux cadrer les sujets. (Je lui ai mis les tirages sous le nez.) Tenez, là, gros plan au zoom sur leurs mains jointes.

– Donc, quelqu'un aurait été engagé pour faire le boulot.

– Oui.

– Quelqu'un comme vous ?

– Oui, Warren. Quelqu'un comme moi.

Il a contemplé de nouveau les photos.

– Mais bon, on peut pas dire qu'il fasse *vraiment* quelque chose de mal avec cette fille, a-t-il observé.

– C'est vrai. Mais si vous receviez des photos de ce style montrant Holly et un autre type, qu'est-ce que vous ressentiriez, Warren ?

Son visage s'est assombri et il a gardé le silence quelques instants.

– O.K., a-t-il admis enfin. Vous marquez un point.
– La question, c'est pourquoi on a fait parvenir ces tirages à Karen.
– Pour la rendre dingue, vous croyez ?
J'ai haussé les épaules.
– C'est une possibilité.

Le carton était maintenant presque vide. J'en ai retiré son passeport et son certificat de naissance, puis un flacon de Prozac. Sur le moment, je n'y ai pas prêté attention – il ne me paraissait pas anormal qu'elle en ait eu besoin après l'accident de David, loin de là –, mais soudain, j'ai remarqué sur l'étiquette la date de la prescription : 23/10/98. Karen prenait des antidépresseurs bien avant que je la rencontre.

Le nom du médecin de Karen apparaissait également sur le flacon : D. Bourne.

– Vous permettez que je l'emporte ?
– Allez-y, vous gênez pas, a répondu Warren.

J'ai glissé les comprimés dans ma poche. Il ne restait plus qu'une feuille blanche au fond du carton. Je l'ai sortie, puis retournée.

Sur cette page comportant l'en-tête du Dr Diane Bourne, et datée du 6 avril 1994, figurait un extrait des notes de séance relatives à Karen Nichols :

... La nature répressive de la patiente est extrêmement prononcée. Elle semble vivre dans un état de déni permanent – déni des conséquences de la mort de son père, déni de sa relation tourmentée avec sa mère et son beau-père, déni de ses propres inclinations sexuelles qui, de l'avis de la thérapeute, sont à la fois bisexuelles et orientées vers l'inceste. La patiente répond à des schémas de comportement d'agression passive et refuse toute tentative pour en prendre conscience. Elle possède une piètre estime d'elle-même, ce qui est dangereux, une identité sexuelle confuse, et de l'avis de la spécialiste que je suis, elle a une vision potentiellement morbide de la façon dont le monde fonctionne. Si les séances suivantes ne permettent pas d'obtenir des progrès, je suggère une hospitalisation volontaire dans un établissement psychiatrique qualifié...
D. Bourne

– C'est quoi ? a demandé Warren.
– Les notes de séance prises par la psychiatre de Karen.
– Comment se fait-il qu'elles aient atterri là ?

J'ai baissé les yeux vers son visage perplexe.
– Excellente question, Warren.

Avec sa bénédiction, j'ai gardé les notes et les photos de David Wetterau en compagnie de l'inconnue, puis j'ai rassemblé les autres clichés, les vêtements, la montre cassée, le passeport et les faire-part, et je les ai replacés dans le carton. J'ai considéré un instant ces quelques preuves de l'existence de Karen Nichols, puis pincé l'arête de mon nez entre le pouce et l'index en fermant les yeux.

– Les gens sont fatigants, parfois, a observé Warren.
– Oh oui...

Je me suis relevé, avant de me diriger vers la porte.
– Ben mon vieux, vous devez être rudement crevé, a-t-il ajouté.

Quand il a verrouillé la porte en partant, j'ai demandé :
– Ces deux types dont vous m'avez parlé tout à l'heure, ceux qui tournaient autour de Karen...
– Oui ?
– Ils venaient ensemble ?
– Des fois oui, des fois non.
– Vous ne vous rappelez rien de particulier à leur sujet ?
– Je vous le répète, le rouquin, c'était un vrai morveux. Une espèce de fouine. Le genre à se croire plus malin que tout le monde. Quand il prenait une chambre, il sortait des billets de cent aussi facilement que des billets d'un dollar. Vous voyez le tableau ? Karen, elle s'accrochait à ce mec, et lui, il la regardait comme un vulgaire morceau de bidoche, en nous faisant des clins d'œil, à Holly et à moi. Un connard de première.
– Taille, poids, ce genre de détails ?
– Dans les un mètre soixante-dix, soixante-quinze. Des taches de rousseur partout sur la figure, une coupe de cheveux ringarde. Dans les soixante-quinze, quatre-vingts kilos. Des fringues prétentieuses : chemises en soie, jeans noirs, Doc Martens cirées aux pieds.
– Et l'autre ?
– Beaucoup plus raffiné. Il conduisait une Mustang Shelby GT-500 décapotable noire. Ils en ont fabriqué, quoi, peut-être quatre cents ?
– À peu près, oui.
– Lui, il faisait plutôt dans le style négligé chic : jeans déchirés, pull en V sur un T-shirt blanc. Lunettes noires à deux cents dollars. Il n'est jamais entré à la réception, mais j'ai eu le sentiment que c'était lui le patron.
– Pourquoi ?

– C'est l'impression qu'il donnait. Karen et le premier de classe marchaient toujours derrière lui et se dépêchaient de le rejoindre quand il leur parlait. Je sais pas trop. Je l'ai peut-être vu cinq fois en tout, toujours de loin, et pourtant, il arrivait à me rendre nerveux. Comme si j'étais pas assez bien pour le regarder, quelque chose comme ça.

Il a retraversé le terrain sombre, et je l'ai suivi. L'air autour de nous semblait encore plus immobile, plus humide. Au lieu d'aller vers la rampe d'accès derrière la réception, Warren m'a guidé jusqu'à une table de pique-nique au plateau hérissé de petites échardes. Il s'est arrêté à côté, et je me suis assis dessus, pratiquement certain que mon jean me protégerait des éclats de bois.

Warren ne me regardait plus. Il avait la tête baissée, les yeux fixés sur les trous dans le bois noueux.

– J'ai cédé une fois, a-t-il murmuré.
– Comment ça, cédé ?
– À Karen. Elle n'arrêtait pas de parler de dieux sombres, de trips obscurs, d'endroits où elle pourrait m'emmener et... (Il a jeté un coup d'œil en direction de la réception au moment où sa femme passait derrière un rideau.) Je ne... je veux dire, qu'est-ce qui peut pousser un homme ayant rencontré la plus chouette nana du monde à...
– La tromper ?

Cette fois, il a fixé sur moi ses yeux rétrécis, emplis de honte.

– Ouais, c'est ça.
– Je ne sais pas, ai-je répondu. À vous de me le dire.

Il a pianoté sur le bras du fauteuil en contemplant derrière moi l'étendue d'arbres cassés et de terre noire.

– C'est la part d'ombre en nous, vous voyez ? L'occasion de disparaître un moment dans des coins vraiment pourris pendant qu'on fait un truc rudement agréable. Des fois, on n'a pas envie de s'allonger sur une femme qui vous regarde avec de l'amour plein les yeux. On a envie de s'allonger sur une femme qui vous comprend tout de suite. Qui sait ce qu'il y a de mauvais, de méchant en vous. (Il a tourné la tête vers moi.) Et qui aime ça. Qui en redemande.
– Alors, Karen et vous...
– On a baisé toute la nuit, vieux. Comme des bêtes. Et c'était bon. Elle était déchaînée. Sans inhibitions.
– Et après ?

Il a laissé son regard dériver de nouveau, pris une profonde inspiration et relâché doucement son souffle.

– Après, elle m'a dit : « Tu vois ? »
– C'est tout ?
– Non. « Tu vois ? Personne n'aime personne. »

Nous sommes restés encore un moment près de cette table de pique-nique, silencieux tous les deux. Des cigales stridulaient en haut des arbres rachitiques et des ratons laveurs remuaient dans les ronces de l'autre côté de la clairière. La grange paraissait encore plus affaissée, et j'avais l'impression d'entendre Karen Nichols chuchoter dans ce paysage de désolation :

Tu vois ? Personne n'aime personne.
Personne n'aime personne.

15.

J'étais allé travailler au Live Bootleg quand Angie m'a rejoint plus tard ce soir-là. Ce bar, situé sur la frontière entre Dorchester et Southie, appartenait à Bubba, et même pendant son absence – il était parti en Irlande du Nord, disait la rumeur, chercher certaines des armes qu'ils avaient théoriquement déposées là-bas –, je pouvais boire aux frais de la maison.

Ç'aurait pu être formidable si j'avais été d'humeur à boire, mais ce n'était pas le cas. Je sirotais la même bière depuis une heure, et elle était encore à moitié pleine quand Shakes Dooley, le propriétaire officiel, dit La Tremblote, l'a remplacée par une fraîche.

– Si c'est pas malheureux, tout de même, a-t-il lancé en vidant l'ancienne dans l'évier, de voir un chic type comme toi, en pleine santé, gâcher de la bonne pression.

– Mmm, ai-je marmonné, avant de me replonger dans mes notes.

Parfois, je trouve plus facile de me concentrer au milieu d'une petite foule. Seul dans mon bureau ou mon appartement, j'ai conscience du temps qui s'écoule lentement, d'une autre journée qui s'achève. Mais au bar le dimanche en fin d'après-midi, quand j'entends le son lointain et creux des battes pendant un match des Red Sox à la télé, le claquement des boules de billard dégringolant au fond des poches dans l'arrière-salle, les papotages des hommes et des femmes jouant au Keno et grattant des cartes pour retarder l'arrivée du lundi et sa promesse de coups de klaxon, de chefs rageurs et de responsabilités écrasantes, j'ai l'impression que tous ces bruits se mêlent en une sorte de doux bourdonnement constant, et mon esprit fait le vide pour mieux se focaliser sur les notes posées devant moi, entre un sous-bock et un bol de cacahouètes.

À partir du fouillis d'informations que j'avais rassemblées sur Karen Nichols, j'avais établi une chronologie sommaire. Ensuite, j'avais griffonné quelques notes brouillonnes à côté des faits concrets. Entre-temps, les Red Sox avaient perdu et la foule s'était clairsemée – quoiqu'il n'y ait jamais eu foule à proprement parler. Tom Waits passait dans le juke-box, et deux voix commençaient à s'échauffer sérieusement dans la salle de billard.

K. Nichols
(née le 16/11/70 ; morte le 4/08/99)

a. Mort de son père, 1976.
b. Sa mère épouse le Dr Christopher Dawe, 79, s'installe à Weston.
c. Bac à Mount Alvernia HS, 88.
d. Licence à Johnson & Wales, Hôtellerie, 92.
e. Embauchée à l'hôtel Four Seasons, Boston, service restauration, 92.
f. Promue responsable adjointe, service restauration, 96.
g. Fiancée à David Wetterau, 98.
h. Harcelée par C. Falk. Voiture vandalisée. Premier contact avec moi : février 99.
i. Accident de D. Wetterau, 15 mars 99. (Rappeler Devin ou Oscar, essayer d'obtenir rapport du BPD.)
j. Assurance voiture résiliée pour cause de non-paiement.
k. En mai, reçoit des photos de D. Wetterau avec une autre femme.
l. Renvoyée le 18 mai 99 pour retards et nombreuses absences.
m. Quitte son appartement le 30 mai 99.
n. S'installe au motel Holly Martens le 15 juin 99. (Où était-elle pendant deux semaines ?)
o. Vue avec Morveux Roux et Blond Chic au Holly Martens, juin-août 99.
p. C. Falk reçoit neuf lettres signées K. Nichols, mars-juillet 99.
q. Karen reçoit les notes confidentielles de sa psychiatre, date indéterminée.
r. Violée par C. Falk, juillet 99.
s. Arrêtée pour racolage, juillet 99, dépôt de bus de Springfield.
t. Suicide, 4 août 99.

Récapitulatif : lettres falsifiées envoyées à C. Falk suggèrent intervention Tierce personne dans les « malheurs » de K. Nichols, tout comme le fait que C. Falk n'ait pas vandalisé la voiture. Tierce personne pourrait être Morveux Roux, Blond Chic ou les deux. (Ou ni l'un ni l'autre). L'envoi des notes psychiatriques laisse supposer Tierce personne employée par psychiatre. De plus, possibilité pour les employés psychiatriques de glaner infos confidentielles sur des citoyens donne occasion à Tierce personne de s'immiscer dans la vie de K. Nichols. Mais le mobile semble inexistant. Ensuite, l'hypothèse...

– Un mobile pour quoi ? a lancé Angie.
J'ai dissimulé mon texte sous ma paume et levé les yeux vers elle.
– Ta maman ne t'a jamais dit que...
– ... c'était malpoli de lire par-dessus l'épaule de quelqu'un ? Si. (Elle a posé son sac sur le tabouret vide à sa gauche et s'est assise à côté de moi.) Ça avance ?
J'ai poussé un profond soupir.
– Si seulement les morts pouvaient parler...
– Auquel cas, ils ne seraient pas morts.
– Confondante, ta perspicacité.
Du dos de la main, elle m'a asséné une petite tape sur l'épaule, puis elle a expédié ses cigarettes et son briquet sur le comptoir devant elle.
– Angela ! (Shakes Dooley s'est précipité vers nous, lui a pris la main et s'est penché vers elle pour l'embrasser sur la joue.) Ben dis donc, ça fait une paie !
– Salut, Shakes. Pas un mot sur les cheveux, O.K. ?
– Quels cheveux ?
– C'est exactement ce que je lui ai dit, suis-je intervenu.
Remarque qui m'a aussitôt valu une autre tape.
– Je peux avoir une vodka sans glace, Shakes ?
Il lui a secoué vigoureusement la main avant de la relâcher.
– Enfin quelqu'un qui apprécie ce que je sers !
– Pourquoi ? Mon vieux copain ici présent ne renfloue plus tes caisses ? a-t-elle demandé.
– Peuh, il boit comme une bonne sœur, ces temps-ci. Les gens commencent à se poser des questions, tu sais.
Shakes a versé dans un verre une généreuse rasade de Finlandia glacée, puis il l'a placé devant Angie.

— Alors, ai-je dit lorsque Shakes nous a laissés seuls, tu reviens la queue basse, hein ?

Elle a salué cette remarque d'un petit rire, avant d'avaler une gorgée de Finlandia.

— Continue comme ça, Patrick. Je prendrai d'autant plus de plaisir à te torturer, après.

— O.K., ça roule. Qu'est-ce qui t'amène par ici ? T'as envie de t'encanailler ?

Angie a fait les gros yeux en portant de nouveau son verre à ses lèvres.

— J'ai relevé quelques petits trucs bizarres concernant David Wetterau. (Elle a écarté l'index et le majeur.) Deux, pour être exacte. Le premier, c'était facile. Tu sais, cette lettre qu'il a écrite à la compagnie d'assurances ? Eh bien, mon collègue affirme que c'est un faux.

J'ai pivoté vers elle sur mon tabouret.

— Tu t'es déjà occupée de ça ? me suis-je étonné.

Elle a pris une cigarette dans son paquet.

— Un dimanche ? ai-je insisté.

Elle l'a allumée en haussant les sourcils.

— Et en plus, t'as trouvé un truc ?

Elle a replié les doigts, soufflé dessus et astiqué une médaille imaginaire sur sa poitrine.

— Deux trucs, a-t-elle précisé.

— O.K. T'es la plus cool.

Une main en coupe derrière l'oreille, elle s'est penchée vers moi.

— T'es géniale, ai-je renchéri. Une vraie bombe. La meilleure d'entre les meilleurs. T'es la plus cool.

— Tu te répètes, là, a-t-elle répliqué en se penchant un peu plus.

Je me suis éclairci la gorge.

— Tu es, sans le moindre doute ni la moindre réserve, l'enquêtrice la plus maligne, la plus débrouillarde et la plus intuitive de toute la ville de Boston.

Cette fois, elle s'est fendue de ce large sourire légèrement de guingois capable de me déchirer le cœur.

— Eh bien, voilà ! C'était si difficile que ça ?

— Les mots auraient dû venir tout seuls. Je ne sais pas ce qui cloche chez moi.

— Manque d'entraînement côté flagornerie. T'es pas assez lèche-cul.

Je me suis écarté légèrement en gratifiant d'un regard appuyé la courbe de sa hanche, la façon dont ses fesses épousaient le tabouret.

— À propos de cul, ai-je observé, permets-moi de te dire que le tien est toujours fabuleux.

Elle m'a agité sa cigarette sous le nez.

— Remballe ton bazar, espèce d'obsédé.

J'ai placé mes mains sur le comptoir.

— Oui, m'dame.

— Bon, bizarrerie numéro deux. (Angie a posé un calepin sur le bar, puis l'a ouvert. Elle a ensuite fait pivoter son tabouret vers moi, de sorte que nos genoux se touchaient presque.) Juste avant dix-sept heures, le jour où il a eu cet accident, David Wetterau a appelé Greg Dunne, le type qui vendait la Steadicam, pour annuler leur rendez-vous. Il a dit que sa mère était malade.

— C'était vrai ?

Elle a acquiescé d'un signe de tête.

— Elle est morte d'un cancer. Mais il y a cinq ans de ça. En 94.

— Donc, il a menti...

Elle m'a interrompu d'un geste.

— Je n'ai pas encore fini. (Elle a écrasé sa cigarette dans le cendrier, éparpillant plusieurs cendres encore incandescentes. Quand elle s'est rapprochée de moi, nos genoux se sont frôlés, cette fois.) À seize heures trente, Wetterau a reçu un appel sur son portable. La communication a duré quatre minutes. Le coup de fil a été passé d'une cabine téléphonique dans High Street.

— À une centaine de mètres du croisement entre Congress et Purchase.

— À deux rues de là, plus précisément. Mais ce n'est pas le plus curieux. Notre contact chez Cellular One a pu nous dire où se trouvait Wetterau quand il a reçu cet appel.

— Vas-y, je suis sur des charbons ardents.

— Il se dirigeait vers l'ouest sur le Pike, en direction de Natick.

— Si je comprends bien, à seize heures trente, il avait l'intention d'aller chercher la caméra.

— Et à dix-sept heures vingt, il était en plein milieu du carrefour entre Congress et Purchase.

— Sur le point d'avoir le crâne fracassé.

— Tout juste. Il a laissé sa voiture dans un parking à South Street, remonté Atlantic à pied jusqu'à Congress et trébuché en voulant traverser Purchase.

— T'en as parlé aux flics ?

— Hum, tu sais ce que pense la police de nous deux en général et de moi en particulier...

J'ai opiné.

– La prochaine fois, peut-être que t'y réfléchiras à deux fois avant de tirer sur un représentant de la loi.

– Aha, très drôle, a-t-elle répliqué. Heureusement, chez Sallis & Salk, ils ont d'excellentes relations avec le BPD.

– Donc, t'as demandé à un de tes collègues de leur téléphoner.

– Non, j'ai moi-même passé un coup de fil à Devin.

– À Devin ?

– Je lui ai posé la question et il m'a contactée dix minutes plus tard.

– Seulement ?

– O.K., peut-être quinze. Bref, j'ai la déposition des témoins. Les quarante-six. (Elle a tapoté le sac de cuir souple sur sa gauche.) Et paf !

– Je vous ressers quelque chose, les enfants ?

Shakes Dooley a vidé le cendrier et essuyé le cercle humide sous le verre d'Angie.

– Avec plaisir, a répondu Angie.

– Et pour la p'tite dame ? m'a demandé Shakes.

– Rien pour l'instant, Shakes. Merci.

– Mauviette, va, a-t-il pesté dans sa barbe, avant d'aller chercher la Finlandia pour Angie.

– Bon, si j'ai bien compris, ai-je glissé à Angie, t'as appelé Devin, et un quart d'heure plus tard, t'as obtenu un truc que j'essaie de savoir depuis quatre jours.

– En gros, c'est ça.

Shakes a placé le verre devant elle.

– Et voilà, poupée.

– « Poupée », ai-je répété quand il s'est éloigné. Pfff, tu vas me dire qui utilise encore ce genre de terme aujourd'hui ?

– Pourtant, dans sa bouche, ça sonne plutôt bien. (Elle a avalé un peu de vodka.) Va expliquer ça.

– Bon sang, j'en veux à mort à Devin.

– Pourquoi ? Tu n'arrêtes pas de lui réclamer des tas de services. Moi, je ne lui avais pas téléphoné depuis presque un an.

– Mmm, c'est vrai.

– Et je suis plus jolie.

– Discutable.

Elle a ricané.

– Tu veux qu'on fasse un sondage ?

J'ai bu une gorgée de bière. Elle était tiédasse. Je sais bien que les Européens l'aiment comme ça, mais bon, ils apprécient aussi le boudin et Steven Seagal.

Quand Shakes est revenu, j'en ai commandé une fraîche.

— Oh, pas de problème, a-t-il répliqué. Mais après, je te confisquerai tes clés de voiture !

Il a posé une Beck glacée devant moi, jeté un coup d'œil moqueur à Angie, puis s'est éloigné.

— Je trouve qu'on a un peu trop tendance à me manquer de respect depuis quelque temps, ai-je observé.

— Peut-être parce que tu sors avec une avocate persuadée qu'une belle garde-robe compense l'absence de matière grise ?

J'ai tourné la tête vers elle.

— Oh, tu la connais ?

— Non, mais j'en ai entendu parler par la moitié des mecs dans la douzième circonscription.

— *Grrrr, miaou.*

Elle m'a gratifié d'un sourire peiné en allumant une autre cigarette.

— Il faut qu'un chat ait des griffes pour pouvoir se battre. Mais elle, d'après ce que j'ai compris, tout ce qu'elle a, c'est un bel attaché-case, des beaux cheveux et des nichons qu'elle n'a pas fini de rembourser. (Son sourire s'est élargi et elle a plissé les yeux.) O.K., mon chou ?

— Au fait, comment va Quelqu'un ?

Son sourire s'est évanoui et elle a fourragé dans son sac.

— Bon, pour en revenir à Karen et David...

— On m'a dit qu'il s'appelait Trey. Franchement, Ange, tu peux sortir avec un type nommé Trey ?

— Comment...

— On est détectives, tu te rappelles ? J'ai utilisé la même méthode que toi avec Vanessa.

— Vanessa, a-t-elle répété comme si elle avait la bouche pleine d'oignons.

— Trey...

— Ta gueule, a-t-elle marmonné, la main toujours dans son sac.

J'ai avalé une gorgée de Beck.

— Tu critiques mes goûts et tu couches avec un type nommé Trey ?

— Je ne couche plus avec lui.

— Eh bien, je ne couche plus avec elle.

— Félicitations.

— De même.

Un silence de mort s'est abattu entre nous le temps qu'Angie retire de son sac plusieurs fax et les étale sur le comptoir. J'ai siroté ma bière et tripoté le sous-bock en m'efforçant de réprimer le sourire que je sentais poindre. J'ai jeté un coup d'œil à Angie. Les coins de ses lèvres tressaillaient aussi.

– Ne me regarde pas, a-t-elle ordonné.
– Pourquoi ?
– Je te répète...

Vaincue, elle a fermé les yeux et laissé son sourire s'épanouir. Une demi-seconde plus tard, je l'imitais.

– Je ne sais pas pourquoi je souris, a-t-elle murmuré.
– Moi non plus.
– Salaud.
– Connasse.

Elle a éclaté de rire, puis s'est tournée vers moi, son verre à la main.

– Je t'ai manqué ?

Tu ne peux même pas imaginer à quel point.

– Pas du tout, ai-je répondu.

Nous sommes allés nous installer à une longue table dans le fond de la salle, nous avons commandé des sandwichs et nous les avons dévorés tout en bavardant. J'ai récapitulé pour elle les événements survenus jusque-là, raconté en détail ma première rencontre avec Karen Nichols, mes deux accrochages avec Cody Falk, ma conversation avec Joella Thomas, les parents de Karen, Siobhan, Holly et Warren Martens.

– Le mobile, a conclu Angie. On en revient toujours à la question du mobile.
– Je sais.
– Qui a vandalisé sa voiture, et pourquoi ?
– C'est ça.
– Qui a écrit les lettres à Cody Falk, et pourquoi ?
– Pourquoi, ai-je enchaîné, quelqu'un a-t-il éprouvé le besoin de foutre en l'air la vie de cette fille au point de la pousser au suicide ?
– Tu crois que ce même quelqu'un aurait pu organiser le soi-disant accident de David Wetterau ?
– La question de l'accès n'est pas négligeable non plus, ai-je ajouté.

Elle a mordu dans son sandwich, puis essuyé les coins de sa bouche avec une serviette en papier.

– Comment ça ?

– Qui a envoyé à Karen les photos de David avec cette autre femme ? Avant tout, qui les a prises ?

– Pas un amateur, en tout cas.

– C'est aussi mon avis. (J'ai croqué une frite froide.) Et qui a donné à Karen les notes de sa psychiatre ?

Angie a hoché la tête.

– Et pourquoi ? a-t-elle lancé. Pourquoi, pourquoi, pourquoi ?

La nuit a été longue. Nous avons lu l'ensemble des quarante-six dépositions fournies par les témoins après l'accident de David Wetterau ; au moins la moitié d'entre eux n'avaient rien vu du tout, et les vingt autres étayaient l'hypothèse de la police : Wetterau s'était pris le pied dans un nid-de-poule et avait été blessé à la tête par une voiture ayant fait tout son possible pour *ne pas* le heurter.

Angie était allée jusqu'à dessiner un schéma approximatif du lieu de l'accident. Il montrait l'emplacement des quarante-six témoins au moment du drame et ressemblait un peu à la représentation d'un match de football après un essai raté. La majorité des personnes présentes – vingt-six – se tenaient dans l'angle sud-ouest de l'intersection entre Purchase et Congress. Agents de change pour la plupart, ces gens-là se dirigeaient vers South Station après une journée de travail dans le quartier financier et attendaient que le feu passe au vert. Treize autres se trouvaient dans l'angle nord-ouest, directement en face de David Wetterau quand il avait traversé en dehors des clous. Deux témoins étaient postés dans l'angle nord-est et un troisième conduisait la voiture derrière celle de Steven Kearns, l'automobiliste qui avait touché David Wetterau. Sur les cinq restants, deux étaient descendus du trottoir dans l'angle sud-est au moment où le feu passait à l'orange, et trois traversaient sur les clous ou en dehors – deux en direction de l'ouest, vers le quartier financier, et un en direction de l'est.

C'était lui, le plus proche témoin. Il s'appelait Miles Brewster, et il venait de croiser David Wetterau lorsque celui-ci avait trébuché. La voiture était déjà engagée dans le carrefour, et quand la victime était tombée, Steven Kearns avait aussitôt fait une embardée, obligeant les piétons sur le passage clouté à s'éparpiller.

– Tous, sauf Brewster, ai-je noté.

– Hein ?

Angie a détaché son regard des photos de David Wetterau en compagnie de l'inconnue.

– Pourquoi ce Brewster n'a-t-il pas paniqué, lui aussi ?

Elle a fait glisser sa chaise plus près de la mienne pour examiner le diagramme.

— Il est là, ai-je expliqué en posant mon doigt sur la silhouette grossière qu'elle avait baptisée T7. Il a déjà dépassé Wetterau ; autrement dit, il tourne le dos à la voiture.

— O.K.

— Il entend des pneus crisser. Il se retourne, voit la voiture rouler *vers* lui, et pourtant, il... (J'ai pris sa déposition pour en lire un extrait.) Il est, je cite, « à trente centimètres de ce gars, la main tendue vers lui, vous voyez, et je suis paralysé quand Wetterau est touché ».

Angie a saisi la déposition pour la lire à son tour.

— Mouais, mais bon, on peut facilement se sentir paralysé dans ce genre de situation.

— Il n'est pas paralysé, puisqu'il est en train de *tendre la main* vers lui, ai-je souligné. (J'ai rapproché ma chaise de la table en indiquant T7 sur le schéma.) Il était de dos, Ange. Il s'est retourné et il a vu la scène se dérouler. Son bras n'est pas paralysé, mais ses jambes le sont ? Il se tient à quoi, il le dit lui-même, à trente, peut-être cinquante centimètres des roues et du pare-chocs d'une voiture en plein dérapage.

Elle a étudié le diagramme en se frottant le visage.

— On n'a pas le droit de détenir ces documents, Patrick. On ne peut pas réinterroger Brewster en faisant allusion à ce qu'on a appris dans sa première déposition.

J'ai soupiré.

— Ça ne nous facilite pas les choses.

— Non.

— Mais ce type mérite qu'on s'y intéresse, tu ne crois pas ?

— Tout à fait d'accord.

Elle s'est adossée à sa chaise puis, machinalement, elle a levé les deux bras pour soulever une chevelure désormais inexistante. Elle a pris conscience de son geste en même temps que moi et répondu à mon sourire jusqu'aux oreilles en dressant le majeur.

— O.K., a-t-elle dit en tapotant la pointe de son stylo sur son bloc-notes. Alors, quelle est la liste des priorités ?

— D'abord, parler à la psychiatre de Karen.

Angie m'a approuvé d'un mouvement de tête.

— Je me demande comment elle a pu laisser filtrer de telles infos.

— Ensuite, parler à Brewster. T'as son adresse ?

Elle a retiré une feuille de sous la pile de fax.

— Miles Brewster. 12 Landsdowne Street.

Soudain, elle a levé les yeux, la bouche entrouverte.

– Hé, où est le problème ?
– 12 Landsdowne, a-t-elle répété. C'est près de...
– Fenway Park.
– Comment se fait-il que les flics n'aient rien remarqué ? a-t-elle grommelé.

J'ai haussé les épaules.

– Si ça se trouve, c'est un bleu qui a recueilli les dépositions. Quarante-six témoins, il est peut-être crevé, un truc comme ça.
– Merde.
– Au moins, on sait maintenant que Brewster est dans le coup.

Angie a laissé tomber la feuille sur la table.

– Ce n'était pas un accident.
– Apparemment, non.
– Ton hypothèse la plus probable ?
– Brewster se dirigeait vers l'est, Wetterau vers l'ouest. Brewster lui a fait un croche-pied au moment ils se croisaient. Boum.

Elle a hoché la tête, l'excitation succédant progressivement à la fatigue sur ses traits.

– Brewster prétend qu'il tendait la main pour aider Wetterau à se relever..., a-t-elle commencé.
– ... alors qu'en fait, il le maintenait au sol.

Angie a allumé une cigarette et examiné de nouveau son diagramme en plissant les yeux.

– On est tombés sur quelque chose de moche, là, mon pote.

J'ai opiné.

– Je dirais même très, très moche.

16.

Le cabinet du Dr Diane Bourne se trouvait au deuxième étage d'une bâtisse de grès brun dans Fairfield Street, entre une galerie spécialisée dans les poteries culinaires d'Afrique de l'Est datant du treizième siècle et un endroit où l'on cousait des autocollants de pare-chocs sur de la toile, avant d'y fixer des aimants pour pouvoir les placer plus facilement sur la porte du réfrigérateur.

La pièce où officiait la psychiatre mêlait le style Laura Ashley au décor inspiré de l'Inquisition espagnole. Des fauteuils et des canapés moelleux ornés de motifs floraux émanait une impression de douceur aussitôt balayée par les autres éléments présents : couleurs rouge sang et noir ébène, tapis assortis, tableaux sur le mur signés Bosch et Blake. Jusque-là, j'avais toujours pensé que le cabinet d'un psychiatre devait inviter le patient à confier ses problèmes, pas à pousser des hurlements de terreur...

Diane Bourne n'avait pas loin de la quarantaine, et elle était si maigre que j'ai dû résister à l'envie d'appeler sur-le-champ le traiteur du coin pour commander un déjeuner que je la forcerais à avaler. Vêtue d'une robe blanche sans manches qui montait jusqu'à sa gorge et descendait jusqu'à ses genoux, elle se détachait sur cet environnement sombre comme un fantôme errant sur la lande. Sa chevelure et sa peau étaient si claires qu'il était difficile de voir où commençait l'une et où finissait l'autre. Même ses yeux avaient la nuance gris translucide d'un ciel de neige. Sa tenue moulante, loin d'accentuer sa maigreur, semblait au contraire mettre en valeur ses courbes douces, les renflements de ses mollets, de ses hanches et de ses épaules. L'ensemble, ai-je songé quand elle s'est assise derrière sa table de verre fumé, me faisait penser à un moteur – une belle mécanique parfaitement réglée, vrombissant d'impatience à chaque feu rouge.

À peine avions-nous pris place en face d'elle que le Dr Diane Bourne a poussé vers la gauche un petit métronome, ôtant ainsi tout obstacle entre nous, puis allumé une cigarette.

– Alors, en quoi puis-je vous aider? a-t-elle demandé à Angie avec un mince sourire sans aménité.

– Nous enquêtons sur la mort de Karen Nichols, a répondu Angie.

– Oui, je sais. (Diane Bourne a avalé un petit nuage de fumée blanche.) M. Kenzie m'en a touché deux mots au téléphone. (Elle a fait tomber une infime pluie de cendres dans un cendrier en cristal.) Il s'est montré plutôt... (Ses yeux gris brume ont rencontré les miens.) Eh bien, plutôt réticent au sujet du reste.

– Réticent, ai-je répété.

Elle a de nouveau tiré sur sa cigarette en croisant ses longues jambes.

– Le mot vous plaît?
– Énormément.

J'ai haussé les sourcils à plusieurs reprises, une initiative qui m'a valu de sa part une ébauche de sourire. Elle a ensuite reporté son attention sur Angie.

– Comme j'espère l'avoir signifié clairement à M. Kenzie, je n'ai pas l'intention de discuter avec vous de la thérapie suivie par Mlle Nichols.

Angie a claqué des doigts.

– Ce serait dingue.

Diane Bourne a pivoté vers moi.

– Cependant, M. Kenzie a insinué au...
– Il a quoi? l'a interrompue Angie.
– Il a insinué au téléphone, disais-je, qu'il détenait des informations susceptibles – c'est bien cela, monsieur Kenzie? – de laisser planer un doute sur une éventuelle violation d'éthique concernant la façon dont j'ai traité le cas de Mlle Nichols.

Elle avait arqué un sourcil; j'ai levé les miens.

– Je ne pense pas avoir...
– Aussi bien énoncé les choses?
– ... été aussi verbeux. Mais oui, docteur, en gros, c'est ça.

Elle a déplacé le cendrier vers la gauche, nous révélant ainsi le petit magnétophone dissimulé derrière.

– Il est de mon devoir de vous informer que cette conversation est enregistrée.

– Pas de problème, ai-je répondu. Je peux vous poser une question ? Où l'avez-vous acheté ? Chez Sharper Image, peut-être ? Je n'en avais encore jamais vu d'aussi élégant. (J'ai tourné la tête vers Angie.) Et toi ?

– Oh, moi, j'en suis restée à « insinuer ».

J'ai opiné.

– Elle était bien bonne, celle-là. On m'a accusé de beaucoup de choses dans ma vie, mais ça...

De nouveau, Diane Bourne a tapoté sa cigarette sur le cendrier en cristal Waterford.

– Vous me jouez un numéro formidable, tous les deux.

Angie m'a frappé l'épaule et j'ai voulu lui donner une tape sur l'arrière du crâne, mais elle s'est baissée juste à temps. Sur ce, nous avons offert notre plus beau sourire à la psychiatre.

Elle a tiré une toute petite bouffée de sa cigarette.

– Une sorte de truc à la Butch Cassidy et le Kid, mais sans les connotations homosexuelles.

– En général, on nous compare plutôt à Nick et Nora.

– Ou à Chico et Groucho, m'a rappelé Angie.

– Avec les connotations homosexuelles, cela dit, ai-je souligné. Mais pour ce qui est de Butch et le Kid...

– C'est un beau compliment, a conclu Angie.

Je me suis détourné, puis j'ai posé les coudes sur la table du Dr Diane Bourne en regardant par-dessus le balancier du métronome ses yeux pâles, si pâles.

– Pourquoi une de vos patientes avait-elle en sa possession vos notes la concernant, docteur ?

Elle a gardé le silence. Elle était complètement immobile dans son fauteuil, les épaules légèrement voûtées, comme si elle s'attendait à la soudaine morsure d'un vent glacé.

Je me suis adossé à mon siège.

– Pouvez-vous me répondre ?

– Je ne vois pas où vous voulez en venir, a-t-elle dit en déposant encore un peu de cendre dans le cendrier.

– Avez-vous l'habitude de prendre des notes lors de vos entretiens avec les patients ? a demandé Angie.

– Oui. Je procède ainsi avec la plupart de...

– Et avez-vous l'habitude de les envoyer ensuite par la poste à ces mêmes patients ?

– Bien sûr que non.

– Alors, comment expliquez-vous que Karen ait reçu vos notes relatives à un entretien avec elle en date du 6 avril 1994 ?

— Je n'en ai pas la moindre idée, a-t-elle déclaré d'une voix où perçait l'impatience d'une infirmière scolaire s'adressant à un enfant. Peut-être a-t-elle profité d'une visite pour les voler.
— Vous conservez vos dossiers dans un meuble fermé à clé ?
— Oui.
— Dans ce cas, comment aurait-elle pu y accéder ?

Ses traits délicatement ciselés ont paru s'affaisser et ses lèvres se sont entrouvertes.

— Elle n'aurait pas pu, a-t-elle finalement répondu.
— Ce qui laisse supposer, a repris Angie, que quelqu'un de votre cabinet – vous ou un de vos employés – a fait parvenir des informations confidentielles et potentiellement destructrices à une patiente, accentuant ainsi le déséquilibre dont elle souffrait.

Le Dr Bourne a refermé la bouche. Sa mâchoire s'est crispée.

— Pas forcément, mademoiselle Gennaro. Je crois me rappeler que nous avons eu à déplorer une effraction il y a quelques...
— Pardon ? (Angie s'est penchée en avant.) Vous *croyez vous rappeler* une effraction ?
— En effet.
— Donc, il y a eu un rapport de police.
— Un quoi ?
— Un rapport de police, ai-je répété.
— Non. Aucun objet de valeur n'avait disparu.
— Juste des dossiers confidentiels.
— Pas du tout. Je n'ai jamais dit...
— Bien sûr, vous auriez aussitôt averti vos autres patients si...
— Mademoiselle Gennaro, je ne pense pas...
— ... des documents confidentiels en rapport avec les aspects les plus intimes de leur existence étaient aux mains d'une tierce personne. (Angie m'a jeté un coup d'œil.) Tu n'es pas d'accord ?
— On pourrait peut-être les prévenir, ai-je répondu. Juste pour rendre service.

Dans le cendrier de cristal, la cigarette du Dr Bourne s'était transformée en arc de cendre blanche. Il s'est effondré sous mes yeux.

— Sur un plan pratique, a objecté Angie, ce ne sera pas de la tarte.
— J'ai une meilleure idée, ai-je déclaré. On reste dans la voiture, et chaque fois qu'on voit quelqu'un de riche s'approcher de l'immeuble – quelqu'un de riche qui a l'air un peu dérangé, s'entend –, on en déduit que c'est un patient du Dr Bourne et...
— Vous ne ferez pas ça.
— ... et on le met au courant de l'effraction.

– C'est une question de déontologie, a renchéri Angie. Les gens ont le droit de savoir. Bon sang, qu'est-ce qu'on est gentils, quand même, tu ne trouves pas ?

J'ai hoché la tête.

– Je suis sûr que pour Noël, t'auras quelque chose dans ton bas de laine.

Diane Bourne a allumé une deuxième cigarette et nous a contemplés un moment derrière la fumée, l'air imperturbable, le regard reflétant seulement la perplexité.

– Qu'est-ce que vous voulez ? a-t-elle demandé.

Il m'a semblé déceler un soupçon de tremblement dans sa voix, une légère fêlure qui n'était pas sans rappeler le tic-tac du métronome.

– D'abord, nous aimerions savoir comment ces notes ont pu sortir de votre cabinet.

– Aucune idée.

À son tour, Angie a allumé une cigarette.

– Débrouillez-vous pour en trouver une, chère madame.

La psychiatre a décroisé les jambes avant de les placer de biais avec cette nonchalance qui n'exige aucun effort chez les femmes et que pas un seul homme ne parvient à affecter. La cigarette levée à hauteur de la tempe, elle s'est abîmée dans la contemplation du *Los* de Blake sur le mur de droite – un tableau à peu près aussi apaisant que la photo d'un crash aérien.

– J'avais une secrétaire intérimaire il y a deux ou trois mois. J'ai eu l'impression – je dis bien l'impression, pas la certitude – qu'elle avait fouillé dans mes dossiers. Mais comme elle n'est restée qu'une semaine, je n'ai pas cherché à en savoir plus après son départ.

– Elle s'appelait... ?

– Je ne m'en souviens plus.

– Mais vous conservez des archives.

– Bien sûr. Je demanderai à Miles de vous remettre son dossier quand vous partirez. (Elle a souri.) Oh, j'avais oublié : il n'est pas là aujourd'hui. Bon, je lui laisserai un message pour qu'il vous les envoie par courrier.

Angie se trouvait à cinquante centimètres de moi, mais j'ai senti les battements de son cœur s'accélérer et son sang s'échauffer en même temps que les miens.

– Qui est Miles ? a-t-elle demandé.

À en juger par l'expression de Diane Bourne, elle regrettait déjà d'avoir mentionné ce nom.

– Oh, je l'ai engagé comme secrétaire à temps partiel, c'est tout.
– À temps partiel, donc. Il a un autre job ?
Elle a incliné la tête.
– Où ?
– Pourquoi ?
– Simple curiosité, ai-je répondu. Déformation professionnelle. Faites-moi plaisir.
Elle a soupiré.
– Il travaille à l'hôpital Evanton, à Wellesley.
– Vous voulez parler de l'hôpital psychiatrique ?
– Oui.
– À quel poste ? est intervenue Angie.
– Il s'occupe des archives.
– Depuis combien de temps est-il employé chez vous ?
– Pourquoi cette question ?
– J'essaie de déterminer qui a accès à vos fichiers, docteur.
Diane Bourne s'est penchée en avant en faisant tomber de la cendre dans le cendrier.
– Miles Lovell est à mon service depuis trois ans et demi, monsieur Kenzie, et pour répondre à votre question, non, il n'avait aucune raison de voler mes notes dans le dossier de Karen Nichols et de les lui faire parvenir.
Lovell, ai-je pensé. Pas Brewster. Il se sert d'un faux nom de famille, mais garde le prénom par commodité. Passe encore quand on s'appelle John. Mais c'est totalement stupide quand on porte un prénom moins répandu.
– O.K.
J'ai souri. Portrait du détective satisfait. On laisse tranquille ce bon vieux Miles Lovell. Il est réglo, m'dame.
– C'est l'assistant le plus fiable que j'aie jamais eu, a-t-elle précisé.
– Oh, je veux bien le croire.
– Parfait. Ai-je répondu à toutes vos questions ?
Mon sourire s'est élargi.
– Loin de là.
– Parlez-nous de Karen Nichols, a demandé Angie.
– Oh, il n'y a pas grand-chose à dire...

Une demi-heure plus tard, elle discourait toujours, passant en revue les détails de la psyché de Karen Nichols avec autant de régularité et d'émotion que son métronome.

Karen, d'après le Dr Diane Bourne, était l'exemple type de la maniaco-dépressive bipolaire. Au fil des années, elle avait été soignée au lithium, au Depakote, au Tegretol et aussi au Prozac – comme je l'avais découvert dans la grange de Warren. La question de savoir si son état s'expliquait par la génétique était devenue inappropriée quand son père était mort et que l'assassin s'était suicidé sous ses yeux. Conformément aux schémas décrits dans les livres, nous a expliqué le Dr Bourne, loin de réagir en enfant ou même en adolescente, Karen s'était réfugiée dans une attitude exceptionnellement irréprochable, choisissant d'incarner jusqu'à la perfection le rôle de la fille, de la sœur et de la petite amie idéale.

– Comme beaucoup de jeunes filles, a continué le Dr Bourne, elle a pris modèle sur des personnages de télévision. Surtout dans les rediffusions d'anciennes séries. Cela faisait partie de sa pathologie : vivre le plus possible dans le passé et une Amérique idéalisée ; résultat, elle idolâtrait le personnage de Mary Richards joué par Mary Tyler Moore et aussi toutes ces mères de famille dans les feuilletons des années 50 et 60 – Barbara Billingsley, Donna Reed, encore Mary Tyler Moore, mais cette fois en tant que femme de Dick Van Dyke. Elle lisait Jane Austen, mais en ignorant l'ironie et la révolte sous-jacentes. Au lieu de quoi, elle avait choisi de considérer ces œuvres comme des références décrivant la vie qui attendait une jeune fille sage si elle se tenait bien et optait pour un beau mariage, comme Emma ou Elinor Dashwood. C'était donc devenu son but, et David Wetterau, son Darcy ou Rob Petrie, si vous préférez, représentait à ses yeux la clé du bonheur.

– Et lorsqu'il est tombé dans le coma...

– Tous les démons que Karen avait refoulés au plus profond d'elle-même pendant vingt ans se sont retournés contre elle. Je pensais depuis longtemps déjà que si une faille survenait dans cette existence de femme modèle, sa dépression se manifesterait sur le plan de la sexualité.

– Comment étiez-vous parvenue à cette conclusion ? a demandé Angie.

– Vous devez comprendre une chose : c'est la liaison de son père avec la femme du lieutenant Crowe qui a poussé ce dernier à commettre un acte d'extrême violence en tuant son rival.

– Donc, le père de Karen avait une liaison avec la femme de son meilleur ami ?

Elle a opiné.

– Cette relation est à l'origine du meurtre, oui. Ajoutez à cela certains aspects du complexe d'Électre qui, chez une petite fille de six ans, devait sûrement s'épanouir, sinon faire rage en elle, le sentiment de culpabilité engendré par la mort de son père et ses pulsions sexuelles conflictuelles vis-à-vis de son frère, et vous avez tous les ingrédients pour...

– Elle a eu des rapports sexuels avec son frère ? l'ai-je interrompue.

Diane Bourne a remué la tête.

– Non. Absolument pas. Mais comme beaucoup de femmes ayant un demi-frère plus âgé, c'est par rapport à Wesley qu'elle a pris conscience de l'éveil de sa sexualité au cours de son adolescence. Dans l'univers de Karen, la figure masculine était dominante. Son père naturel était un militaire, un combattant. Son beau-père incarne aussi l'autorité à sa manière. Wesley Dawe traversait des épisodes psychotiques violents, et jusqu'à sa disparition, il suivait un traitement à base d'antipsychotiques.

– Vous l'avez soigné ?

– Oui.

– Parlez-nous de lui.

Elle a pincé les lèvres en esquissant un mouvement de dénégation.

– Non, je ne préfère pas.

Angie m'a regardé.

– On va s'installer dans la voiture ?

– O.K., ai-je répondu. Juste le temps d'aller chercher une Thermos de café, et je suis prêt.

Nous nous sommes levés avec un bel ensemble.

– Rasseyez-vous, mademoiselle Gennaro, monsieur Kenzie. (D'un geste, Diane Bourne nous a invités à reprendre place sur nos sièges.) Bon sang, vous ne renoncez jamais, hein ?

– C'est pour ça qu'on gagne plein de sous, a rétorqué Angie.

Diane Bourne s'est carrée dans son fauteuil, puis elle a écarté les lourdes tentures derrière elle et contemplé la façade de brique chauffée par le soleil de l'autre côté de Fairfield Street. Le toit métallique d'un gros camion a soudain réfléchi la lumière. La psychiatre a relâché le rideau et cligné des yeux dans la pénombre.

– La dernière fois où je l'ai vu, a-t-elle dit, les doigts pressés sur ses paupières, Wesley Dawe était un jeune homme plein de colère et de confusion.

– Quand était-ce ?

– Il y a neuf ans.

– Il avait quel âge ?

159

– Vingt-trois ans. Sa haine vis-à-vis de son père était sans bornes. À peine moins grande que celle qu'il éprouvait envers lui-même. Après qu'il a agressé le Dr Dawe, j'ai conseillé de le faire interner à la fois pour son bien et pour celui de sa famille.

– Il a agressé son père, vous dites ?

– Il a tenté de le poignarder, monsieur Kenzie. Avec un couteau de cuisine. Oh, c'était typique de Wesley : il a bâclé le travail. Il visait le cou, je crois, mais le Dr Dawe a réussi à lever l'épaule à temps, et Wesley s'est enfui.

– Et quand il a été arrêté, vous...

– Il n'a jamais été arrêté. Il a disparu ce soir-là. Le soir où Karen assistait au bal de fin d'année, en fait.

– Ces événements ont-ils beaucoup affecté Karen ? a interrogé Angie.

– Sur le moment ? Pas le moins du monde. (Un rayon de soleil qui s'était insinué entre les tentures a soudain illuminé les yeux gris de Diane Bourne, leur conférant l'éclat de l'albâtre.) Karen Nichols possédait une incroyable capacité de déni. C'était sa meilleure défense et aussi sa meilleure arme. À l'époque, je crois qu'elle a dit quelque chose comme : « Oh, Wesley ? Il n'arrive jamais à contrôler ses pulsions. » Là-dessus, elle m'a raconté le bal.

– Comme le ferait Mary Richards, a commenté Angie.

– Très juste, mademoiselle Gennaro. Exactement comme Mary Richards, oui. Avant tout, accentuer le côté positif des choses. Même au détriment de votre propre psyché.

– Pour en revenir à Wesley..., suis-je intervenu.

– Eh bien, Wesley Dawe, a-t-elle repris, manifestement épuisée par nos questions, avait un quotient intellectuel digne d'un génie et un esprit faible et torturé. Croyez-moi, c'est une association potentiellement destructrice. Peut-être que si on lui avait donné la possibilité de mûrir, son intelligence aurait pu l'emporter sur sa psychose, et il aurait pu mener une existence normale entre guillemets. Mais quand son père l'a rendu responsable de la mort de sa petite sœur, il a craqué, et peu après, il a disparu. C'était une vraie tragédie. Il était tellement brillant...

– On dirait que vous aviez de l'admiration pour lui, a observé Angie.

Diane Bourne a contemplé le plafond.

– Wesley a gagné un tournoi national d'échecs quand il avait neuf ans. Réfléchissez un peu. À neuf ans, il était plus doué que la plupart des gamins de quinze ans dans ce pays. Il a eu sa première dépression nerveuse à dix ans. Plus jamais il n'a rejoué aux échecs. (Elle a redressé la tête et rivé sur nous ses yeux clairs.) À vrai dire, il n'a plus jamais joué, point final.

Elle s'est levée, et sa silhouette blanche nous a dominés quelques instants.

– Je vais voir si je peux trouver le nom de cette intérimaire.

D'un geste, elle nous a invités à la suivre dans une petite pièce voisine où se trouvaient un bureau et un classeur de rangement qu'elle a ouvert avec une clé. Puis elle en a fouillé le contenu, avant de retirer une feuille de papier.

– Pauline Stavaris, a-t-elle dit. Adresse... Vous êtes prêts ?
– J'ai déjà sorti mon stylo.
– 35, Medford Street.
– À Medford ?
– Non, à Everett.
– Numéro de téléphone ?

Elle me l'a communiqué.

– Je crois que cette fois, nous avons terminé.
– Tout à fait, a déclaré Angie. Ce fut un plaisir.

Diane Bourne nous a précédés dans son cabinet, puis nous a escortés jusqu'au vestibule, où elle nous a serré la main.

– Karen n'aurait jamais voulu cela, vous savez.

Je me suis écarté d'elle.

– Ah bon ?

Elle a agité la main.

– Toute cette boue que vous remuez. Cette façon de souiller sa réputation. Elle se souciait énormément des apparences.

– Tiens donc. À votre avis, docteur, quelle était donc son apparence quand les flics l'ont retrouvée après une chute du vingt-sixième étage ? Vous pouvez me le dire ?

Le Dr Diane Bourne a esquissé un sourire crispé.

– Au revoir, monsieur Kenzie, mademoiselle Gennaro. J'espère ne plus vous revoir.

– Vous pouvez toujours espérer, a répliqué Angie.

– Mais n'y comptez pas trop quand même, ai-je ajouté.

17.

J'ai appelé Bubba de ma voiture.
– Où t'es ?
– Je viens d'arriver de Mickland[1] par avion.
– C'était bien ?
– Peuh, rien qu'une bande de nabots fous furieux et me demande pas quelle langue ils causaient parce que ça ressemblait même pas à de l'anglais.

J'ai pris mon plus bel accent d'Irlande du Nord, style bouillie sonore.
– T'es allé t'muuurger avec tes pôtes ?
– Hein ?
– M'enfin, Rogowski, t'as les esgourdes bouchées, ou quoi ?
– Laisse tomber, a fait Bubba. Merde !
Angie a posé la main sur mon bras.
– Arrête de torturer ce pauvre garçon.
– Angie est avec moi, ai-je annoncé.
– Sans déc' ! Où ça ?
– Back Bay. On a besoin d'un livreur.
– C'est pour une bombe ?
Il avait l'air tout excité, soudain, comme s'il en avait quelques-unes sous la main dont il tenait à se débarrasser.
– Ah, non. Juste un magnétophone.
– Oh.
Sa voix exprimait maintenant un profond ennui.

---

1. Terme péjoratif désignant l'Irlande. (*N.d.T.*)

— Allez, ai-je insisté. Je te rappelle qu'Ange est avec moi. On ira boire un coup après.
— Bah, Shakes m'a raconté que t'avais oublié comment on faisait, a-t-il marmonné.
— T'auras qu'à me montrer, mon frère. T'auras qu'à me montrer.

— Donc, on suit Diane Bourne jusque chez elle, a dit Angie, et après, on se débrouille pour planquer un magnéto dans sa baraque ?
— Oui.
— C'est idiot, comme plan.
— T'as mieux à proposer ?
— Pas pour le moment.
— Tu crois qu'elle est dans le coup ? ai-je demandé.
— Je suis d'accord avec toi, elle ne m'a pas paru très claire.
— Bon, alors on s'en tient à mon plan tant qu'on n'en a pas de meilleur.
— Oh, il y en a forcément un meilleur. Je vais trouver. Fais-moi confiance.

À seize heures, une BMW noire s'est garée devant l'immeuble du Dr Bourne. Le chauffeur est resté quelques instants à l'intérieur en fumant une cigarette, puis il est sorti et s'est appuyé contre le capot. Petit, il portait une chemise de soie verte rentrée dans un jean noir moulant.
— Il est roux, ai-je fait remarquer.
— Quoi ?
J'ai pointé le doigt vers l'inconnu.
— Et alors ? a répliqué Angie. Les roux, il y en a des tas, surtout dans cette ville.
Soudain, Diane Bourne a débouché de l'immeuble. Aussitôt, le rouquin s'est redressé. Très lentement, elle a fait non de la tête. Il a haussé les épaules d'un air perplexe tandis qu'elle descendait les marches et le dépassait, le menton rentré, la démarche rapide et décidée.
L'homme l'a regardée s'éloigner, avant de se retourner sans hâte et de scruter la rue comme s'il se sentait soudain observé. Puis il a jeté sa cigarette sur le trottoir et il est remonté dans la BMW.
J'ai appelé Bubba, garé à Newbury dans sa camionnette.
— Changement de plan, ai-je annoncé. On file une BM noire.

– O.K.
Il a raccroché. M. Imperturbable-en-toutes-circonstances.
– Euh, pourquoi on s'intéresse à ce type ? a demandé Angie.
J'ai laissé deux voitures s'intercaler entre nous et la BMW avant de démarrer.
– Parce qu'il est roux, ai-je répondu. Parce que Bourne le connaissait et qu'elle l'a délibérément ignoré. Parce qu'il a l'air louche.
– Louche ?
J'ai hoché la tête.
– C'est ça.
À la suite de la BMW, nous nous sommes dirigés vers le sud et la sortie de la ville, la camionnette noire de Bubba collée à notre pare-chocs arrière, pour tomber en plein dans les embouteillages. À partir d'Albany Street, nous avons roulé à une moyenne de dix kilomètres par décennie, traversant à une allure d'escargot Southie, Dorchester, Quincy et Braintree. Une heure et quart pour parcourir trente kilomètres. Bienvenue à Boston ; les bouchons, on adore.

Enfin, notre homme a bifurqué au niveau de Hingham et nous a infligé encore une demi-heure de pare-chocs contre pare-chocs sur une portion encombrée de la Route 228. Nous sommes passés dans Hingham même – toute de maisons blanches de style colonial, de clôtures blanches et d'habitants blancs –, puis nous avons longé une étendue de centrales électriques et de gigantesques cuves d'hydrocarbures sous des câbles à haute tension avant que la BM noire nous entraîne vers Nantasket.

Ancienne communauté grunge dont l'atmosphère de fête foraine polluée aux néons attirait une foule de bikers et de femmes exhibant leur ventre mou et leurs cheveux filasse, Nantasket Beach avait acquis un charme stérile de carte postale quand ils avaient démoli le parc d'attractions autrefois établi en bord de mer. Disparus, les manèges branlants et les méchants clowns en bois qu'il fallait renverser avec une balle pour gagner un poisson rouge anémique dans un sachet en plastique. Le grand 8 qui, en son temps, avait été considéré comme le plus dangereux du pays, avait vu sa carcasse tordue digne d'un squelette de dinosaure fracassée par les boules de démolition et ses fondations arrachées du sol pour laisser la place à des appartements dominant la promenade en bois. Les seuls vestiges de cette époque, c'étaient l'océan lui-même et quelques magasins baignés par une lumière orange maladive le long des planches.

Bientôt, ils remplaceraient les magasins par des cafés, interdiraient les cheveux filasse, et dès l'instant où plus personne ne s'amuserait, ils pourraient sans crainte parler de progrès.

Il m'est venu à l'esprit, pendant que nous suivions la route de la plage et passions devant l'ancien site du parc d'attractions, que si un jour j'avais des enfants, et que je les emmenais dans des endroits ayant autrefois compté pour moi, je ne pourrais leur montrer de ma jeunesse que les bâtiments construits depuis.

Soudain, la BMW devant moi a pris à gauche au bout de la promenade en bois, puis à droite et encore à gauche avant de se garer dans l'allée sableuse d'une petite maison blanche de style Cape Cod agrémentée de stores et d'encadrements de fenêtres verts. Nous avons poursuivi notre chemin, et Angie a tourné la tête vers le rétroviseur latéral.

– Qu'est-ce qu'il fabrique, bon sang ? a-t-elle lancé.

– Qui ?

Les yeux toujours fixés sur le rétroviseur, elle a remué la tête.

– Bubba.

À mon tour, j'ai jeté un coup d'œil dans mon rétroviseur ; Bubba avait arrêté sa camionnette noire sur le bas-côté, à environ cinquante mètres de la maison du rouquin. Brusquement, je l'ai vu descendre d'un bond, courir entre deux pavillons presque identiques à celui de notre suspect, puis disparaître quelque part dans les jardins.

– Ça, ai-je dit, ça ne faisait pas partie du plan.

– Poil de carotte est chez lui, a souligné Angie.

J'ai effectué un demi-tour, repris la rue en sens inverse, passant devant la maison du rouquin au moment où ce dernier refermait la porte d'entrée derrière lui, et un peu plus loin, devant la camionnette de Bubba. J'ai encore parcouru une vingtaine de mètres avant de me garer sur le côté droit, devant un chantier de construction – le squelette d'un nouveau pavillon style Cape Cod se dressant sur la terre brune et nue.

Angie et moi, nous sommes descendus de voiture pour nous diriger à pied vers la camionnette.

– Je déteste quand il fait ce genre de truc, a-t-elle grommelé.

J'ai approuvé d'un signe de tête.

– Des fois, j'oublie qu'il a aussi un cerveau.

– Oh, je sais bien qu'il a un cerveau, a répliqué Angie. C'est la façon dont il l'utilise qui m'empêche de dormir la nuit.

Nous avons atteint l'arrière du véhicule au moment où Bubba déboulait d'entre les deux pavillons. Il nous a écartés de son chemin, puis il a ouvert les portes arrière.

— Mais enfin, qu'est-ce que tu foutais ? lui a demandé Angie.
— Chut. Je bosse, moi.

Il a expédié une cisaille au fond de la camionnette, saisi un sac de sport posé sur le plancher et refermé les portes.

— Qu'est-ce que...

Bubba a posé un doigt sur mes lèvres.

— Chut, j'ai dit. Fais-moi confiance. C'est une super idée.
— T'as prévu des explosifs ? s'est renseignée Angie.
— Ça vous ferait plaisir ? a demandé Bubba en tendant de nouveau la main vers la porte.
— Non, Bubba. Surtout pas.
— Oh. (Il a laissé retomber son bras.) Bon, j'en ai pour une minute. Je reviens tout de suite.

Après nous avoir poussés, il s'est rué sur la pelouse en direction de la maison du rouquin, le corps plié en deux. Mais même baissé, Bubba galopant sur une pelouse est aussi discret que le Spoutnik. Il doit peser un peu moins lourd qu'un piano, mais un peu plus qu'un frigo, et il a un visage de nouveau-né déjanté surmonté de touffes de cheveux bruns au-dessus d'un cou ayant grosso modo la circonférence d'un ventre de rhinocéros. Il se déplace comme un rhinocéros, d'ailleurs, pesamment et penché vers la droite, mais beaucoup, beaucoup plus vite.

Bouche bée, nous l'avons vu s'agenouiller près de la BMW, forcer la serrure en moins de temps qu'il ne m'en aurait fallu pour la déverrouiller avec une clé, puis ouvrir la portière.

Angie et moi, nous nous sommes raidis tous les deux dans l'attente du hurlement d'une alarme, mais rien n'a troublé le silence tandis que Bubba fourrageait dans la voiture, en retirait un objet et le glissait dans la poche de son trench.

— Qu'est-ce qu'il fait, nom d'un chien ? a demandé Angie.

Bubba a tiré sur la fermeture Éclair du sac de sport posé à côté de lui. Il a fouillé l'intérieur jusqu'à localiser ce qu'il cherchait. Il a sorti un petit boîtier noir et l'a placé dans la BMW.

— C'est une bombe, ai-je dit.
— Il a promis, a objecté Angie.
— D'accord, mais il est juste un peu, oh, cinglé. Tu te rappelles ?

Avec la manche de son trench, Bubba a essuyé tous les endroits qu'il avait pu toucher à l'intérieur et à l'extérieur de la voiture, puis il a refermé doucement la portière et filé sur la pelouse dans notre direction.

— Je suis vraiment trop cool, a-t-il annoncé en arrivant.

— C'est certain, ai-je approuvé. Bon, qu'est-ce que t'as fichu, là-bas ?

— Je veux dire, je suis grand, mon pote. Sérieux. Je me surprends moi-même, des fois.

Il a ouvert la porte arrière de la camionnette et jeté le sac de sport sur le plancher.

— Tu caches quoi, dans ce sac ? a interrogé Angie.

Bubba semblait sur le point d'exploser de fierté. Il a écarté largement les rabats du sac avant de nous faire signe de regarder.

— Des mobiles ! s'est-il exclamé avec la mine triomphante d'un gamin de dix ans.

Je me suis penché. Il avait raison. Il y avait dix ou douze téléphones portables – Nokia, Ericsson, Motorola –, presque tous noirs, quelques-uns gris.

— Génial, ai-je dit. (J'ai contemplé son visage radieux.) Mais, euh, pourquoi c'est génial, Bubba ?

— Parce que ton idée, vieux, elle était nulle. Alors, j'en ai trouvé une autre.

— Mon idée n'était pas nulle.

— Nulle, je te dis ! s'est-il écrié gaiement. Complètement naze, mon pote. Peuh, coller un mouchard dans un magnéto pour que le type – c'était pas une nana, au départ ? – l'emporte chez lui...

— Et alors ?

— Alors, il se serait passé quoi si votre gars avait laissé le magnéto sur la table de la salle à manger, avant de monter dans les chambres faire ce truc que vous vouliez entendre ?

— Ben, on espérait plus ou moins que ce ne serait pas le cas.

Il a levé les deux pouces en signe de victoire.

— Ça, c'est foutrement bien pensé !

— Bref, c'était quoi, ton idée ? lui a demandé Angie.

— Remplacer son mobile, a répondu Bubba. (Il a indiqué le sac de sport.) Tous ceux-là sont équipés d'un mouchard. J'ai eu qu'à en trouver un qui correspondait au sien, a-t-il ajouté en sortant de sa poche un Nokia gris anthracite.

— C'est le sien, ça ?

Il a hoché la tête.

Je l'ai imité, puis je me suis fendu d'un sourire au moins aussi large que le sien, avant de prendre un air grave.

— Sans vouloir te vexer, Bubba, à quoi ça vous nous servir ? Notre homme est dans la maison.

Haussant les sourcils à plusieurs reprises, Bubba s'est légèrement penché en arrière.

— Ah ouais ?

— Ouais, ai-je confirmé. Alors – hum, comment je pourrais dire ça ? –, pourquoi il aurait besoin de son foutu portable quand il a sûrement trois ou quatre téléphones chez lui ?

— Les téléphones de la baraque, a-t-il répété lentement, son sourire se muant peu à peu en grimace de contrariété. Mince, alors, ça m'est pas venu à l'esprit. Il lui suffit de décrocher pour appeler où il veut, c'est ça ?

— C'est ça, Bubba. En gros, c'est ce que je voulais dire. Je parie qu'il est déjà en train de composer un numéro.

— Ben, merde. Dommage que j'aie coupé les lignes là-bas derrière, hein ?

Hilare, Angie lui a pris son visage de chérubin entre ses mains et l'a embrassé sur le bout du nez.

Bubba, rougissant, s'est tourné vers moi. Son sourire s'épanouissait de nouveau.

— Bon..., ai-je commencé.

— Oui ?

— Je m'excuse, ai-je marmonné.

— De ?

— D'avoir douté de toi. O.K. ? T'es content ?

— Et de m'avoir traité comme un gosse ?

— Et de t'avoir traité comme un gosse, oui.

— Et d'avoir utilisé un ton moqueur, a renchéri Angie.

Je l'ai foudroyée du regard.

— Ouais, c'est comme elle a dit, a repris Bubba en tendant le pouce vers Angie.

Elle a jeté un coup d'œil par-dessus son épaule.

— Attention, il ressort !

Nous avons tous grimpé dans la camionnette, Bubba a refermé la porte derrière nous, et à travers les vitres réfléchissantes, nous avons vu le rouquin envoyer un coup de pied rageur dans le pneu avant de la BMW, ouvrir la portière, se pencher vers le siège et prendre son portable sur le tableau de bord.

— Pourquoi n'a-t-il pas téléphoné plus tôt, pendant le trajet du retour ? a demandé Angie. Si les appels étaient si importants...

— À cause du mouvement, l'a coupée Bubba. Quand quelqu'un se déplace, c'est beaucoup plus facile de le localiser et de le mettre sur écoute, ou de cloner son mobile, ce genre de truc.

— Mais s'il reste stationnaire ? ai-je lancé.

Son visage s'est chiffonné.

– Comment ça ?
– Stationnaire, ai-je répété. Immobile, quoi.
– Oh. (Il a regardé Angie.) Môssieur nous refait le coup du mec qui a été à la fac... (Il a reporté son attention sur moi.) O.K., l'intello, s'il est « stationnaire », ben, c'est vachement plus dur de s'introduire dans la transmission. Faut que ça passe à travers les reliefs, les toits de tôle, les interférences avec les antennes, les paraboles, les faisceaux hertziens... La totale, quoi.

Poil de Carotte retournait chez lui, à présent.

Bubba s'est mis à taper avec un seul doigt sur le clavier de l'ordinateur portable posé sur le plancher entre nous. Il a retiré de sa poche un morceau de papier crasseux. De son écriture d'écolier, il avait dressé la liste des mobiles et de leur numéro de série, ainsi que des numéros de canaux destinés à son matériel d'enregistrement. Il en a saisi un sur son portable, puis s'est installé par terre.

– J'ai encore jamais essayé cette méthode, a-t-il avoué. J'espère que ça va marcher.

J'ai levé les yeux au ciel, avant de m'asseoir contre la paroi.

– Je n'entends rien, ai-je observé au bout de trente secondes.
– Oups... (Bubba a agité un doigt.) Le volume.

Il a pressé la touche correspondante sur son clavier, et un instant plus tard, la voix de Diane Bourne a résonné dans les minuscules haut-parleurs.

« ... Tu as bu, ou quoi, Miles ? Évidemment que c'est un problème. Ils ont posé toutes sortes de questions. »

J'ai souri à Angie.

– Et toi qui ne voulais pas suivre le rouquin...

Elle m'a gratifié d'un regard ironique avant de dire à Bubba :

– Une bonne intuition en trois ans, et le voilà qui se prend pour un dieu !

« Quel genre de questions ? a demandé Miles.
– Qui tu étais, où tu travaillais...
– Comment sont-ils remontés jusqu'à moi ? »

Diane Bourne a ignoré la question.

« Ils m'ont interrogée sur Karen, sur Wesley, et même sur la façon dont ces putains de notes ont atterri chez Karen, *Miles* !
– D'accord, d'accord. Calme-toi.
– Que je me calme ? Merde ! T'as qu'à te calmer toi-même ! Oh, Seigneur, a-t-elle murmuré en relâchant son souffle. C'est des petits malins, ces deux-là. Tu comprends ? »

Bubba m'a poussé du coude.

– Hé, elle parle de vous deux ?
J'ai acquiescé.
– Malins ? a-t-il répété. Ouais, bon. Peut-être.
« Oui, a repris Lovell. Ils sont malins. On le savait déjà.
– Mais ce qu'on ne savait pas, c'est qu'ils feraient le lien avec moi. Tâche d'arranger ça, Miles. Appelle-le.
– Attends de...
– Arrange ça ! » a-t-elle ordonné.
Sur ce, elle a raccroché.
À peine Miles avait-il coupé la communication qu'il composait un autre numéro.
« Allô ? a fait une voix d'homme à l'autre bout de la ligne.
– Deux détectives sont venus mettre leur nez dans nos affaires, aujourd'hui, a déclaré Miles.
– Comment ça, des détectives ? Des flics, c'est ça ?
– Non, des privés. Tu sais, au sujet des notes de séance.
– *On* a oublié de les récupérer ?
– *On* avait trop bu. Que veux-tu qu'*On* te dise ?
– Ah.
– Elle est flippée.
– Notre bon docteur ?
– Oui.
– Un peu trop flippée ? a demandé l'homme d'une voix posée.
– C'est certain.
– Il faut envisager d'avoir une petite conversation avec elle ?
– Il faudra sans doute envisager plus. C'est elle, le maillon faible.
– Le maillon faible. Mmm... »
Un long silence a suivi. Je percevais la respiration de Miles à un bout de la ligne, du souffle et des grésillements à l'autre.
« T'es toujours là ? a demandé Miles.
– Je trouve ça assommant.
– Quoi ?
– De bosser de cette façon.
– On n'aura peut-être pas le temps de faire les choses à ta manière. Écoute, on...
– Pas au téléphone.
– Entendu. On utilise la méthode habituelle, alors.
– C'est ça. Tu ne devrais pas t'inquiéter autant.
– Je ne m'inquiète pas. Je veux juste que toute cette affaire soit réglée plus vite que si tu suivais tes penchants naturels.
– Absolument.

– Je suis sérieux.
– J'ai bien compris », a déclaré la voix posée juste avant de couper la communication.

Miles a raccroché, et aussitôt, il a composé un troisième numéro. Cette fois, c'est une femme qui a décroché à la quatrième sonnerie.

« Ouais ? a-t-elle lâché d'une voix pâteuse et traînante.
– C'est moi.
– Mmm.
– Tu te souviens de la fois où on était censés récupérer un truc chez Karen ?
– Quoi ?
– Les notes. Tu te souviens ?
– Hé, c'était ta mission.
– Il l'a mauvaise.
– Et alors ? C'était *à toi* de t'en occuper.
– Ce n'est pas comme ça qu'il voit la situation.
– Qu'est-ce que tu me dis, là ?
– Je te dis simplement qu'il risque de passer à l'attaque. Alors, fais gaffe.
– Merde... Tu... tu te fous de moi, là ? Merde, Miles !
– Du calme.
– Non ! O.K. ? Putain, Miles, il nous tient. Il nous tient !
– Il tient tout le monde, a déclaré Miles. C'est juste que...
– C'est juste quoi, Miles ? Hein ?
– Je ne sais pas. Ouvre l'œil, c'est tout.
– Merci. Merci beaucoup. Quelle chierie ! »

Elle lui a raccroché au nez.

Miles a coupé la communication à son tour, et nous sommes restés un moment assis dans la camionnette, à regarder la maison en attendant que Poil de Carotte en sorte et nous emmène jusqu'à l'endroit où il avait l'intention d'aller.

– Cette femme, tu crois que c'était le Dr Bourne ? ai-je demandé à Angie.

– Non, elle était nettement plus jeune.

J'ai approuvé d'un mouvement de tête.

– Ce type, là-dedans, il a fait un truc moche ? est intervenu Bubba.

– Je pense, oui.

Il a glissé la main sous son trench, retiré un calibre .22 et tranquillement fixé un silencieux au bout du canon.

— Allez, on y va.
— Pardon ?
Il m'a regardé.
— Ben oui, on défonce la porte et on le descend.
— Pourquoi ?
— Tu viens de dire qu'il avait fait un truc moche, a-t-il répondu en haussant les épaules. Alors, on le descend, point final. Viens, on va rigoler un peu.
— Attends, Bubba. (J'ai placé une main sur son bras, l'obligeant à baisser son arme.) On ne sait pas encore ce qui se passe exactement. On a besoin de lui pour nous conduire jusqu'à ses complices.

Ses yeux se sont agrandis, sa bouche s'est ouverte, et il a contemplé la paroi de la camionnette comme un môme dont le ballon d'anniversaire viendrait d'éclater devant ses yeux.

— M'enfin, a-t-il lancé à Angie, pourquoi il m'a demandé de vous accompagner si je peux même pas liquider quelqu'un ?

Elle lui a caressé le cou.

— Là, là, tout doux, mon beau. Tout vient à point à qui sait attendre.
— Tu parles ! Ceux qui attendent, tu veux que je te dise ce qui leur arrive ?
— Oui, quoi ?
— Ben, ils attendent encore plus. (Il a froncé les sourcils.) Et pendant ce temps, personne se fait trucider. (Il a sorti de sa poche une bouteille de vodka, et après en avoir avalé une grande lampée, il a remué sa tête massive.) C'est pas juste.

Pauvre Bubba. Le seul à ne jamais arriver dans une soirée avec le bon costume.

18.

Miles Lovell est sorti de chez lui peu après le coucher du soleil, alors que le ciel était saturé de rouge vif et que la brise apportait à l'intérieur des terres l'odeur de la marée basse.

Nous l'avons laissé prendre de l'avance, puis nous nous sommes engagés à notre tour sur la route de la plage et nous l'avons rattrapé au niveau des cuves d'hydrocarbures sur la portion de la Route 228 environnée de déchets industriels. Il y avait beaucoup moins de circulation, à présent, et pour la plupart, les voitures roulaient dans l'autre sens, en direction de la mer, de sorte que nous avons pu maintenir une distance d'environ cinq cents mètres avec la BMW en attendant que la luminosité décline.

Mais au-dessus de nous, le rouge ne faisait que s'accentuer, ourlé d'un liseré bleu foncé. Angie s'était installée dans la camionnette avec Bubba, et je les précédais au volant de la Porsche. À la suite de Lovell, nous avons retraversé Hingham avant de reprendre la Route 3 vers le sud.

Le trajet n'a pas duré longtemps. Après avoir dépassé plusieurs sorties, Lovell a emprunté celle de Plymouth Rock, et un kilomètre et demi plus loin, il a tourné dans un dédale de petits chemins de terre tous plus poussiéreux et cahoteux les uns que les autres ; toujours derrière lui, nous espérions ne pas le perdre au détour d'un virage ou d'un sentier envahi par une végétation épaisse et des branchages bas.

Comme j'avais baissé les vitres et éteint la radio, il m'arrivait d'entendre de temps en temps le bruit de ses pneus sur la piste défoncée ou quelques mesures de jazz s'échappant de son toit ouvrant. Pour autant que je le sache, nous nous trouvions au cœur de la forêt de Myles Standish ; autour de nous, pins, érables blancs et mélèzes se dressaient vers le ciel pourpre, et j'ai senti les canneberges bien avant de les apercevoir.

C'était une odeur à la fois sucrée et piquante, mêlée à celle des fruits en pleine fermentation après une journée de soleil. Des écharpes de vapeur blanche s'élevaient ici et là, dérivant entre les arbres, signalant la présence d'une étendue d'eau rafraîchie par la tombée de la nuit ; un peu plus loin, je me suis arrêté dans une clairière devant le marécage lui-même, sans quitter des yeux les feux arrière de la BMW qui s'éloignaient sur le petit sentier permettant d'accéder aux berges meubles.

Bubba s'est garé à côté de moi, et nous sommes tous les trois descendus de nos véhicules en repoussant avec précaution les portières, de sorte que seuls de légers déclics ont résonné lorsque les serrures ont joué. À cinquante mètres devant nous, parmi les arbres frêles, nous avons entendu celle de Miles Lovell s'ouvrir, puis claquer. Le bruit, porté par l'air humide à travers les troncs épars, nous a semblé tout proche.

Nous nous sommes engagés sur le chemin de terre sombre et mouillée qui conduisait à la tourbière. De temps à autre, nous apercevions entre les branchages clairsemés un océan de canneberges, encore vertes à ce stade de leur croissance, leurs grappes de baies oscillant dans la brume, se frottant doucement les unes contre les autres.

L'écho de pas se répercutait dans la forêt, un corbeau croassait à l'approche de la nuit et les feuillages bruissaient sous la caresse d'un vent léger. Enfin, nous avons atteint la lisière, près du pare-chocs arrière de la BMW, et caché derrière un arbre, j'ai jeté un coup d'œil aux alentours.

Le marais de canneberges s'étendait devant moi, vaste et ondoyant. La brume blanche flottait à quelques centimètres au-dessus comme un souffle hivernal, et une immense croix en bois sombre divisait la surface en quatre longs rectangles. Miles Lovell s'avançait sur une des planches les plus courtes. Au milieu de la croix se dressait une petite cabane en bois abritant une pompe ; Lovell l'a ouverte, il est entré à l'intérieur et il a refermé la porte derrière lui.

J'ai quitté mon abri pour me diriger vers la grève, me servant de la voiture de Lovell comme d'un rempart qui me dissimulait – je l'espérais, du moins – aux yeux d'un éventuel observateur posté à l'autre bout du marécage, et j'ai examiné la cahute. Elle était à peine plus grande que des toilettes publiques et comportait une fenêtre du côté droit donnant sur la longue planche orientée vers le nord. Un rideau de mousseline m'empêchait de distinguer l'intérieur, mais quand le soleil couchant a coloré le carreau en orange pâle, j'ai vu la silhouette sombre de Lovell passer derrière et disparaître.

À l'exception de la voiture, il n'y avait aucune cachette possible – juste des berges détrempées et à ma droite un sol boueux grouillant d'abeilles, de moustiques et de criquets se préparant à assurer le service de nuit. Je me suis replié en direction du couvert. Angie, Bubba et moi nous sommes frayé un passage jusqu'au dernier bosquet chétif bordant la tourbière. De là, nous pouvions surveiller l'entrée et le côté gauche de la cabane, ainsi que la partie de la croix rejoignant la rive opposée avant de s'enfoncer dans d'épais fourrés noirs.

– Merde, ai-je marmonné. J'aurais dû apporter des jumelles.

Avec un soupir, Bubba en a retiré une paire de son trench et me l'a tendue. Ah, Bubba et son trench... Parfois, je jurerais qu'il transporte un supermarché entier, là-dedans.

– Tu ressembles à Harpo Marx, avec cet imper, ai-je observé. Je te l'ai déjà dit ?

– Oh, rien que sept ou huit cents fois.

– Ah.

Décidément, ma vivacité d'esprit déclinait.

J'ai braqué les jumelles sur la cabane, effectué la mise au point et obtenu pour tout prix de mes efforts une vision remarquablement nette de la façade en bois. J'étais persuadé qu'il n'y avait pas de fenêtre de l'autre côté, et comme celle que j'avais vue tout à l'heure était masquée par un rideau, il m'est apparu que la seule chose à faire était d'attendre que notre mystérieux inconnu vienne à son rendez-vous avec Lovell et d'espérer que les moustiques ou les abeilles ne nous attaqueraient pas en force. Auquel cas, Bubba nous sortirait sûrement de son trench une bombe contre les insectes, voire une lampe pour les griller.

Au-dessus de nous, le ciel versait ses dernières gouttes de sang et virait peu à peu au bleu marine ; le vert des canneberges s'est accentué sur cette toile de fond sombre tandis que la brume passait du blanc au gris lichen et les arbres, du brun au noir.

– Et si le gars que doit retrouver Miles était arrivé le premier ? ai-je lancé à Angie au bout d'un moment.

Elle a tourné la tête vers la cahute.

– Possible. Mais il sera venu par un chemin différent, alors. Il n'y avait pas d'autres traces que celles de Lovell, et nous avons laissé les voitures au nord.

J'ai orienté les jumelles vers la pointe sud de la croix, à l'endroit où la planche disparaissait parmi de grandes tiges jaunies et desséchées se dressant au milieu d'une étendue de vase envahie par des nuées de moustiques. Je n'imaginais pas qu'on puisse choisir cet accès, à moins d'avoir un faible pour les infections paludéennes.

Derrière moi, Bubba a reniflé, donné un coup de pied par terre et arraché quelques petites branches à un arbre.

Lentement, j'ai fait pivoter mes jumelles vers la rive opposée et la pointe est de la croix. Là, les berges semblaient plus fermes et elles étaient bordées par de grands arbres denses. Tellement denses, à vrai dire, que j'ai eu beau régler la mise au point, je n'ai rien distingué d'autre que des troncs noirs et de la mousse verte sur une cinquantaine de mètres.

– S'il est déjà là, il est arrivé par l'autre côté. (J'ai indiqué la direction d'un geste, puis haussé les épaules.) On devrait l'apercevoir quand il sortira. T'as ton appareil photo ?

Angie a hoché la tête et sorti de son sac un petit Pentax avec autofocus et flash automatique intégrés.

J'ai souri.

– Je te l'avais offert à Noël, celui-là.

– Noël 97, pour être précise. (Elle a ponctué cette remarque d'un léger rire.) C'est le seul de tes cadeaux que j'ose montrer en public.

Elle a soutenu mon regard quelques instants, et j'ai soudain éprouvé un désir poignant, déchirant. Puis elle a baissé les yeux, ses joues se sont empourprées, et je me suis de nouveau concentré sur mes jumelles.

– Vous, les privés, vous faites ce genre de conneries tous les jours ? a lancé Bubba dix minutes plus tard.

Il a avalé une grande lampée de vodka et lâché un rot sonore.

– Oh, des fois, on a aussi droit à une poursuite en voiture, a répondu Angie.

– Ce que ça peut être chiant comme boulot !

Bubba s'est agité un moment, avant d'assener machinalement un coup de poing dans un tronc.

Soudain, il m'a semblé entendre un choc sourd dans la cabane, et j'ai vu trembler la partie inférieure de la paroi. Miles Lovell, enfermé entre quatre murs, gagné par l'ennui tout comme Bubba, devait lui aussi envoyer des coups de pied un peu partout.

Un corbeau, peut-être celui de tout à l'heure, a croassé en survolant le marécage, contourné gracieusement la cahute, plongé le bec dans l'eau et repris son essor avant de se fondre dans la nuit.

À côté de moi, Bubba a bâillé.
– Bon, je crois que je vais vous laisser.
– O.K., a dit Angie.
– Ce soir, à la télé, c'est Bob l'Affreux contre Sammy la Castagne.
– Que j'aurais bien regardé, a-t-elle répliqué, mais hélas, faut que je bosse.
– Je te l'enregistrerai, a promis Bubba.
Angie s'est fendue d'un grand sourire.
– C'est vrai ? Waouh, ce serait génial.
Le sarcasme est passé complètement au-dessus de la tête de Bubba qui, soudain de meilleure humeur, s'est frotté les mains.
– Pas de problème. Tu sais, j'en ai tout un tas sur cassette. Un jour, on pourrait...
– Chut, l'a coupé Angie en portant un doigt à ses lèvres.

J'ai tourné la tête vers la cabane et entendu une porte se refermer doucement de l'autre côté. Aussitôt, j'ai braqué mes jumelles dans la direction du bruit ; un homme était sorti de la cahute et marchait sur la planche conduisant à l'épais bosquet.

Je ne le voyais que de dos. Il était blond, mince et mesurait environ un mètre quatre-vingt-dix. Il avançait d'une démarche fluide, nonchalante, une main dans la poche de son pantalon, l'autre se balançant mollement le long de sa cuisse. Il portait un pantalon gris clair et une chemise blanche dont il avait retroussé les manches jusqu'aux coudes. La tête légèrement penchée en arrière, il sifflotait.

– On dirait « Camp Town Ladie », a murmuré Bubba.
– Non, c'est pas cet air-là, a répliqué Angie.
– Ah oui ? Alors c'est quoi, mademoiselle Je-sais-tout ?
– Aucune idée. Mais je suis sûre que c'est pas ça.
– Ben voyons.

L'homme avait déjà parcouru la moitié de la planche et j'attendais toujours qu'il se retourne. Après tout, cette expédition avait pour but de découvrir qui était la personne que devait rencontrer Miles, et si ce type avait garé sa voiture au niveau des arbres, il risquait de nous échapper avant même que nous puissions nous lancer à sa poursuite.

En désespoir de cause, j'ai ramassé un caillou et je l'ai jeté loin à travers les arbres et au-dessus du marécage. Il est tombé dans la masse mouvante de baies à environ deux mètres sur la gauche de l'inconnu blond. À trente mètres de là, nous avons distinctement entendu un petit *plouf*.

Mais l'homme n'a pas paru le remarquer. À aucun moment il n'a ralenti. Il sifflotait toujours.

— Je te dis que c'est « Camp Town Ladies », s'est entêté Bubba en ramassant à son tour une pierre.

Il a expédié son projectile, un gros bloc d'un bon kilo qui a fait moins de chemin mais beaucoup plus de bruit à l'arrivée. Au lieu d'un petit *plouf,* nous avons eu droit à un grand *splash*, et pourtant, le blond n'a toujours pas réagi.

Quand il a atteint l'extrémité de la planche, j'ai pris une décision. S'il craignait d'être suivi, il allait disparaître, mais il disparaîtrait de toute façon et j'avais besoin de voir son visage.

Alors, j'ai crié « Hé ! », et ma voix a déchiré la brume et l'air immobile au-dessus de la tourbière, effrayant une nuée d'oiseaux qui se sont envolés parmi les arbres.

L'inconnu s'est arrêté devant le bosquet. Son dos s'est raidi. Son épaule a légèrement pivoté vers la gauche. Puis il a levé le bras comme un flic arrêtant la circulation ou un invité prenant congé de ses hôtes.

Il savait que nous étions là. Et il tenait à nous le signaler.

Il a baissé la main, puis disparu sous le couvert.

Je me suis rué vers la berge boueuse, Angie et Bubba sur les talons. J'avais fait suffisamment de bruit pour alerter Miles Lovell, de sorte que ce n'était plus la peine de nous cacher. À présent, nous n'avions plus qu'une solution : essayer de le coincer pendant qu'il était seul, avant qu'il puisse filer à son tour, et lui flanquer la trouille pour lui tirer les vers du nez.

Alors que nous martelions les planches et que l'odeur du marécage nous assaillait les narines, Bubba m'a lancé :

— Allez, tu pourrais me soutenir, là, vieux. C'était « Camp Town », hein ?

— Non, c'était « We're the Boys of Chorus », ai-je répondu.

— Quoi ?

J'ai accéléré, avec l'impression que la cabane tanguait devant nous et que le bois allait céder sous nos pieds.

— Le générique des dessins animés Looney Tunes, ai-je précisé.

— Ah oooui ! s'est-il exclamé, avant d'entonner : « Oh, we're the boys of chorus. We hope you like our show. We know you're rooting for us. But now we have to go-oh-oh ! »

Les paroles jaillies de la bouche de Bubba ont résonné dans le silence et m'ont fait l'effet d'insectes remontant le long de ma colonne vertébrale.

J'avais déjà la main sur la poignée de la porte quand Angie s'est écriée :
- Patrick ! Non !

Quand j'ai tourné la tête vers elle, son regard furieux m'a pétrifié. Je ne comprenais pas comment j'avais pu faire une chose pareille : me précipiter vers une porte fermée en sachant qu'un homme potentiellement armé se trouvait de l'autre côté et me préparer à l'ouvrir comme si je rentrais chez moi.

Angie me dévisageait toujours, les lèvres entrouvertes, la tête inclinée et les yeux lançant des éclairs – ébahie, sans doute, par cette négligence presque criminelle.

Maudissant ma stupidité, je me suis écarté tandis qu'Angie dégainait son .38, se plaçait à ma gauche et visait le centre de la porte. Bubba avait déjà sorti son arme – un fusil à canon scié avec une crosse de pistolet – et il s'est positionné à droite en la braquant lui aussi sur la porte avec tout l'enthousiasme d'un professeur de géographie indiquant l'emplacement de la Birmanie sur une vieille carte scolaire.

- Hé, le génie, on est prêts, a-t-il dit.

J'ai saisi mon Colt Commander et, posté à gauche de l'encadrement, j'ai frappé un coup.

- Miles, ouvre !

Rien.

J'ai frappé de nouveau.

- Hé, Miles, c'est Patrick Kenzie ! Je suis détective privé. Je voudrais juste te parler.

J'ai entendu un objet tomber sur le bois à l'intérieur, puis un cliquetis métallique – comme si quelqu'un manipulait des outils.

J'ai frappé une dernière fois.

- On va entrer, Miles. D'accord ?

Des coups ont résonné sur le plancher.

Le dos plaqué contre la paroi, j'ai avancé la main vers la poignée en regardant Angie et Bubba. Tous deux ont hoché la tête. Quelque part dans le marécage, une grenouille a coassé. Le vent était tombé, et tout autour de nous, les arbres noirs semblaient figés.

J'ai ouvert la porte à la volée.

- Oh, mon Dieu ! a crié Angie.
- La vache, a fait Bubba, une pointe d'admiration – sinon de respect – dans la voix, avant d'abaisser son fusil.

Quand Angie a baissé son arme à son tour, j'ai franchi le seuil. Il m'a fallu une seconde ou deux pour comprendre ce que je voyais, parce que c'était énorme, et parce que je n'en avais pas spécialement envie.

Miles Lovell, assis par terre, était ligoté au moteur d'une pompe au milieu de la cabane. On s'était servi pour l'attacher d'un épais fil électrique enroulé étroitement autour de sa taille et fixé derrière son dos.

Le bâillon dans sa bouche était assombri par le sang qui jaillissait aux coins de ses lèvres et dégoulinait le long de son menton.

Ses bras et ses jambes n'étaient pas entravés, et ses talons martelaient les lattes du plancher tandis qu'il se contorsionnait contre le bloc de métal.

Ses bras, cependant, demeuraient inertes, et il ne risquait pas de s'en servir pour se libérer, car Miles n'avait plus de mains.

Elles gisaient à gauche du moteur silencieux, coupées juste au-dessus des poignets, soigneusement posées paumes vers le sol. Le blond avait appliqué des garrots sur les moignons et laissé la hache plantée dans le bois entre les mains.

Quand nous nous sommes approchés de Lovell, ses yeux se sont révulsés et le tressaillement convulsif de ses pieds nous a paru provoqué plus par le choc que par la douleur. Même avec les garrots, je doutais qu'il puisse vivre encore longtemps, et je me suis forcé à surmonter l'horreur de cette mutilation pour essayer d'obtenir quelques réponses à mes questions avant qu'il sombre dans l'inconscience ou meure.

J'ai retiré le bâillon d'entre ses lèvres et fait un bond en arrière quand un flot de sang rouge foncé a coulé sur sa poitrine.

– Oh, non, a murmuré Angie. Non, c'est pas possible. Merde, j'y crois pas...

Mon estomac s'est contracté à plusieurs reprises, et une sorte de léger bourdonnement s'est élevé dans ma tête, accompagné d'une sensation de chaleur.

– La vache ! a répété Bubba, et cette fois, c'est bien du respect que j'ai décelé dans sa voix.

Miles Lovell, en état de choc ou non, agonisant ou non, ne répondrait pas à mes questions.

Il ne répondrait plus aux questions de personne pendant très, très longtemps.

Et s'il survivait, je n'étais pas certain qu'il aurait matière à s'en réjouir.

Alors que nous nous cachions parmi les arbres, que la brume flottait au-dessus du marécage et que sa BMW l'attendait sur la grève, Miles Lovell avait non seulement perdu ses mains, mais aussi sa langue.

19.

Miles Lovell était en soins intensifs depuis trois jours quand, en rentrant à Admiral Hill ce soir-là, le Dr Diane Bourne nous a trouvés, Angie, Bubba et moi, occupés à mitonner très très en avance un dîner de Thanksgiving dans la cuisine de sa petite maison de ville.

C'était à moi qu'incombait la responsabilité de la dinde – un magnifique volatile de six kilos et demi –, parce que j'étais le seul à aimer cuisiner. Angie passait sa vie dans les restaurants, Bubba ne jurait que par les plats à emporter, mais moi, je m'étais mis aux fourneaux dès l'âge de douze ans. Oh, rien d'extraordinaire – après tout, s'il est rare d'entendre mentionner « irlandais » et « bonne cuisine » dans la même phrase, ce n'est certainement pas sans raison –, mais je pouvais confectionner la plupart des plats à base de volaille, de bœuf et de pâtes, et j'étais capable de faire griller toutes les variétés de poissons connues à ce jour.

J'avais donc vidé, assaisonné, mis au four et arrosé la dinde, puis concocté une purée de pommes de terre relevée avec des oignons, pendant qu'Angie s'attelait à la préparation de la farce Stove Top et des haricots verts à l'ail dont elle avait trouvé la recette au dos de l'étiquette sur une soupe en boîte. Bubba n'avait pas de mission officielle, mais il avait apporté de la bière en quantité, plusieurs sachets de chips pour nous et une bouteille de vodka pour lui, et lorsqu'il avait croisé le persan bleu de Diane Bourne, il avait eu la gentillesse de ne pas l'occire.

Comme la cuisson de la dinde prenait un certain temps, et qu'il n'y avait pas grand-chose à faire dans l'intervalle, Angie et moi en avons profité pour tout retourner au premier étage de la maison, jusqu'à ce que nous mettions la main sur un élément particulièrement intéressant.

Miles Lovell s'était retrouvé en état de choc peu après que nous avions appelé une ambulance. Il avait été emmené de toute urgence à l'hôpital Jordan de Plymouth, où on l'avait stabilisé avant de le transporter à Mass General par hélicoptère. Au bout de neuf heures passées au bloc opératoire, il avait été placé en soins intensifs. Les médecins n'avaient pas réussi à lui rendre ses mains, mais ils auraient peut-être pu lui recoudre la langue si l'inconnu blond ne l'avait pas soit emportée avec lui soit jetée dans les marais.

Pour ma part, j'étais persuadé qu'il l'avait emportée. Je ne savais pratiquement rien de lui – j'ignorais son nom et même à quoi il ressemblait –, mais je commençais à le cerner. C'était lui, j'en étais sûr, que Warren Martens avait vu au motel et décrit comme le chef. Il avait détruit Karen Nichols, et aujourd'hui, il avait détruit Miles Lovell. Tuer ses victimes ne semblait pas l'intéresser ; non, il préférait les pousser à souhaiter elles-mêmes leur mort.

Angie et moi sommes redescendus avec ce que nous avions découvert dans la chambre, et le minuteur du four a sonné au moment où Diane Bourne en personne entrait chez elle.

– Tu parles d'une synchronisation ! ai-je lancé.

– Sûr, a répliqué Angie. On se tape tout le boulot, et elle arrive pour en récolter les fruits.

Quand Diane Bourne a pénétré dans la salle à manger, séparée de la cuisine par une simple arcade, Bubba a agité vers elle trois doigts de la main qui tenait la bouteille d'Absolut.

– Alors, quoi de neuf, ma sœur ? a-t-il demandé.

La psychiatre a laissé tomber par terre son sac en cuir et ouvert la bouche comme pour hurler.

– Holà, tout doux, a dit Angie.

Elle s'est accroupie dans la cuisine, puis elle a fait glisser vers la salle à manger la vidéocassette que nous avions trouvée dans la chambre. L'enregistrement s'est immobilisé aux pieds de Diane Bourne.

Celle-ci a refermé la bouche.

Angie s'est juchée sur le plan de travail, avant d'allumer une cigarette.

– Je me trompe peut-être, docteur, mais n'est-il pas contraire à l'éthique de la profession d'avoir des relations sexuelles avec un patient ?

J'aurais volontiers haussé les sourcils en direction du Dr Bourne si je n'avais pas été occupé à sortir le plat du four.

— Miam ! s'est exclamé Bubba. Ça sent rudement bon.
— Merde, ai-je marmonné.
— Quoi ?
— Quelqu'un a pensé à la sauce aux canneberges ?
Angie a claqué des doigts en faisant non de la tête.
— Non que j'y tienne particulièrement, ai-je ajouté. Et toi, Ange ?
— Je déteste la sauce aux canneberges, a-t-elle répondu sans quitter Diane Bourne des yeux.
— Bubba ?
Il nous a offert un magnifique rot.
— Ça gâche l'alcool.
J'ai tourné la tête. Diane Bourne était toujours pétrifiée dans la salle à manger, entre son sac d'un côté et la vidéocassette de l'autre.
— Et vous, docteur ? ai-je demandé. (Aussitôt, son regard s'est fixé sur moi.) Vous aimez la sauce aux canneberges ?
Elle a pris une profonde inspiration, puis fermé les yeux en relâchant son souffle.
— Qu'est-ce que vous faites ici ?
Je lui ai montré le plat à rôtir.
— Je cuisine, ai-je répondu.
— Je remue, a répondu Angie.
— Je bois, a répondu Bubba en lui tendant la bouteille de vodka. Un petit coup, ça vous tente ?
Diane Bourne a légèrement secoué la tête avant de fermer les yeux une nouvelle fois, espérant sans doute que nous aurions disparu quand elle les rouvrirait.
— Vous êtes entrés chez moi par effraction, a-t-elle déclaré. C'est un crime.
— En fait, l'effraction relève du simple délit de vandalisme, ai-je rectifié.
— Certes, a enchaîné Angie, mais la partie intrusion, c'est plus sérieux.
— C'est pas bien, a reconnu Bubba en agitant l'index. Pas bien du tout, du tout, du tout.
J'ai placé la volaille sur la cuisinière.
— On a apporté le dîner, quand même, ai-je souligné.
— Et des chips, a renchéri Bubba.
— Très juste. (J'ai approuvé d'un hochement de tête.) Rien que les chips devraient suffire à compenser cette histoire d'effraction.
Après avoir jeté un coup d'œil à la vidéocassette toujours par terre, Diane Bourne a levé la main.

– Bon, qu'est-ce qu'on fait, maintenant ?

J'ai tourné la tête vers Bubba. L'air incertain, il a tourné la sienne vers Angie, qui a tourné la sienne vers Diane Bourne, qui a tourné la sienne vers moi.

– On mange, ai-je décrété.

De fait, Diane Bourne m'a aidé à découper la dinde et nous a même indiqué l'emplacement des plats et des bols en céramique, nous évitant ainsi de tout mettre à sac pour les trouver.

Lorsque nous avons enfin pris place autour de sa table de salle à manger en cuivre martelé, son visage avait recouvré quelques couleurs ; elle s'était servi un verre de blanc, et elle a posé la bouteille devant elle.

Comme Bubba s'était approprié les deux cuisses et une aile, nous avons dû nous contenter du reste, et nous nous sommes poliment passé les plats de haricots verts et de purée, avant de beurrer nos morceaux de pain en levant le petit doigt.

– Alors, comme ça, ai-je lancé d'une voix forte pour couvrir le bruit des dents de Bubba déchiquetant la viande, vous vous retrouvez à court de secrétaire, docteur.

Elle a avalé une gorgée de vin.

– Hélas, oui, a-t-elle répondu en portant à ses lèvres un malheureux bout de dinde.

– La police est venue vous voir ? a demandé Angie.

Diane Bourne a opiné.

– Si j'ai bien compris, c'est vous qui leur avez donné mon nom.

– Et vous leur avez raconté quoi ?

– Je leur ai dit que Miles était un employé dont j'appréciais le travail, mais que je ne savais pas grand-chose de sa vie privée.

– Mmm, a fait Angie, avant de boire la bière dont elle avait rempli un des verres à vin de Diane Bourne. Avez-vous pensé à leur parler de ce coup de téléphone que Miles vous a passé environ une heure avant son agression ?

Son interlocutrice n'a pas cillé. Elle a juste souri en approchant délicatement son verre de sa bouche.

– Non. Ça m'était complètement sorti de l'esprit.

Bubba a versé une tonne de sauce sur sa viande, vidé une salière entière par-dessus et lancé :

– Vous êtes une alcoolo.

Diane Bourne est devenue livide.

– Quoi ? Qu'est-ce que vous avez dit ?

De sa fourchette, Bubba a désigné la bouteille de vin.

– J'ai dit, vous êtes une alcoolo. Vous buvez de tout petits coups, mais vous en buvez beaucoup.

– Je suis nerveuse.

Le sourire de Bubba était celui d'un prédateur à un autre.

– Bien sûr, ma sœur. Bien sûr. Vous êtes une alcoolo. Moi, on me la fait pas. (Il s'est offert une grande lampée d'Absolut, puis il s'est tourné vers moi.) Enferme-la dans sa chambre, vieux, et je lui donne pas trente-six heures avant de réclamer sa dose en braillant. Pour un verre, elle ira même jusqu'à sucer un orang-outang.

J'observais Diane Bourne pendant que Bubba parlait. La vidéocassette ne l'avait pas ébranlée. Pas plus que l'allusion à l'appel de Miles Lovell. Même notre présence ici, dans sa maison, n'avait pas semblé la perturber outre mesure. Mais le discours de Bubba provoquait de légers tremblements sur sa gorge, d'infimes tressaillements dans ses doigts.

– Vous inquiétez pas, a-t-il ajouté, les yeux sur son assiette, couteau et fourchette en suspens au-dessus du carnage tels des rapaces prêts à fondre sur leur proie, je respecte les femmes qui aiment boire. Je respecte aussi le truc nympho-lesbien que vous faites sur cette cassette.

Il a de nouveau attaqué la dinde, et durant quelques instants, seul a résonné dans la pièce le bruit de ses mastications.

– À propos de cette cassette..., ai-je commencé.

Diane Bourne a détaché son regard de Bubba en vidant son verre. Puis elle s'est resservie, et quand elle s'est concentrée sur moi, j'ai vu une fierté insolente succéder dans ses yeux au trouble jeté par Bubba.

– Vous êtes en colère contre moi, Patrick ?

– Non.

Elle a repris un minuscule bout de viande.

– Pourtant, je croyais que la mort de Karen Nichols était une sorte de croisade personnelle pour vous, Patrick.

J'ai souri.

– Technique d'interrogatoire classique, Diane. Bravo.

– Comment ça ?

Yeux écarquillés, l'image même de l'innocence.

– Mentionner le prénom du sujet le plus souvent possible, ai-je répondu. C'est censé le déstabiliser, créer une impression d'intimité.

– Je suis désolée.

– Oh non, vous ne l'êtes pas.
– Bon, peut-être bien que non, mais...
– Docteur, l'a interrompue Angie, vous vous tapez à la fois Karen Nichols et Miles Lovell sur cette cassette. Ça mérite quelques explications, non ?

Diane Bourne l'a fixée de son regard imperturbable.
– Ça vous a excitée, Angie ?
– Pas particulièrement, Diane.
– Ça vous a dégoûtée ?
– Pas particulièrement, Diane.

Bubba a délaissé un instant sa seconde cuisse de dinde.
– Moi, ça m'a filé une trique d'enfer, ma sœur. L'oubliez pas.

Elle l'a ignoré, et pourtant, j'ai de nouveau vu un léger tremblement parcourir sa gorge.
– Allons, Angie, vous n'avez jamais été tentée par une expérience sexuelle avec une autre femme ?

Avant de répondre, Angie a pris le temps d'avaler une gorgée de bière.
– Si c'était le cas, docteur, je choisirais une nana un peu mieux foutue. On est superficielle ou on ne l'est pas.
– Mouais, c'est vrai, faudrait penser à vous remplumer un peu, a approuvé Bubba.

Lorsque Diane Bourne s'est tournée vers moi, son regard m'a paru un peu moins calme, un peu moins assuré.
– Et vous, Patrick, le spectacle vous a plu ?
– Deux filles et un mec ?

Elle a opiné.
– Le problème, c'était l'éclairage, ai-je répondu en haussant les épaules. Pour tout vous dire, quand je regarde un porno, j'apprécie une production soignée.
– Oublie pas le facteur cul poilu, m'a rappelé Bubba.
– Excellente remarque. (J'ai souri à Diane Bourne.) Lovell avait le cul poilu. C'est pas trop notre truc, voyez-vous. Dites-moi, docteur, qui a tourné cette vidéo ?

Elle a bu encore un peu de vin. Face à ses tentatives d'intrusion dans nos psychés, nous en rajoutions à plaisir. Avec un seul d'entre nous, peut-être aurait-elle pu imposer son autorité, mais à nous trois, nous surpassions les Marx Brothers, les Three Stooges et Neil Simon réunis.
– Alors, docteur ? ai-je insisté.
– La caméra était installée sur un trépied. C'est nous qui avons filmé.

– Désolé, mais vous ne nous ferez pas avaler ça, ai-je affirmé. Les plans sont tournés sous quatre angles différents, et je ne crois pas qu'aucun de vous se soit relevé pour déplacer la caméra.

– On a peut-être...

– J'ai aussi remarqué une ombre, l'a coupée Angie. Celle d'un homme, Diane, appuyé contre le mur de droite pendant les préliminaires.

Diane Bourne a refermé la bouche et saisi son verre.

– On a de quoi vous descendre en flammes, Diane, ai-je dit. Vous ne l'ignorez pas. Alors, arrêtez vos conneries. Qui a tourné cette vidéo ? Le blond ?

À ces mots, elle a vivement levé les yeux, pour les baisser presque aussitôt.

– Qui est-ce ? l'ai-je pressée. On sait qu'il a mutilé Lovell, qu'il mesure un mètre quatre-vingt-dix, qu'il pèse dans les quatre-vingts kilos, qu'il s'habille bien et qu'il sifflote en marchant. Il a été vu au motel Holly Martens en compagnie de Karen et de Lovell. Si on retourne là-bas poser quelques questions, je suis presque sûr d'apprendre que vous y étiez aussi. Ce qu'il nous faut, maintenant, c'est son nom.

Elle a esquissé un mouvement de dénégation.

– Vous n'êtes pas en position de négocier, Diane.

Nouveau mouvement de dénégation, nouvelle gorgée de vin.

– En aucun cas je ne discuterai de lui.

– Vous n'avez pas le choix.

– Bien sûr que si, Patrick. Bien sûr que si. Ce n'est pas un choix facile, mais la décision m'appartient. Je ne ferai rien pour contrarier cet homme. Jamais. Et si la police m'interroge à son sujet, j'irai jusqu'à nier son existence. (D'une main tremblante, elle a vidé dans son verre le reste de la bouteille.) Vous n'imaginez même pas de quoi il est capable.

– On imagine très bien, au contraire, ai-je rétorqué. C'est nous qui avons découvert Lovell.

– Et encore, il a dû improviser dans le feu de l'action, a-t-elle repris avec un sourire amer. Vous devriez voir le résultat quand il a le temps de s'organiser...

– Vous voulez parler de Karen Nichols, peut-être ? a lancé Angie. C'est ça, le résultat ?

Les lèvres de Diane Bourne se sont incurvées en un rictus ironique quand elle s'est tournée vers elle.

– Karen était faible. La prochaine fois, il choisira quelqu'un de fort. Le défi n'en sera que plus excitant pour lui.

Cette fois, elle a ponctué cette remarque d'un sourire froid, méprisant, qu'Angie a fait disparaître d'une gifle magistrale.

Le verre à vin s'est fracassé sur le plat de dinde et une marque rouge grosse comme un steak de saumon est apparue sur la joue de Diane Bourne, s'étirant peu à peu jusqu'à son oreille.

— Zut, ai-je dit. On sera obligés de jeter les restes.

— Je crois que vous vous faites de fausses idées sur nous, espèce de salope, a grondé Angie. Ce n'est pas parce que vous êtes une femme qu'on ne va pas en venir aux mains.

— Aux poings, plutôt, a rectifié Bubba.

Diane Bourne a contemplé les éclats de verre parsemant les morceaux de blanc et le vin qui s'accumulait dans les creux du plateau en cuivre.

Du pouce, elle a indiqué Bubba.

— Lui, il n'hésiterait sans doute pas à me torturer, peut-être même à me violer. Mais vous, Patrick, vous n'avez pas assez d'estomac.

— Oh, pour les problèmes d'estomac, rien ne vaut une balade au grand air, ai-je répliqué. Il suffit de revenir quand tout est terminé.

Avec un soupir, elle s'est adossée à sa chaise.

— Eh bien, vous n'avez plus qu'à passer à l'acte. Parce que je ne trahirai pas cet homme.

— Qu'est-ce qui vous retient ? L'amour ou la peur ?

— Les deux. Il suscite les deux, Patrick. Comme tous les êtres de valeur.

— En tant que psychiatre, vous êtes finie, l'ai-je avertie. Vous vous en rendez compte ?

Elle a fait non de la tête.

— Je ne crois pas. Donnez cette cassette à quelqu'un, et je porterai plainte contre vous pour intrusion avec effraction.

Quand Angie a éclaté de rire, Diane Bourne lui a opposé un regard impassible.

— Vous avez pénétré chez moi par effraction, a-t-elle répété.

— Vous allez avoir du mal à expliquer ça, a raillé Angie en passant la main sur la table.

— Rendez-vous compte, m'sieur l'agent, ils faisaient *la cuisine* ! me suis-je exclamé.

— Dans *ma cuisine* ! a renchéri Angie.

— Et comment avez-vous réagi, ma bonne dame ?

— Je les ai aidés à découper la dinde, a répondu Angie. Oh, et bien sûr, je leur ai sorti mon service en porcelaine.

— Vous avez pris quel morceau ? Une cuisse ou du blanc ?

Diane Bourne a baissé la tête.

– Je vous laisse une dernière chance, ai-je dit.

Elle a gardé la tête baissée et l'a remuée lentement.

J'ai repoussé ma chaise pour me lever, puis je lui ai montré la vidéocassette.

– Nous allons en faire des copies, docteur, et les envoyer à tous les psychiatres et psychologues recensés dans les pages jaunes.

– Et aux médias, a ajouté Angie.

– Oh oui, ai-je approuvé. Ils vont adorer.

Diane Bourne a levé vers nous des yeux remplis de larmes, et quand elle a repris la parole, sa voix tremblait.

– Vous briseriez ma carrière ?

– Vous avez brisé la vie de Karen, ai-je rétorqué. Vous avez visionné cette cassette, Diane ? Vous avez vu son regard ? Il n'exprime que la haine de soi. C'est vous qui l'avez rendue comme ça. Vous, Miles et le blond.

– C'était une... une expérience, a-t-elle bredouillé. Juste une idée. Je ne pensais jamais qu'elle se tuerait.

– Mais le blond, lui, le pensait. N'est-ce pas ?

Elle a acquiescé.

– Dites-moi son nom.

Diane Bourne a secoué la tête avec une telle vigueur que des larmes ont éclaboussé la table.

– C'est son nom ou votre réputation et votre carrière, ai-je décrété en lui brandissant la cassette sous le nez.

Elle a continué de secouer la tête, plus doucement désormais, mais avec la même obstination.

Nous sommes allés récupérer nos affaires dans la cuisine, ainsi que les quelques bières encore dans le réfrigérateur. Bubba a déniché un premier sac-poubelle dans lequel il a jeté le restant de farce et de purée, puis un second dont il s'est servi pour emballer la dinde.

– Qu'est-ce que tu fais ? Tu l'emportes ? ai-je demandé. Je te signale qu'elle est pleine de bouts de verre.

Il m'a regardé comme si j'étais autiste.

– Ben, je vais les enlever, tiens.

Nous avons retraversé la salle à manger. Diane Bourne, les coudes posés sur la table, les paumes pressées contre le front, contemplait son reflet sur la surface en cuivre.

Au moment où nous débouchions dans le vestibule, elle a lancé :

– Vous ne voulez pas de lui dans votre vie.

Je me suis retourné, pour me trouver confronté à son regard vide. Elle m'a paru soudain deux fois plus vieille, et je l'ai imaginée en maison de retraite dans quarante ans, seule, passant ses journées à ressasser des souvenirs amers.

— C'est à moi d'en décider, ai-je répliqué.

— Il vous détruira. Vous ou les personnes que vous aimez. Juste pour le plaisir.

— Son nom, docteur.

Elle a allumé une cigarette, soufflé la fumée et secoué la tête en pinçant ses lèvres pâles.

J'ai fait mine de partir, mais Angie m'a arrêté dans mon élan. Immobile, toute son attention concentrée sur Diane Bourne, elle a lentement levé un doigt.

— Vous êtes de glace, n'est-ce pas, docteur ?

Les yeux clairs de Diane Bourne suivaient les évolutions de la fumée devant elle.

— Je veux dire, vous avez cette espèce de force tranquille, presque patricienne, en vous. (Angie s'est approchée de la psychiatre, elle a placé les mains sur le dossier d'une chaise et elle s'est penchée légèrement vers la table.) Vous ne perdez jamais votre calme et vous ne laissez jamais transparaître vos émotions.

Diane Bourne a tiré une nouvelle bouffée de sa cigarette. J'avais l'impression de voir une statue fumer. Rien dans son attitude n'indiquait qu'elle avait conscience de notre présence.

— Pourtant, vous vous êtes trahie une fois, a observé Angie.

Pour le coup, Diane Bourne a cillé.

Angie m'a regardé.

— Dans son cabinet, tu te rappelles ? Quand on est allés la voir.

En voulant faire tomber la cendre de sa cigarette, Diane Bourne a manqué le cendrier.

— Et ce n'est pas quand elle parlait de Karen, a repris Angie. Ni quand elle parlait de Miles. Vous vous en souvenez, Diane ?

Celle-ci a levé vers elle des yeux rougis, furieux.

— C'est au moment où vous avez mentionné Wesley Dawe.

Diane Bourne s'est éclairci la gorge.

— Foutez le camp !

Angie a souri.

— Wesley Dawe, qui a tué sa petite sœur. Qui...

— Il ne l'a pas tuée, l'a interrompue Diane Bourne. Vous ne comprenez pas. Wesley n'était même pas près d'elle. Mais il a été accusé. Il a...

— C'est lui, n'est-ce pas ? (Le sourire d'Angie s'est élargi.) C'est lui que vous protégez. Le blond qu'on a vu dans le marécage. Wesley Dawe.

Diane Bourne est restée silencieuse, se bornant à regarder la fumée s'échapper de sa bouche.
– Pourquoi voulait-il détruire Karen ?
Elle a secoué la tête.
– Vous avez son nom, monsieur Kenzie. Vous n'aurez rien de plus. Il sait qui vous êtes. (Elle a fixé sur moi ses yeux clairs désolés.) Et il ne vous aime pas, Patrick. Pour lui, vous êtes un sale fouineur. Il estime que vous auriez dû lâcher prise quand on a prouvé que la mort de Karen était un suicide. (Elle a tendu la main.) Ma cassette, s'il vous plaît.
– Non.
Son bras est retombé.
– Je vous ai donné ce que vous vouliez.
– Faux, a rétorqué Angie. Je vous ai soutiré cette information. Ce n'est pas la même chose.
– Vous qui connaissez si bien l'esprit humain, docteur, vous allez interroger le vôtre, ai-je dit. Qu'est-ce qui est le plus important pour vous ? Votre réputation ou votre carrière ?
– Je ne vois pas...
– Choisissez, ai-je ordonné.
La mâchoire crispée, elle a répondu entre ses dents serrées :
– Ma réputation.
J'ai hoché la tête.
– O.K. On n'y touchera pas.
Sa mâchoire s'est desserrée et la perplexité a envahi son regard tandis qu'elle tirait une longue bouffée de sa cigarette.
– Où est le piège ? a-t-elle demandé.
– Votre carrière est finie.
– Vous n'êtes pas en mesure d'y mettre un terme.
– Ce n'est pas moi qui vais m'en charger, mais vous.
Diane Bourne a éclaté de rire, mais c'était un rire nerveux.
– Vous vous surestimez, monsieur Kenzie. Je n'ai pas l'intention de...
– Vous allez fermer votre cabinet dès demain, ai-je déclaré. Vous adresserez tous vos patients à des confrères et vous n'exercerez plus jamais dans cet État.
Elle a poussé un « Ah ! » sonore, mais d'une voix encore plus incertaine.
– Suivez mes conseils, docteur, et vous préserverez votre réputation. Vous pourrez toujours écrire des bouquins, ou organiser un talk-show. Mais vous ne travaillerez plus en tête à tête avec un patient.

– Ou sinon ?

Je lui ai montré la cassette.

– Sinon, cette saleté circulera dans les soirées mondaines.

Cette fois, nous l'avons laissée. Au moment de franchir la porte, Angie s'est retournée pour lancer :

– Dites à Wesley qu'on est sur ses traces.

– Il le sait déjà, a répondu Diane Bourne. Croyez-moi, il le sait déjà.

20.

Une pluie fine tombait sur les rues jusque-là gorgées de soleil l'après-midi où j'ai retrouvé Vanessa Moore dans un café de Back Bay. Elle m'avait appelé un peu plus tôt pour me proposer un rendez-vous afin de parler de Tony Traverna. Car Vanessa était l'avocate de Tony T. ; nous nous étions rencontrés la dernière fois qu'il avait tenté d'échapper à la justice, et pendant le procès, j'avais comparu en tant que témoin à charge. Vanessa m'avait interrogé comme elle faisait l'amour : avec une passion maîtrisée et des ongles acérés.

J'aurais sans doute pu décliner son offre, mais il s'était écoulé une semaine depuis le dîner chez Diane Bourne, et durant tout ce temps, nous avions reculé d'au moins quatre étapes. Wesley Dawe n'existait pas. Il n'apparaissait ni dans les archives du recensement ni au service des cartes grises. Il ne possédait pas de carte de crédit. Il n'avait pas de compte bancaire, ni à Boston ni dans le Massachusetts, et en désespoir de cause, Angie avait poursuivi les recherches et découvert qu'aucun individu ne répondait à ce nom dans le New Hampshire, le Maine et le Vermont.

Nous étions retournés chez le Dr Diane Bourne, mais apparemment, elle avait pris nos conseils à cœur. Son cabinet était fermé et sa maison, comme nous n'avions pas tardé à nous en apercevoir, abandonnée. Personne ne l'avait vue depuis plusieurs jours, et une fouille minutieuse des lieux nous avait révélé qu'elle était juste partie avec assez de vêtements pour tenir une semaine sans avoir à faire une lessive ou à en racheter d'autres.

Les Dawe étaient à la pêche. Littéralement, ainsi que je l'avais appris en me présentant comme un des patients du médecin : ils séjournaient dans leur résidence d'été à Cape Breton, en Nouvelle-Écosse.

Nous ne pouvions plus compter sur Angie depuis que Sallis & Salk lui avait demandé d'intégrer l'équipe de gardes du corps chargée de protéger un courtier en diamants sud-africain obséquieux vingt-quatre heures sur vingt-quatre pendant qu'il faisait ce que font tous les courtiers en diamants obséquieux quand ils viennent dans notre charmante bourgade.

Quant à Bubba, il était reparti s'occuper des affaires dont s'occupe toujours Bubba quand il n'est pas à l'étranger en train d'acheter des trucs capables de pulvériser toute la côte Est.

Par conséquent, je me sentais quelque peu solitaire et désoeuvré lorsque j'ai retrouvé Vanessa installée en terrasse sous un grand parasol Cinzano ; la pluie qui tombait sur les dalles lui éclaboussait les chevilles, mais épargnait le reste de sa personne et la table de fer forgé.

– Salut.

Je me suis penché pour l'embrasser sur la joue et elle m'a passé une main sur le torse.

– Salut.

En m'asseyant, j'ai remarqué cette lueur amusée qui brillait dans ses yeux comme une tache de naissance, une sorte de vivacité gourmande signifiant que tout était là pour son bon plaisir. Elle n'avait qu'à choisir ce qui lui faisait envie.

– Comment ça va ?

– Je vais bien, Patrick. Tu es tout mouillé, a-t-elle ajouté en se séchant la paume sur une serviette en papier.

J'ai levé la main vers le ciel. L'averse m'avait surpris au moment où je descendais de voiture, née d'une déchirure dans un nuage isolé au milieu d'un ciel limpide.

– Je ne me plains pas, cela dit, a-t-elle repris. Rien n'est plus attirant qu'un homme séduisant en T-shirt blanc mouillé.

J'ai salué d'un petit rire sa repartie. Vous aviez beau la voir venir de loin, Vanessa y allait quand même de bon cœur. Elle vous fonçait droit dessus, vous amenant à vous demander comment vous aviez pu songer à prévenir l'attaque.

Même si nous avions d'un commun accord mis un terme à la partie physique de notre relation des mois plus tôt, Vanessa semblait disposée ce jour-là à revenir sur sa décision. Et quand Vanessa Moore changeait d'avis, le reste du monde devait suivre.

Ou alors, elle essayait juste de m'exciter avec l'intention de me planter là une fois que j'aurais tenté ma chance, ce qui lui procurerait peut-être une jouissance encore plus grande que le sexe. Avec elle, on ne savait jamais. Et j'avais appris depuis longtemps que la meilleure façon de ne pas courir de risques, c'était de ne pas entrer dans son jeu.

– Alors, pourquoi crois-tu que je pourrais aider Tony T ? ai-je demandé.

Elle a saisi délicatement un petit bout d'ananas sur son assiette de fruits, puis elle l'a fait glisser entre ses lèvres et l'a réduit en bouillie avant de répondre.

– J'ai une défense un peu faible.

– Quoi ? Genre « Votre Honneur, mon client est un imbécile, alors laissez-le partir » ? ai-je lancé.

Du bout de la langue, elle a léché ses dents du haut.

– Non, Patrick. Non. Je pensais plutôt à quelque chose comme : « Votre Honneur, mon client pense que sa vie est menacée par les membres du syndicat russe du crime, et ses actes ont été motivés par cette peur ».

– Le syndicat russe du crime ?

Elle a hoché la tête.

J'ai éclaté de rire.

Pas elle.

– Il est vraiment terrorisé, Patrick.

– Pourquoi ?

– Lors de son dernier braquage, il a dévalisé le mauvais coffre.

– Et ledit coffre appartenait à un membre du syndicat ?

De nouveau, elle a hoché la tête.

J'ai tenté de comprendre la logique de son raisonnement.

– Donc, poussé par la peur, il aurait quitté la ville pour se réfugier dans le Maine ?

– Oui.

– O.K., ça pourrait à la rigueur expliquer qu'il ne se soit pas présenté au tribunal, ai-je. Mais pour le reste ?

– Un problème après l'autre, Patrick. J'ai juste besoin de me débarrasser du délit de fuite ; ensuite, je pourrai bâtir une défense. Vois-tu, il a encore franchi les frontières de l'État. Ce qui relève du droit fédéral. Si j'arrive à éliminer les charges fédérales, il ne me restera plus qu'à me débrouiller avec la législation d'État.

– Et tu voudrais que je...

Elle a essuyé une goutte de pluie tombée sur sa tempe et laissé échapper un petit rire cassant.

— Oh, Patrick, il y a beaucoup de choses que tu pourrais faire pour moi, mais en ce qui concerne Anthony Traverna, j'aimerais juste que tu témoignes sous serment de sa peur des Russes.

— Je ne l'avais pas perçue.

— Peut-être, mais avec le recul, tu te rappelles aujourd'hui combien il avait l'air effrayé quand tu l'as ramené du Maine ?

Elle a empalé un grain de raisin sur sa fourchette, puis l'a sucé.

Cet après-midi-là, elle portait une jupe noire toute simple, un haut rouge foncé et des sandales noires. Elle avait rassemblé en queue de cheval ses longs cheveux châtains et troqué ses lentilles de contact contre une paire de fines lunettes à monture rouge. Si je n'y avais pas été habitué, la puissance de la sensualité qui émanait d'elle m'aurait submergé.

— Vanessa...

Les yeux fixés sur moi, elle a piqué un autre grain de raisin dans son assiette, appuyé son coude sur la table et approché le fruit de sa bouche.

— Oui ?

— Tu sais très bien que le procureur va m'appeler.

— En fait, comme il s'agit d'un délit fédéral, l'appel viendra de plus haut.

— Si tu veux. Quoi qu'il en soit, on va prendre contact avec moi.

— Oui.

— Ce qui te permettra de m'interroger à la barre.

— Oui.

— Alors, pourquoi m'avoir demandé de venir aujourd'hui, exactement ?

Elle a contemplé le grain de raisin, mais sans le toucher.

— Si je te disais que Tony a peur ? Qu'il est littéralement terrifié ? Et que je le crois quand il affirme qu'il y a un contrat lancé sur lui ?

— Je te conseillerais de faire saisir ses biens et de te concentrer sur tes autres affaires.

Un sourire a joué sur ses lèvres.

— Quel cœur de pierre, Patrick. C'est la vérité, pourtant.

— Je sais. Je sais aussi que ce n'est pas la raison de ma présence ici.

— C'est vrai. (Elle a ouvert la bouche, et le grain de raisin sur la fourchette a disparu. Elle a pris le temps de le mâcher, puis d'avaler une gorgée d'eau minérale.) Clarence s'ennuie de toi, au fait.

Clarence était le chien de Vanessa, un labrador chocolat qu'elle avait acheté sur un coup de tête six mois plus tôt et qu'elle ne savait toujours pas comment éduquer, comme j'avais pu le constater depuis. Quand on lui disait « Assis, Clarence », il détalait. Quand on lui disait « Viens ici », il chiait sur le tapis. Pourtant, il y avait quelque chose de sympathique en lui. Peut-être cette innocence de chiot dans ses yeux, ce désir avide de bien faire alors même qu'il vous pissait sur le pied.

– Comment va-t-il ? ai-je demandé. Ça y est, il est propre ?

Vanessa a rapproché son pouce et son index.

– Il en est tout près.

– Il t'a encore bouffé tes chaussures ?

Elle a fait non de la tête.

– Je les ai rangées en hauteur. De toute façon, il s'intéresse surtout à la lingerie, ces temps-ci. La semaine dernière, il a vomi sur un soutien-gorge que je ne retrouvais plus.

– Au moins, il te l'a rendu...

Avec un sourire, elle a pioché un autre morceau de fruit dans son assiette.

– Tu te souviens de ce matin, aux Bermudes, où il pleuvait quand on s'est réveillés ?

J'ai opiné.

– Il tombait des trombes d'eau, a-t-elle poursuivi. Les fenêtres vibraient et on ne voyait même plus la mer de notre chambre.

– Et on est restés au lit toute la journée, on a bu du vin et on a saccagé les draps, ai-je ajouté pour essayer d'accélérer un peu les choses.

– On les a brûlés, a-t-elle rectifié. Et on a cassé le fauteuil.

– J'ai reçu la facture. Je me rappelle très bien, Vanessa.

Elle a coupé un petit bout de pastèque qu'elle a glissé entre ses lèvres.

– Il pleut, là.

J'ai regardé les petites flaques sur le trottoir, semblables à des larmes striées d'or par le soleil.

– Ça va passer.

Vanessa a de nouveau laissé échapper son petit rire cassant, avant d'avaler un peu d'eau minérale et de se lever.

– Bon, il faut que j'aille aux toilettes. Profites-en pour te rafraîchir la mémoire, Patrick. Souviens-toi de la bouteille de chardonnay. J'en ai d'autres chez moi.

Elle est entrée dans le restaurant, et j'ai vraiment tenté de ne pas la regarder, car je savais qu'en voyant sa peau nue, je me remémorerais trop facilement ce qu'elle cachait sous ses vêtements, et aussi le vin blanc qui avait éclaboussé son buste dans les Bermudes quand elle s'était allongée pour renverser la moitié de la bouteille sur son corps en me demandant si je n'avais pas la gorge desséchée.

Bien sûr, j'ai fini par regarder, comme elle devait s'y attendre, mais soudain, un homme sorti sur la terrasse a bloqué mon champ de vision en mettant la main sur la chaise de Vanessa.

Grand, mince, les cheveux châtains, il m'a gratifié d'un sourire machinal, manifestement déterminé à emporter la chaise dans la salle.

— Hé, qu'est-ce que vous faites ?
— J'ai besoin de cette chaise.

J'ai jeté un coup d'œil à la dizaine de sièges libres sur la terrasse et à la vingtaine d'autres à l'intérieur qui n'étaient pas occupés.

— Elle est prise, ai-je répondu.

L'homme l'a contemplée.

— Ah bon ? Elle est prise ?
— Elle est prise, ai-je confirmé.

Il était habillé avec élégance — pantalon de lin blanc cassé et mocassins Gucci, veste de cachemire noir sur un T-shirt blanc. Il portait une montre Movado, et ses mains semblaient n'avoir jamais travaillé ni touché la terre.

— Vous êtes sûr ? a-t-il insisté, sans lâcher le dossier. On m'a bien dit qu'elle était libre, pourtant.
— Elle ne l'est pas. Vous voyez l'assiette, juste devant ? Quelqu'un est assis là, vous pouvez me croire.

Quand il m'a regardé, j'ai cru déceler une étrange lueur fébrile dans ses yeux bleu glacier.

— Je peux la prendre, alors ? Ça ne vous dérange pas ?

Cette fois, je me suis levé.

— Non, vous ne pouvez pas la prendre. Elle est déjà prise.

D'un geste, l'homme a indiqué la terrasse.

— Il y en a plein d'autres. Allez en chercher une. Moi, je veux celle-là. Votre amie ne remarquera rien.
— C'est à vous d'aller en chercher une.
— C'est celle-là que je veux, a-t-il répété d'un ton posé, patient, comme s'il tentait d'expliquer les choses à un enfant incapable de comprendre.

J'ai fait un pas vers lui.

— Non. Pas question. Elle est réservée.
— J'ai entendu dire qu'elle était libre.
— Eh bien, vous avez mal entendu.

Il a de nouveau contemplé la chaise, avant de hocher la tête.
– D'accord, d'accord.
Il a levé la main en guise d'excuse, esquissé un sourire contrit, puis il est rentré dans le restaurant au moment où Vanessa en sortait.
Elle lui a jeté un coup d'œil par-dessus son épaule.
– Un de tes copains ?
– Non.
Remarquant une petite flaque de pluie sur son siège, elle a demandé :
– Comment se fait-il que ma chaise soit mouillée ?
– Oh, c'est une longue histoire.
Les sourcils froncés, Vanessa a repoussé le siège et elle est allée en chercher un autre à la table voisine.
J'ai vu l'inconnu se frayer un passage parmi les quelques clients à l'intérieur, s'installer au bar et me sourire tandis que Vanessa se rasseyait, l'air de dire « Cette chaise n'était pas prise, finalement ». Enfin, il nous a tourné le dos.

Le restaurant s'est rempli quand la pluie s'est remise à tomber, et j'ai perdu de vue l'homme au bar. Quand j'ai eu de nouveau un aperçu dégagé de la salle, il était parti.
Vanessa et moi sommes restés dehors ; elle mangeait toujours ses fruits, et je sentais l'eau s'insinuer dans le col de ma chemise et me mouiller le cou.
Nous parlions de choses et d'autres depuis qu'elle était revenue des toilettes – les peurs de Tony T., l'adjoint du procureur à tête de fouine qui soi-disant gardait des boules de naphtaline et des sous-vêtements de femme soigneusement pliés au fond de son attaché-case, à quel point c'est triste de vivre dans une ville se targuant d'aimer le sport mais incapable de retenir des types comme Mo Vaughn ou Curtis Martin.
Mais ces propos anodins ne parvenaient pas à nous faire oublier la force de notre désir partagé, le bruit du ressac et de la pluie dans les Bermudes, le son étouffé de nos voix dans cette chambre, l'odeur du raisin sur sa peau.
– Alors, a fait Vanessa après un silence particulièrement chargé de sous-entendus, chardonnay avec moi, ou pas ?
J'aurais pu en pleurer de désir, mais je me suis forcé à envisager l'après, le trajet stérile jusqu'à ma voiture, l'écho de nos semblants d'ébats passionnés résonnant dans ma tête.

– Pas aujourd'hui, ai-je répondu.
– L'offre risque de ne pas tenir indéfiniment.
– Je comprends.

Avec un soupir, elle a tendu sa carte de crédit à la serveuse qui sortait sur la terrasse.

– Tu t'es trouvé une nana, Patrick ? m'a-t-elle demandé quand la serveuse s'est éloignée.

J'ai gardé le silence.

– Une brave femme solide qui ne coûte pas cher à entretenir et qui ne te créera pas de problèmes ? Qui fera la cuisine, le ménage, rira de tes blagues et ne regardera jamais un autre homme ?

– Oui, c'est exactement ça.

– Ah. (Elle a hoché la tête au moment où la serveuse rapportait la note et la carte de crédit. Vanessa a signé, puis lui a remis le reçu d'un petit geste brusque qui suffisait à la congédier.) Mais dis-moi, Patrick, je suis curieuse.

J'ai dû prendre sur moi pour ne pas reculer devant la férocité qu'elle dégageait.

– Vas-y, je t'écoute.

– Ta nouvelle amie, elle connaît aussi les trucs tordus ? Tu sais, tout ce qu'on a fait avec...

– Vanessa.

– Mmm ?

– Il n'y a pas d'autre femme. Je ne suis pas intéressé, c'est tout.

Elle a porté les doigts à sa poitrine.

– Par moi ?

J'ai hoché la tête.

– Oh... (Elle a placé la main sous la pluie pour la mouiller, puis l'a passée sur sa gorge en renversant la tête.) Je veux te l'entendre dire.

– C'est ce que je viens de faire.

– La phrase complète.

Elle a redressé la tête et rivé son regard au mien.

J'ai changé de position sur ma chaise en souhaitant de toutes mes forces trouver une échappatoire. Mais comme rien ne me venait à l'esprit, j'ai répondu d'un ton froid :

– Tu ne m'intéresses pas, Vanessa.

La solitude de l'autre peut se révéler choquante quand elle se met brutalement à nu.

Une expression d'abandon total a dévasté le visage de Vanessa, et j'ai ressenti au plus profond de moi le vide glacé de son magnifique appartement, sa souffrance quand elle se retrouvait toute seule à trois heures du matin après le départ de son amant devant ses manuels de droit et ses blocs-notes étalés sur la table de la salle à manger, un stylo à la main, les photos d'une Vanessa beaucoup plus jeune posées sur la cheminée paraissant la contempler comme les fantômes d'une existence qui demeurerait un mirage. J'ai soudain perçu en elle une faim inassouvie qui, pour le coup, n'avait rien de sexuel, mais reflétait plutôt la force des désirs refoulés dans son inconscient.

En cet instant, ses traits se sont altérés, sa beauté s'est évanouie et j'ai eu l'impression qu'elle était tombée à genoux sous le poids accablant de la pluie.

– Va te faire foutre, Patrick. (Elle souriait en prononçant ces mots. Elle souriait, mais ses lèvres tremblaient.) O.K. ?

– O.K.

– Va... (Elle s'est levée, les doigts crispés sur la bride de son sac.) Va te faire foutre.

Elle a quitté le restaurant, et de ma chaise, je l'ai vue remonter la rue sous le crachin, son sac se balançant sur sa hanche, la démarche dénuée de toute grâce.

Pourquoi, mais pourquoi faut-il toujours qu'on s'y prenne aussi mal ? me suis-je demandé.

Mon téléphone portable a sonné. Je l'ai retiré de ma poche de poitrine et j'ai essuyé l'écran humide tandis que Vanessa disparaissait dans la foule.

– Allô ?

– Dites-moi, puis-je supposer que cette chaise est libre, maintenant ?

21.

J'ai pivoté sur ma chaise, cherchant du regard l'inconnu châtain dans la salle de restaurant. Il n'était pas assis à une table. Ni au bar, d'après ce que je pouvais voir.

– Qui êtes-vous ? ai-je demandé.

– Quelle scène déchirante, Pat ! Pendant un moment, j'ai bien cru qu'elle allait te jeter ce verre à la figure.

Il connaissait mon nom.

J'ai de nouveau pivoté pour scruter le trottoir, essayant de repérer un homme avec un téléphone portable.

Il a repris la parole de cette douce voix monocorde que j'avais entendue sur la terrasse quand il avait voulu prendre la chaise.

– Elle a des lèvres incroyables, cette avocate. Vraiment incroyables. Je ne pense pas qu'elles soient siliconées. Et toi ?

– C'est vrai, ai-je répondu en examinant toujours les alentours. Elle a une belle bouche. Mais je t'en prie, approche, la chaise est libre.

– Et quand elle te demande de fourrer ta queue entre ses jolies lèvres, Pat – bon sang, c'est *elle* qui le demande ! –, tu dis non ? Mais enfin, qu'est-ce qui cloche chez toi, mon pote ? T'es gay ?

– C'est ça. Viens donc me casser la gueule, pour la peine. Tu te serviras de cette foutue chaise.

J'ai plissé les yeux pour essayer de mieux voir les deux côtés de la rue à travers la pluie.

– En plus, elle a réglé l'addition. (Sa voix résonnait comme un murmure dans une pièce obscure.) Elle a payé, elle voulait te tailler une pipe, elle est belle comme six ou sept millions de dollars – O.K., elle a des faux seins, mais des faux seins fantastiques, et puis personne n'est parfait, hein? –, et toi, tu refuses. Chapeau, mon vieux. T'en as plus que moi!

Un homme coiffé d'une casquette de base-ball et protégé par un parapluie s'avançait vers moi sous le crachin, la démarche souple et pleine d'assurance, un mobile collé à l'oreille.

– À mon avis, c'est le genre à crier. Je me trompe, Pat? Des « Oh, mon Dieu » et des « Plus fort, plus fort » à n'en plus finir.

Je n'ai pas répondu. L'homme à la casquette de base-ball était encore trop loin pour que je puisse distinguer son visage, mais il se rapprochait.

– Tu permets que je sois sincère avec toi, Pat? Une petite bombe comme elle, c'est tellement rare que si j'étais à ta place – je ne le suis pas, je le sais, mais c'est juste une hypothèse –, je me sentirais obligé de retourner avec elle dans cet appartement sur Exeter, et très franchement, je la baiserais jusqu'au sang.

Une sensation de froid glacial sans rapport avec la pluie m'a parcouru l'échine.

– Ah oui?

L'homme à la casquette de base-ball était tout près; je voyais sa bouche, désormais, ses lèvres qui remuaient.

À l'autre bout de la ligne, mon interlocuteur ne disait plus rien, mais en arrière-fond, j'ai entendu un camion changer de vitesse et la pluie tambouriner sur un capot.

– ... mais non, je ne peux pas faire *ça*, Melvin, puisque t'as bloqué la moitié des fonds sur des comptes offshore.

Quand l'homme à la casquette de base-ball m'a dépassé, j'ai pu constater qu'il était au moins deux fois plus vieux que le type de la terrasse.

Je me suis levé pour balayer du regard toute la rue.

– Pat?

– Oui?

– Ta vie est sur le point de devenir...

Dans le silence qui a suivi, j'ai perçu son souffle.

– De devenir quoi? l'ai-je pressé.

– Intéressante.

Il a raccroché.

J'ai franchi d'un bond la grille entre la terrasse et le trottoir, et la pluie s'est abattue sur mon crâne et mon torse tandis que j'observais les passants qui allaient et venaient autour de moi, me heurtant l'épaule de temps en temps. Au bout d'un moment, j'ai fini par comprendre que ça ne servait à rien de rester là. Ce salopard pouvait se trouver n'importe où. Qui sait, peut-être même qu'il téléphonait du comté voisin. Le camion qui avait changé de vitesse tout à l'heure n'était pas dans les abords immédiats ; sinon, je l'aurais entendu aussi de mon côté.

Pourtant, l'homme était suffisamment proche pour savoir à quel moment Vanessa était partie et m'appeler tout de suite après.

Donc, il n'avait pas téléphoné du comté voisin. Il était là, à Back Bay. Ce qui faisait tout de même pas mal de terrain à couvrir.

J'ai commencé à marcher en scrutant les rues pour tenter de l'apercevoir. Puis j'ai composé le numéro de Vanessa, et quand elle a décroché, j'ai lancé :

– S'il te plaît, ne raccroche pas.

– O.K.

Elle a raccroché.

J'ai refait le numéro en serrant les dents.

– Vanessa, je t'en prie, écoute-moi une seconde. Je viens d'entendre quelqu'un te menacer.

– Quoi ?

– Tu te rappelles ce type sur la terrasse ? Celui que tu as pris pour un de mes copains ?

– Oui, a-t-elle répondu lentement, et j'ai entendu Clarence japper en arrière-fond.

– Il m'a téléphoné après ton départ. J'ignore tout de lui, Vanessa, mais il connaissait mon nom, ta profession et aussi ton adresse.

Son rire affecté s'est élevé à l'autre bout de la ligne.

– Et si je comprends bien, il faut que tu viennes me protéger ? Merde, Patrick, on peut se passer de ces petits jeux ! Si tu voulais tirer un coup, t'avais qu'à dire oui tout de suite.

– Non, Vanessa. Je veux juste que tu ailles t'installer à l'hôtel. Maintenant. Tu m'enverras la facture.

Son rire s'est mué en ricanement cynique.

– Parce qu'un fêlé sait où j'habite ?

– Ce type-là n'a rien du fêlé moyen, Vanessa.

J'ai tourné dans Hereford, et de là, je me suis dirigé vers Commonwealth Avenue. La pluie avait diminué d'intensité, mais des nappes de brume épaisses montaient du sol, transformant l'atmosphère en une espèce de purée de pois.

– Je suis avocate, Patrick ! Attends – Clarence, au pied ! J'ai dit, au pied ! Excuse-moi, a-t-elle repris à mon intention. Où j'en étais, déjà ? Ah oui. Tu as une petite idée du nombre de violeurs, de psychopathes et de dégénérés de toutes sortes qui m'ont menacée quand je n'ai pas réussi à leur obtenir leur Passeport pour la Liberté ? Tu plaisantes, ou quoi ?

— Là, c'est peut-être un peu différent.

— Tiens donc. Si j'en crois ce maton de Cedar Junction, Karl Kroft — que je n'ai pas réussi à arracher aux griffes de la justice dans une affaire de meurtre et de viol aggravé — aurait dressé une liste noire — littéralement, je veux dire — sur le mur de sa cellule. Et avant...

— Vanessa...

— Et avant qu'on nettoie ce mur, Patrick, et qu'on mette ce cher Karl sous surveillance vingt-quatre heures sur vingt-quatre, mon copain le maton m'a dit qu'il avait vu la liste en question. Mon nom arrivait en première place. Au-dessus de celui de la femme de Karl, qui avait pourtant essayé de le tuer avec une scie.

J'ai essuyé mes yeux humides en regrettant de ne pas porter de chapeau.

— Sérieux, Vanessa, écoute-moi. Je pense que...

— Je vis dans un immeuble protégé jour et nuit et gardé par deux portiers, Patrick. Tu sais combien c'est difficile d'y entrer. Il y a six verrous sur ma porte, et même si quelqu'un tentait de passer par le balcon du quatorzième étage, mes vitres sont incassables. J'ai tout un stock de bombes lacrymogènes. Et un pistolet paralysant. Et si ça ne marchait pas, j'ai aussi un vrai pistolet — chargé, je précise, et toujours à portée de main.

— Tu vas m'écouter, oui ? Ce type qu'on a retrouvé près du marécage la semaine dernière, celui qui avait la langue et les mains coupées. C'était...

— Et en admettant que ce quelqu'un arrive à entrer quand même, a-t-elle poursuivi en s'échauffant peu à peu, eh bien, tant pis pour moi ! Merde, il s'en sera donné la peine.

— Je comprends, mais...

— Ça suffit, mon grand. Bonne chance avec ton dernier fêlé.

Elle a raccroché, et j'ai serré le combiné dans ma main en traversant la promenade de Commonwealth Avenue — une étendue d'herbe verte bordée d'arbres couleur ébène, ponctuée de petits bancs et de grandes statues, située entre les voies de circulation.

Warren Martens m'avait raconté que l'ami de Miles Lovell s'habillait dans le style négligé chic. Que quelque chose en lui suggérait l'autorité, ou du moins, un complexe de supériorité.

Ce qui s'appliquait assez bien à l'inconnu du restaurant.

S'agissait-il de Wesley Dawe ? me suis-je demandé. Wesley était blond, d'accord, mais la taille et la stature correspondaient, et de nos jours, on peut facilement se procurer des shampooings colorants pour trois fois rien.

Je m'étais garé sur Commonwealth, environ cinq cents mètres plus loin ; si la pluie tombait moins fort, elle ne semblait cependant pas près de s'arrêter, et la brume menaçait maintenant de se transformer en brouillard. Quel que soit son nom, ai-je songé, ce type avait voulu m'impressionner – soit de son plein gré, soit pour le compte d'un autre – en me faisant savoir qu'il me connaissait mais que je ne le connaissais pas, ce qui me plaçait en position de faiblesse et lui procurait sans doute un sentiment de toute-puissance.

Mais bon, ce n'était pas la première fois qu'on tentait de m'impressionner ; pas mal de pros – des mafiosi, des flics, des violeurs, et même, en une occasion, un duo d'authentiques serial killers – s'y étaient essayés, alors, il y avait bien longtemps qu'une voix désincarnée à l'autre bout de la ligne ne provoquait plus en moi ni tremblements ni dessèchement de la bouche. N'empêche, je me posais des questions, ce qui était peut-être le but de la manœuvre.

Quand mon téléphone a de nouveau sonné, je me suis immobilisé sous un arbre. Non, pas de tremblements, pas de bouche sèche. Juste une légère accélération du rythme cardiaque. J'ai décroché à la troisième sonnerie.

– Allô ?
– Salut, Patrick. T'es où ?

Angie. Mon pouls a ralenti.

– Commonweath Avenue, ai-je répondu. Je vais chercher ma bagnole. Et toi ?
– Devant un bureau à la Bourse des diamants.
– Tu t'amuses bien, avec ton marchand de diamants ?
– Oh, il est génial. Quand il n'est pas en train de me draguer, il passe son temps à raconter des blagues racistes aux autres gardes du corps.
– Y en a qui ont de la chance.
– Sûr. Bon, je voulais juste avoir des nouvelles. Et aussi te dire un truc, mais je ne me souviens plus de quoi.
– Ça m'aide, merci.
– Non, attends, je l'ai sur le bout de la langue, mais... Ah, voici mon client qui sort. Je te rappellerai quand ça me reviendra.
– Super.
– O.K. Terminé, McGarret.

Elle a raccroché.

Je me suis écarté de l'arbre, et je venais de faire quatre pas quand Angie m'a retéléphoné.

– Ça t'est revenu ? ai-je lancé.

– Re-bonjour, Pat, a répondu l'inconnu. Alors, on profite de la pluie ?

J'ai eu l'impression qu'un second cœur se mettait à battre au milieu de ma poitrine.

– J'adore, ai-je répliqué. Pas toi ?

– Oh, j'ai toujours aimé la pluie, moi aussi. À qui tu parlais ? Ta belle associée ?

Je m'étais posté sous un gros arbre du côté sud de la promenade. Il ne pouvait pas me voir du nord. Ce qui laissait l'est, l'ouest et le sud.

– Je n'ai pas d'associée, Wesley.

Au sud, le trottoir en face de moi était désert, à l'exception d'une jeune femme tirée par trois gros chiens sur le bitume mouillé.

– Ah ! s'est-il exclamé. T'es rapide, Pat. Drôlement doué. À moins que ce ne soit un simple hasard ?

J'ai regardé vers l'est en direction de Clarendon Street. J'ai juste vu des voitures redémarrer au feu. Pas d'homme muni d'un mobile.

– Un peu des deux, Wesley. Un peu des deux.

J'ai tourné lentement la tête vers la droite, et soudain, à travers la brume et le crachin, je l'ai vu.

Immobile à l'angle de Dartmouth et de Commonwealth, il avait revêtu un ciré transparent à capuche. Quand nos regards se sont croisés, il m'a adressé un large sourire et un signe de la main.

– Ça y est, tu m'as enfin repéré...

Oubliant la circulation, je suis descendu du trottoir. Une Karmann Ghia a presque failli m'emporter la rotule ; dans un concert de coups de klaxon, elle a fait une embardée à droite.

– Hé, il s'en est fallu d'un cheveu ! a commenté Wesley. Attention, Pat. Attention.

J'ai continué d'avancer vers Dartmouth, les yeux fixés sur Wesley qui reculait sans se presser.

– J'ai connu un gars qui s'est fait renverser par une bagnole..., a-t-il lancé juste avant de disparaître au coin de la rue.

Je me suis mis à courir. Quand j'ai atteint Dartmouth, les tuyaux d'échappement enfumaient toujours l'air devant moi et les pneus faisaient gicler l'eau de pluie. Wesley se tenait maintenant à l'entrée de la rue piétonne parallèle à Commonwealth Avenue qui allait du Public Garden aux Fens, un kilomètre et demi plus loin.

– Il a trébuché, figure-toi, et le pare-chocs lui a heurté la tête alors qu'il était par terre, a poursuivi Wesley. Ça lui a réduit en bouillie le lobe frontal.

Le feu est passé à l'orange, ce qui a fourni un bon prétexte aux huit voitures sur les deux files pour accélérer afin de franchir le carrefour.

– Reste sur tes gardes, Pat. Tout le temps.

Je me suis élancé sur la chaussée au moment où une Volvo tournait dans l'avenue. La conductrice m'a évité, et elle a secoué la tête avant de foncer droit devant elle.

Parvenu sur le trottoir d'en face, j'ai couru vers la rue piétonne en parlant dans mon téléphone.

– Wesley? T'es toujours là, mon pote?
– Je ne suis pas ton pote, a-t-il chuchoté.
– C'est ce que t'as dit, pourtant.
– J'ai menti, Pat.

Je venais enfin d'arriver à la hauteur de la rue piétonne quand j'ai dérapé sur les quelques pavés à l'entrée et heurté violemment une benne à ordures pleine à ras bord. Un sac en papier détrempé a explosé à l'intérieur et un rat a jailli des détritus pour se laisser tomber dans la rue. Un chat aux aguets sous la benne s'est aussitôt précipité à ses trousses, et six secondes plus tard, tous deux avaient parcouru une bonne centaine de mètres. Le matou avait l'air sournois, mais le rat aussi, et je me suis demandé lequel des deux contrôlait réellement cette course-poursuite. Si j'avais dû parier, j'aurais peut-être misé sur le rat.

– T'as déjà fait du rodéo? a repris Wesley.
– Quoi?

J'ai levé les yeux vers les escaliers de secours d'où gouttait de l'eau. Rien.

– Du rodéo, Pat. Avec une nana, je voulais dire, pas avec un canasson. Je te conseille d'essayer avec Vanessa, un de ces soirs. Voilà, tu la prends par-derrière, comme un chien. Tu me suis?
– Mmm.

Tout en avançant au milieu de la rue, je fouillais du regard les porches des belles maisons de ville, les garages et les recoins sombres entre les bâtiments.

– Tu la prends par-derrière, disais-je donc, et tu t'enfonces le plus profondément possible. Ce serait de combien, dans ton cas, Pat?
– Je suis irlandais, Wesley. Devine.
– Pas trop profondément, alors, a-t-il répliqué, et son « Ha, ha » moqueur a résonné sur la ligne.

J'ai tendu le cou pour scruter une série de petits balcons en bois dépassant d'une façade de brique – semblables à des appentis pour ceux qui se trouvaient en dessous. J'ai examiné les jours entre les planches, guettant la forme d'un pied.

– Bref, a-t-il enchaîné, une fois que vous êtes tous les deux bien collés l'un à l'autre, tu lui murmures le nom d'une autre nana à l'oreille, et après, t'as plus qu'à t'accrocher.

Il y avait bien quelques jardins en terrasse, ai-je constaté, mais ils étaient situés trop en hauteur pour que je puisse les voir de la rue, et de plus, aucun des escaliers de secours n'était suffisamment proche pour en faciliter l'accès.

– Tu crois que ça te plairait, Pat ?

J'ai fait un tour complet sur moi-même en m'obligeant à me calmer et en forçant mon regard à glisser sur les surfaces à la recherche d'un détail incongru.

– Je t'ai demandé si ça te plairait, Pat.

– Non, Wes.

– Ah. Tant pis. Oh, Pat ?

– Quoi, Wes ?

– Jette un coup d'œil sur ta droite.

J'ai pivoté dans cette direction, pour le découvrir à l'autre bout de la rue piétonne – une grande silhouette sombre rendue opaque par le brouillard, la main plaquée contre l'oreille.

– Qu'est-ce que t'en dis, Pat ? Si on faisait la course ?

Nous nous sommes élancés en même temps. J'ai entendu le bruit de ses pas sur le ciment mouillé, puis il a coupé la communication.

Lorsque j'ai rejoint Clarendon Street, au bout de la rue piétonne, il avait disparu. Devant moi, promeneurs, touristes et lycéens se pressaient sur les trottoirs. J'ai vu des hommes en trench-coats ou en cirés jaunes et des ouvriers trempés jusqu'aux os. J'ai vu de la vapeur s'élever des bouches d'égout et envelopper les taxis qui passaient. J'ai vu un gamin en rollers se casser la figure à l'entrée d'un parking sur Newbury. Mais nulle part je n'ai vu Wesley.

Il n'y avait que la brume et la pluie.

22.

En début de matinée le lendemain de ma rencontre avec Wesley, j'ai reçu un appel de Bubba m'ordonnant de l'attendre devant chez moi une demi-heure plus tard, car il allait venir me chercher.
– Où on va ?
– Chez Stevie Zambuca.

Je me suis écarté de la petite table où était posé le téléphone en prenant une profonde inspiration. Stevie Zambuca ? Pourquoi voulait-il me voir ? Je ne l'avais jamais rencontré. Je pensais qu'il n'avait jamais entendu parler de moi. Et j'espérais bien que les choses en resteraient là.

– Pourquoi ?
– Sais pas. Il m'a passé un coup de fil pour me demander de t'emmener chez lui.
– Il a réclamé ma présence ?
– Ben ouais. Tu peux le dire comme ça. Il a réclamé ta présence.

Il a raccroché.

Je suis retourné à la cuisine, où je me suis assis pour boire mon café et tenter de respirer calmement afin de refouler ma crise de panique imminente. Oui, Stevie Zambuca me terrifiait, mais ça n'avait rien d'étonnant. Stevie Zambuca terrifiait presque tout le monde.

Stevie Zambuca, dit « Le Pic », était le chef d'une bande à East Boston et Revere qui, entre autres choses, contrôlait la plupart des activités de jeu, de prostitution, de drogue et de vol de voitures à North Shore. Si on l'avait surnommé « Le Pic », ce n'était pas parce qu'il se baladait toujours avec un pic à glace, ou qu'il était maigre, ou encore, qu'il savait crocheter une serrure, mais parce qu'il était connu pour laisser à ses victimes le choix de leur mort. Stevie entrait dans une pièce où trois ou quatre de ses sbires maintenaient un type sur une chaise, et il plaçait devant lui une hache et une scie à métaux en lui chantonnant : « Am stram gram, pic et pic et colegram... » Hache ou scie. Couteau ou épée. Garrot ou marteau. Si la victime n'arrivait pas à se décider, ou mettait trop de temps à le faire, Stevie allait chercher une perceuse, disait-on – son arme de prédilection. C'était d'ailleurs l'une des raisons pour lesquelles la presse le baptisait parfois à tort « La Perceuse » – ce qui, à en croire la rumeur, ne laissait pas de contrarier un certain Frankie DiFalco, un mafioso de Somerville connu pour avoir une grosse bite.

Pendant une demi-seconde, je me suis demandé si le garde du corps de Cody Falk, Leonard, n'avait pas un rapport avec cette étrange requête. Je le pensais de North Shore, après tout. Mais non, la panique m'embrouillait les idées. Si Leonard avait assez d'influence pour amener Stevie Zambuca à me convoquer chez lui, il n'aurait jamais eu besoin de bosser pour Cody Falk.

Ça n'avait pas de sens. C'était Bubba qui fréquentait la mafia. Pas moi.

Alors, pourquoi Stevie Zambuca voulait-il me voir ? Qu'est-ce que j'avais bien pu faire ? Et qu'est-ce que je devais défaire ? Vite. Très très vite. Pas plus tard qu'hier, si possible.

Stevie Zambuca habitait un petit ranch à étage, dépourvu de charme et situé au bout d'un cul-de-sac au sommet d'une colline surplombant la Route 1 et l'aéroport Logan à East Boston. De là, il devait même voir le port, mais je doutais qu'il le regarde beaucoup. Stevie n'avait besoin de voir qu'une seule chose : l'aéroport, d'où provenait la moitié du revenu de ses troupes – syndicats de bagagistes, syndicats de transports, machins qui tombaient des camions et des avions et lui atterrissaient sur les genoux.

La maison était dotée d'une piscine surélevée et devant d'un jardinet entouré d'un grillage. Derrière, le terrain était un peu plus grand, mais à peine, et on avait disposé des torches tous les trois mètres pour éclairer ce matin d'été rendu gris-bleu par le brouillard et une fraîcheur brutale digne du mois d'octobre.

– C'est son brunch du samedi, m'a expliqué Bubba quand nous sommes descendus de sa Hummer. Il en organise un toutes les semaines.

— Un brunch de mafiosi, ai-je observé. Comme c'est bizarre...

— Les mimosas sont excellents, mais tâche d'éviter les petits fours, ou t'es bon pour passer le reste de la journée aux chiottes.

Une gamine d'environ quinze ans au front surmonté d'une tignasse noire striée d'orange nous a ouvert ; son expression reflétait un mélange caractéristique d'apathie adolescente style je-vous-emmerde et de colère refoulée qu'elle ne savait pas encore contre qui diriger.

En découvrant Bubba, cependant, un sourire timide a joué sur ses lèvres pâles.

— Oh, monsieur Rogowski. Bonjour.

— Salut, Josephina. C'est joli, tes mèches.

D'un geste nerveux, elle a porté la main à ses cheveux.

— L'orange ? Vous aimez ?

— Ça jette.

Josephina a baissé les yeux, croisé les chevilles et oscillé dans l'encadrement.

— Mon père déteste.

— Normal, a répliqué Bubba. C'est là pour ça, un père.

Machinalement, elle s'est mise à mordiller une de ses mèches en oscillant de plus belle tandis que Bubba la dévisageait ouvertement, un large sourire aux lèvres.

Bubba en sex-symbol. J'aurais tout vu.

— Ton père est dans le coin ? a-t-il lancé.

— Il est derrière ? a-t-elle répliqué, comme si elle lui demandait si ça ne le dérangeait pas.

— O.K., on va le trouver. (Il l'a embrassée sur la joue.) Comment va ta mère ?

— Elle est sans arrêt sur mon dos. Je veux dire, sans arrêt.

— C'est là pour ça, une mère, a commenté Bubba. Pas facile d'avoir quinze ans, hein ?

Quand Josephina l'a regardé, j'ai cru pendant un instant qu'elle allait lui attraper le visage et planter un baiser sur sa bouche énorme.

Au lieu de quoi, elle a pivoté sur la pointe des pieds comme une ballerine en lançant « Faut que j'y aille », puis elle s'est éclipsée.

— Elle est bizarre, cette môme, a déclaré Bubba.

— En tout cas, elle a le béguin pour toi.

— Arrête tes conneries.

— Je t'assure, crétin. T'es aveugle ou quoi ?

— Arrête ou je te liquide.

– Oh. Dans ce cas, laisse tomber.
– Je préfère ça, a-t-il dit quand nous nous sommes frayé un passage au milieu d'un groupe dans la cuisine.
– N'empêche, tu lui plais.
– T'es un homme mort.
– Tu me liquideras plus tard, d'accord ?
– À condition qu'il reste encore quelque chose quand Stevie en aura fini avec toi.
– Merci. T'es super sympa.

Il y avait foule chez Stevie Zambuca. Partout où je regardais, je voyais un mafioso, une femme de mafioso ou un gosse de mafioso. C'était une véritable débauche de survêtements fripés en velours et de sweat-shirts Champion pour les hommes, de pantalons stretch noirs et de chemisiers jaune et noir, ou violet et noir ou blanc et gris argent pour les femmes. Les jeunes portaient pour la plupart des tenues voyantes aux couleurs d'une équipe sportive, toutes amples, informes et uniformes, de sorte qu'une casquette des Cincinnati Bengals à rayures rouges et noires était forcément coordonnée au maillot et au pantalon.

L'intérieur de la maison était un des plus laids que j'aie jamais vus. De la cuisine, on descendait quelques marches en marbre blanc pour déboucher dans un salon au sol recouvert d'une moquette blanche à poils longs si épaisse que toutes les chaussures y disparaissaient. Elle était en outre striée de fines rayures scintillantes couleur gris perle. Le cuir blanc des canapés et des fauteuils en cuir formait un contraste saisissant avec les surfaces noires brillantes de la table basse, des tablettes et du gigantesque meuble hi-fi-télé-vidéo. La moitié inférieure des murs était recouverte d'une sorte de revêtement en plastique censé ressembler à la paroi d'une grotte, et la moitié supérieure était tendue de soie rouge. Un bar encastré dans du verre réfléchissant et éclairé par des ampoules de cent cinquante watts trônait tout au fond de cette grotte noire et rouge, lui aussi peint en noir pour rappeler le meuble hi-fi. Parmi les portraits de Stevie et de sa famille accrochés aux murs, les Zambuca avaient placé des photos de leurs Italiens préférés – John Travolta dans le rôle de Tony Manero, Al Pacino dans celui de Michael Corleone, Frank Sinatra, Dino, Sophia Loren, Vince Lombardi et, bizarrement, Elvis. Je suppose qu'avec ses cheveux noirs et ses goûts vestimentaires douteux, le King avait eu droit au titre de membre honoraire de la tribu – le genre de type capable d'exécuter un contrat, de la fermer et de vous préparer un bon sandwich saucisse-poivrons juste après.

Bubba serrait beaucoup de mains, embrassait quelques joues, mais ne cherchait pas à engager la conversation ; de toute façon, personne ne semblait décidé à lui adresser la parole. Même dans une pièce pleine de voleurs, de braqueurs de banques, de bookmakers et de tueurs, Bubba dégageait quelque chose d'électrique, une impression de danger et d'irréalité. À son approche, le sourire des hommes vacillait légèrement et le visage lifté des femmes reflétait un mélange de peur et d'excitation.

Nous traversions le salon quand une femme d'une cinquantaine d'années aux cheveux blond platine et à la peau tannée par les lampes à bronzer a tendu les bras en s'exclamant :

— Aaaah, Bubba !

Il l'a soulevée de terre pour l'embrasser, et elle lui a déposé sur la tempe un baiser aussi sonore que ses exclamations.

Bubba l'a reposée doucement sur la moquette.

— Mira ! Comment ça va, ma puce ?

— Super, mon grand !

Elle s'est fermement campée sur ses jambes, puis elle a calé son coude dans sa paume en tirant sur une fine cigarette blanche si longue qu'elle aurait pu toucher quelqu'un dans la cuisine si elle s'était retournée trop brusquement. Elle portait un chemisier bleu vif sur un pantalon assorti et des sandales également bleues à talons d'au moins dix centimètres. Son visage et son corps attestaient les progrès de la chirurgie moderne : minuscules cicatrices à peine visibles à l'endroit où la mâchoire rejoignait l'oreille, fesses et seins saillants à faire pâlir d'envie une gamine de dix-huit ans, mains de porcelaine aussi lisses que celles d'une poupée.

— Où te cachais-tu ? Tu as vu Josephina ?

Bubba a éludé la première question.

— C'est elle qui nous a ouvert. Elle est mignonne comme tout.

— Une petite emmerdeuse, oui ! a répliqué Mira. (Elle a éclaté de rire en même temps qu'elle soufflait un nuage de fumée.) Stevie voudrait la mettre au couvent.

— Sœur Josephina ? a ironisé Bubba en arquant un sourcil.

Les gloussements de Mira ont résonné dans la pièce.

— Ça paierait, non ? Ha !

Soudain, elle s'est tournée vers moi, et l'ombre du soupçon a voilé ses yeux clairs.

— Mira, a dit Bubba, voici mon ami Patrick. Stevie a des affaires à régler avec lui.

Mira m'a tendu une main satinée.

– Mira Zambuca. Ravie de vous connaître, Pat.

Je détestais qu'on m'appelle Pat, mais je n'ai pas jugé utile de le préciser.

– Tout le plaisir est pour moi, madame Zambuca.

Pour sa part, elle n'avait pas l'air particulièrement heureuse de recevoir un Irlandais blafard dans son salon, mais elle m'a accordé un sourire froid comme pour signifier qu'elle était prête à tolérer ma présence tant que je ne m'approcherais pas de l'argenterie.

– Stevie est dehors, près du barbecue. (Elle a incliné la tête en direction des nuages de fumée de l'autre côté des baies vitrées donnant sur le jardin.) Il fait griller ces saucisses de veau et de porc que tout le monde adore.

Surtout pour un brunch, ai-je pensé.

– Merci, a dit Bubba. Au fait, t'es une vraie bombe, ma puce.

– C'est gentil, mon grand. T'es un amour !

Elle s'est détournée, manquant de mettre le feu avec sa cigarette aux kilos de cheveux de sa voisine qui, heureusement pour elle, l'a vue venir et s'est écartée à temps.

Avec Bubba, nous avons louvoyé entre les groupes pour sortir sur la terrasse. Nous avons refermé les baies derrière nous, avant d'agiter la main pour essayer de chasser la fumée.

Dehors, il n'y avait que des hommes, et un énorme radio-cassette posé sur la rambarde diffusait du Springsteen – un autre membre honoraire de la tribu. La plupart des invités réunis là, plus gros que ceux à l'intérieur, s'empiffraient de cheeseburgers et d'épais hot-dogs débordants de poivrons, d'oignons et de condiments.

Le type qui s'occupait du gril était petit, avec une banane noir corbeau qui le grandissait de cinq bons centimètres. Il portait un jean, des tennis et un T-shirt marqué SUPER PAPA dans le dos. Un tablier à carreaux rouges et blancs protégeait sa tenue tandis qu'il maniait une spatule métallique devant un barbecue à deux étages bourré de saucisses, de steaks hachés, d'ailes de poulet marinées, de poivrons rouges et verts, d'oignons et de petits bouts d'ail dans un morceau d'aluminium.

– Hé, Charlie ! a-t-il crié. Tu l'aimes bien grillé, ton steak, c'est ça ?

– Noir comme Michael Jordan, a répondu l'intéressé.

– Bien grillé, donc.

Le petit a hoché la tête, puis il a récupéré le cigare posé dans le cendrier à côté du gril et l'a coincé dans sa bouche.

– Stevie ? a lancé Bubba.

L'interpellé s'est retourné et, le cigare entre les dents, il a souri.

– Salut, Rogowski ! Hé, tout le monde, le polack est là !

À ce signal, certains ont crié « Bub-ba », « Rogowski » et « Super », d'autres lui ont tapé dans le dos ou serré la main, mais personne n'a fait attention à moi, parce que Stevie ne l'avait pas fait. De toute évidence, je n'existerais pas tant qu'il ne l'aurait pas décidé.

– Pour ton affaire, la semaine dernière, a dit Stevie à Bubba. Tu n'as pas eu de problèmes ?

– Non.

– Ce type qui déconnait ? Il ne t'a pas collé de migraines ?

– Non, a répété Bubba.

– J'ai entendu dire que le costard-cravate de Norkfolk te cherchait des noises.

– C'est ce que j'ai entendu dire aussi.

– Tu veux un coup de main ?

– Non, merci.

– T'es sûr ? Ce serait la moindre des choses.

– Merci, mais je contrôle la situation.

Stevie Zambuca a délaissé son gril et souri de nouveau.

– Tu ne demandes jamais rien, Rogowski. Ça rend les gens nerveux.

– Toi aussi, Stevie ?

– Moi ? (Il a fait non de la tête.) Oh non. Je suis comme toi, de la vieille école. C'est un truc que la plupart de ces mecs-là feraient bien d'apprendre. Toi et moi, Rogowski, on est tout ce qui reste du bon vieux temps, et pourtant, on n'est pas tellement vieux. Mais les autres ? (Il a jeté un coup d'œil par-dessus son épaule au troupeau de gros lards sur sa terrasse.) Eux, ils ne pensent qu'à signer un contrat avec le cinéma ou à vendre des idées de bouquins à des agents.

Bubba les a gratifiés d'un regard totalement dénué d'intérêt.

– Freddy est mal en point, à ce qu'on m'a dit.

Le Gros Freddy Constantine était le chef de la mafia dans cette partie de la ville, mais certains affirmaient qu'il n'en avait plus pour très longtemps. Le candidat le plus probable à sa succession était présentement en train de faire griller des saucisses devant nous.

Stevie a hoché la tête.

– Sa prostate tout entière a atterri dans un sac-poubelle à Brigham and Women's. Si j'ai bien compris, son intestin ne va pas tarder à prendre le même chemin.

– C'est moche, a fait Bubba.

– Qu'est-ce que tu veux, c'est la nature, a répondu Stevie en haussant les épaules. Tu vis, tu meurs, les gens pleurent, et après, ils se demandent ce qu'ils vont manger... (Il a placé cinq steaks sur une assiette grande comme un bouclier de gladiateur, puis il a ajouté une demi-douzaine de saucisses et des morceaux de poulet.) Hé, bande de goinfres, c'est pour vous ! a-t-il crié.

Les mains dans les poches de son trench, Bubba a regardé un des gros lards venir prendre l'assiette que Stevie lui tendait pour l'emporter vers la table aux condiments.

Stevie a refermé le couvercle du gril, posé la spatule sur un plateau et tiré sur son cigare.

– Va donc discuter avec les autres, Bubba, ou te chercher un truc à manger. Ton ami et moi, on va se promener dans le jardin.

Bubba n'a pas bougé. Il s'est borné à hausser les épaules.

Stevie Zambuca m'a tendu la main.

– Kenzie, c'est ça ? Venez donc avec moi.

Nous avons descendu quelques marches avant de longer des tables blanches vides et des arroseurs automatiques éteints jusqu'à un muret de brique entourant un petit jardin où poussaient quelques pissenlits et crocus chétifs.

À côté se trouvait une balançoire en bois soutenue par un portique métallique et un poteau ayant autrefois servi à fixer une corde à linge. Après s'être installé sur la planche, Stevie Zambuca a tapoté le bois à sa gauche.

– Asseyez-vous, Kenzie.

J'ai obéi.

Il a renversé la tête en tirant longuement sur son cigare puis, en même temps qu'il soufflait la fumée, il a soulevé les pieds et les a contemplés comme si la vue de ses tennis le fascinait.

– Vous connaissez Rogowski depuis tout gosse ? a-t-il demandé.
– Oui.
– Il a toujours été aussi dingue ?

J'ai tourné la tête vers Bubba qui traversait la terrasse pour aller se préparer un cheeseburger à la table aux condiments.

– Il a toujours suivi le rythme de son propre tambour, ai-je répondu.

Stevie Zambuca a hoché la tête.

– On m'a raconté toute l'histoire, a-t-il dit. Il a atterri dans la rue à, quoi, huit ans, et avec vos copains, vous lui apportiez de la nourriture, des trucs comme ça. Jusqu'au jour où Morty Schwartz, le vieux bookmaker juif, l'a recueilli chez lui.

J'ai opiné.

– À ce qu'on dit, il n'aime que les chiens, la petite-fille de Vincent Patriso, le fantôme de Morty Schwartz... et vous.

J'ai vu Bubba s'asseoir à l'écart des autres hommes pour manger son steak.

– C'est vrai ? a demandé Stevie Zambuca.

– Je suppose, oui.

Il m'a tapoté le genou.

– Vous vous souvenez de Jack Rouse ?

Jack Rouse avait été la cheville ouvrière de la mafia irlandaise avant de disparaître, quelques années plus tôt[1].

– Bien sûr.

– Il avait lancé un contrat sur vous un peu avant de s'évanouir dans la nature. Un contrat à durée indéterminée, Kenzie. Et vous savez pourquoi il n'a jamais été exécuté ?

J'ai fait non de la tête.

Du menton, Stevie Zambuca a indiqué la terrasse.

– Rogowski. Il a interrompu une partie de cartes entre lieutenants et il a dit que s'il vous arrivait quelque chose, il sillonnerait les rues armé jusqu'aux dents et descendrait tous les soldats qu'il croiserait sur son chemin jusqu'à ce que quelqu'un le descende.

Bubba, qui avait avalé son hamburger, est allé s'en chercher un autre. Les hommes près de la table aux condiments se sont éloignés et l'ont laissé seul. Bubba était toujours seul. C'était un choix de sa part, mais aussi le prix à payer pour être différent du reste de ses congénères.

– Si ce n'est pas de la loyauté, ça ! a repris Stevie Zambuca. J'ai beau essayer de l'insuffler à mes employés, c'est impossible. Leur loyauté se mesure à l'épaisseur de leur portefeuille. Vous savez, la loyauté, ça ne s'apprend pas. Ça ne se commande pas. C'est comme l'amour. Vous l'avez dans votre cœur ou vous ne l'avez pas. Vous vous êtes fait prendre, quand vous lui apportiez de quoi manger ?

– Par mes parents, vous voulez dire ?

– Oui.

– Sûr, ça m'est arrivé.

– Vous avez reçu une raclée ?

– Oh, même plusieurs.

– Mais ça ne vous a pas empêché de continuer à voler de la nourriture pour lui, pas vrai ?

---

1. Voir *Ténèbres, prenez-moi la main*, du même auteur.

– Non.
– Pourquoi ?
J'ai haussé les épaules.
– On ne se posait même pas la question. On était gosses.
– Vous voyez, Kenzie, c'est bien ce que je disais. C'est ça, la loyauté. C'est ça, l'amour. On ne peut pas les imposer à quelqu'un. Et, a-t-il ajouté avec un soupir, on ne peut pas les lui enlever non plus.
J'ai attendu. Il allait en venir au but, je le sentais.
– Non, on ne peut pas les lui enlever, a-t-il répété. (Il s'est penché en arrière et m'a passé un bras autour des épaules.) Bon, il y a ce garçon qui bosse pour nous. Une sorte de sous-traitant, en quelque sorte. Il n'est pas employé par l'organisation, mais il nous fournit des petites choses de temps en temps. Vous me suivez ?
– J'imagine, oui.
– Bon, eh bien, ce garçon est important pour moi. Je ne pourrais même pas vous dire à quel point.
Il a tiré quelques bouffées de son cigare, le bras toujours sur mes épaules, en contemplant son jardin.
– Vous l'agacez. Vous le contrariez. Du coup, ça me contrarie aussi.
– Wesley.
– Oh, son nom ? On s'en fout, Kenzie. Vous savez de qui je veux parler. Alors, vous allez arrêter. Tout de suite. S'il décide de venir vous pisser dessus, vous ne tenterez même pas d'attraper une serviette. Vous lui direz « Merci » en attendant qu'il ait fini.
– Ce type a détruit la vie de...
– Fermez-la, Kenzie, m'a-t-il enjoint d'une voix douce. (Sa main s'est refermée sur mon épaule.) Vos problèmes ne m'intéressent pas. Seuls les miens comptent. Vous êtes un emmerdeur. Je ne vous demande pas d'arrêter, Kenzie, je vous l'ordonne. Vous voyez votre copain, là-bas ?
J'ai levé les yeux. Bubba, de nouveau assis, mordait dans un hamburger.
– C'est une excellente recrue. Franchement, ça me ferait de la peine de m'en séparer. Mais si j'apprends que vous cherchez des ennuis à mon ami ? Que vous posez trop de questions ? Que vous mentionnez son nom à tort et à travers ? Eh bien, j'éliminerai votre copain. Je lui trancherai la tête et je vous l'expédierai par la poste. Après, je vous tuerai, Kenzie. (Il m'a tapoté l'épaule.) C'est clair ?
– Très.

Il a retiré son bras, tiré sur son cigare et posé les coudes sur ses genoux.

– Parfait, Kenzie. Quand il aura terminé son hamburger, vous virez vos fesses d'Irlandais vite fait bien fait. (Il s'est levé pour retourner vers la terrasse.) Et n'oubliez pas d'essuyer vos pieds sur le paillasson avant de rentrer dans la maison. Cette putain de moquette est emmerdante comme tout à nettoyer.

23.

Bubba sait à peine lire et écrire. Disons qu'il possède juste assez de connaissances rudimentaires dans ce domaine pour déchiffrer le mode d'emploi des armes qu'il manipule et d'autres instructions techniques simples, du moment qu'elles sont accompagnées de schémas. Il est capable de comprendre en gros les articles de presse le concernant, mais il lui faut une bonne demi-heure pour y parvenir, et il s'énerve quand il n'arrive pas à prononcer phonétiquement les mots. Il n'a pas la moindre notion de la dynamique complexe à l'œuvre dans les relations humaines, il est tellement dépassé par les rouages de la politique que l'année dernière, j'ai dû lui expliquer la différence entre la Chambre et le Sénat, et son ignorance de l'actualité est si totale que pour lui, Lewinsky est une marque de cigares.

Mais il n'est pas stupide.

Ceux qui ont supposé le contraire ont en général commis une erreur fatale, comme ils l'ont découvert à leurs dépens, et les innombrables flics et adjoints du procureur accrochés à ses basques n'ont réussi, en joignant leurs efforts, qu'à l'envoyer deux fois en prison – et encore, pour des infractions tellement mineures en comparaison de celles dont il est réellement coupable que sa peine ressemblait plutôt à des vacances qu'à un châtiment.

Pour avoir fait le tour du monde à plusieurs reprises, Bubba est capable de vous dire où boire la meilleure vodka dans des villages de l'ancienne Union soviétique dont vous n'avez jamais entendu parler, où trouver un bordel propre en Afrique de l'Ouest et où dénicher un bon cheeseburger au Laos. Sur plusieurs tables disséminées dans le vaste entrepôt qu'il appelle sa maison trônent les maquettes de plusieurs villes qu'il a visitées et qu'il a reconstruites de mémoire à l'aide de bâtons de sucettes ; en vérifiant un jour avec un plan sa version de Beyrouth, j'ai même découvert une petite rue oubliée par les éditeurs de la carte.

Mais c'est dans sa capacité innée à démasquer les autres sans paraître les remarquer que son intelligence se manifeste de la façon la plus frappante et la plus déroutante. Bubba est capable de flairer à un kilomètre un flic en mission d'infiltration ; de déceler un mensonge dans un simple battement de cils ; et son aptitude à sentir les embuscades est devenue tellement légendaire dans le milieu que ses concurrents ont fini par se résoudre à le laisser se couper une part du gâteau.

Bubba, m'a raconté Morty Schwartz peu avant sa mort, était un animal – et dans la bouche de Morty, c'était un compliment. Bubba possédait des réflexes sûrs, un instinct infaillible et une sorte de concentration primaire, et aucun de ces dons n'était affaibli ou altéré par les scrupules. S'il avait jamais eu une conscience, il l'avait oubliée en Pologne en même temps que sa langue maternelle quand il avait cinq ans.

– Alors, qu'est-ce Stevie t'a raconté ? a-t-il demandé quand nous avons traversé Maverick Square en direction du tunnel.

Je devais me montrer prudent, là. Si Bubba soupçonnait Stevie de se servir de lui contre moi, il risquait de le descendre en même temps que la moitié de sa bande, et au diable les conséquences.

– Pas grand-chose.

Il a hoché la tête.

– Il t'a juste fait venir chez lui pour discuter le bout de gras ?

– Ouais, quelque chose comme ça.

– Bien sûr.

Je me suis éclairci la gorge.

– Il m'a laissé entendre que Wesley Dawe bénéficiait de l'immunité diplomatique. Je dois garder mes distances.

Bubba a baissé sa vitre quand nous nous sommes approchés des cabines de péage à l'entrée de Sumner Tunnel.

– Qu'est-ce que Stevie Zambuca aurait à foutre d'une espèce de taré chicos ?

– Apparemment, le sujet lui tient à cœur.

Il est parvenu à insérer sa Hummer entre deux cabines, puis il a tendu trois dollars à l'employée et remonté sa vitre en rejoignant les huit files de voitures qui essayaient tant bien que mal de se serrer sur deux.

– Jusqu'à quel point ? a-t-il repris en manœuvrant sa monstrueuse machine au milieu de la jungle de métal comme si c'était un simple coupe-papier.

J'ai haussé les épaules au moment où nous entrions dans le tunnel.

— On sait que Wesley avait accès aux dossiers d'au moins une psychiatre. Si ça se trouve, il a d'autres sources que le Dr Bourne.

— Et alors ?

— Alors, il a peut-être rassemblé des informations confidentielles sur des juges, des flics, des entrepreneurs et j'en passe.

— Qu'est-ce que tu vas faire ?

— J'abandonne.

Il a tourné la tête vers moi, le visage baigné par la lumière jaune sale du tunnel.

— Toi ?

— Oui, moi, ai-je répondu. Je ne suis pas complètement idiot.

— Ah.

Il s'est de nouveau concentré sur la route devant lui.

— Je vais juste laisser les choses se calmer un peu, ai-je repris, dégoûté par l'intonation désespérée qui perçait dans ma voix. Essayer de trouver un autre moyen de coincer Wesley.

— Y a pas d'autre moyen, Patrick. Tu fais tomber ce mec ou tu le fais pas tomber. Si tu le fais tomber, Stevie saura que c'est toi, même si tu prends des tas de précautions.

— D'après toi, je ne devrais pas renoncer à Wesley, quitte à servir de cible à Stevie Zambuca ?

— Je peux toujours lui parler, a répondu Bubba. Le raisonner.

— Non.

— Non ?

— Non. Admettons que tu lui parles et qu'il ne change pas d'avis. T'imagines dans quelle position tu vas te retrouver ? Obligé de lui demander un truc qu'il n'est pas décidé à te donner...

— Dans ce cas, pas de problème, je le refroidis.

— Ah oui ? Tu descends un mafioso, et après ? Tu crois que les autres vont laisser passer sans réagir ?

Bubba a haussé les épaules au moment où nous sortions du tunnel pour déboucher dans le North End.

— Je vois pas aussi loin.

— Moi si, Bubba.

— Alors, tu vas vraiment abandonner ?

— Oui. Des objections ?

— Non, c'est parfait, a-t-il dit d'un ton froid. Parfait, vieux. Comme tu voudras.

Bubba ne m'a même pas accordé un regard lorsqu'il m'a déposé devant chez moi. Il a gardé les yeux fixés sur la route en remuant la tête comme pour accompagner le ronronnement du moteur.

Quand je suis descendu de la Hummer, il a lancé :

– T'aurais peut-être intérêt à laisser tomber.

– Laisser tomber quoi ?

– Le métier.

– Pourquoi ?

– La trouille, ça tue. Bon, tu peux refermer la portière ?

Je me suis exécuté et je l'ai regardé s'éloigner.

Il venait d'atteindre le feu quand soudain, il a donné un grand coup de frein ; un instant plus tard, la Hummer reculait à toute allure vers moi. En jetant un coup d'œil dans l'avenue, j'ai aperçu une Escort rouge qui remontait la file de Bubba. Par chance, la conductrice a vu le véhicule foncer droit sur elle ; elle a braqué à gauche pour le doubler, écrasé la paume sur le klaxon et dépassé Bubba dans un concert de coups d'avertisseur indignés ponctué d'une extension du majeur – lâchant le volant par la même occasion.

Bubba lui a rendu la politesse avant de sauter de la Hummer et d'assener une grande claque sur le toit.

– C'est à cause de moi.

– Quoi ?

– C'est à cause de moi ! a-t-il braillé. Ce fils de pute se sert de moi, pas vrai ?

– Non, il...

– Il peut pas menacer Angie, parce qu'elle a des relations. Alors, il se sert de moi.

– C'est moi qu'il a menacé, Bubba, O.K. ?

Il a renversé la tête et hurlé « Arrête tes conneries ! » vers le ciel. Puis il s'est redressé, il a contourné la camionnette, et durant un instant, j'ai vraiment cru qu'il allait m'envoyer son poing dans la figure.

– T'as jamais capitulé devant personne, Patrick ! a-t-il crié en m'agitant son index sous le nez. Jamais ! C'est pour ça que je passe la moitié de mon temps à sauver ta peau.

– Bubba...

– Et ça m'emmerde même pas !

Quelques gamins qui débouchaient au coin de la rue, voyant Bubba en pleine crise, ont prudemment traversé l'avenue en file indienne.

– T'avise plus de me mentir, a-t-il repris. T'as compris ? Quand vous me mentez, Angie ou toi, ça me fait mal, bordel. Ça me donne envie d'estropier quelqu'un. N'importe qui ! (Il s'est frappé la poitrine avec tant de force que sur un autre, le coup aurait suffi à fracasser le sternum.) Alors, Stevie a menacé de s'en prendre à moi, c'est ça ?

– Et si c'était le cas ?

Il a mouliné l'air de ses énormes bras en crachant avec force postillons :

– Je le bousillerai ! Je lui arracherai son putain de gros intestin et je l'étranglerai avec. Je lui écrabouillerai sa putain de tête jusqu'à...

– Non. T'as pas compris ?

– Compris quoi ?

– C'est ça, le truc. C'est exactement ce que veut Wesley. Ces menaces ne venaient pas de Stevie, Bubba, elles venaient de Wesley. C'est comme ça qu'il fonctionne, ce salaud.

Bubba s'est penché pour prendre une profonde inspiration. En cet instant, il ressemblait à un gros bloc de granit s'animant peu à peu.

– J'ai du mal à te suivre, a-t-il avoué enfin.

– Je suis prêt à parier que Wesley est au courant pour le lien d'Angie avec le milieu. La seule façon de m'atteindre, c'était donc de passer par toi. Tout ce que j'essaie de te dire, c'est que Wesley a dû convaincre Stevie de se servir de toi, sachant que dans le pire des cas, si tu le découvrais, tu péterais les plombs et tu nous ferais tous massacrer.

– Ah.

Une voiture bleue et blanche s'est arrêtée près de nous et le flic sur le siège passager a baissé sa vitre.

– Tout va bien, messieurs ? a-t-il demandé.

Son visage me disait vaguement quelque chose.

– Pas de problème, ai-je répondu.

– Hé, toi, le grand !

Avec une grimace, Bubba a tourné la tête vers lui.

– T'es Bubba Rogowski, pas vrai ?

Sans répondre, Bubba a regardé l'avenue.

– T'as buté quelqu'un, récemment ?

– Pas depuis deux ou trois heures, m'sieur l'agent.

Le flic a laissé échapper un petit rire.

– C'est ta Hummer, là ?

Bubba a opiné.

– Bon, va la garer ou je te colle une amende.

– O.K., a déclaré Bubba en reportant son attention sur moi.

– Maintenant, Rogowski.

Bubba m'a gratifié d'un sourire amer en remuant la tête. Puis il a contourné la voiture de patrouille et repris le volant de sa Hummer tandis que les deux flics l'observaient avec un large sourire satisfait. Il a roulé sur une centaine de mètres avant de trouver une grande place dans l'avenue.

— Tu sais que ton copain est un truand ? m'a demandé le flic.

J'ai haussé les épaules.

— Ça pourrait faire de toi le complice d'un truand si t'es pas prudent.

Je le remettais, à présent. Mike Gourgouras, supposé à la solde de Stevie Zambuca, s'assurant que le message de son patron était bien passé.

— Faudrait peut-être envisager de prendre tes distances, a-t-il ajouté.

— O.K. (J'ai levé une main en souriant.) Bon conseil.

Il a plissé ses petits yeux.

— Tu te fous de ma gueule ?

— Non, m'sieur.

Il a souri.

— Surveille tes fréquentations, Kenzie.

Sa vitre est remontée en bourdonnant, puis la voiture s'est éloignée dans l'avenue, a klaxonné une fois en croisant Bubba qui revenait vers moi et enfin, elle a tourné au coin de la rue.

— Les soldats de Stevie, a commenté Bubba.

— T'avais remarqué ?

— Ouais.

— T'es calmé ?

Il a haussé les épaules.

— Ça va venir. Enfin, peut-être.

— Bon, d'après toi, comment on fait pour se débarrasser de Stevie ?

— Angie.

— Ça ne va pas lui plaire de jouer cette carte-là.

— Elle a pas le choix.

— Comment ça ?

— T'imagines à quel point elle s'emmerderait si on n'était plus là ? Merde, vieux, je suis sûr qu'elle crèverait d'ennui.

Il n'avait pas tort.

J'ai téléphoné chez Sallis & Salk, pour m'entendre répondre qu'Angie ne travaillait plus chez eux.

– Pour quelle raison ? ai-je demandé à la standardiste.
– Je crois qu'il y a eu, eh bien, un incident.
– Quel genre d'incident ?
– Désolée, mais je ne peux pas vous répondre.
– Vous pouvez peut-être me dire si elle a démissionné ou si on l'a virée.
– Non, impossible.
– Ah. Vous ne pouvez pas me dire grand-chose, hein ?
– Juste que cette conversation est terminée.

Elle m'a raccroché au nez.

J'ai appelé Angie chez elle, pour tomber sur le répondeur. Mais elle était peut-être là. Je savais par expérience qu'elle coupait la sonnerie quand elle se sentait d'humeur asociale.

– Un incident ? a répété Bubba quand nous avons pris la direction de South End. Comme un incident international ?

J'ai haussé les épaules.

– Avec Angie, on ne peut pas exclure cette possibilité.
– Tu te rends compte ? Ce serait super !

Nous l'avons trouvée dans son appartement, comme je m'y attendais. Elle avait fait le ménage et passait le plancher à l'encaustique en écoutant *Horses* de Patti Smith si fort que nous avons dû la héler par une fenêtre ouverte parce qu'elle n'entendait pas la sonnette.

Elle a baissé le volume avant de nous laisser entrer.

– Le premier qui met un pied dans le salon, je le descends.

En la suivant dans la cuisine, Bubba a demandé :

– C'était quoi, cet incident ?
– Oh, rien, a-t-elle répondu. De toute façon, j'en avais marre de bosser pour eux. Ils utilisent les femmes comme des décorations, ils s'imaginent qu'on a l'air sexy avec nos flingues et nos tailleurs Ann Taylor.
– Mais c'était quoi, cet incident ? ai-je insisté.

Angie a poussé un petit cri de frustration et ouvert la porte du réfrigérateur.

– Le marchand de diamants m'a pincé le cul, O.K. ? Satisfait ?

Elle m'a expédié une canette de Coca, puis elle en a tendu une à Bubba et a emporté la sienne vers le plan de travail avant de s'adosser au lave-vaisselle.

– Il est à l'hôpital ? ai-je demandé.

Elle a haussé les sourcils, puis avalé une gorgée de soda.

— Ce n'était pas vraiment nécessaire, mais le pauvre est douillet. Je l'ai juste giflé. Une petite baffe de rien du tout. Du bout des doigts. (Elle a contemplé les doigts en question.) Comment j'aurais pu savoir qu'il se mettrait à pisser le sang ?
— La baffe, c'était sur le nez ? s'est enquis Bubba.
Elle a hoché la tête.
— Juste une petite tape.
— Il envisage des poursuites ?
— Oh, il peut toujours essayer. Je suis allée voir mon docteur et elle a pris une photo de mon bleu.
— Elle a photographié ton cul ? a lancé Bubba.
— Oui, Ruprecht. C'est ça.
— Merde, je m'en serais bien chargé, a-t-il bougonné.
— Moi aussi, ai-je renchéri.
— Merci, les gars. Je suis flattée. Comment vous remercier ?
— En fait, on voudrait que t'appelles le grand-père, a répondu Bubba avec brusquerie.
Angie a bien failli lâcher son Coca.
— Vous êtes bourrés, ou quoi ?
— Non, ai-je dit. Malheureusement, on est on ne peut plus sérieux.
— Pourquoi ?
Nous lui avons tout raconté.
— Mais comment vous avez fait pour rester vivants aussi longtemps, tous les deux ? a-t-elle demandé à la fin de notre récit.
— C'est un mystère, ai-je admis.
— Stevie Zambuca..., a-t-elle murmuré. Un vrai petit teigneux. Il a toujours sa coiffure à la Frankie Avalon ?
Bubba a opiné.
Elle a avalé un peu de Coca.
— Il porte des semelles, a-t-elle ajouté.
— Quoi ?
— Ben oui, des semelles. Dans ses chaussures. Il les fait fabriquer spécialement chez un vieux cordonnier de Lynn.
Le grand-père d'Angie, Vincent Patriso, avait autrefois (et aujourd'hui encore, à en croire certains) régné sur la mafia au nord du Delaware. Il avait toujours été discret ; son nom n'apparaissait jamais dans les journaux, personne ne l'appelait jamais *Parrain* dans la presse sérieuse. Il possédait à Staten Island une boulangerie et quelques magasins de vêtements qu'il avait revendus quelques années plus tôt, et il partageait maintenant son temps entre sa nou-

velle maison à Enfield, dans le New Jersey, et sa propriété en Floride. Résultat, Angie en connaissait un rayon sur les mafiosi de Boston ; elle en savait même sans doute plus long que leurs propres lieutenants.

Elle s'est perchée sur le plan de travail, puis elle a fini son Coca, ramené une jambe contre sa poitrine et posé le menton sur son genou.

– Comme ça, vous voulez que j'appelle mon grand-père.

– On te demanderait pas un truc pareil, a commencé Bubba, si Patrick était pas mort de trouille.

– Oh, bien sûr, colle-moi ça sur le dos, ai-je protesté.

– Il en chialait, a-t-il continué. Un vrai môme. « Je veux pas mourir, je veux pas mourir ! » Je t'assure, c'en était gênant.

Angie a appuyé la joue contre son genou et lui a souri. Avant de fermer les yeux.

Bubba m'a regardé. J'ai haussé les épaules. Lui aussi.

Lentement, Angie a redressé la tête et déplié la jambe. Elle a grogné. Passé les doigts sur ses tempes. Grogné encore.

– Durant toutes ces années où j'étais mariée et que Phil me battait, je n'ai pas appelé mon grand-père. Quand tu nous as entraînés dans tous ces trucs effrayants, a-t-elle ajouté en me regardant, je ne l'ai pas appelé non plus. Même pour ça... (Elle a soulevé son haut, révélant la vilaine cicatrice laissée par la balle qui lui avait traversé l'intestin grêle.) Eh bien, je ne l'ai pas appelé.

– D'accord, a reconnu Bubba, mais là, c'est important.

Elle lui a expédié sa canette vide en plein front.

– Stevie était sérieux ? m'a-t-elle demandé.

– On ne peut plus sérieux, ai-je affirmé. Il nous tuera tous les deux. (Du pouce, j'ai indiqué Bubba.) En commençant par lui.

Bubba a ricané.

Angie nous a contemplés un long moment, et peu à peu, son expression s'est adoucie.

– Bon, je n'ai plus de boulot. Autrement dit, je ne vais pas pouvoir me payer cet appart encore longtemps. Je suis incapable de garder un mec et je n'aime pas les animaux. Alors, les casse-couilles, je crois bien qu'il ne me reste plus que vous.

– Arrête, l'a suppliée Bubba, j'ai la gorge nouée et tout le bordel.

Elle est descendue de son perchoir.

– Bon, qui m'emmène téléphoner dans un endroit sûr ?

Angie a appelé d'une cabine située dans le hall de l'hôtel Park Plaza, et pour lui donner plus de latitude, j'ai flâné sur les sols en marbre, admiré les vieux ascenseurs avec leurs portes en cuivre et leurs cendriers à l'intérieur de la cabine, et regretté l'époque où un homme pouvait porter des feutres, boire du scotch pour le déjeuner, craquer des allumettes sur l'ongle du pouce et traiter les autres de « caves ».

Où es-tu allé, Burt Lancaster, et pourquoi a-t-il fallu que tu emportes avec toi tout ce qu'il y avait de plus cool ?

Enfin, elle a raccroché et s'est approchée de moi, complètement déplacée – avec son petit haut blanc usé, son short gris et ses tongs Nike, son visage sans fard et son odeur d'encaustique – parmi les ornements en cuivre, les tapis d'Orient à dominante rouge, les dalles de marbre, les tenues en soie, en lin et en coton de Malaisie, et pourtant, quand elle m'a adressé un petit sourire malicieux, j'ai su au plus profond de moi que je n'avais jamais vu une fille aussi sensationnelle.

– On dirait bien que vous allez vivre, a-t-elle déclaré. Il m'a conseillé de lui laisser le week-end, et d'ici là, de rester à l'écart de Stevie.

– Qu'est-ce que ça t'a coûté ?

Elle a haussé les épaules avant de se diriger vers la sortie.

– Va falloir que je lui prépare un plat de poulet mariné la prochaine fois qu'il passera en ville, et, oh oui, que je m'assure que Luca Brasi dort avec les poissons.

– Chaque fois que tu te crois sortie de l'auberge...

– Ils m'y ramènent de force.

24.

Le lundi, nous nous sommes remis au travail d'arrache-pied. Angie avait prévu de passer la journée à essayer de joindre un ami à la Trésorerie de Pittsburgh pour voir si elle trouvait des informations financières sur Wesley Dawe antérieures à sa disparition, et Bubba avait promis de faire la même chose avec un type qu'il connaissait au centre des impôts du Massachusetts, bien que dans son souvenir, le type en question ait été mêlé à une histoire pas très claire.

De mon côté, je me suis servi de l'ordinateur du bureau pour parcourir les annuaires du Net et toutes les bases de données possibles et imaginables. Mais j'ai eu beau taper *Wesley Dawe* encore et encore, je n'ai strictement rien obtenu.

L'ami d'Angie au centre des impôts l'a fait patienter tout l'après-midi, Bubba n'a pas rappelé pour me tenir au courant de la situation, et au bout du compte, las de me heurter à des murs, j'ai pris ma voiture pour aller fouiller les archives municipales à la recherche de Naomi Dawe.

Je n'ai rien remarqué d'anormal concernant ses dates de naissance et de décès, mais j'ai néanmoins tout recopié dans mon calepin, que j'ai fourré dans ma poche arrière en sortant de l'hôtel de ville.

J'avais à peine posé un pied sur la place adjacente que deux mastodontes au crâne dégarni, portant des lunettes d'aviateur et de fines chemises hawaïennes sur leur jean, m'ont encadré.

– On va faire une petite balade, m'a dit celui de droite.

– Super, ai-je répondu. Si on passe par le parc, vous m'achèterez une glace ?

— On est tombés sur un comique, a fait remarquer celui de gauche.

— Sûr, a approuvé son comparse. Il se prend pour cet abruti de Jay Leno.

Nous avons traversé la place en direction de Cambridge Street, dérangeant au passage quelques pigeons qui se sont envolés devant nous. Mes deux compagnons respiraient fort, m'a-t-il semblé, comme s'ils n'avaient pas l'habitude de caser une promenade de santé dans leur emploi du temps.

Il faisait chaud, mais j'ai senti une sueur glacée me couvrir le front quand j'ai remarqué une Lincoln rose foncé garée en double file sur Cambridge. Cette voiture-là, je l'avais vue dans l'allée de Stevie Zambuca, le samedi.

— Tiens, Stevie avait envie de bavarder ? ai-je lancé. Et il a pensé à moi ? C'est gentil.

— T'as remarqué comme sa voix tremblait ? a demandé le type de droite.

— Mouais, peut-être qu'il commence à trouver ça moins drôle, a répondu l'autre.

Avec une rapidité et une fluidité étonnantes pour un homme de cette corpulence, il a glissé la main sous ma chemise et m'a délesté de mon arme.

— T'inquiète pas, on la met en lieu sûr, m'a-t-il dit.

La portière arrière de la Lincoln s'est ouverte à notre approche, et un jeune gars maigrichon est sorti sur le trottoir pour me la tenir.

Si je provoquais un scandale, les deux armoires à glace près de moi me briseraient les rotules et me pousseraient à l'intérieur de toute façon, grand jour ou pas.

J'ai décidé de procéder avec grâce.

Je me suis installé sur la banquette arrière à côté de Stevie Zambuca et ses sbires ont refermé la portière.

Les sièges à l'avant étaient inoccupés – désertés par les deux sbires en question, manifestement.

— Un de ces jours, a commencé Stevie Zambuca, le vieux va passer l'arme à gauche. Il a quoi, quatre-vingt-quatre ans ? C'est ça ?

J'ai hoché la tête.

— Quand il sera mort, je prendrai l'avion pour aller à l'enterrement, je lui ferai mes adieux, et une fois de retour, je te démolirai à coups de barre de fer, Kenzie. Prépare-toi, parce que ça va arriver.

— O.K.

– O.K. ? C'est tout ? (Il a souri.) Tu te crois vraiment coriace, hein ?

J'ai gardé le silence.

– Eh bien, tu ne l'es pas. Mais pour l'instant, je vais jouer selon les règles. (Il m'a jeté sur les genoux un sac de papier brun.) Y a huit mille dollars là-dedans. Le type m'en a refilé dix mille pour t'obliger à lui foutre la paix.

– Donc, vous êtes en affaires avec lui ?

– Non. C'était la première fois. Dix mille pour que t'abandonnes la partie. Je ne l'avais jamais rencontré avant vendredi soir. Il a abordé un de mes hommes pour lui faire son boniment.

– C'est lui qui vous a conseillé de vous servir de Bubba ?

Stevie s'est caressé le menton.

– Maintenant que j'y repense, oui. Il en sait long sur toi, Kenzie. Très long. Et il ne t'aime pas. Mais alors pas du tout.

– Vous avez une petite idée d'où il habite, de ce qu'il fait dans la vie, ce genre de trucs ?

– Non. Mais ce mec que je connais à Kansas City s'est porté garant pour lui. Il a entendu dire qu'il était réglo.

– Kansas City ?

Il a soutenu mon regard.

– Ouais, Kansas City, a-t-il confirmé. Pourquoi ? Où est le problème ?

J'ai haussé les épaules.

– J'ai l'impression que ça ne colle pas, c'est tout.

– Mouais, ben, on s'en fout. Quand tu le verras, redonne-lui les huit mille et dis-lui que le reste, c'est pour le dérangement.

– Et si je ne le vois pas ?

– Oh, tu le verras, Kenzie. Il est sacrément remonté contre toi, tu peux me croire. Il n'arrêtait pas de répéter que tu « t'ingérais » dans sa vie. Vincent Patriso est peut-être capable de me mettre hors jeu, mais il ne pourra rien contre ce type. Il veut ta mort.

– Non. Il veut que j'en arrive à souhaiter ma mort. C'est différent.

Stevie est parti d'un petit rire.

– T'as peut-être pas tort, Kenzie. Il est malin, c'est sûr, il parle bien, mais tu sens que dans sa tête, y a des trucs assez malsains. Un peu comme des courts-circuits dans toute cette matière grise. (Il a éclaté de rire, puis posé une main sur mon genou.) Et toi, tu l'as foutu en rogne. C'est pas formidable ? (Il a pressé un bouton pour déverrouiller les serrures.) À la prochaine, Kenzie.

– À la prochaine, Stevie.

J'ai ouvert la portière et cligné des yeux, ébloui par le soleil.

– Ouais, compte là-dessus, a-t-il ajouté quand je suis sorti de la voiture. Tu me reverras bientôt. Après l'enterrement du vieux. De très près. En technicolor.

Un des deux mastodontes m'a tendu mon arme.

– Fais gaffe, le comique, a-t-il raillé. Tâche de pas te tirer dans le pied.

Mon téléphone portable a sonné alors que je retraversais la place en direction du parking où j'avais laissé ma voiture.

J'ai su que c'était lui avant même de dire « Allô ».

– Pat ? Salut, mon pote. Ça va ?

– Pas trop mal, Wes. Et toi ?

– Elles portent à gauche, comme d'habitude. Mais, Pat ?

– Oui, Wes ?

– Quand tu seras arrivé au parking, monte sur le toit, d'accord ?

– C'est un rendez-vous, Wes ?

– Apporte l'enveloppe que t'a donnée le parrain.

– Mais bien sûr.

– Et ne perds pas ton temps à prévenir la police, O.K., Pat ? Il n'y a rien contre moi.

Il a raccroché.

J'ai attendu de me retrouver dans l'ombre du parking, où personne ne pouvait me voir, pour appeler Angie.

– Combien de temps il te faut pour me rejoindre à Haymarket ?

– À la vitesse où je conduis ?

– Bon, en gros, cinq minutes, ai-je répondu à sa place. Je serai sur le toit du parking en bas de New Sudbury. Tu connais ?

– Je connais.

J'ai examiné les abords du garage.

– J'ai besoin d'une photo de ce mec, Ange.

– Sur le toit ? Comment veux-tu que je fasse ? Les immeubles autour sont tous plus petits.

Mon regard s'est arrêté soudain sur un bâtiment plus élevé.

– La coopérative d'antiquités au bout de Friend Street, ai-je dit. Monte tout en haut.

– Comment ?

– Aucune idée. Mais à part cette foutue voie express, il n'y a aucun autre endroit d'où le photographier.

– O.K., O.K. J'arrive.

Elle a raccroché, et j'ai emprunté l'escalier sombre, humide et puant la pisse pour gravir les huit étages jusqu'au toit du parking.

Adossé à un mur, les bras croisés, il contemplait la place de l'hôtel de ville, Faneuil Hall et la brutale éruption des tours du quartier financier au croisement entre Congress et State. Durant un instant, j'ai envisagé de me ruer vers lui et de le balancer dans le vide pour le plaisir de l'entendre crier avant de s'écraser. Avec un peu de chance, sa mort serait considérée comme un suicide, et s'il avait une âme, elle aurait de quoi réfléchir à l'ironie de la situation sur le trajet jusqu'en enfer.

Il s'est tourné vers moi alors que j'étais encore à une bonne quinzaine de mètres.

– C'est tentant, pas vrai ?
– De ?
– Me pousser.
– Un peu.
– Mais les flics auraient vite fait de découvrir que le dernier numéro composé sur mon téléphone portable était le tien, de localiser la source du signal et de déterminer que tu te trouvais dans le coin six ou sept minutes avant ma chute.
– Ce serait déprimant. Sûr. (J'ai récupéré l'arme glissée dans ma ceinture.) À genoux, Wes.
– Oh, arrête.
– Mains sur la tête, Wes, doigts croisés.

Il a éclaté de rire.

– Ou sinon quoi ? Tu me descends ?

Je n'étais plus qu'à trois mètres de lui.

– Non, mais je te réduis le nez en bouillie à coups de crosse. Qu'est-ce que t'en dis ?

Il a grimacé, puis jeté un coup d'œil à son pantalon en lin et au sol crasseux autour de lui.

– Et si je restais debout les bras en l'air pendant que tu me fouilles, plutôt ?
– Bien sûr. Pourquoi pas ?

Sans lui laisser le temps de réagir, je lui ai expédié un bon coup de pied à l'arrière du genou gauche. Il est tombé.

– T'as eu tort de faire ça ! a-t-il crié en tournant vers moi son visage écarlate.
– Oh, Wesley est en colère, on dirait.
– Tu ne sais même pas à quel point.
– Hé, le cinglé, les mains sur la tête !

Cette fois, il s'est exécuté.
– Croise les doigts.
Là encore, il a obéi.

J'ai palpé sa poitrine, les pans de la chemise en soie noire flottant au-dessus de son pantalon, sa ceinture, son entrejambe et ses chevilles. Il portait des gants sombres au plus fort de l'été, mais comme ils étaient trop petits et étroits pour dissimuler ne serait-ce qu'un rasoir, je ne lui ai pas demandé de les ôter.

– C'est marrant, Pat. T'as beau me passer tes mains sur le corps, tu ne peux pas m'atteindre.
– Miles Lovell. David Wetterau.
– Et alors ? Tu as la preuve que je me trouvais sur les lieux de ces deux accidents ?

Non. L'enfant de salaud.
– Ta sœur par alliance, Wesley.
– Aux dernières nouvelles, elle s'est suicidée.
– Je peux prouver que tu es allé au motel Holly Martens.
– Où j'ai apporté mon soutien matériel et affectif à ma pauvre petite sœur dépressive ? C'est ça ?

J'ai fini de le fouiller, avant de m'écarter. Il avait raison. Je n'avais pas le moindre élément concret contre lui.

Il m'a jeté un coup d'œil par-dessus son épaule.
– Oh, t'as terminé ?

Lentement, il a décroisé les doigts, puis il s'est relevé et il a frotté les ovales sombres sur ses genoux – deux taches grasses de goudron chauffé par le soleil à jamais imprimées dans le lin.

– Je t'enverrai la facture, a-t-il marmonné.
– J'allais te le proposer.

Quand il a repris sa place contre le mur, le regard fixé sur moi, j'ai éprouvé de nouveau le désir presque irrépressible de le pousser. Juste pour l'entendre crier.

Maintenant que je le voyais mieux, je percevais en lui ce mélange nonchalant d'autorité et de cruauté qu'il semblait porter telle une cape drapée sur les épaules. Son visage se présentait comme une étrange association d'angles nets et de courbes pleines – mâchoire carrée sous des lèvres rouges charnues, peau ivoire à l'aspect mou, presque pâteux, interrompue par des pommettes et des sourcils saillants. Ses cheveux étaient redevenus blonds, et combinés à ces lèvres charnues et à ces prunelles bleues vibrant d'intensité et de malveillance, ils lui conféraient l'allure belliqueuse d'un Aryen.

Pendant que je l'étudiais, il m'étudiait aussi, la tête légèrement penchée vers la droite, les yeux rétrécis, l'ébauche d'un sourire entendu incurvant les coins de sa large bouche.

— Ton associée, Pat, quel canon ! a-t-il lancé soudain. Tu l'as baisée aussi ?

C'était comme s'il voulait m'amener à le pousser.

— Oh, je parie que oui, a-t-il repris en regardant la ville en contrebas. Tu t'envoies Vanessa Moore — que j'ai croisée au tribunal, l'autre jour, d'ailleurs —, tu t'envoies ta petite associée sexy et Dieu sait qui encore. T'es un sacré étalon, Pat.

Il a reporté son attention sur moi et j'ai replacé mon arme dans le holster sur mes reins pour ne pas être tenté de m'en servir.

— Wes.

— Oui, Pat ?

— Ne m'appelle pas Pat.

— Oh. (Il a hoché la tête.) J'ai identifié un point faible. C'est toujours intéressant. On ne sait jamais trop où résident les failles des autres tant qu'on n'a pas fouillé un peu.

— Ce n'est pas une faille, c'est une préférence.

— Bien sûr. (Ses yeux brillaient.) Si tu te le répètes assez souvent, tu finiras peut-être par t'en convaincre, Pat, hum, rick.

Malgré moi, j'ai souri. Pas lui.

Un hélicoptère de la télévision affecté à la surveillance de la circulation nous a survolés avant de décrire un arc de cercle au-dessus de la voie express de plus en plus encombrée à cette heure de pointe, comme je pouvais le constater sur le tablier métallique surélevé à ma gauche.

— Dieu que je déteste les femmes, a déclaré Wesley posément en observant les évolutions de l'appareil. En tant qu'espèce, sur le plan intellectuel, je les trouve... idiotes. Mais physiquement... (Il a souri.) Bon sang, c'est tout juste si je ne tombe pas à genoux quand je vois passer une créature de rêve. Quel paradoxe fascinant, n'est-ce pas ?

— Non. Tu es misogyne, Wesley, c'est tout.

Il a salué cette réponse d'un petit rire.

— Tu veux dire, comme Cody Falk ? (Il a fait claquer sa langue.) Crois-moi, je ne sortirais pas de mon lit pour aller violer une fille. Jamais. C'est... vulgaire.

— Toi, tu préfères réduire les gens à l'état de coquilles vides, c'est ça ?

Il a haussé un sourcil.

— Comme Karen, ai-je poursuivi. Tu l'as brisée jusqu'à ce qu'elle ne puisse plus exprimer son horreur autrement que par la sexualité.

Son sourcil est monté d'un cran.

– Tu veux rire ? Elle adorait ça ! Bon sang, Pat, ou quel que soit ton putain de nom, tu sais bien que ce qu'on cherche avant tout dans le sexe, c'est l'inconscience de l'oubli. Et ne t'avise pas de me sortir toutes ces conneries politiquement correctes sur l'engagement spirituel et l'acte d'amour. Le sexe, c'est baiser. Le sexe, c'est régresser jusqu'à un état de pure animalité. Redevenir un homme des cavernes. Au plus profond de soi. Remonter aux origines. On bave, on griffe, on mord et on grogne comme des bêtes. Les drogues, les accessoires, les fouets, les chaînes et les variantes qu'on ajoute à la sauce sont seulement des moyens pour essayer d'obtenir – non, de garantir – le même résultat. L'oubli. Un état régressif qui nous ramène des siècles en arrière et va à l'encontre du processus d'évolution. C'est ça, la baise, Pat. L'oubli.

J'ai applaudi.

– Formidable, ton discours.

Il s'est fendu d'une petite révérence.

– Ça t'a plu ?

– Tu t'es entraîné, ça se sent.

– Je l'ai peaufiné au fil des années, tu t'en doutes bien.

– Le problème, Wes...

– Oui ? Quel est le problème, Pat ? Vas-y, dis-moi.

– Tu ne peux pas expliquer la poésie à un ordinateur. Tu peux lui apprendre la rime ou la versification, mais il ne comprend pas la beauté. Il n'est pas sensible aux nuances, à l'essence des choses. Toi, tu ne sais pas ce que c'est que faire l'amour. Ça ne veut pas dire qu'il n'existe pas une dimension supérieure, au-delà de la baise.

– C'est ce que tu essaies d'atteindre avec Vanessa Moore, peut-être ? Une dimension supérieure ? La spiritualité inhérente à l'acte ?

– Non, ai-je répondu. On est juste des partenaires sexuels.

– Tu as déjà ressenti de l'amour, Pat ? Pour une femme ?

– Bien sûr.

– Tu as déjà accédé à cette dimension supérieure dont tu parles ?

– Oui.

Il a hoché la tête.

– Alors, où est-elle aujourd'hui, cette femme ? Remarque, il y en a peut-être eu plus d'une... Où sont-elles aujourd'hui ? Je veux dire, si c'était aussi bien que tu le prétends, pourquoi tu ne vis pas avec elle au lieu de t'envoyer Vanessa Moore une fois par-ci par-là ?

Je n'avais pas de réponse à cette question. Du moins, je n'avais pas envie d'en donner une à Wesley.

Pourtant, son raisonnement me troublait. Si l'amour disparaît, si les relations se détériorent, s'il n'y a en jeu que le sexe dans les sentiments, est-ce vraiment de l'amour ? Ou juste un grand mot dont on se gargarise pour mieux se distancier de la bête en nous ?

– Quand j'ai pris Karen, a poursuivi Wesley, ça l'a purifiée. C'était un acte volontaire, consensuel, Pat, je t'assure. Et elle a adoré. Ça lui a permis de découvrir sa véritable personnalité, l'essence même de son être. (Il m'a tourné le dos, perdu dans la contemplation de l'hélicoptère qui décrivait un large cercle au-dessus de Broadway Bridge, puis revenait vers nous.) Et quand elle s'est retrouvée face à elle-même, toutes les illusions qui lui servaient de béquilles jusque-là ont volé en éclats. Et elle aussi a volé en éclats. Ça l'a brisée. Elle aurait pu se reconstruire si elle avait eu suffisamment de force et de courage, mais ça l'a brisée.

– C'est plutôt toi qui t'en es chargé, ai-je rétorqué. Certains diraient que c'est toi qui l'as détruite, Wes.

Il a haussé les épaules.

– Il y a un point de rupture pour chacun d'entre nous. Karen a trouvé le sien.

– Avec ton aide.

– Possible. Et si elle avait choisi de se reconstruire, qui sait si elle ne serait pas plus heureuse aujourd'hui ? Où est ton point de rupture, Pat ? T'es-tu jamais demandé quels aspects de ta vie actuelle tu supporterais de perdre avant de devenir l'ombre de toi-même ? Ta famille ? Ton associée ? Ta voiture ? Tes amis ? Ta maison ? Combien de temps faudrait-il pour te ramener à l'état de nouveau-né ? Te dépouiller de tous tes ornements ? À ce moment-là, Pat, qui serais-tu ? Et que ferais-tu ?

– Après que je t'ai tué, ou avant ?

– Pourquoi voudrais-tu me tuer ?

J'ai tendu les bras en m'approchant de lui.

– Je n'en sais trop rien, Wes. Quand on prive certains types de tout, ils en arrivent à se dire qu'ils n'ont plus rien à perdre.

– Bien sûr, Pat. Bien sûr. (Il a placé une main sur sa poitrine.) Mais tu penses vraiment que je n'ai pas prévu tous les cas de figure ?

– C'est pour ça que t'as engagé Stevie Zambuca ?

Il a baissé les yeux vers le sac dans ma main.

– Je ne peux plus compter sur lui, je suppose.

J'ai jeté le sac à ses pieds.

– En gros, c'est ça. À propos, il a gardé deux mille dollars pour le dérangement. Tous ces mafieux, ils poussent un peu, hein, Wes ?

– Patrick, Patrick... Tu as compris que tout ça était purement hypothétique, j'espère. Je n'ai aucune animosité envers toi.

– Tant mieux. Dommage que je ne puisse pas en dire autant, Wes.

Il a baissé la tête jusqu'à ce que son menton touche sa poitrine.

– Crois-moi, Patrick, tu n'as pas intérêt à jouer aux échecs avec moi.

De la main droite, je lui ai donné une chiquenaude sur le menton.

Quand il a relevé la tête, la cruauté moqueuse dans son regard avait cédé la place à une rage sans bornes.

– Mais je ne demande que ça, Wes.

– Écoute, prends l'argent, O.K. ? (Il serrait les dents, à présent, et son visage s'était soudain couvert de sueur.) Prends-le et oublie-moi. Je ne tiens pas à croiser le fer avec toi pour le moment.

– Mais moi, si, Wes. J'y tiens beaucoup.

Il a éclaté de rire.

– Prends l'argent, mon pote.

Mon rire a fait écho au sien.

– Tu ne voulais pas me détruire, vieux ? ai-je lancé. T'as déjà oublié ?

Une expression de malveillance paresseuse a de nouveau assombri ses yeux bleus.

– Je peux le faire, Pat. C'est juste une question de temps.

– De temps ? Wes, vieux, j'en ai à revendre, moi. J'ai tout annulé pour toi.

Sa mâchoire s'est crispée. Il a pincé les lèvres et hoché la tête à plusieurs reprises.

– O.K., a-t-il dit. O.K.

J'ai jeté un coup d'œil à ma gauche et remarqué une Honda garée sur la voie express, à environ cinquante mètres de distance. Ses feux de détresse clignotaient, les voitures la klaxonnaient au passage et certains conducteurs allaient même jusqu'à faire un doigt à Angie penchée sous le capot ouvert, en train de tripoter des câbles et de prendre des photos de Wesley et de moi grâce à l'appareil calé sur le bouchon du filtre à huile.

Soudain, Wesley m'a tendu ses doigts gantés. Une lueur meurtrière brillait dans son regard.

– Alors, c'est la guerre, Pat ?

Je lui ai serré la main.

– C'est la guerre, ai-je confirmé. Plutôt deux fois qu'une.

25.

– Où es-tu garé, Wes ? ai-je demandé quand nous avons quitté le toit pour descendre l'escalier.
– Pas dans le parking, Pat. Tu es au sixième, je crois.

Quand nous avons atteint le sixième étage, Wesley s'est écarté de moi. Au moment de franchir la porte, j'ai hésité.

– T'es arrivé, a-t-il dit.
– Mmm.
– Tu voudrais rester encore un peu avec moi ?
– Ça m'a traversé l'esprit, Wes.

Il a opiné, puis il s'est frotté le menton, et soudain, certaines parties de son corps se sont mues à une telle vitesse que je n'ai rien vu venir. L'un de ses mocassins m'a atteint à la mâchoire, m'envoyant valdinguer dans le parking.

Je me suis redressé tant bien que mal entre deux voitures, et j'avais réussi à retirer mon arme de son holster quand Wesley Dawe a de nouveau fondu sur moi. J'ai eu l'impression de recevoir à peu près six coups de poing et six coups de pied en cinq secondes environ, et mon flingue a rebondi sur le sol avant de disparaître sous un véhicule.

– Tu m'as fouillé sur ce toit parce que je l'ai bien voulu, Pat.

Quand je suis tombé à quatre pattes, il m'a encore frappé à l'estomac.

– Et tu es toujours vivant parce que je le veux bien. Mais je ne sais pas... Il est possible que je change d'avis.

Du coin de l'œil, je l'ai vu se préparer à lancer l'offensive suivante. Il a soulevé son pied, et au moment où il me l'expédiait dans les côtes, j'ai agrippé sa cheville.

J'ai entendu une voiture quitter le cinquième niveau et s'engager sur la rampe d'accès au sixième, son pot d'échappement percé résonnant dans le silence, et Wesley l'a entendue aussi.

Il m'a balancé un dernier coup dans la poitrine. J'ai lâché prise. Des phares ont balayé le mur au fond de la rampe d'accès.

– À la prochaine, Pat.

Le bruit de ses pas précipités s'est élevé dans l'escalier métallique, et j'ai tenté de me redresser, mais mon corps a décidé de s'affaler sur le dos au moment où la voiture s'immobilisait dans un grand crissement de freins.

– Qu'est-ce que..., a lancé une femme descendue du côté passager. Oh, mon Dieu !

L'homme au volant, sorti à son tour, a posé une main sur le toit.

– Hé, vieux, ça va ?

J'ai pointé l'index vers la femme qui approchait.

– Une seconde, O.K. ?

J'ai sorti mon téléphone portable pour appeler Angie.

– Oui ?

– Il devrait sortir d'une minute à l'autre, ai-je haleté. Tu le vois ?

– Quoi ? Non. Attends. Si, le voilà.

Des coups de klaxon ont retenti derrière elle.

– Est-ce qu'il y a une Mustang noire dans le coin ?

– Oui. Il se dirige vers elle.

– Note le numéro, Ange.

– O.K. Terminé, Kirk.

J'ai raccroché, puis levé les yeux vers le couple au-dessus de moi. Ils portaient tous les deux un T-shirt noir de Metallica.

– C'est Metallica qui joue au Fleet Center, ce soir ? ai-je demandé.

– Euh, oui.

– Je croyais qu'ils s'étaient séparés.

– Non. (Le type a blêmi comme si je venais de lui prédire l'apocalypse.) Non, non, non...

J'ai rangé mon mobile dans ma poche et tendu les deux mains.

– Vous m'aidez ?

Ils se sont placés de façon à pouvoir me tirer.

– Doucement, hein ?

Ils m'ont redressé ; le parking s'est mis à tourner autour de moi et la lumière m'a paru soudain visqueuse. J'ai tâté mes côtes, le haut de mon torse, mes épaules et enfin, ma mâchoire. Rien ne me semblait cassé. Mais tout me faisait mal. Très très mal.

– Vous voulez qu'on prévienne la sécurité ? a demandé le type.

Je me suis adossé à une voiture en passant la langue sur mes dents pour en vérifier l'état.

– Non. Ça va. Mais vous auriez intérêt à prendre vos distances au plus vite.

– Pourquoi ?

– Parce que je vais dégueuler.

Ils ont filé presque aussi rapidement que Wesley.

– Que je comprenne bien, là, a dit Bubba en tapotant un coton imbibé d'alcool à 90° sur mon front écorché. Tu t'es fait dérouiller par un mec qui ressemble à Niles Crane ?

– Mmmoui, ai-je réussi à articuler, une vessie de glace grande comme un terrain de football appliquée sur ma mâchoire enflée.

– Je sais pas..., a-t-il lancé à Angie. Tu crois qu'il est encore fréquentable ?

Elle a détaché son regard des photos de Wesley qu'elle avait fait développer dans un laboratoire Foto-Fast pendant que Bubba m'examinait à la recherche de fractures ou de foulures, bandait mes côtes meurtries, nettoyait les éraflures et autres égratignures causées par ma chute sur le ciment du parking et l'anneau à la main droite de Wesley. On peut dire ce qu'on voudra de l'intelligence de Bubba, mais c'est un fabuleux toubib de terrain. Sans compter qu'il est mieux fourni côté drogues.

Angie m'a souri.

– Tu deviens un vrai boulet, Patrick.

– Tiens donc. Jolie coiffure, au fait.

Les sourcils froncés, elle a porté la main à ses cheveux.

Au même moment, le téléphone portable posé près de son coude a sonné. Elle a décroché.

– Salut, Devin, a-t-elle dit au bout de quelques secondes. Hein ? (Elle a tourné la tête vers moi.) Sa mâchoire ressemble à un pamplemousse rose, mais sinon, je crois qu'il ne va pas trop mal. Hein ? Oh, sûr. (Elle a baissé le combiné.) Devin aimerait savoir depuis quand tu t'es transformé en mauviette.

– Hé, ce mec pratique le kung-fu ! ai-je riposté entre mes dents serrées. Ou le judo, ou un truc comme ça, et il expédie des putains de coups de pied à te dévisser la tête.

Elle a levé les yeux au ciel.

– Comment tu dis ? a-t-elle lancé dans le combiné. Oh, oui. (À mon intention, elle a ajouté :) Devin me demande pourquoi tu ne l'as pas descendu.

– Bonne question, a renchéri Bubba.
– J'ai *essayé*, ai-je souligné.
– Il a essayé, a répété Angie à l'adresse de Devin. (Elle a écouté, puis hoché la tête et lancé dans ma direction :) Devin te conseille d'y mettre un peu plus de conviction, la prochaine fois.

J'ai esquissé un sourire désabusé.

– Il va y réfléchir, Devin, a-t-elle déclaré. Et pour le numéro ? D'accord, merci. Oui, on fait ça bientôt. Merci. Salut.

Elle a raccroché.

– Les plaques d'immatriculation sont celles d'une Cougar Mercury volée la nuit dernière.

– La nuit dernière ? me suis-je étonné.

Angie a acquiescé d'un signe de tête.

– Apparemment, ce bon vieux Wesley sait s'organiser à l'avance.

– Et lever la jambe comme une majorette ! s'est exclamé Bubba.

Je me suis adossé à ma chaise, et de ma main libre, je leur ai fait un signe d'encouragement.

– Allez, qu'on en finisse. Sortez-moi toutes vos blagues à la con. Défoulez-vous.

– Tu plaisantes ? a répliqué Angie. Pas question.

– Des mois, a répondu Bubba. On va t'en faire baver pendant des mois.

Le copain de Bubba au Trésor public ayant été inculpé l'année précédente pour diverses fraudes, cette piste-là n'a rien donné, mais Angie a enfin reçu un appel de son contact au centre des impôts, et elle a griffonné sur son calepin en marmonnant « Mmm » de temps à autre tandis que je frottais ma mâchoire meurtrie et que Bubba versait du poivre de Cayenne dans des balles à tête creuse.

– Arrête ça, Bubba, ai-je grommelé.
– Pourquoi ? Je m'ennuie.
– Tu t'ennuies beaucoup, depuis quelque temps.
– Ben oui, mais t'as vu avec qui je traîne ?

Enfin, Angie a raccroché, levé les yeux et souri.

– On le tient.
– Wesley ?
– Oui. Il a payé ses impôts de 1984 à 1989, et ensuite, il a disparu.
– Ah.
– Attends, j'ai mieux. Devine où il a travaillé.
– Aucune idée.
– À l'hosto, a répondu Bubba en remplissant une autre balle.

Angie lui a envoyé son stylo à la tête.

– Tu me coupes tous mes effets.
– Bah, j'ai dit ça au pif, a-t-il répliqué. M'embête pas.
Les sourcils froncés, il s'est passé une main dans les cheveux avant de retourner à ses munitions.
– Un hôpital psychiatrique ? ai-je lancé.
– Entre autres, oui. Il a bossé un été à McLean ; un an à Brigham and Women's ; un an à Mass General ; six mois à Beth Israel. Apparemment, il n'était pas assez bon pour garder une place, mais son père devait lui en trouver d'autres.
– Quel service ?
Bubba a levé la tête, ouvert la bouche, croisé le regard noir d'Angie et refermé la bouche.
– Les admissions, a répondu Angie. Et ensuite, les archives.
Je me suis assis à table pour consulter les notes que j'avais prises à l'hôtel de ville.
– Où travaillait-il en 89 ?
Angie a examiné ses papiers.
– Brigham and Women's. Aux archives.
J'ai acquiescé, avant de lui montrer mes propres documents.
– Naomi Dawe, a-t-elle lu. Née le 11 décembre 1985 à Brigham and Women's. Morte le 17 novembre 1989 à Brigham and Women's.
J'ai reposé mes feuilles, puis je me suis levé et dirigé vers la cuisine.
– Tu vas où ?
– Passer un coup de téléphone.
– À qui ?
– Une de mes ex.
– On bosse, là, a bougonné Bubba, et lui, il pense qu'à prendre son pied.

J'ai retrouvé Grace Cole à Francis Street dans Brookline, au cœur du site de l'hôpital Longwood. Il ne pleuvait plus et nous avons longé Francis, puis traversé Brookline Avenue en direction de la rivière.
– Tu as une sale tête, a-t-elle dit en considérant ma mâchoire. Tu fais toujours le même métier, je suppose.
– Toi, tu es superbe.
Elle a souri.
– Espèce de charmeur !
– Je suis sincère, c'est tout. Comment va Mae ?
Mae était la fille de Grace. Trois ans plus tôt, le déferlement de violence dans ma vie les avait obligées à accepter la protection du

FBI, avait failli compromettre l'internat de Grace et anéanti ce qui restait de notre relation[1]. Mae avait quatre ans à l'époque. Elle était vive, mignonne et elle adorait regarder les Marx Brothers avec moi. Je ne pouvais pas penser à elle sans éprouver un drôle de pincement de cœur.

– Oh, ça va, a-t-elle répondu. Elle est en CE1 et ça marche plutôt bien. Elle aime les maths, déteste les garçons... Au fait, je t'ai vu à la télé, l'année dernière, quand ces hommes ont été tués près des carrières de Quincy[2]. Tu étais dans la foule.

– Mmm.

De l'eau gouttait des saules pleureurs le long de la berge et la rivière elle-même avait pris une teinte gris métallisé après la pluie.

– Toujours à côtoyer des individus dangereux, hein? a demandé Grace en indiquant ma mâchoire et mon front meurtris.

– Moi? Oh, non. J'ai glissé dans la salle de bains.

– Dans une baignoire pleine de cailloux?

J'ai souri en remuant la tête.

Quand nous nous sommes écartés pour laisser passer deux joggeurs – jambes s'activant furieusement, souffle saccadé, atmosphère rageuse autour d'eux –, nos coudes se sont frôlés.

– J'ai accepté un poste à Houston, a déclaré Grace. Je pars dans deux semaines.

– Houston...

– Tu connais?

J'ai hoché la tête.

– Grand. Chaud. Industriel.

– Ils sont à la pointe de la technologie médicale, a-t-elle précisé.

– Félicitations. Sérieux.

Elle s'est mordillé la lèvre en regardant les voitures qui circulaient sur les routes luisantes d'humidité.

– J'ai failli t'appeler un bon millier de fois, Patrick.

– Qu'est-ce qui t'a retenue?

Sans quitter la route des yeux, elle a haussé les épaules.

– Cette image de toi près des cadavres dans les carrières, je suppose.

Je me suis borné à suivre son regard, parce que je n'avais rien à répondre.

– Il y a quelqu'un dans ta vie? a-t-elle demandé.

– Pas vraiment.

---

1. Voir *Ténèbres, prenez-moi la main*.
2. Voir *Gone, Baby, Gone*.

Elle a sondé mes prunelles et souri.
– Mais tu as bon espoir ?
– J'ai bon espoir, oui. Et toi ?
Grace a jeté un coup d'œil en direction de l'hôpital.
– Je suis avec un médecin. Je ne sais pas encore comment mon départ pour Houston va affecter cette relation. C'est incroyable ce que ça exige.
– Comment ça ?
Elle a fait un geste vers la route, puis laissé retomber sa main.
– Tu vois, tu t'efforces de préserver ta carrière, de préserver ta vie privée, de réfléchir à tes choix. Et puis, un jour, tu t'aperçois que ta voie est toute tracée. Les décisions ont été prises. Pour le meilleur ou pour le pire, c'est ta vie.

Grace à Houston. Grace absente de cette ville. Je ne lui avais pas parlé depuis presque trois ans, mais d'une certaine façon, je trouvais réconfortant de la savoir à proximité. Dans un mois, elle ne serait plus là. Je me suis demandé si je ressentirais son départ comme un minuscule trou dans le tissu du paysage urbain.

Elle a fourragé dans son sac.
– Bon, voilà ce que tu voulais. Je n'ai rien remarqué d'étrange. La fillette s'est noyée. L'eau prélevée dans ses poumons était celle de l'étang. L'heure de la mort n'a rien d'étonnant pour une enfant de cet âge tombée dans une mare glacée et transportée à l'hôpital de toute urgence.
– Elle est morte chez elle ?
– Non, en salle d'opération. Son père avait réussi à la ranimer sur les lieux de l'accident, à faire repartir le cœur. Mais il était trop tard.
– Tu le connais ?
– Christopher Dawe ? Non. Seulement de réputation.
– Et quelle est-elle, cette réputation ?
– Un brillant chirurgien, mais un homme bizarre. (Elle m'a tendu une chemise cartonnée, avant de contempler quelques instants la rivière, puis la rue.) Bon, eh bien... Écoute, je... je dois y aller. J'ai été heureuse de te revoir.
– Je te raccompagne.
Elle a placé une main sur sa poitrine.
– Je préférerais rentrer seule.
Dans ses yeux, j'ai perçu du regret, peut-être aussi un soupçon de nervosité quant aux incertitudes de son avenir et l'impression que les bâtiments derrière nous se rapprochaient inexorablement.
– On s'aimait, n'est-ce pas ? a-t-elle chuchoté.

– Oui, on s'aimait.
– Dommage.

Immobile sur la rive, je l'ai regardée s'éloigner dans son pantalon bleu et sa blouse blanche, les cheveux imprégnés par l'humidité de l'air.

J'aimais Angie. Je l'avais sans doute toujours aimée. Pourtant, une partie de moi aimait encore Grace Cole et éprouvait la nostalgie de l'époque où nous partagions un lit et parlions de l'avenir. Mais cet amour entre nous et ces personnes que nous étions alors avaient cessé d'exister ; ils étaient rangés dans une boîte comme de vieilles photographies et des lettres qu'on ne lira plus jamais.

Quand elle a disparu parmi le personnel et les bâtiments hospitaliers, je me suis surpris à en convenir. C'était dommage, oui. Rudement dommage.

Bubba avait placé ses balles dans des boîtes blanches empilées les unes sur les autres quand je suis rentré. Angie et lui jouaient au Stratego sur la table de la salle à manger tout en buvant de la vodka et en écoutant les Muddy Waters sur ma chaîne.

En général, Bubba n'est pas doué pour les jeux de société. Il s'énerve vite et finit presque toujours par tout envoyer balader, mais au Stratego, c'est un adversaire redoutable. Peut-être à cause de toutes ces bombes. Il les disperse dans les endroits les plus improbables et se comporte en kamikaze avec ses troupes, marchant vers une mort certaine d'un air réjoui.

En attendant qu'il se soit emparé du drapeau d'Angie, j'ai étudié les certificats d'admission, de naissance et de décès au nom de Naomi Dawe, mais sans relever le moindre détail anormal.

– Ah! s'est écrié Bubba. Maintenant, femme, conduis-moi à tes filles.

Cette fois, c'est Angie qui a balayé le jeu d'un grand geste.

– Peuh, ce que tu peux être mauvaise perdante, a lancé Bubba.

– Je suis compétitive, a-t-elle répliqué en se penchant pour ramasser les pions. C'est différent.

Bubba a levé les yeux au ciel puis tourné la tête vers le côté de la table où j'avais étalé mes documents. Il s'est approché pour lire par-dessus mon épaule.

– C'est quoi, ces trucs ?

– Le dossier de Naomi Dawe récupéré dans les archives de l'hôpital. Formulaire d'admission de la mère pour l'accouchement. Certificat de naissance de la fille. Certificat de décès.

Il a examiné les feuilles devant lui.
- Ça colle pas.
- Bien sûr que si. Tu butes sur quel mot ?
La question m'a valu une bonne baffe sur l'arrière du crâne.
- Pourquoi elle a deux groupes sanguins ?
Angie a redressé la tête.
- Quoi ?
Il a désigné une ligne sur le certificat de naissance et une autre sur le certificat de décès.
- Elle est O négatif sur celui-là.
J'ai vérifié.
- Et B positif sur celui-ci, ai-je dit.
Angie s'est approchée de nous.
- Qu'est-ce que vous racontez ?
Nous lui avons montré.
- Mais enfin, qu'est-ce que ça signifie ? ai-je lancé.
Bubba m'a gratifié d'un petit reniflement méprisant.
- C'est pourtant clair. La gosse qui est née ce jour-là, a-t-il expliqué en plantant le doigt sur le certificat de naissance, n'est pas celle qui est morte ce jour-là, a-t-il indiqué en plantant le doigt sur le certificat de décès. Bon sang, ce que tu peux être bouché, des fois...

26.

– C'est elle, ai-je dit quand Siobhan est apparue dans la rue des Dawe, la tête et les épaules rentrées comme si elle s'attendait à un orage de grêle. Bonjour ! ai-je lancé à son adresse au moment où elle passait à côté de la Porsche.

– Bonjour, a-t-elle répondu sans que son regard exprime de surprise particulière.

– Il faudrait qu'on voie les Dawe.

Elle a hoché la tête.

– Il a parlé de porter plainte contre vous.

– Ce ne sont que des mots, ai-je répliqué. Je n'ai rien fait.

– Pour le moment, a-t-elle ajouté.

– Pour le moment, c'est vrai. Si j'ai bien compris, ils sont en Nouvelle-Écosse. J'aurais besoin de leur adresse.

– Et pourquoi devrais-je vous aider ?

– Parce qu'ils vous traitent comme une domestique.

– Je suis leur domestique.

– C'est votre travail. Pas ce que vous êtes.

Elle a regardé Angie.

– Vous êtes son associée ?

Angie lui a tendu la main en se présentant. Siobhan l'a serrée.

– Eh bien, ils ne sont pas en Nouvelle-Écosse, a-t-elle déclaré.

– Ah bon ?

– Non, ils sont ici. Chez eux.

– Ils ne sont jamais partis ?

– Si, mais ils sont revenus. (Elle a jeté un coup d'œil en direction de la maison.) Bon, je dirais que votre associée, jolie comme elle

est, pourrait peut-être sonner chez eux et les amener à ouvrir si vous n'êtes nulle part en vue, monsieur Kenzie.
– Merci, Siobhan.
– Ne me remerciez pas. Mais bon Dieu de bon Dieu, ne les tuez pas. Ce boulot, c'est une nécessité pour moi.
Elle a de nouveau baissé la tête et voûté les épaules, puis elle s'est éloignée.
– C'est une coriace, a fait remarquer Angie.
– Et en plus, j'adore son accent.
Nous nous sommes garés un peu plus loin dans la rue et nous sommes revenus à pied jusque chez les Dawe. Nous avons rapidement remonté l'allée, car il n'y avait pas d'autre solution que de foncer en espérant qu'ils ne regarderaient pas par la fenêtre et ne se barricaderaient pas à l'intérieur avant de prévenir la police de Weston.
Quand nous sommes parvenus sur le perron, je me suis posté à droite de l'entrée pendant qu'Angie tirait la porte-moustiquaire, puis pressait la sonnette.
Une bonne minute s'est écoulée, jusqu'au moment où, enfin, quelqu'un a ouvert. J'ai entendu Christopher Dawe demander :
– Oui ?
– Docteur Dawe ?
– Oui ? Que puis-je faire pour vous, mademoiselle ?
– Je m'appelle Angela Gennaro. Je suis venue vous parler de votre fille.
– Karen ? Bon sang, vous êtes envoyée par un journal, c'est ça ? Mais cette tragédie remonte à...
– Naomi, l'a interrompu Angie. Pas Karen.
Je me suis montré. Christopher Dawe, la bouche entrouverte, le visage livide, a porté une main tremblante à son bouc.
– Bonjour, docteur. Vous vous souvenez de moi ?

Il nous a conduits jusqu'à une petite terrasse entourée d'une moustiquaire qui donnait derrière la maison sur une vaste piscine, une vaste pelouse et une minuscule mare visible au-delà d'un petit bosquet. Il a grimacé quand nous nous sommes assis en face de lui.
Puis, une main sur les yeux, il nous a observés à travers ses doigts écartés. Quand il a repris la parole, c'était d'une voix lasse, comme s'il n'avait pas dormi de la semaine.
– Ma femme est au club. Combien vous voulez ?

— Oh, une fortune, ai-je répondu. Combien vous avez ?
— Donc, vous faites bel et bien équipe avec Wesley, a-t-il dit.
— Contre, a répliqué Angie. Contre lui, a-t-elle ajouté en indiquant ma mâchoire enflée.
Le Dr Dawe a ôté la main qui lui couvrait les yeux.
— C'est lui qui vous a arrangé comme ça ?
J'ai opiné.
— Wesley..., a-t-il murmuré.
— Apparemment, il s'y connaît en arts martiaux, ai-je précisé.
Il a examiné mon visage.
— Comment s'y est-il pris exactement, monsieur Kenzie ?
— Pour la mâchoire, je pense à un coup de pied circulaire. Mais je n'en suis pas sûr. Ses gestes étaient très rapides. Après, il m'a fait un numéro à la David Carradine et m'a massacré.
— Mon fils n'a jamais pratiqué le karaté.
— Quand l'avez-vous vu pour la dernière fois ? a demandé Angie.
— Il y a dix ans.
— Supposons pour l'instant qu'il a pris des leçons, ai-je déclaré. Bon, pour en revenir à Naomi...
Christopher Dawe a levé la main.
— Une petite minute, monsieur Kenzie. Décrivez-moi sa façon de bouger.
— Pardon ?
— Oui, sa façon de bouger. De marcher, par exemple.
— Avec beaucoup de fluidité, a répondu Angie. Un peu comme s'il patinait.
Le Dr Dawe a ouvert la bouche, l'air stupéfait.
— Quoi ? a fait Angie.
— Mon fils est né avec une jambe plus courte que l'autre de cinq bons centimètres. On peut dire beaucoup de choses sur sa démarche, mais certainement pas qu'elle est gracieuse.
Angie a retiré de son sac une photo nous montrant, Wesley et moi, sur le toit du parking. Elle l'a tendue au médecin.
— Est-ce lui ?
Christopher Dawe a étudié le cliché, puis l'a reposé sur la table basse entre nous.
— Non, cet homme n'est pas mon fils, a-t-il affirmé.

De la terrasse, et à travers le petit bouquet d'arbres, l'étang où Naomi s'était noyée avait l'air d'une flaque bleue condamnée à s'évaporer sous la chaleur, à disparaître sous nos yeux, aspirée par la terre et remplacée par une boue noire. Il paraissait bien trop inoffensif pour avoir détruit une vie.

Me détournant de la moustiquaire, j'ai jeté un coup d'œil au cliché.

– Alors, qui est-ce ? ai-je demandé.
– Je n'en ai pas la moindre idée.
– Vous en êtes vraiment sûr ?
– Nous parlons de mon fils, je vous signale, a rétorqué le Dr Dawe.
– Dix ans ont passé.
– Mon fils, a-t-il insisté. Cet homme-là ne lui ressemble même pas. Peut-être au niveau du menton, mais c'est tout.

J'ai écarté les bras en un geste d'impuissance, puis je me suis levé et j'ai contemplé quelques instants le reflet de la maison qui ondulait à la surface de la piscine.

– Depuis combien de temps vous fait-il chanter, docteur ?
– Cinq ans.
– Mais il est parti depuis dix.

Il a acquiescé d'un mouvement de tête.

– Les cinq premières années, il s'est servi dans un fonds en fidéicommis. Quand il a épuisé ses réserves, il a pris contact avec moi.
– Comment ?
– Il a téléphoné.
– Vous avez reconnu sa voix ?

Le Dr Dawe a haussé les épaules.

– Il murmurait. Mais il a parlé de certaines choses – des souvenirs d'enfance – que seul Wesley pouvait connaître. Il m'a ordonné de lui envoyer par la poste dix mille dollars en liquide toutes les deux semaines. Les adresses changeaient souvent ; c'étaient parfois des boîtes postales, parfois des hôtels, parfois aussi des adresses quelconques. Mais dans différents quartiers, différentes villes, différents États.
– Il n'y avait pas de constante ?
– La somme. Pendant quatre années, dix mille dollars tous les quinze jours, et les boîtes où je devais déposer l'enveloppe se trouvaient toujours à Back Bay. En dehors de ça, non.
– Mais que s'est-il passé la cinquième année ? est intervenue Angie.
– Il en a réclamé la moitié, a-t-il répondu d'une voix soudain rauque.

– La moitié de quoi ? Votre fortune ?

Il a opiné.

– Qui se monte à combien, docteur ?

– Je n'ai aucune envie de vous communiquer cette information, monsieur Kenzie.

– Écoutez, docteur, j'ai en ma possession des documents indiquant clairement que la fillette qui s'est noyée dans votre étang n'était pas celle à qui votre femme avait donné naissance. Alors, vous me dites tout ce que je veux savoir.

Christopher Dawe a poussé un profond soupir.

– À peu près six millions sept. Une fortune dont mon grand-père a posé les fondations il y a quatre-vingt-seize ans, quand il a débarqué dans ce pays et...

Je l'ai interrompu d'un geste. Je me foutais complètement de son histoire familiale et de son sens de l'épopée.

– Ce chiffre englobe vos biens immobiliers ?

– Non, a-t-il répondu. Ces six millions sept sont placés en actions, obligations, certificats de dépôt, bons du Trésor et valeurs monétaires.

– Et Wesley – ou celui qui se fait passer pour lui, ou son messager, ou quelle que soit l'identité de ce type – en a exigé la moitié.

– Oui. En disant que nous n'entendrions plus jamais parler de lui après.

– Vous l'avez cru ?

– Non. Mais dans son optique, j'allais forcément me conformer à ses exigences. Malheureusement, il s'avère que j'ai tenu bon. J'ai pensé que j'avais le choix. (De nouveau, il a soupiré.) *Nous* l'avons pensé, ma femme et moi. Nous ne voulions pas céder au chantage de Wesley, monsieur Kenzie, mademoiselle Gennaro. Nous avons décidé de ne plus rien lui donner, plus un centime. S'il voulait aller trouver la police, qu'il y aille, il n'aurait rien de toute façon. À ce stade, nous en avions assez de nous cacher et assez de payer.

– Comment a réagi Wesley ? a lancé Angie.

– Il a éclaté de rire, a répondu Christopher Dawe. Il a dit, je cite : « L'argent n'est pas la seule chose dont je peux vous dépouiller. » (Il a secoué la tête.) Dans mon idée, il parlait de cette maison, de la résidence secondaire, des antiquités ou des quelques œuvres d'art que nous avons. Mais non.

– Il parlait de Karen ?

Christopher Dawe a hoché la tête avec lassitude.

– De Karen, oui, a-t-il chuchoté. Mais nous ne nous sommes doutés de rien pratiquement jusqu'à la fin. Elle avait toujours été si...

Il a paru chercher le mot.

– Faible ? ai-je suggéré.

– C'est ça, oui. Et puis sa vie a basculé. Quand David a eu cet accident, nous avons eu l'impression qu'elle n'était pas assez forte pour le supporter. Je détestais son attitude. Je la méprisais. Plus elle s'enfonçait, plus je la rejetais.

– Même quand elle est venue vous demander de l'aide ?

– Elle était droguée. Elle se comportait comme une prostituée. Elle... (Il s'est pris la tête à deux mains.) Comment aurions-nous pu savoir que Wesley était derrière tout ça ? Comment aurions-nous pu imaginer un seul instant qu'un être humain puisse en acculer un autre à la folie ? Sa propre sœur, qui plus est ? Comment ?

Il a baissé les bras, plaqué les paumes sur son visage, et il m'a de nouveau regardé à travers ses doigts.

– Naomi, est intervenue Angie. Échangée à la naissance.

Hochement de tête.

– Pourquoi ?

– Elle souffrait d'une cardiopathie conotroncale appelée Troncus arteriosis, a-t-il expliqué en laissant retomber ses mains. Oh, ce n'est pas quelque chose qu'on peut détecter dans la salle de travail, mais c'était mon enfant, et j'ai fait moi-même des analyses. J'ai découvert une anomalie et procédé à d'autres examens. À cette époque, on pensait le Troncus arteriosis inopérable. Même encore aujourd'hui, c'est souvent fatal.

– Donc, vous avez remplacé votre fille par un modèle non défectueux ? a lancé Angie.

– Je vous assure, ça n'a pas été une décision facile, s'est-il défendu, les yeux écarquillés. J'ai souffert le martyre. Mais l'idée avait germé dans mon esprit, et je... Vous n'êtes pas parents, ça se voit. Vous ne savez pas à quel point c'est dur d'élever un enfant en bonne santé, alors je ne vous parle pas d'un enfant atteint d'une maladie incurable. La mère, la mère naturelle de l'autre bébé, était morte en accouchant dans l'ambulance, des suites d'une hémorragie. Cette fillette n'avait pas de famille. C'était comme si Dieu me disait – non, *m'ordonnait* – de le faire. Alors, je l'ai fait.

– Comment ? ai-je demandé.

Il a esquissé un sourire tremblant.

– Vous serez consterné d'apprendre combien ç'a été facile. Je suis un cardiologue de renom, monsieur Kenzie, jouissant d'une réputation internationale. Aucune infirmière ni aucun interne n'allait me questionner sur ma présence dans un service de maternité, d'autant que je venais d'être papa. (Il a haussé les épaules.) J'ai juste échangé les planchettes sur les berceaux.

— Et modifié les fichiers informatiques, ai-je ajouté.

— Oui. Mais j'ai oublié le formulaire d'admission.

— Vous... (Angie s'est interrompue ; des tremblements de colère contenue couraient sur sa peau tandis qu'elle serrait le poing sous la table.) Vous avez pensé à ce qu'allaient ressentir les parents adoptifs de votre fille en apprenant qu'elle était condamnée ?

— Elle a survécu, nous a-t-il révélé, des larmes coulant sur ses joues. Elle a été adoptée par une famille de Brookline. Elle s'appelle... (Sa voix s'est étranglée.) Elle s'appelle Alexandra. Elle a treize ans, et d'après ce que je sais, elle est suivie par un spécialiste du cœur à Beth Israel qui semble avoir accompli des miracles, car aujourd'hui, *Alexandra* nage, joue au volley, court, fait du vélo... (Les larmes ruisselaient, à présent, mais silencieusement, comme une averse libérée par un nuage en été.) Elle n'est pas morte noyée dans un étang gelé. Non, elle, elle est vivante.

Christopher Dawe a relevé la tête et nous a adressé un grand sourire à travers ses larmes.

— Quelle ironie, n'est-ce pas ?

Angie a fait non de la tête.

— Avec tout le respect que je vous dois, docteur, ça ressemble plutôt à une certaine forme de justice.

Il a acquiescé avec amertume, puis s'est essuyé le visage avant de se lever.

Nous l'avons regardé. Au bout d'un moment, nous nous sommes levés aussi.

Il nous a raccompagnés dans l'entrée, et comme lors de ma première visite, nous nous sommes arrêtés près de l'autel érigé en mémoire de leur fille. Cette fois, cependant, Christopher Dawe n'a pas cherché à esquiver. Il a carré les épaules, glissé les mains dans ses poches et étudié les photographies une par une, en déplaçant sa tête de façon presque imperceptible.

De mon côté, j'ai examiné celles où figurait Wesley, et je me suis rendu compte que la stature et les cheveux blonds mis à part, il ne ressemblait guère à l'homme que je prenais pour lui. Le jeune Wesley des photos avait de petits yeux, des lèvres au tracé imprécis et des traits qui paraissaient affaissés, comme écrasés par le poids du génie et de la psychose.

– Deux jours avant sa mort, a repris Christopher Dawe, Naomi est entrée dans la cuisine un matin en me demandant ce que faisaient les docteurs. Je lui ai répondu qu'ils soignaient les malades. Elle m'a alors demandé pourquoi les gens tombaient malades. Est-ce que Dieu les punissait parce qu'ils avaient été méchants ? Je lui ai dit non. Alors, pourquoi ? (Il nous a jeté un coup d'œil par-dessus son épaule en esquissant un pauvre sourire.) Je n'avais pas de réponse. J'étais coincé. Je souriais comme un idiot, et j'en étais toujours là quand sa mère l'a appelée et qu'elle s'est ruée hors de la pièce. (Il a reporté son attention sur les photos de la petite fille brune.) J'ignore si c'est ce qu'elle a pensé lorsque ses poumons se sont remplis d'eau – qu'elle avait fait quelque chose de mal, et que Dieu la punissait.

Il a pris une profonde inspiration et ses épaules se sont raidies.

– Il n'appelle presque plus, a-t-il ajouté. En général, il écrit. Quand il lui arrive d'appeler, il chuchote. Peut-être que ce n'est pas mon fils.

– Peut-être.

– Je ne lui verserai plus un centime. Je le lui ai dit. Je lui ai dit aussi qu'il ne pouvait plus rien me voler.

– Comment a-t-il réagi ?

– Il a raccroché. (Le Dr Dawe s'est détourné des photos.) Je suppose qu'il s'attaquera bientôt à Carrie.

– À ce moment-là, que comptez-vous faire ?

Il a haussé les épaules.

– Continuer de me battre. Mettre notre résistance à l'épreuve. De toute façon, même si nous le payons, il nous détruira. Je pense que ça le grise, tout ce pouvoir qu'il semble détenir. Et qu'il agirait pareillement s'il n'y avait pas d'argent en jeu. Cet homme – peut-être mon fils, un ami de mon fils, ou même le ravisseur de mon fils, qui sait –, en a fait le but de sa vie, je suppose. (Il nous a adressé un sourire éteint, désespéré.) Et il y prend un plaisir infini.

27.

Les renseignements concernant Wesley, ou l'homme qui se faisait appeler Wesley, étaient à l'image du personnage : ils apparaissaient par flashs fugaces, puis disparaissaient. Pendant trois jours, nous avons travaillé dans le bureau du clocher ou dans mon appartement, essayant de glaner à partir de nos notes, des clichés et des transcriptions d'interviews que nous avions menées des éléments susceptibles de nous mettre sur la piste de sa véritable identité. Par l'intermédiaire de nos contacts au service des cartes grises, au BPD et même de certains agents du FBI et du ministère de la Justice avec qui nous avions collaboré dans le passé, nous avons fait circuler les photos de Wesley à travers des ordinateurs reliés à toutes les organismes de police criminelle, dont Interpol, mais sans rien découvrir.

– Je ne sais pas qui est ce type, a dit Neal Ryerson, au ministère de la Justice, mais il est encore plus discret que D. B. Cooper.

Grâce à Ryerson, nous avons obtenu la liste des propriétaires de toutes les Mustang Shelby GT-500 décapotables datant de 68 toujours en circulation aux États-Unis. Trois appartenaient à des habitants du Massachusetts – une femme et deux hommes. Se faisant passer pour une journaliste dépêchée par une revue automobile, Angie leur a rendu visite chez eux. Aucun n'était Wesley.

Bah, de toute façon, Wesley n'était même pas Wesley.

J'ai repensé à ce que Stevie Zambuca m'avait dit au sujet du type de Kansas City, mais là-bas, personne ne possédait de Mustang Shelby.

– Qu'est-ce qui te semble le plus bizarre ? a demandé Angie le vendredi matin en désignant la montagne de paperasses sur ma table de salle à manger. Qu'est-ce qui te chiffonne, là-dedans ?

– Eh bien..., ai-je commencé. Tout ?

Elle a fait la grimace, puis porté à ses lèvres son gobelet de café Dunkin' Donuts, avant de consulter la liste établie de mémoire par les Dawe des adresses où ils envoyaient leurs versements bimensuels.

– Ça, ça me chiffonne, a-t-elle repris.

– Moi aussi, ai-je reconnu.

– Au lieu d'essayer de retrouver Wesley, on devrait peut-être se concentrer sur l'argent pour le moment.

– Si tu veux. Mais je te parie que ces adresses ne mènent à rien. Ce sont sûrement celles de baraques où Wesley savait qu'il n'y aurait personne ; il lui suffisait d'attendre que le facteur dépose les paquets devant la porte pour les récupérer après son départ.

– Possible. Mais si l'une d'elles était celle de quelqu'un qui connaît Wesley, ou quel que soit le nom de ce type ?

– Alors, ça vaut la peine de tenter le coup. Tu as raison.

Elle a placé la liste sous ses yeux.

– Bon, la plupart des lettres ont été expédiées dans la région. On a Brookline une fois, Newton deux fois, Norwell une fois, Swampscott, Manchester-by-the-Sea...

Le téléphone a sonné. J'ai décroché.

– Patrick ? a dit Vanessa Moore.

– Vanessa ? Qu'est-ce qui se passe ?

Angie a levé les yeux au ciel.

– Tu avais raison, je crois.

– À quel propos ?

– Le type sur la terrasse.

– Eh bien ?

– J'ai l'impression qu'il cherche à me faire du mal.

Elle avait le nez cassé et l'œil gauche cerné par une vilaine ecchymose brun-jaune soulignée de noir. Ses cheveux étaient négligés, les pointes fourchues rebiquaient, et sous son œil intact se dessinait un cercle de fatigue presque aussi sombre que son coquard. Son teint de porcelaine était brouillé, grisâtre. Elle fumait cigarette sur cigarette, alors qu'elle avait arrêté depuis cinq ans, m'avait-t-elle affirmé, sans jamais céder à la tentation par la suite.

– On est quoi, aujourd'hui, vendredi ? a-t-elle lancé.

– Oui.

– Une semaine... En une semaine, ma vie a été balayée par un cataclysme.

– Qu'est-ce qui s'est passé, Vanessa ?

Elle s'est tournée vers moi.

– Joli, hein ? (Quand elle a secoué la tête, des mèches emmêlées lui sont tombées sur la figure.) Je n'ai même pas pu le voir. Le type qui a fait ça. Je ne l'ai pas vu. (Elle a tiré sur la laisse dans sa main.) Allez, Clarence. Avance.

Nous étions à Cambridge, le long de la Charles River. Deux fois par semaine, Vanessa donnait un cours de droit à Radcliffe. Je sortais encore avec elle à l'époque où on lui avait offert ce poste, et au début, j'avais été surpris qu'elle accepte. Le salaire proposé ne couvrait même pas ses frais annuels de pressing, et de toute façon, elle avait déjà suffisamment de travail comme ça. Pourtant, elle avait sauté sur l'occasion. C'était comme si cette possibilité d'enseigner comblait un désir qu'elle ne parvenait pas vraiment à exprimer, et de plus, elle s'était arrangée pour pouvoir emmener Clarence en cours avec elle – une excentricité à mettre sur le compte d'un esprit brillant.

À la sortie de l'amphithéâtre, nous avions suivi Brattle, puis traversé la rivière pour lâcher Clarence sur l'herbe. Vanessa n'avait rien dit pendant un bon moment. Elle se bornait à tirer frénétiquement sur sa cigarette.

Quand nous nous étions engagés sur la piste de jogging, elle avait enfin repris la parole. Nous avancions lentement, parce que Clarence s'arrêtait pour renifler tous les arbres, mordiller toutes les branches tombées, lécher tous les gobelets de café ou canettes de soda jetés par les promeneurs. Les écureuils, s'apercevant qu'il était attaché, avaient commencé à le narguer, à s'approcher de lui beaucoup plus qu'ils ne l'auraient osé en temps normal, et je jurerais en avoir vu un sourire quand Clarence, bondissant vers lui, a été stoppé net par sa longue laisse et s'est affalé sur le ventre avant de se couvrir les yeux avec ses pattes comme s'il se sentait humilié.

Mais à présent, nous avions laissé les écureuils derrière nous, et Clarence traînassait, occupé à mâchonner de l'herbe comme une vache, tandis que Vanessa s'impatientait.

– Clarence ! Viens ici !

Il l'a regardée d'un air docile, puis il est tranquillement parti de l'autre côté.

Elle a serré la laisse dans sa main, manifestement prête à tirer dessus de toutes ses forces au risque de décapiter le pauvre toutou.

– Clarence, ai-je dit de ce ton posé, ferme, que j'avais entendu Bubba utiliser des milliers de fois avec ses chiens. (J'ai ensuite sifflé pour faire bonne mesure.) Viens ici, mon chien. Arrête de déconner.

Il est revenu vers nous au trot, puis s'est mis à marcher devant Vanessa en tortillant son petit cul comme une tapineuse parisienne le 14 juillet.

– Comment t'expliques qu'il t'écoute ? a demandé Vanessa.

– Il est sensible à la tension dans ta voix. Ça le rend nerveux.

– Oui, eh bien, j'ai des raisons d'être tendue, figure-toi. Lui, c'est un chien, bon sang ! Qu'est-ce qui pourrait le rendre nerveux, hein ? La perspective de rater sa sieste ?

J'ai placé une main dans sa nuque pour lui masser les muscles et les tendons. Ils étaient aussi durs et noueux que le tronc d'un vieil arbre.

Elle a relâché son souffle.

– Merci.

Peu à peu, j'ai senti la peau s'assouplir sous mes doigts.

– Je continue ?

– Le plus longtemps possible.

– Ça marche.

Vanessa m'a adressé un léger sourire.

– Tu serais un ami formidable, Patrick, tu sais ?

– Je suis ton ami, ai-je affirmé.

Je n'en étais pas convaincu, mais parfois, le seul fait de formuler les choses suffit à planter la graine qui les transformera en vérité.

– Tant mieux. J'en ai besoin.

– Alors, pour en revenir à ce type qui t'a agressée ?

Les tensions sont aussitôt reparues dans sa nuque.

– Eh bien, je me dirigeais vers l'entrée d'un café, a-t-elle raconté. Apparemment, il attendait de l'autre côté. La porte était en verre fumé. Lui pouvait me voir à travers, mais pas moi. Au moment où j'allais la pousser, il me l'a envoyée dans la figure. Ensuite, quand je suis tombée sur le trottoir, il m'a enjambée et il a pris la fuite.

– Il y avait des témoins ?

– Dans le café ? Oh, oui. Deux personnes se souviennent d'avoir vu un homme grand et mince avec une casquette de base-ball sur la tête et des Ray-Ban sur le nez – ils n'étaient pas d'accord sur l'âge, mais ils se rappelaient parfaitement la marque de ses lunettes –, qui se tenait près de la porte, où il lisait une brochure.

– Rien d'autre ?

– Si. Il portait des gants de conduite. Noirs. En plein été, ce mec porte des gants, mais personne ne trouve ça bizarre. Merde.

Elle s'est arrêtée pour allumer sa troisième cigarette depuis le début de notre promenade. Clarence en a profité pour s'écarter du chemin afin d'aller renifler la crotte laissée par un de ses semblables. C'est sans doute à cause de cet aspect particulièrement sympathique de leur personnalité que je n'ai jamais eu de chien. Encore trente secondes, et Clarence allait essayer de la bouffer.

J'ai claqué des doigts. Il a redressé la tête en posant sur moi ce regard perplexe, légèrement coupable, que je trouve tellement caractéristique de son espèce.

– Laisse ça, ai-je ordonné en imitant de nouveau Bubba.

Clarence s'est détourné tristement, puis il s'est remis en marche en tortillant du croupion, et nous avons poursuivi notre route.

C'était encore une journée d'août toute de grisaille, humide et moite sans être particulièrement chaude. Le soleil se cachait quelque part derrière des nuages couleur d'ardoise et la température avoisinait les vingt-cinq degrés. Cyclistes, joggeurs, marcheurs et jeunes en rollers semblaient évoluer autour de nous à travers un entrelacs de fines toiles d'araignées.

Cette partie de la piste était ponctuée de petits tunnels d'environ vingt mètres de long sur cinq de large qui formaient la base des ponts permettant aux piétons venus de Soldiers Field Road/Storrow Drive de rejoindre la promenade. Chaque fois que nous en traversions un, je devais me baisser, et j'avais l'impression de me retrouver dans une attraction pour enfants à la fête foraine. Je me sentais à la fois immense et un peu idiot.

– On m'a volé ma voiture, a repris Vanessa.

– Quand ?

– Dimanche soir. Bon sang, je n'arrive pas à croire que tout ça se soit passé en une semaine. Tu veux que je te raconte ce qui est arrivé de lundi à jeudi ?

– Vas-y, je t'écoute.

– Lundi soir, quelqu'un a réussi à s'introduire dans l'immeuble et à faire sauter le disjoncteur principal au sous-sol. L'électricité a été coupée pendant dix minutes. Bon, ce n'est pas très grave, tu me diras, sauf si ton réveil électrique ne sonne pas le lendemain matin et que tu débarques avec une heure et quart de retard à l'ouverture d'un putain de procès pour meurtre !

Un petit hoquet lui a échappé ; elle a pincé les lèvres puis, d'un revers de main, elle s'est essuyé les yeux.

– Mardi soir, quand je suis rentrée, j'ai trouvé toute une série de messages pornos sur mon répondeur.

– Laissés par un homme, je suppose.

Elle a fait non de la tête.

– Non. Celui ou celle qui appelait a placé le combiné près d'une télé où passait un film porno. Je ne te parle pas des gémissements, des « Prends ça, salope » et « Oui, jouis sur ma figure », et autres conneries du même style. (Elle a jeté son mégot dans le sable humide à gauche du chemin.) En temps normal, j'imagine que j'aurais juste effacé ces cochonneries, mais là, je commençais à avoir l'estomac noué, d'autant qu'il y avait vingt messages en tout.

– Vingt ?

– Oui. Vingt messages différents extraits de films pornos. Mercredi, a-t-elle poursuivi en poussant un profond soupir, quelqu'un m'a fauché mon portefeuille dans mon sac pendant que je déjeunais dans la cour du tribunal fédéral. (Elle a tapoté le sac qu'elle avait passé en bandoulière.) Il ne me reste que du liquide et les quelques cartes de crédit que j'avais rangées dans un tiroir parce qu'elles gonflaient trop mon portefeuille.

Sur ma gauche, Clarence s'est brusquement immobilisé, la tête levée et légèrement inclinée vers la gauche.

Vanessa s'est arrêtée aussi, trop lasse pour le tirer, et je l'ai imitée.

– Et on s'est servi de ces cartes avant que tu t'aperçoives de leur disparition ? ai-je demandé.

Elle a opiné.

– Dans un magasin d'articles de chasse et de pêche à Peabody. Un homme – ce crétin de vendeur se souvient que c'était un homme, mais il n'a même pas remarqué qu'il utilisait la carte d'une femme – a acheté là-bas plusieurs rouleaux de corde et un couteau de chasse.

À environ cent cinquante mètres de nous, trois adolescents en rollers ont émergé d'un tunnel, les pieds se croisant avec agilité, le corps baissé, les bras accompagnant le mouvement de leurs jambes. Apparemment, ils se racontaient des blagues, riaient et se provoquaient.

– Jeudi, a poursuivi Vanessa, j'ai reçu cette porte dans la figure. J'ai dû retourner au tribunal avec une vessie de glace sur le nez et demander une suspension d'audience jusqu'à lundi.

Une vessie de glace, ai-je songé en tâtant prudemment ma mâchoire. Wesley devrait penser à faire breveter ces satanés trucs.

– Et ce matin, j'ai reçu des coups de téléphone à propos de lettres qui ne sont jamais parvenues à destination.

Clarence s'est mis à grogner, la tête toujours inclinée, les muscles bandés.

– Qu'est-ce que tu viens de dire ?

J'ai détaché mon regard de Clarence pour le porter sur Vanessa ; j'éprouvais un étrange picotement dans tout le corps à l'idée de commencer à cerner un lien qui nous avait échappé jusque-là.

– J'ai dit, une partie de mon courrier n'est jamais parvenue à destination. Bah, en soi, ce n'est pas grand-chose, mais ajouté à tout le reste...

Nous nous sommes placés sur le côté de la piste en voyant les jeunes approcher, leurs patins crissant sur le goudron, et j'ai gardé un œil sur Vanessa et l'autre sur Clarence, car il lui était déjà arrivé de bondir sans prévenir après tout ce qui allait plus vite que lui.

– Ton courrier s'est perdu ?

Clarence a aboyé, mais pas en direction des patineurs ; il avait le museau pointé vers le tunnel.

– Oui.

– Et tu l'avais posté où ?

– Dans la boîte devant mon immeuble.

– Back Bay, ai-je dit, stupéfait qu'il m'ait fallu autant de temps pour voir l'évidence.

Les deux premiers adolescents nous ont croisés à toute allure, et soudain, le troisième a levé le coude. J'ai attiré Vanessa à moi, puis aperçu en un éclair le sourire triomphant du gamin au moment où il laissait retomber son bras et saisissait la bride du sac qu'elle avait passée à l'épaule.

La vitesse du patineur, la force de son geste et l'équilibre précaire de Vanessa se sont combinés pour créer une belle pagaille de bras et de jambes battant l'air. Quand son sac lui a été arraché, Vanessa a instinctivement tenté de l'agripper ; son bras est parti violemment en arrière au moment où j'avançais mon pied pour faire trébucher le voleur, le tout moins d'une seconde avant qu'elle soit de nouveau propulsée vers l'avant et me heurte de plein fouet, m'envoyant m'affaler sur le dos.

Les patins du jeune ont quitté le sol et survolé mes doigts tendus vers lui, tandis que dans sa chute, Vanessa se cognait la hanche par terre et l'abdomen contre mon genou. Le souffle coupé, elle a lâché la laisse et poussé un gémissement de douleur. L'adolescent m'a jeté un coup d'œil en touchant de nouveau le sol. Il riait.

Vanessa s'est écartée de moi.

– Ça va ? ai-je demandé.

- Peux plus respirer, a-t-elle haleté.
- C'est le choc. Ne bouge pas. Je reviens tout de suite.

Elle a hoché la tête en cherchant à aspirer de grandes goulées d'air et je me suis lancé à la poursuite du patineur.

Il avait rattrapé le groupe et ils avaient facilement vingt mètres d'avance sur moi. Chaque fois que j'en parcourais dix, ils en gagnaient encore cinq. Je fonçais à toute vitesse, et je suis plutôt rapide, mais j'ai perdu du terrain quand ils ont atteint une portion de route toute droite, sans virage ni tunnel pour les ralentir.

J'ai ramassé une pierre et fait encore quatre foulées en visant le dos du gamin qui portait le sac de Vanessa. Je l'ai expédiée en mouvement, en me servant de tout mon élan, décollant du sol comme Ripken effectuant un lancer de la troisième à la première base.

Le caillou a atteint le gamin entre les omoplates ; il s'est voûté brusquement comme s'il avait reçu un coup au creux de l'estomac. Son corps dégingandé s'est incliné vers la gauche et son patin a quitté la piste. Il a encore mouliné désespérément des bras, le sac de Vanessa tournoyant dans sa main gauche, avant de piquer du nez. Sa tête est partie en avant, ses mains sont revenues trop tard devant lui et il a fait une triple culbute sur le bitume tandis que le sac était catapulté sur l'herbe.

Ses copains lui ont jeté un coup d'œil choqué avant d'accélérer. Ils ont disparu au détour d'un virage au moment où je rejoignais l'acrobate.

Malgré ses genouillères et ses coudières, il paraissait avoir été balancé d'un avion. Ses bras, ses jambes et son menton n'étaient que chair écorchée, à vif. Quand il a roulé sur le dos, j'ai constaté avec soulagement qu'il était plus âgé que je ne l'avais cru de prime abord : il avait au moins une vingtaine d'années.

En me voyant ramasser le sac de Vanessa, il a crié :
- Je saigne de partout, connard !

J'ai repéré un poudrier, un trousseau de clés et une boîte d'Altoid sur l'herbe, mais sinon, le contenu du sac semblait intact. J'ai aperçu au fond des billets maintenus par une pince en argent et des cartes de crédit entourées d'un élastique, ainsi qu'un paquet de cigarettes, un briquet et du maquillage.

- C'est vrai, tu saignes ? ai-je rétorqué. Mince, alors !

Il a voulu s'asseoir, pour se raviser aussitôt et retomber sur le dos.

Mon téléphone portable a sonné.

- C'est... c'est sûrement lui, a-t-il marmonné en essayant de reprendre son souffle.

L'air était saturé d'humidité, et pourtant, j'ai eu l'impression qu'un froid sec m'envahissait.

– Quoi ?

– Le type qui nous a filé cent dollars pour vous foncer dessus. Il a dit qu'il appellerait.

Il a fermé les yeux, les traits crispés par la douleur, en relâchant son souffle.

J'ai retiré le mobile de la poche de mon jean en me retournant vers l'endroit où j'avais laissé Vanessa. Au diable le gamin, ai-je pensé. Il ne pourrait rien m'apprendre, de toute façon.

Je me suis élancé, le téléphone plaqué contre mon oreille.

– Wesley.

À l'autre bout de la ligne, j'ai entendu des bruits de mastication et la voix de Wesley en arrière-fond, qui résonnait comme s'il était dans une salle de bains carrelée.

– Oh, c'est un bon chienchien, ça. Oui. C'est ça, mon grand. C'est bien. Miam, miam. Vas-y, régale-toi.

– Wesley...

– On ne te donne rien à manger, chez toi ? a-t-il repris, tandis que Clarence continuait de mastiquer avec avidité.

J'ai vu Vanessa se relever, le dos tourné au tunnel à environ cent cinquante mètres derrière elle ; à l'entrée, j'ai distingué les silhouettes d'un petit chien et d'un homme penché vers lui, la main sous son museau.

– Wesley ! ai-je hurlé.

L'homme dans le tunnel s'est redressé, et Vanessa a pivoté au moment où Wesley s'adressait directement à moi :

– C'est formidable, Pat, ces sifflets à ultrasons. Nous, on ne perçoit rien, mais ces bestioles deviennent dingues.

– Wesley, écoute...

– On ne sait jamais ce qui va briser une femme comme une vulgaire coquille d'œuf, Pat. Ce qui est marrant, c'est d'essayer différents trucs.

Il a coupé la communication. Devant moi, l'homme s'est enfoncé dans les profondeurs du tunnel.

Parvenu à la hauteur de Vanessa, j'ai pointé le doigt vers son visage affolé.

– Reste là. Tu m'entends ?

Elle a néanmoins tenté de me suivre.

– Patrick ?

Sa main s'est crispée sur sa hanche, et elle a grimacé.

– Reste là, Vanessa !

J'avais conscience du désespoir dans ma voix tandis que je continuais à courir, le torse tourné vers elle.

– Non, qu'est-ce que tu...

– Ne bouge pas !

J'ai jeté brutalement le sac par terre, et il a atterri à ses pieds en libérant son contenu. Elle a essayé de rattraper sa pince à billets qui rebondissait sur le sol, et lorsqu'elle s'est baissée, je me suis forcé à accélérer l'allure.

Pourtant, je n'ai pu m'empêcher de ralentir en approchant du tunnel. J'ai senti ma poitrine se serrer et mon estomac se contracter avant même de le voir.

Clarence a émergé de la pénombre en chancelant ; ses yeux tristes de labrador reflétaient maintenant la peur et la confusion.

– Viens là, mon grand, ai-je dit doucement.

Mes yeux se sont embués quand je suis tombé à genoux devant lui.

Il a encore fait quelques pas sur ses pattes tremblantes, puis il s'est assis en m'observant de sous ses paupières qui se fermaient. Il semblait vouloir me demander quelque chose.

– Hé, ça va aller, ai-je murmuré. Ça va aller.

Je me suis obligé à affronter sa souffrance étonnée, cette interrogation muette dans son regard.

Puis il a lentement baissé la tête et vomi un liquide noir d'encre.

– Oh, nom de Dieu.

Ma voix s'était réduite à un chuchotement rauque.

Je me suis avancé vers lui, et lorsque j'ai posé une main sur sa tête, j'ai senti la chaleur d'une fièvre dévorante. Pantelant, il s'est couché sur le flanc. Je me suis allongé près de lui pour caresser sa cage thoracique parcourue de tremblements et sa truffe brûlante.

– Hé, ai-je chuchoté tandis que ses yeux se révulsaient. T'es pas tout seul, Clarence. D'accord ? T'es pas tout seul, mon grand.

Sa gueule s'est ouverte largement, comme s'il allait bâiller, et un violent spasme l'a secoué tout entier, des pattes de derrière au museau.

– Bordel, ai-je murmuré quand il est mort. Bordel de merde.

28.

– Je veux le faire brûler à petit feu, ai-je dit à Angie au téléphone. Je vais lui exploser la rotule, à ce salaud.
– Calme-toi.
J'étais assis dans la salle d'attente de la clinique vétérinaire où Vanessa m'avait demandé d'emmener Clarence. J'avais porté le petit corps inerte jusqu'à une table en métal, sur laquelle je l'avais allongé. Puis, décelant dans les yeux de Vanessa son désir de me voir partir, je m'étais replié dans la salle d'attente.
– Je vais lui couper sa putain de tête et lui pisser dans le cou.
– Voilà que tu te mets à parler comme Bubba.
– Je suis dans le même état que Bubba, figure-toi. Je veux que ce salopard crève, Ange. Qu'il disparaisse de la surface de la terre. Je veux que tout ça s'arrête.
– Alors, tâche de réfléchir, a-t-elle répliqué. Ne me fais pas ton numéro d'homme des cavernes, O.K. ? Agite tes neurones. Où est-il ? Comment le retrouver ? J'ai vérifié toutes les adresses sur la liste. Il n'est pas...
– Il est facteur, Ange.
– Quoi ?
– Il est facteur, ai-je répété. Ici, dans cette ville. À Back Bay.
– C'est une blague ?
– Oh, non. Wetterau habitait Back Bay. Karen était toujours fourrée chez lui, d'après son ancienne colocataire ; elle revenait juste chercher son courrier et des vêtements.
– Donc, tu penses qu'elle envoyait son courrier...
– Du quartier où vivait Wetterau, oui. De Back Bay. Le Dr Dawe poste lui aussi tous ses versements dans des boîtes de Back Bay. Les

destinations importent peu, parce que les enveloppes sont interceptées avant même qu'elles arrivent. Vanessa vit à Back Bay, et soudain, ses lettres ne parviennent plus à leurs destinataires. On a surestimé ce minable. Il n'est pas en train de remuer toute la création pour semer le bordel dans le courrier des gens. Non, il le vole à la source.

— Un foutu facteur..., a marmonné Angie.

La porte du cabinet s'est ouverte, et j'ai vu Vanessa s'appuyer contre l'encadrement pour écouter ce que lui disait le vétérinaire.

— Faut que je te laisse, Ange. À tout à l'heure.

Le visage meurtri de Vanessa était livide, et elle est sortie du cabinet d'une démarche raide.

— De la strychnine, a-t-elle déclaré en approchant. Injectée dans des morceaux de bœuf. C'est comme ça qu'il a tué mon chien.

J'ai voulu placer une main sur son épaule, mais elle s'est dégagée.

— De la strychnine, a-t-elle répété quand nous sortions. Il l'a empoisonné.

— Je touche au but, Vanessa. Je vais le coincer.

Elle s'est immobilisée sur le perron, l'ombre d'un sourire aux lèvres – un sourire spectral, irréel.

— Tant mieux, Patrick, parce qu'il ne peut plus rien me prendre. Dis-le-lui la prochaine fois où vous aurez l'occasion de bavarder, tous les deux, d'accord ? Je n'ai plus rien.

— Un facteur ? a lancé Bubba.

— Réfléchis, ai-je répondu. On le croyait presque omnipotent, mais en fait, son pouvoir est limité. Il n'avait accès qu'aux dossiers médicaux de Diane Bourne et à la correspondance des habitants de Back Bay. Il a fauché le courrier de Karen, celui de Vanessa, et il s'est assuré que les versements transitaient par des boîtes situées à Back Bay. Autrement dit, soit il bosse au service du tri de la Poste centrale – auquel cas il serait obligé de fouiller parmi plusieurs centaines de milliers de lettres pour trouver les bonnes –, soit...

— Il fait sa tournée dans le quartier, a achevé Bubba.

— Non. Il faudrait qu'il passe en revue les lettres au vu et su de tout le monde. Ça ne marche pas.

— Il fait peut-être le trajet en voiture ou en camionnette ? a suggéré Angie.

— Une camionnette, ai-je murmuré. Oui, c'est ça. Il vide les boîtes bleues, remplit les boîtes vertes... C'est lui.

– Je hais les facteurs, a décrété Bubba.
– C'est parce qu'ils détestent tes chiens, a répliqué Angie.
– Il serait peut-être temps d'apprendre aux chiens à les détester aussi, ai-je dit.
– Quand je pense qu'il a empoisonné cette pauvre bête ! s'est exclamé Bubba.
– J'ai déjà vu mourir des humains, ai-je répondu, mais ça m'a quand même secoué.
– Les humains sont pas capables d'aimer comme les chiens, a déclaré Bubba. Merde. Les chiens ? (Jamais je n'avais décelé dans sa voix une intonation aussi proche de la tendresse.) Tout ce qu'ils savent faire, si tu les traites correctement, c'est t'aimer.

Quand Angie lui a tapoté la main pour le réconforter, il lui a adressé un sourire désarmant.

Puis il m'a regardé, son sourire s'est mué en grimace et il a ricané.

– Bon Dieu de bon Dieu, Patrick. T'as une idée de la meilleure façon de lui faire payer ça, vieux frère ?

Je lui ai tapé dans la paume.

– J'en ai au moins mille, ai-je affirmé. Et ce n'est qu'un début.

Vous aurez beau vous trouver dans une des plus jolies rues du pays, si vous la contemplez trop longtemps, elle perdra peu à peu tout son charme. Angie et moi étions garés dans Beacon Street, à mi-chemin entre Exeter et Fairfield, depuis déjà deux heures, à une cinquantaine de mètres des boîtes aux lettres sur notre droite, et durant tout ce temps, j'avais eu amplement l'occasion d'apprécier les maisons de ville aux façades gris anthracite et les treillages en fer forgé noir sous les petites fenêtres aux encadrements blancs. J'avais humé avec plaisir l'air chargé des parfums estivaux d'une flore abondante et observé la façon dont les grosses gouttes de pluie dégoulinaient à travers les arbres et s'écrasaient sur le trottoir. Je savais exactement combien de bâtiments avaient une terrasse sur le toit ou juste des jardinières sur le rebord des fenêtres, lesquels étaient occupés par des hommes (ou femmes) d'affaires, des joueurs de tennis, des joggers, des propriétaires d'animaux familiers et des artistes se précipitant dehors dans leur grande chemise éclaboussée de peinture pour revenir dix minutes plus tard avec des sacs remplis de pinceaux en poils de martre.

Malheureusement, au bout de vingt minutes, j'avais commencé à me lasser.

Soudain, un facteur enveloppé d'un ciré est passé près de nous, sa sacoche rebondissant sur sa cuisse.

– Et merde, a lâché Angie. On n'a qu'à sortir lui demander.

– Bien sûr. Ce n'est pas comme s'il risquait d'aller raconter à Wesley que des inconnus posent des questions sur lui...

L'homme a gravi avec prudence un escalier mouillé. Parvenu sur le perron, il a placé sa sacoche devant lui et fourragé à l'intérieur.

– Il ne s'appelle pas Wesley, m'a rappelé Angie.

– C'est le seul nom qu'on lui connaisse pour le moment. Tu sais à quel point je déteste changer mes habitudes.

Elle a pianoté sur le tableau de bord, puis lancé :

– Et moi, je déteste perdre mon temps.

Elle s'est penchée vers la vitre ouverte pour laisser la pluie ruisseler sur son visage.

La voir ainsi inclinée, les jambes de biais et le dos cambré, m'a remis en mémoire certains moments de l'époque où nous étions amants, et soudain, la voiture m'a paru trop petite, presque étouffante. Je me suis obligé à détourner la tête et à reporter mon attention sur la chaussée de l'autre côté du pare-brise.

– C'était quand, la dernière fois où on a eu du soleil ? a-t-elle demandé en reprenant sa position au volant.

– En juillet.

– El Niño, tu crois ?

– Ou le réchauffement de la planète.

– Ou la conséquence d'un nouveau mouvement dans les calottes glacières.

– Ou le signe avant-coureur d'une inondation biblique. Il n'y a plus qu'à sortir l'arche.

– Si t'étais Noé et si Dieu t'avait donné le choix, t'emporterais quoi ?

– Sur ladite arche ?

– *Sí.*

– Un magnétoscope et tous mes films des Marx Brothers. Bon, c'est vrai, je ne pourrais pas survivre longtemps non plus sans mes CD des Stones ou de Nirvana.

– C'est une arche, je te rappelle. Comment tu vas faire pour avoir de l'électricité pendant le Déluge ?

– Parce qu'on n'a pas le droit de partir avec un générateur portable ?

Elle a fait non de la tête.

– Merde, ai-je répondu. Dans ce cas, je ne sais pas si je ne préférerais pas me noyer.

— Je voulais parler des gens, Patrick, a-t-elle répliqué avec lassitude. T'emmènerais qui ?

— Oh, *les gens*... T'aurais dû le préciser dès le départ. Sans les cassettes des Marx Brothers et les disques, tu veux dire ? Eh bien, ils ont intérêt à aimer la fête.

— C'est évident.

— Voyons voir... Chris Rock pour raconter des blagues. Shirley Manson pour chanter...

— Pas Jagger ?

— Ah non. Trop de sex-appeal. Il ruinerait mes chances avec les filles.

— Oh, parce qu'il y aurait des filles ?

— Forcément.

— Et tu serais le seul mec ?

— Pourquoi ? Il faudrait que je partage ?

J'ai froncé les sourcils.

— Ah, les hommes..., a dit Angie.

— Quoi ? C'est mon arche, non ? C'est moi qui l'ai construit, ce foutu truc.

— J'ai eu un aperçu de tes talents de menuisier, mon cher. Ton rafiot ne pourrait même pas sortir du port. (Elle a pouffé, avant de me regarder.) Et moi, alors ? Et Bubba, Devin, Oscar, Richie et Sherylinn ? Tu nous laisserais patauger pendant que tu joues les Robinson Crusoé avec tes bimbos ?

Ses yeux pétillaient de malice. Nous nous retrouvions coincés dans cette voiture, durant une mission de surveillance ennuyeuse à mourir, nous racontions n'importe quoi, mais soudain, j'avais l'impression de reprendre goût au boulot.

— Je n'avais pas deviné que tu voulais venir, figure-toi, ai-je repris.

— Alors, je vais me noyer ?

— Bon, ai-je commencé en pivotant vers elle et en ramenant une jambe vers moi, de sorte que nos genoux se sont touchés. Tu es en train de dire que si j'étais un des derniers types vivant sur cette planète...

Elle a éclaté de rire.

— Tu n'aurais toujours pas l'ombre d'une chance avec moi !

Néanmoins, elle ne s'est pas écartée. Elle a même rapproché sa tête de quelques centimètres.

Et là, j'ai senti soudain dans ma poitrine comme un brusque afflux d'air frais qui a tout libéré sur son passage – tout ce qui y était enfermé et me faisait mal depuis qu'Angie avait quitté mon appartement avec ses dernières valises.

La lueur de gaieté dans ses prunelles a disparu, remplacée par une expression plus chaleureuse, mais troublée, incertaine.

– Je suis désolé, ai-je murmuré.
– Pour ?
– Ce qui s'est passé dans les bois l'année dernière. Ce qui est arrivé à cette gosse [1].
– Je ne suis plus sûre d'avoir eu raison, Patrick.
– Pourquoi ?
– Personne n'a le droit de se prendre pour Dieu. Regarde les Dawe.

J'ai souri.

– Qu'est-ce qu'il y a de drôle ?
– Oh, c'est juste que... (Je lui ai pris la main droite, et elle a cligné des yeux, mais elle n'a pas cherché à se dégager.) C'est juste que durant ces neuf derniers mois, j'ai tenté de considérer les choses de ton point de vue. Peut-être que c'était une erreur, finalement. Peut-être qu'on aurait dû la laisser là-bas. À cinq ans, elle était enfin heureuse.

Angie a haussé les épaules en me pressant la main.

– On ne le saura jamais, pas vrai ?
– Pour Amanda McCready ?
– Pour tout. Des fois, je me demande si, le jour où on sera vieux et décrépits, on sera enfin réconciliés avec nos actes et les décisions qu'on a prises, ou si on regrettera toujours tout ce qu'on n'a pas fait.

Je suis resté immobile, les yeux rivés aux siens, en attendant qu'elle ait fini de me sonder, qu'elle ait lu sur mon visage les réponses qu'elle cherchait.

Enfin, elle a penché la tête, ses lèvres se sont entrouvertes...

Et une camionnette blanche a surgi sur ma gauche, nous a doublés, a mis ses warnings et s'est garée en double file devant les boîtes aux lettres cinquante mètres plus loin.

Angie s'est redressée et je me suis penché vers le pare-brise.

Un homme en imperméable transparent à capuche par-dessus son uniforme bleu et blanc a sauté sur la chaussée. Il portait une sorte de caisse en plastique blanc dont le contenu était protégé de la pluie par un sac-poubelle scotché tout autour. Il est venu se placer devant les boîtes, puis il posé son chargement à ses pieds le temps de sortir une clé pour ouvrir la verte.

---

1. Voir *Gone, baby, gone*.

La plus grande partie de son visage était dissimulée par la pluie et la capuche, mais quand il a vidé la caisse, j'ai distingué ses lèvres – épaisses, rouges et cruelles.

– C'est lui, ai-je affirmé.
– T'en es sûr ?

J'ai hoché la tête.

– À cent pour cent. C'est Wesley.
– Ou l'Artiste Qui Se Faisait Appeler Wesley, comme je l'ai baptisé.
– Toi, t'es bonne pour voir un psy !

Alors que nous le regardions remplir la boîte verte, son collègue a descendu les marches menant à un immeuble de grès brun et l'a interpellé. Il l'a rejoint devant les boîtes. Ils ont échangé quelques mots, levé la tête, et éclaté de rire.

Ils ont encore discuté une bonne minute, puis Wesley lui a fait un signe de la main avant de grimper dans sa camionnette et de démarrer.

J'ai ouvert la portière à la volée, ignoré le brusque « Hé ! » surpris d'Angie et couru sur le trottoir, la main en l'air, en criant « Attendez ! Stop, attendez ! » tandis que Wesley passait le feu vert dans Fairfield, puis se déportait sur la file de gauche pour tourner dans Gloucester.

Le facteur a plissé les yeux en me voyant approcher.

– Vous avez manqué le bus ?

Je me suis penché comme si j'étais hors d'haleine.

– Non, cette camionnette.

Il a tendu la main.

– Donnez-la-moi. Je m'en charge.
– Quoi ?
– Votre lettre. Vous vouliez envoyer quelque chose, c'est ça ?
– Hein ? Oh, non. (De la tête, j'ai indiqué le bout de la rue au moment où Wesley tournait dans Gloucester.) Je vous ai vus parler tous les deux, et je crois que c'est mon ancien copain de chambre, à la fac. Je ne l'ai pas vu depuis dix ans.
– Scott ?

Scott.

– Oui, c'est ça ! Scottie Simon !

J'ai tapé dans mes mains comme si j'étais ravi. Le facteur a fait non de la tête.

– Désolé, vieux.
– Quoi ?

– C'est pas votre copain.
– Mais si, je vous assure. C'était Scott Simon, sans le moindre doute. Je le reconnaîtrais n'importe où.
Il a lâché un petit rire.
– Sans vouloir vous vexer, m'sieur, vous devriez peut-être aller voir l'ophtalmo. Mon collègue, c'est Scott Pearse, et personne l'a jamais appelé Scottie.
– Ah, zut, ai-je répliqué en essayant d'avoir l'air déçu alors même que cette révélation m'électrifiait.
Scott Pearse.
T'es fait, Scott. Fait comme un rat.
Tu voulais jouer ? Eh bien, la partie de cache-cache est terminée. Il est temps de passer aux choses sérieuses, connard.

29.

Je n'ai pas lâché Scott Pearse d'une semelle cette semaine-là, le suivant chaque matin jusqu'à son travail et chaque soir jusque chez lui. Angie le filait la journée pendant que je dormais ; je le quittais quand il allait chercher sa camionnette dans le parking de A Street, et je reprenais mon poste quand il sortait du cenre de tri le long de Fort Point Channel après sa dernière tournée. Durant ces huit jours, il a observé ses habitudes quotidiennes avec une régularité exaspérante.

Le matin, il démarrait de A Street dans sa camionnette chargée de gros colis qu'il déposait dans les boîtes vertes de Back Bay, où ils étaient collectés et distribués par les facteurs à pied. Après le déjeuner, selon Angie, il repartait à vide récupérer le contenu des boîtes bleues. Ensuite, il allait déposer le courrier au centre de tri et pointait avant de s'en aller.

Tous les soirs, il buvait un scotch avec ses collègues au Celtic Arms dans Otis Street. Il se contentait toujours d'un seul verre, quels que soient les efforts déployés par les hommes présents pour le retenir sur sa chaise, et il laissait toujours un billet de dix dollars sur la table pour couvrir le Laphroaig et le pourboire.

Ensuite, il empruntait Summer Street à pied, remontait Atlantic jusqu'à Congress, où il tournait à droite. Cinq minutes plus tard, il était dans son loft de Sleeper Street, où il restait jusqu'à l'extinction des feux à onze heures trente.

J'avais eu du mal à me faire au nom de Scott. Celui de Wesley – patricien, prétentieux, froid – lui allait comme un gant. Scott me semblait trop commun, trop insignifiant. Wesley, c'était le capitaine de l'équipe de golf à la fac, celui qui n'aimait pas les Noirs dans les soirées. Scott, c'était celui qui portait des débardeurs sur des bermudas voyants, qui organisait toujours des activités et vomissait à l'arrière de la voiture.

Pourtant, après avoir passé un certain temps à l'observer, je me suis rendu compte qu'il agissait plutôt comme un Scott – regardant seul la télé le soir, lisant installé dans un fauteuil en cuir sous une lampe inclinable au milieu de son loft, sortant de son freezer des surgelés qu'il fourrait dans le micro-ondes et mangeait ensuite sur le comptoir qui bordait sa cuisine –, et peu à peu, je me suis habitué à ce nom. Scott le Sinistre. Scott le Salaud. Scott l'Homme à Abattre.

La première nuit où je l'ai suivi, j'ai découvert derrière l'immeuble en face du sien un escalier de secours permettant d'accéder au toit. Son loft se situait au quatrième étage, soit deux niveaux en dessous de mon poste d'observation, et il n'avait pas pris la peine de mettre des rideaux devant les baies vitrées, sauf dans la salle de bains et la chambre. J'avais donc une vue dégagée et bien éclairée du salon, de la cuisine et du coin salle à manger, ainsi que des grandes photographies encadrées ornant les murs – des illustrations glaçantes en noir et blanc : arbres nus et rivières gelées sinuant devant des usines, un gros plan d'une décharge avec la tour Eiffel au loin, Venise en décembre, Prague par une nuit pluvieuse.

En les examinant à travers mes jumelles, j'ai acquis la certitude que Scott Pearse lui-même les avait prises. Composées avec le plus grand soin, elles possédaient toutes une beauté impersonnelle, presque clinique, et elles étaient toutes froides comme la mort.

À aucun moment il n'a fait quoi que ce soit d'anormal, ce qui en soi a commencé à me paraître anormal. Mais une fois dans sa chambre, peut-être qu'il téléphonait à Diane Bourne ou à ses acolytes, choisissait sa prochaine victime et préparait l'offensive suivante contre Vanessa Moore ou une autre personne à laquelle je tenais. Peut-être qu'il avait enchaîné quelqu'un au pied du lit. Peut-être que quand je le croyais couché, il parcourait des dossiers psychiatriques confidentiels et du courrier volé. Peut-être. Mais je n'avais aucun moyen de le savoir.

Angie avait abouti au même constat concernant ses journées. Pearse ne restait jamais assez longtemps dans sa camionnette pour avoir l'occasion de trier les lettres qu'il récupérait durant la seconde moitié de son service.

– Il est irréprochable, a-t-elle conclu.

Ce qui n'était pas notre cas ; ainsi, Angie a pu obtenir le numéro de Pearse en forçant sa boîte aux lettres dans Sleeper Street pour jeter un coup d'œil à la facture de téléphone.

Mais sinon, rien. J'en venais à douter de pouvoir le percer à jour.

Il n'était pas question non plus de pénétrer dans le loft. Je ne voyais pas comment poser des mouchards. Chaque soir, quand il rentrait, Scott Pearse désactivait l'alarme près de la porte d'entrée. Les caméras placées en haut des murs étaient sûrement reliées à des détecteurs de mouvement. Et de toute façon, même si nous parvenions à éliminer cet obstacle-là, Scott Pearse, j'en étais pratiquement certain, avait prévu d'autres moyens de défense, d'autres solutions de secours à ses solutions de secours.

J'en arrivais à me demander, à force de le guetter du toit tous les soirs en luttant pour ne pas m'endormir pendant que je le regardais s'obstiner à ne rien faire, si ce n'était pas lui qui nous surveillait. S'il n'avait pas découvert que nous l'avions démasqué. Cela me paraissait peu probable, mais au fond, il aurait suffi pour éveiller sa méfiance d'une petite phrase lancée par le facteur que j'avais accosté dans la rue. *Hé, Scott, y a un type qui t'a pris pour son ancien copain de chambre à la fac, mais je lui ai dit que c'était pas toi.*

Un soir, Scott Pearse s'est approché de la fenêtre, un scotch à la main. Il a contemplé la rue en contrebas, puis redressé la tête dans ma direction. Mais ce n'était pas moi qu'il regardait. Dans une pièce baignée par une lumière crue, alors que la nuit dehors formait un écran sombre devant lui, il ne voyait certainement que son propre reflet.

Celui-ci devait néanmoins le fasciner, car il est resté longtemps devant. Puis il a levé son verre comme pour porter un toast. En souriant.

Nous avons organisé le départ de Vanessa de nuit, en la faisant passer par l'ascenseur de service et un petit couloir réservé au personnel de maintenance, puis par une porte donnant dans une ruelle derrière son immeuble, où était garée la camionnette de Bubba. Contrairement à la plupart des femmes qui seraient montées dans un véhicule où il se trouvait déjà, Vanessa n'a pas cillé en le voyant, elle n'a pas manqué s'étrangler et elle n'est pas allée non plus s'asseoir le plus loin possible de lui. Elle a pris place sur la banquette le long de la paroi, entre le siège du conducteur et les portes arrière, et elle a allumé une cigarette.

– Ruprecht Rogowski, a-t-elle énoncé. C'est bien ça ?

Il a étouffé un bâillement derrière son poing.

– Personne m'appelle Ruprecht.

Elle a levé la main au moment où Angie démarrait.
- Toutes mes excuses. Bubba, alors ?
Il a hoché la tête.
- Qu'est-ce que vous venez faire dans cette histoire, Bubba ?
- Ce salaud a tué un chien. Et moi, j'aime les chiens. (Il s'est penché en avant, les coudes sur les genoux.) Dites, ça vous embête de vous retrouver coincée avec un débile mental qui souffre de soi-disant « pulsions antisociales » ?
Elle a souri.
- Vous savez quel est mon métier ?
- Bien sûr. C'est vous qui avez sorti de taule mon pote Nelson Ferrare.
- Comment va M. Ferrare ?
- Bah, toujours pareil, a répondu Bubba.

En ce moment même, le susnommé Nelson prenait ma place sur le toit en face de l'appartement de Scott Pearse. Il revenait tout juste d'Atlantic City, où il était tombé amoureux d'une serveuse qui était tombée amoureuse de lui jusqu'à ce qu'il n'ait plus un sou en poche. Alors, il était reparti à Boston, prêt à accepter n'importe quel job susceptible de lui rapporter de quoi retourner auprès de sa serveuse et se ruiner de nouveau.

- Il s'entiche toujours de toutes les femmes qu'il croise ? a demandé Vanessa.
- Ouais, je crois. (Bubba s'est frotté le menton.) Bon, pour que tout soit clair, ma sœur, voilà le topo : je vais vous coller au cul comme des morpions.
- Charmant.
- Vous dormirez chez moi, vous boufferez avec moi, vous vous saoulerez avec moi et je vous accompagnerai au tribunal. Tant que le facteur sera pas tombé, je vous quitterai pas de vue. Va falloir vous y habituer.
- J'ai du mal à contenir mon impatience, a répliqué Vanessa, avant de changer de position. Patrick ?
Je me suis retourné.
- Oui ?
- Tu as finalement décidé de ne pas garder mon corps ?
- On est sortis ensemble. Autrement dit, je suis trop impliqué sur le plan émotionnel. Ça fait de moi le candidat le plus mal placé pour ce boulot.
Elle a jeté un coup d'œil à Angie, qui tournait dans Storrow Drive.
- Trop impliqué, hein ? Bien sûr, Patrick.

— Scott Pearse, a dit Devin le lendemain soir au Nash's Pub sur Dorchester Avenue, est né aux Philippines de parents militaires stationnés à Subic Bay. Il a beaucoup voyagé dans sa jeunesse. (Il a ouvert son calepin et l'a feuilleté jusqu'à trouver la bonne page.) Allemagne de l'Ouest, Arabie saoudite, Corée du Nord, Cuba, Alaska, Georgie, et pour finir, le Kansas.
— Ah bon ? a lancé Angie. Pas le Missouri ?
— Non, le Kansas, a confirmé Devin.
— Rends-toi, Dorothy. Rends-toi, a chantonné son partenaire, Oscar Lee.

Angie l'a regardé en plissant les yeux.

Il a haussé les épaules, puis il a récupéré dans le cendrier son cigare éteint et il l'a rallumé.

— Son père était colonel, a repris Devin. Le colonel Ryan Pearse, service des renseignements, mission classée secrète. (Il s'est tourné vers Oscar.) Mais nous, on a des copains.

Oscar a tourné la tête vers moi en pointant son cigare vers Devin.

— T'as remarqué que le p'tit Blanc, là, il dit toujours « nous » quand il parle de moi et de mes sources ?
— C'est un truc de race, ça, nous a assuré Devin.

Oscar a fait tomber la cendre de son cigare.

— Le colonel Pearse était affecté aux O.P.
— Aux quoi ? a demandé Angie.
— Aux opérations psychologiques, a expliqué Oscar. En gros, il était payé pour inventer de nouvelles façons de torturer l'ennemi, de répandre la désinformation, et plus généralement, de lui bousiller la tête.
— Scott était fils unique ?
— Oh oui, a répondu Devin. Sa mère a divorcé quand Scott avait huit ans, et elle est allée s'installer dans une espèce de logement merdique à Lawrence. Là-dessus, elle a porté plainte contre le colonel. Elle l'a même traîné au tribunal plusieurs fois, et c'est là que ça devient marrant. Elle prétendait que son mari testait ses opérations psychologiques sur elle, qu'il lui embrouillait les idées et voulait faire croire à tout le monde qu'elle était folle. Mais elle n'avait pas de preuves. Au bout du compte, les charges contre lui ont été abandonnées, il a obtenu le droit de voir Scott deux fois par mois, et un jour où le gamin rentrait de chez son père – il avait quoi, peut-être onze ans –, il a découvert sa maman assise sur le canapé du salon, les poignets tailladés.

– Elle s'était suicidée ? l'a interrompu Angie.

– Ouais, a confirmé Oscar. Après, le môme est allé vivre avec son père sur la base, il est entré dans les Forces spéciales à dix-huit ans, il a obtenu une démobilisation avec une DH après...

– Une quoi ?

– Démobilisation avec les honneurs, a expliqué Oscar, après avoir servi à Panamá pendant un conflit de cinq minutes fin 89. Pour le coup, ça m'a intrigué.

– Pourquoi ?

– Eh bien, ces types des Forces spéciales, ce sont des soldats de métier. Ils se contentent pas de faire deux ou trois ans et d'attendre la libération comme le troufion de base. Non, eux, ils visent Langley ou le Pentagone. En plus, Pearse aurait dû revenir de Panamá tout auréolé de gloire : il avait vraiment participé au combat. Il aurait dû, vous voyez ce que je veux dire ?

– Mais ? l'a pressé Angie.

– Mais ç'a pas été le cas. Alors, j'ai appelé un autre de *mes* copains, a ajouté Oscar en gratifiant son partenaire d'un regard appuyé. Il a creusé un peu, et pour résumer, votre gars, Pearse, il s'est fait lourder de l'armée.

– Pour quelle raison ?

– L'unité du lieutenant Pearse, placée sous son commandement direct, s'est trompée de cible. Il a failli passer en cour martiale. Mais il devait avoir des relations influentes, parce que ses hommes et lui s'en sont sortis avec l'équivalent militaire d'une indemnité de licenciement. Plus les honneurs, mais pas de Pentagone ni de Langley pour eux.

– C'était quoi, cette cible ? a demandé Angie.

– Ils étaient censés détruire un bâtiment où s'étaient soi-disant réfugiés des membres de la police secrète de Noriega. Mais ils ne sont pas entrés dans le bon immeuble.

– Et ?

– Ils ont fait irruption dans un bordel à six heures du mat' et arrosé tout le monde à l'intérieur. Deux michetons panaméens et cinq putes. On raconte que Scott aurait passé à la baïonnette tous les cadavres de femmes avant d'incendier les lieux. C'est qu'une rumeur, notez bien, mais c'est ce que mon contact a entendu dire.

– Et l'armée n'a jamais engagé de poursuites, a observé Angie.

Oscar l'a regardée comme si elle était ivre.

– C'était Panamá. Tu te rappelles ? Ils ont tué neuf fois plus de civils que de militaires, et tout ça pour coincer un dealer ayant eu des liens avec la CIA durant le mandat d'un président qui autrefois *dirigeait* cette même CIA. Cette histoire était déjà suffisamment glauque pour qu'ils évitent d'attirer l'attention sur leurs erreurs. Les règles étaient simples : en présence des photographes ou des membres de la presse, O.K., ce que avez cassé, vous le payez. Mais s'il n'y a personne, et que vous vous gourez de mec ou de village ? (Il a haussé les épaules.) Brûlez tout et marchez au pas redoublé.

— Cinq femmes, a murmuré Angie.

— Oh, il les a pas toutes tuées, a précisé Oscar. Ils y sont tous allés de bon cœur. Neuf types tirant dix balles à la seconde...

— Non, il ne les a pas toutes tuées, en effet, a reconnu Angie. Il s'est juste assuré qu'elles étaient mortes.

— À coups de baïonnette, ai-je renchéri.

— Hé oui, a fait Devin en allumant une cigarette. Qu'est-ce que vous voulez, s'il n'y avait que des gentils en ce bas monde, nous, on serait au chômage. Bref, Scott Pearse est démobilisé, il revient aux States et habite avec son papa qui a pris sa retraite depuis deux ou trois ans. Et puis, ledit papa meurt d'une crise cardiaque, et quelques mois plus tard, Scott gagne à la loterie.

— Comment ça ?

— Je veux dire, il a gagné à la loterie du Kansas.

— Tu déconnes.

Il a levé la main.

— Je le jure sur la tête de ma mère. La bonne nouvelle, c'est qu'il avait trouvé les six numéros gagnants, et que le jackpot atteignait un million deux. La mauvaise, c'est que huit autres personnes les avaient trouvés aussi. Alors, il a pris le magot, qui devait se monter à quelque chose comme quatre-vingt-huit mille dollars après impôts, il s'est offert une Shelby GT-500 noire modèle 68 chez un concessionnaire de voitures anciennes, il est arrivé à Boston durant l'été 92 et il a passé l'examen d'entrée à la poste. Depuis, pour autant qu'on le sache, c'est un citoyen modèle.

Oscar a considéré sa chope vide, son petit verre également vide à côté, puis il a lancé à son partenaire :

— Un autre ?

Devin a approuvé vigoureusement de la tête.

— Tu parles ! C'est nos potes qui régalent !

— Super !

Oscar a fait signe au barman de nous remettre une tournée.

Celui-ci a opiné gaiement. Et pour cause : chaque fois que l'addition était pour moi, Oscar et Devin choisissaient ce qu'il y avait de mieux. Et avalaient ça comme de l'eau. Et repassaient commande. Encore et encore.

Quand j'ai enfin eu la note, je me suis demandé qui de nous avait le plus bénéficié de cette conversation. Et si j'allais atteindre la limite du crédit autorisé par ma Visa. Et pourquoi je n'avais pas des copains normaux qui buvaient du thé.

— Vous voulez savoir comment les services postaux américains traitent les réclamations quand le courrier n'arrive pas à destination ? nous a demandé Vanessa Moore.

— On est tout ouïe, a répondu Angie.

Nous étions au premier étage de l'entrepôt de Bubba, où il a installé ses quartiers. Le premier tiers du plancher est truffé d'explosifs, car... eh bien, parce que Bubba est cinglé, mais il avait cependant désactivé les engins en prévision du séjour de Vanessa.

Celle-ci sirotait un café au comptoir du bar qui allait du flipper au panier de basket. Elle sortait de la douche, et ses cheveux étaient encore humides. Pieds nus, elle portait une chemise de soie noire sur un jean déchiré et triturait son collier en argent tout en faisant tourner lentement le siège de son tabouret.

— D'abord, ils commencent par reconnaître que oui, les lettres se perdent quelquefois. Comme si on l'ignorait. Quand j'ai précisé que ces onze lettres avaient été envoyées à onze destinataires différents et qu'aucune ne leur était parvenue, ils m'ont conseillé de joindre le bureau distributeur. Au bureau distributeur, on m'a expliqué qu'un enquêteur serait envoyé sur place pour interroger *mes voisins*, au cas où ils auraient un rapport avec le problème. Alors, je leur ai dit : « Mais enfin, je les ai mises moi-même à la boîte, ces lettres ! » Tout ça pour m'entendre répondre que si je leur fournissais la liste des adresses des destinataires, ils enverraient quelqu'un interroger les voisins *de ce côté-là*.

— C'est une blague, a fait Angie.

Les yeux écarquillés, Vanessa a secoué la tête.

— C'était du pur Kafka. Quand je leur ai demandé pourquoi ils ne questionnaient pas le facteur ou le transporteur responsable du secteur, ils m'ont expliqué : « Une fois que nous serons absolument certains que personne d'autre n'est en cause... » Là, je me suis énervée : « Donc, vous êtes en train de me dire que lorsque du courrier se perd, les soupçons se portent sur tout le monde sauf l'employé chargé de le distribuer... »

– Vas-y, répète-leur ce qu'ils t'ont sorti, l'a coupée Bubba en débouchant dans le coin cuisine-bar.

Elle lui a souri, avant de reporter son attention sur nous.

– Ils m'ont sorti : « Vous pourriez nous faire parvenir la liste de vos voisins, madame ? »

Bubba s'est dirigé vers le frigo, il a ouvert le freezer et sorti une bouteille de vodka. À ce moment-là seulement, j'ai remarqué qu'il avait lui aussi les cheveux humides.

– Foutus services postaux, a lâché Vanessa en terminant son café. Et ils se demandent pourquoi les gens ont de plus en plus recours aux e-mails, à Federal Express et au paiement informatisé.

– Sauf qu'un timbre ne coûte que trente-trois *cents*, a précisé Angie.

Vanessa a pivoté sur son tabouret de bar quand Bubba s'est approché avec la bouteille.

– Devrait y avoir des verres près de toi, a-t-il dit.

Elle s'est baissée pour chercher sous le comptoir.

Bubba, la bouteille de vodka à la main, a observé la façon dont les cheveux mouillés de Vanessa lui retombaient dans le cou. Puis il a tourné la tête vers moi et posé la bouteille sur le comptoir au moment où Vanessa sortait quatre petits verres.

J'ai regardé Angie. Les lèvres entrouvertes, elle le contemplait d'un air légèrement ahuri.

– Je crois bien que je vais juste le descendre, ce connard, a fait Bubba quand Vanessa a versé l'alcool glacé dans les verres.

– Quoi ? ai-je demandé.

– Non, a répondu Vanessa d'un ton ferme. On en a déjà parlé.

– Ah bon ?

Il a vidé son verre, l'a placé sur le bar, et Vanessa l'a resservi.

– Oui, a-t-elle déclaré. Si j'ai des informations relatives à un crime sur le point d'être commis, j'ai le devoir d'en avertir la police.

– Ah ouais, c'est vrai. (Bubba a avalé cul sec sa seconde vodka.) J'avais oublié.

– Alors, sois gentil, d'accord ?

– D'accord.

Angie a plissé les yeux. J'ai résisté à l'envie de bondir de mon tabouret pour m'enfuir en hurlant.

– Vous restez dîner ? a demandé Vanessa.

– Oh, non, non, s'est empressée de répondre Angie. (Elle a voulu se lever trop vite, et son sac est tombé.) On... En fait, on a déjà mangé. Alors...

Je me suis mis debout à mon tour.
— Euh, oui, on va...
— Partir ? a suggéré Vanessa.
— C'est ça. (Angie a ramassé son sac.) On va partir. Absolument.
— Z'avez rien bu, a fait remarquer Bubba.
— Tu trinqueras à notre santé, ai-je répliqué en constatant qu'Angie avait déjà gagné la porte.
— O.K.
Bubba a éclusé un troisième verre.
— Tu n'aurais pas du citron vert, par hasard ? a lancé Vanessa. Je prendrais bien une petite tequila.
— Je devrais pouvoir trouver ça.
En rejoignant Angie, je leur ai jeté un dernier coup d'œil. La silhouette massive de Bubba était penchée vers le réfrigérateur, et le corps souple de Vanessa semblait s'incliner gracieusement vers lui comme une volute de fumée.
— À plus ! nous a-t-elle crié sans quitter Bubba des yeux.
— Euh, oui, ai-je répondu. À plus.
J'ai détalé sans demander mon reste.

Angie a commencé à rire au moment où nous sortions de l'entrepôt de Bubba. C'était une sorte de fou rire nerveux, convulsif, presque comme celui d'une camée, qui la forçait à se plier en deux et qui l'a conduite à travers le trou dans la clôture jusqu'à l'aire de jeux voisine.

Elle est parvenue à se calmer quand elle s'est appuyée contre la cage d'écureuil, le regard rivé aux fenêtres de Bubba. Enfin, elle s'est essuyé les yeux et elle a poussé un soupir interrompu par quelques hoquets.

— Oh, non, j'y crois pas ! *Ta chère* avocate et Bubba. Bon sang. J'aurais tout vu.

Je me suis adossé aux barreaux métalliques à côté d'elle.
— C'est pas *ma chère* quoi que ce soit.
— Ah ça, elle ne l'est plus. C'est sûr. Après lui, elle est perdue pour les hommes normaux.
— Il est limite analphabète, Ange.
— C'est vrai, mais il est monté comme un taureau. (Elle m'a souri.) Je veux dire, sacrément bien monté.
— T'as vérifié ?
Elle a éclaté de rire.

– N'importe quoi !
– Alors, comment tu le sais ?
– Les mecs sont capables de deviner la taille du soutien-gorge d'une fille même si elle porte trois pulls et un manteau. Tu crois que c'est différent pour nous ?
– Ah.

Je revoyais encore le bar, Vanessa pivotant lentement sur le tabouret, Bubba fasciné par la façon dont ses cheveux lui retombaient dans le cou.

– Bubba et Vanessa, main dans la main...
– Bon sang, Ange ! Tu vas arrêter ?

Elle a tourné la tête vers moi.

– T'es jaloux ?
– Non.
– Même pas un tout petit peu ?
– Même pas.
– Menteur.

Quand j'ai tourné la tête vers elle, nos nez se sont frôlés. Nous n'avons plus dit un mot pendant un moment, nous bornant à rester ainsi, la joue plaquée contre le métal, les yeux dans les yeux, tandis que l'air nocturne caressait notre peau. Loin derrière Angie, la pleine lune s'élevait dans un ciel d'encre.

– Tu détestes mes cheveux, comme ça ? a-t-elle chuchoté.
– Non. C'est juste qu'ils sont...
– Courts ? a-t-elle suggéré avec un sourire.
– Oui. Mais je ne t'aime pas à cause de tes cheveux.

Elle a changé de position, logé son épaule dans un creux entre les barreaux.

– Alors, pourquoi tu m'aimes ?

J'ai laissé échapper un petit rire.

– Tu veux que j'énumère toutes les raisons ?

Le regard rivé au mien, elle n'a pas répondu.

– Eh bien, je t'aime, Ange, parce que... Oh, je ne sais pas. Parce que je t'ai toujours aimée. Parce que tu me fais rire. Beaucoup. Parce que...
– Quoi ?

J'ai calé moi aussi mon épaule dans un creux, puis placé ma paume sur sa hanche.

– Parce que depuis que tu es partie, j'ai tous ces rêves où tu dors près de moi. Et quand je me réveille, je sens ton parfum, et je suis toujours à moitié endormi, mais comme je n'en suis pas conscient, je tends la main vers toi. Je touche ton oreiller, et tu n'es pas là. Et je me retrouve allongé dans mon lit à cinq heures du matin, les oiseaux commencent à chanter, tu n'es pas là et l'odeur de ton parfum disparaît peu à peu. Elle disparaît et... (J'ai dû m'éclaircir la gorge.) Il n'y a plus que moi. Et les draps blancs. Des draps blancs, ces putains d'oiseaux, et j'ai mal, Ange, mais je ne peux rien faire d'autre que fermer les yeux, rester là et regretter d'avoir autant envie de mourir.

Son visage ne trahissait aucune émotion, mais ses yeux semblaient recouverts d'un voile brillant.

– Ce n'est pas juste, a-t-elle murmuré en les tapotant avec ses paumes.

– Rien n'est juste. Tu prétends que ça ne marchait pas entre nous ?

Elle a levé la main.

– Alors, qu'est-ce qui marche, Ange ?

Son menton a plongé vers sa poitrine, et elle a gardé un moment la tête baissée avant de chuchoter :

– Rien.

– Je sais, ai-je dit d'une voix rauque.

Son petit rire s'est étranglé, et de nouveau, elle s'est essuyé les yeux.

– Je déteste aussi les petits matins, Patrick. (Elle a levé les yeux et esquissé un sourire tremblant.) Tellement, tellement...

– Ah oui ?

– Oui. Tu veux que je te dise ? Ce type avec qui je sortais...

– Trey.

– Dans ta bouche, ça ressemble à un gros mot.

– Eh bien ?

– Je couchais avec lui, mais je ne voulais pas qu'il me prenne dans ses bras après. Tu vois ? Quand je me retournais et que tu me glissais un bras sous le cou et l'autre sur la poitrine... Je n'aurais jamais pu le supporter d'un autre.

La seule réponse qui m'est venue à l'esprit, c'est :

– Tant mieux.

– Tu m'as manqué, a-t-elle murmuré.

– Toi aussi, tu m'as manqué.

– J'ai des goûts de luxe, un caractère de cochon, je déteste faire la lessive et je n'aime pas cuisiner.

– Cette lucidité t'honore.

– Hé, t'es pas parfait non plus, mon grand !

– Mais moi, je sais cuisiner.

Angie a caressé le soupçon de barbe que je gardais en permanence depuis trois ans pour dissimuler les cicatrices laissées par le rasoir de Gerry Glynn [1].

Elle a passé lentement le pouce sur les poils, effleuré doucement la peau dévastée en dessous. Ce n'étaient pas des cicatrices énormes, d'accord, mais elles abîmaient mon visage, et je suis coquet.

– Je pourrai te raser, ce soir ? a-t-elle demandé.
– Tu m'as dit un jour que ça me rendait plus sexy.

Un sourire a éclairé ses traits.

– C'est vrai, mais ce n'est pas toi.

J'ai réfléchi. Il y avait trois ans que je portais ce semblant de barbe. Trois ans que je dissimulais les blessures infligées au cours de la nuit la plus terrible de ma vie. Trois ans que je cachais mes défauts et ma honte.

– C'est vrai, tu veux me raser ? ai-je murmuré enfin.

Elle s'est penchée vers moi pour m'embrasser.

– Entre autres, oui.

---

1. Voir *Ténèbres, prenez-moi la main*.

30.

Angie m'a réveillé à cinq heures du matin – paumes tièdes sur mes joues imberbes depuis peu, langue s'insinuant entre mes lèvres tandis qu'elle repoussait les draps pour s'allonger sur moi.
– T'entends les oiseaux ? a-t-elle chuchoté.
– Non, ai-je répondu dans un souffle.
– Moi non plus.

Plus tard, lové contre elle tandis que les premières lueurs de l'aube éclairaient peu à peu la chambre, j'ai dit :
– Il sait qu'on le surveille.
– Scott Pearse... Oui, c'est l'impression que j'ai eue aussi. Une semaine entière à le filer, et il ne s'est même jamais arrêté pendant sa tournée pour prendre un café. S'il récupère le courrier de quelqu'un, ce n'est pas ici. (Elle a bougé entre mes bras, et le mouvement de son corps souple contre ma peau m'a fait l'effet d'une décharge électrique.) Il est malin. Il va attendre qu'on se lasse.

J'ai ôté un cheveu égaré sur ses cils.
– C'est un des tiens ?
– Sans le moindre doute, ai-je répondu en le laissant tomber près du lit. Mais il a mentionné le temps, Ange. S'il m'a donné rendez-vous sur le toit de ce parking, soit pour m'acheter soit pour m'intimider, c'est parce qu'il est pressé par le temps.
– D'accord, mais on peut supposer qu'à ce moment-là, il croyait avoir passé un accord avec les Dawe. Maintenant qu'il n'y a plus de marché, pourquoi...
– Qui dit qu'il n'y a plus de marché ?

— Christopher Dawe. Bon sang, Scott a détruit leur fille ! Ils ne vont tout de même pas continuer à lui verser de l'argent après ça ! Il n'a plus de moyens de pression.

— Mais Christopher Dawe pense qu'il ne va pas s'arrêter là. Qu'il risque de s'en prendre à Carrie, de l'anéantir comme il a anéanti Karen.

— Quel profit en retirerait-il ?

— À mon avis, il n'est pas seulement question de profit. Sur ce point, Christopher Dawe avait raison. C'est devenu une question de principe pour Pearse. Cet argent qu'il leur a extorqué ? Il s'imagine qu'il lui revenait de toute façon. Alors, il ne va pas renoncer aussi facilement.

Angie a laissé courir ses doigts sur mon torse et mon abdomen.

— Mais comment pourrait-il s'en prendre à Carrie Dawe ? Si elle suit une thérapie, ça m'étonnerait que ce soit avec la psychiatre de Karen. Donc, Pearse ne peut pas se servir de Diane Bourne. De plus, comme les Dawe n'habitent pas en ville, il n'a pas la possibilité de faucher leur courrier.

J'ai pris appui sur mon coude pour me redresser.

— Bon, sa méthode habituelle consiste à infiltrer les dossiers d'un psychiatre et une zone postale. Mais ça, c'est juste ce qui est à portée de main, les ficelles qu'il peut tirer facilement. Son père était un putain de manipulateur professionnel. Et lui, il a fait partie des Forces spéciales.

— Et alors ?

— Alors, j'en déduis qu'il est toujours préparé à toutes les éventualités, mais aussi qu'il est toujours prêt à improviser. Et surtout, qu'il commence par rassembler des informations confidentielles. C'est ça, le fondement de tout ce qu'il est et de tout ce qu'il fait. Il en savait assez pour s'adresser aux bonnes personnes afin d'obtenir des renseignements sur nous. Il a découvert que je tenais à Bubba, et il a voulu s'en servir contre moi. Il a également découvert que tu étais intouchable à cause de ton grand-père, et comme il ne pouvait plus m'atteindre à travers Bubba, il a essayé de faire du mal à Vanessa. Il est limité, mais il est rudement sournois.

— O.K. Et ce qu'il sait sur les Dawe, il l'a appris par Wesley ?

— Sûrement, mais c'est du réchauffé. Même si Wesley est encore dans les parages – même si c'est lui qui emploie Pearse, pourquoi pas ? –, ses informations datent de dix ans.

— C'est vrai.

– Pearse a besoin de quelqu'un qui connaît bien les Dawe aujourd'hui. Un assistant du Dr Dawe, peut-être. La meilleure amie de Carrie Dawe. Ou...

Je l'ai regardée, elle s'est redressée sur ses coudes et nous l'avons dit ensemble :

– La bonne.

Siobhan Mulrooney est entrée dans le parking de la gare de Weston à six heures ce soir-là, un gros sac à l'épaule, la tête baissée, le pas rapide. Quand elle est passée devant la Honda d'Angie et qu'elle m'a vu assis sur le capot, elle a accéléré l'allure.

– Hé, Siobhan ! (Je me suis frotté le menton.) Qu'est-ce que vous pensez de mon changement de look ?

Elle s'est immobilisée, avant de me jeter un coup d'œil.

– Je ne vous avais pas reconnu, monsieur Kenzie. (Elle a pointé le doigt vers les marques roses le long de ma mâchoire.) Vous avez des cicatrices.

– Exact. (Je me suis redressé.) J'ai été attaqué par un homme, il y a deux ou trois ans.

– Vous lui aviez fait quoi ?

Ses épaules se sont brusquement raidies quand je me suis approché, comme si elle voulait fuir.

– J'avais découvert qu'il n'était pas ce qu'il prétendait être. Ça l'a rendu fou de rage.

– Il a essayé de vous tuer ?

– Oui. Et elle aussi, ai-je ajouté en montrant Angie postée près de l'escalier qui menait à la gare.

Siobhan l'a regardée, puis s'est de nouveau concentrée sur moi.

– C'était quelqu'un de mauvais, alors.

– Où étiez-vous, Siobhan ?

– En Irlande, bien sûr.

– Du Nord ?

Elle a acquiescé.

– Terre des Troubles, ai-je dit en appuyant mon accent sur le dernier mot.

Siobhan a baissé la tête.

– Vous ne faites pas dans la légèreté, monsieur Kenzie.

– Vous avez perdu de la famille ?

Elle a levé vers moi des yeux rétrécis, emplis de colère.

– Oui. Des générations entières.

J'ai souri.

– Moi aussi. Je crois que c'est mon arrière-arrière-arrière-grand-père du côté de mon père qui a été exécuté à Donegal en 1798, quand les Français nous ont laissés en plan. Quant à mon grand-père maternel – le « Pa' de Ma' », ai-je ajouté en lui adressant un clin d'œil –, on l'a retrouvé dans sa grange avec les rotules brisées, la gorge tranchée et la langue coupée.

– C'était un traître ? a-t-elle lancé, une expression de défi chiffonnant son petit visage.

– Une balance, oui. Ou alors, les Orangistes qui l'ont exécuté voulaient le faire croire. Dans ce genre de conflits, c'est toujours la même chose : parfois, les gens meurent, et on n'apprend pourquoi seulement quand on les rejoint de l'autre côté ; parfois aussi, ils meurent sans raison, parce que le sang s'est échauffé, et aussi parce que plus le chaos est grand, plus il est facile de s'en tirer. J'ai entendu dire que depuis le cessez-le-feu, c'était de la véritable folie, là-bas. Tout le monde court partout, se lance dans des vendettas meurtrières. Vous saviez, Siobhan, qu'il y a eu moins de morts en Afrique du Sud pendant l'apartheid que durant les deux ans qui ont suivi ? Même chose en Yougoslavie, après l'effondrement du régime communiste. Je veux dire, le fascisme est nul, mais au moins, il permet de maintenir un semblant d'ordre. Dès que c'est terminé, toutes ces rancœurs accumulées ? Eh bien, elles resurgissent. Les gens sont tués à cause de trucs dont ils ne se souviennent même plus.

– Vous essayez de me dire quelque chose, monsieur Kenzie ?

J'ai fait non de la tête.

– Je meublais la conversation, Siobhan, c'est tout. Mais dites-moi, pourquoi avez-vous quitté la terre d'Irlande ?

Elle a incliné la tête.

– Vous aimez la pauvreté, monsieur Kenzie ? Ça vous plaît de donner la moitié de vos gains au gouvernement ? Vous aimez les ciels pluvieux et le froid qui n'en finit pas ?

– Pas franchement, non. (J'ai haussé les épaules.) C'est juste que souvent, quand on quitte le Nord, on ne peut plus y retourner à cause de tous ces types qui vous guettent sur le quai de débarquement pour vous régler votre compte.

– Vous voulez savoir si quelqu'un m'attendait pour me faire du mal, c'est ça ?

– Oui.

– Non, a-t-elle répondu, les yeux rivés au sol, en remuant la tête avec vigueur comme pour mieux s'en convaincre. Non. Pas moi.

– Pourriez-vous me dire à quel moment Pearse va s'attaquer aux Dawe ? Ou comment il compte s'y prendre ?

Elle a reculé lentement, un drôle de demi-sourire aux lèvres.

– Ah, non, monsieur Kenzie. Je vous souhaite une bonne soirée.

– Vous n'avez pas demandé « Qui est Pearse » ?

– « Qui est Pearse » ? a-t-elle répété. Voilà, vous êtes content ?

Elle s'est dirigée vers l'escalier, son gros sac toujours à l'épaule. Angie s'est écartée pour la laisser gravir les marches. J'ai attendu qu'elle ait atteint le palier à mi-parcours pour lancer :

– Où en êtes-vous avec votre carte verte, Siobhan ?

Elle s'est figée.

– Vous avez réussi à obtenir une prolongation de votre permis de travail ? Parce que j'ai entendu dire que les services d'immigration serreraient la vis aux Irlandais. Surtout dans cette ville. C'est pas très malin, hein ? Qui va repeindre les maisons quand ils les auront tous renvoyés chez eux ?

Je l'ai entendue se racler la gorge.

– Vous ne feriez pas ça, a-t-elle murmuré.

– Oh si, a répliqué Angie.

– Vous ne pouvez pas.

– Oh si, ai-je répété. Vous devez nous aider, Siobhan.

– Ou sinon ? a-t-elle lancé en pivotant vers moi.

– Sinon, je n'ai qu'un coup de fil à donner, et vous célébrerez le Labor Day dans cette bonne vieille cité de Belfast.

31.

— Il a constitué des dossiers sur tout le monde, nous a révélé Siobhan. Il en a un sur moi, un sur vous, monsieur Kenzie, et un sur vous aussi, mademoiselle Gennaro.

— Qu'est-ce qu'il y a au juste dans ces dossiers ? a demandé Angie.

— Vos activités quotidiennes. Vos points faibles. Oh, et... (Elle a chassé d'un geste la fumée de sa cigarette.) Plein d'autres choses encore. Toutes sortes d'informations d'ordre personnel. (Elle a pointé sa cigarette vers Angie.) Il était si content quand il a découvert que votre mari était mort... Il pensait avoir trouvé le moyen.

— Le moyen de faire quoi ?

— De vous briser, mademoiselle Gennaro. De vous briser. Chacun de nous cache dans son cœur un secret difficile à affronter, pas vrai ? Mais après, il s'est aperçu que vous aviez des relations influentes...

Angie a hoché la tête.

— Eh bien, ce jour-là, croyez-moi, mieux valait ne pas trop s'approcher de Scott Pearse, a ajouté Siobhan.

— Le pauvre, ai-je dit. Mais je peux vous poser une question ? Pourquoi m'avoir fixé ce rendez-vous la première fois que je suis venu chez les Dawe ?

— Pour vous éloigner de lui, monsieur Kenzie.

— C'est pour ça que vous m'avez aiguillé sur Cody Falk ?

Elle a opiné.

— Et alors ? Pearse s'imaginait que j'allais le liquider et laisser tomber mon enquête ?

— C'était une hypothèse tout à fait plausible, non ? a-t-elle répliqué en baissant les yeux vers sa tasse de café.
— Diane Bourne était-elle la seule à le renseigner ?
— Non, il a un homme de main aux services des archives à l'hôpital McLean de Belmont. Vous savez combien de patients McLean reçoit dans une année, monsieur Kenzie ?

McLean était l'un des plus importants centres psychiatriques de l'État. Il se chargeait de toutes les hospitalisations, volontaires ou non, disposait de services sécurisés, traitait aussi bien la dépendance à l'alcool ou à la drogue que les symptômes de fatigue chronique, ou encore la schizophrénie paranoïde dissociative à caractère violent. Avec une capacité de trois cents lits, McLean totalisait une moyenne de trois mille admissions par an.

Siobhan s'est appuyée contre le dossier de la banquette et a passé une main lasse dans ses cheveux courts. Nous avions quitté la gare de Weston et affronté les embouteillages jusqu'à Waltham, où nous nous étions arrêtés dans un restaurant IHOP sur Main Street. À cinq heures et demie de l'après-midi, l'établissement ne comptait que quelques rares clients, et après que nous avions commandé un pot de café normal et un autre de décaféiné, la serveuse n'avait été que trop heureuse de nous laisser tranquilles.

— Comment Pearse parvient-il à s'assurer la complicité des gens ? a demandé Angie.

Un sourire cynique est apparu sur les lèvres de Siobhan.
— Il a du charisme, hein ?

Angie a haussé les épaules.
— Je ne l'ai jamais vu de près, a-t-elle répondu.
— Alors, croyez-moi sur parole, a rétorqué Siobhan. Quand il vous regarde, cet homme-là voit jusqu'au fond de votre âme.

J'ai résisté à l'envie de lever les yeux au ciel.
— Il se montre amical avec vous, a-t-elle continué. Après, il vous séduit. Il cherche vos faiblesses – toutes ces failles en vous – pour mieux vous posséder. Et vous lui obéissez, ou sinon, il vous détruit.
— Mais pourquoi Karen ? a repris Angie. Je veux dire, je sais qu'il voulait donner une leçon aux Dawe, mais même de sa part, ça me semble disproportionné.

Siobhan a soulevé sa tasse, mais n'a rien bu.
— Vous ne comprenez toujours pas ?

Avec un bel ensemble, Angie et moi avons fait non de la tête.
— Vous me décevez, tous les deux...

– Aïe, quel dommage ! ai-je ironisé.
– La possibilité d'accéder à des informations confidentielles, monsieur Kenzie. Tout tourne autour de ça.
– On le sait bien, Siobhan. Comment pensez-vous qu'on soit remontés jusqu'à vous ?
– Oh, moi, je suis facile à atteindre – une bribe de conversation par-ci, un relevé bancaire par-là... Scott méprise les limites.
– Donc, a enchaîné Angie en allumant une cigarette, Scott veut la moitié de la fortune des Dawe... (Elle s'est interrompue net en percevant l'expression de Siobhan.) Non, ça ne lui suffirait pas. Il veut la totalité, c'est ça ?

Le hochement de tête de Siobhan a été presque imperceptible.
– Et il a détruit Karen parce que c'était l'héritière.
Nouveau hochement de tête.
Angie a tiré une bouffée de sa cigarette en réfléchissant.
– Mais attendez... Jouer le rôle de Wesley Dawe ne lui ouvre pas toutes les portes. Même si les Dawe devaient mourir demain dans des circonstances à priori non suspectes, ils n'auraient certainement pas légué leur fortune à un fils qu'ils n'ont pas revu depuis dix ans. Et quand bien même ils l'auraient fait, l'homme qui a usurpé l'identité de Wesley ne pourrait pas aller très loin. Je ne vois pas comment il pourrait tromper les administrateurs de leurs biens.

À présent, Siobhan l'examinait avec attention.
– Et s'il s'en prend à Christopher Dawe, a énoncé lentement Angie, il ne gagnera rien non plus.
Siobhan lui a emprunté ses allumettes pour allumer à son tour une cigarette.
– À moins qu'il n'ait trouvé un moyen d'accéder à... Carrie Dawe, a dit Angie.
À peine sorti de sa bouche, le nom est resté en suspens entre nous.
– C'est ça ? a insisté Angie. Carrie et lui ont monté le coup ensemble ?
Avant de répondre, Siobhan a fait tomber sa cendre dans le cendrier.
– Non. Mais vous y étiez presque, mademoiselle Gennaro.
– Alors... ?
– Elle le connaît sous le nom de Timothy McGoldrick. Ils sont amants depuis dix-huit mois. Elle est loin de se douter que c'est l'homme qui a anéanti Karen et prévoit d'anéantir son mari.
– Merde, ai-je lâché. On avait cette photo de lui, l'autre jour, quand on est allés chez les Dawe, mais Carrie n'était pas là.

De son talon, Angie a frappé le plancher.

– On aurait dû aller la voir au country club.

Les petits yeux de Siobhan s'étaient arrondis de surprise.

– Vous avez une photo de lui ?

– Plusieurs, même, ai-je répondu.

– Oh, ça ne va pas lui plaire. Non, ça ne va pas lui plaire du tout.

J'ai fait mine de frissonner en secouant la main.

Elle a froncé les sourcils.

– Vous n'avez aucune idée de l'ampleur de sa fureur, monsieur Kenzie.

Je me suis penché en avant.

– Je vais vous dire quelque chose, Siobhan. Je me fous complètement de la fureur de ce salopard. Je me fous complètement de son charisme. Je me fous de savoir s'il peut lire dans votre âme, ou dans la mienne, ou s'il est en liaison directe avec Dieu le Père. Est-ce que c'est un cinglé ? Oui. Est-ce que c'est un ancien mercenaire des Forces spéciales capable de vous dévisser la tête à coups de pied circulaires ? Tant mieux pour lui. Il a poussé au suicide une femme qui ne demandait qu'à être heureuse et à conduire une putain de Camry. Il a réduit un homme à l'état de légume juste pour s'amuser. Il en a privé un autre de ses mains et de sa langue. Et il a empoisonné un chien que j'aimais. Beaucoup, même. Alors, vous voulez que je vous montre ce que c'est, la fureur ?

Les épaules et l'arrière du crâne plaqués contre la banquette en similicuir, Siobhan a jeté un coup d'œil nerveux à Angie.

Celle-ci a souri.

– Il lui faut le temps, mais une fois qu'il a démarré, emmenez les femmes et les enfants hors de la ville, parce que Main Street va exploser.

Siobhan m'a de nouveau regardé.

– Il est plus malin que vous, a-t-elle chuchoté.

– Non, ai-je affirmé. Il a eu accès à certaines informations, ce qui lui a donné l'avantage. Mais j'en ai également réuni sur lui. Je suis dans *sa* vie, maintenant. J'y suis jusqu'à ce que j'en aie terminé avec lui.

Elle a remué la tête.

– Vous n'avez aucune idée de ce que vous...

Elle s'est interrompue net, et elle a baissé les yeux en continuant de remuer la tête.

– Aucune idée de quoi ? l'a pressée Angie.

Siobhan s'est concentrée sur elle.

— De ce que vous avez décidé de combattre, du piège dans lequel vous vous êtes précipités.

— Alors, dites-le-nous.

— Ah, non. (Elle a rangé les cigarettes dans son sac à main.) Je vous ai révélé ce que j'estimais nécessaire. J'espère que vous ne parlerez pas de moi à votre ami du service de l'immigration. Et je vous souhaite bonne chance, même si je doute que ça puisse vous aider.

En se levant, elle a fait passer la bride de son sac sur son épaule.

— Pourquoi Pearse s'est-il montré aussi cruel envers Karen ? ai-je insisté.

— Je viens de vous le dire. C'était la seule héritière.

— Je comprends. Mais pourquoi ne pas simuler un accident ? Pourquoi la détruire à petit feu ?

— C'est sa méthode.

— Il n'est pas question de méthode, là, mais de haine pure. Pourquoi la détestait-il autant ?

L'air exaspéré, Siobhan a écarté les bras.

— Il ne la détestait pas, monsieur Kenzie. Il la connaissait à peine quand Miles les a mis en relation trois mois avant qu'elle meure.

— Alors, pourquoi cet acharnement ?

De sa main, elle s'est tapé la cuisse.

— Je vous le répète, c'est sa façon d'agir.

— Ça ne me suffit pas.

— Je n'ai pas d'autre explication à vous offrir.

— Vous mentez. Il y a des tas d'éléments qui ne collent pas, Siobhan.

Elle a poussé un profond soupir de lassitude.

— C'est le problème avec les gens comme nous, monsieur Kenzie — les criminels, je veux dire. On ne peut pas se fier à nous.

En la voyant se tourner vers la porte, j'ai demandé :

— Où allez-vous ?

— J'ai une amie à Canton. Je logerai chez elle un moment.

— Comment pouvons-nous être sûrs que vous n'irez pas directement trouver Pearse ?

Siobhan a esquissé un sourire désabusé.

— Comme je n'ai pas pris le train de Boston, ils savent maintenant que vous êtes remontés jusqu'à moi. Je suis le maillon faible, désormais. Et Pearse n'aime pas les maillons faibles. (Elle s'est baissée pour ramasser son bagage.) Mais je ne m'inquiète pas. Personne n'est au courant pour mon amie de Canton, à part vous deux.

Je dispose d'au moins une semaine avant qu'ils aient le temps d'entreprendre des recherches, et d'ici là, j'espère que vous vous serez tous entretués. (Une lueur moqueuse a éclairé ses yeux éteints.) Sur ce, bonne journée à vous deux.

Elle s'éloignait déjà quand Angie l'a rappelée.
– Siobhan ?
– Oui ? a-t-elle dit, la main sur la poignée.
– Où est le vrai Wesley ?
– Je ne sais pas, a-t-elle répondu sans nous regarder.
– Essayez de deviner.
– Mort, sûrement.
– Pourquoi ?

Toujours de dos, elle a haussé les épaules.
– Il ne lui était plus d'aucune utilité, pas vrai ? Avec Scott, tôt ou tard, il faut s'attendre à connaître le même sort.

Elle a ouvert la porte, puis s'est engagée sur le parking. Elle s'est dirigée vers l'arrêt de bus dans Main Street sans un regard en arrière, se bornant à remuer la tête comme si elle se sentait à la fois dépassée et contrariée par les choix qui l'avaient conduite jusqu'ici.

– Elle a dit « ils », a murmuré Angie. « Ils savent maintenant que vous êtes remontés jusqu'à moi. » T'as remarqué ?
– J'ai remarqué.

Les traits de Carrie Dawe se sont décomposés comme si elle venait de recevoir un coup en pleine figure.

Elle n'a pas pleuré. Elle n'a pas crié, elle n'a pas tempêté, elle n'a même pas bougé tandis qu'elle regardait la photo de Pearse que nous avions placée sur la table basse. Mais son visage s'est affaissé et sa respiration s'est faite saccadée.

Christopher Dawe était toujours à l'hôpital et la grande maison vide paraissait aussi froide que désolée.

– Il vous a dit s'appeler Timothy McGoldrick, a déclaré Angie. C'est bien ça ?

Carrie Dawe a acquiescé d'un mouvement de tête.
– Et il fait quoi, comme métier ?
– Il est... (Elle a pris une profonde inspiration, puis elle a détaché son regard de la photo et s'est blottie dans un coin du canapé.) Il m'a raconté qu'il était pilote de ligne pour la TWA. Pourquoi je ne l'aurais pas cru ? On s'est rencontrés dans un aéroport. J'ai vu ses papiers d'identité, et aussi deux ou trois plans de vol. Il était basé à Chicago. Tout concordait. Il a même un léger accent du Midwest.

— Vous avez envie de le tuer, n'est-ce pas ? ai-je lancé.

Elle a fixé sur moi des yeux écarquillés, avant de baisser le menton.

— Bien sûr que vous en avez envie, ai-je répondu à sa place. Il y a une arme, ici ?

Carrie Dawe a gardé le menton pressé contre sa poitrine.

— Est-ce qu'il y a une arme dans cette maison ? ai-je répété.

— Non.

— Mais vous pouvez facilement en trouver une.

Elle a opiné.

— Nous avons une résidence dans le New Hampshire. Pour la saison de ski. Il y en a deux là-bas.

— Quel genre ?

— Pardon ?

— Quel genre d'armes, madame Dawe ?

— Une arme de poing et une carabine. Christopher va parfois chasser à la fin de l'automne.

Angie a posé une main sur la sienne.

— Si vous le tuez, il aura quand même gagné.

Carrie Dawe est partie d'un petit rire.

— Comment ça ?

— Vous serez anéantie. Votre mari le sera aussi. Et je suis presque sûre que la plus grande partie de votre fortune servira à payer vos avocats.

De nouveau, Carrie Dawe a voulu rire, mais cette fois, des larmes ont coulé sur ses joues.

— Alors, qu'est-ce que je peux faire ?

— Il s'est donné pour but il y a des années de détruire cette famille, a répondu Angie en accentuant la pression de sa main. Ne le laissez pas réussir. Madame Dawe, je vous en prie, regardez-moi.

Carrie Dawe a levé les yeux et avalé les larmes qui atteignaient les coins de sa bouche.

— J'ai perdu un mari moi aussi, a expliqué Angie. Exactement comme vous avez perdu le vôtre. De mort violente. Vous avez eu une seconde chance, et oui, c'est vrai, vous avez tout gâché.

Une expression choquée s'est peinte sur les traits de Carrie Dawe.

— Mais vous pouvez encore y remédier, a poursuivi Angie. Vous pouvez tout arranger. Créer vous-même une troisième chance à partir de la deuxième. Ne le laissez pas vous priver de cette possibilité.

Pendant deux bonnes minutes, nous avons tous gardé le silence. J'ai regardé les deux femmes, mains toujours jointes, se dévisager

avec intensité tandis que résonnait le tic-tac de l'horloge sur le manteau de la cheminée sombre.
– Vous allez lui faire du mal ? a demandé Carrie Dawe.
– Oh oui, a affirmé Angie.
– Beaucoup ?
– On va le démolir.
Carrie Dawe a hoché la tête, changé de position et posé sa main libre sur celle d'Angie.
– Comment puis-je vous aider ?

Quand nous avons repris la direction de Sleeper Street pour aller relever Nelson Ferrare sur le toit, j'ai lancé :
– Bon, on lui a filé le train pendant toute une semaine. Quels sont ses points faibles ?
– Les femmes, a répondu Angie. La haine qu'il leur voue me paraît tellement pathologique...
– Non. Je ne cherche pas aussi loin. Qu'est-ce qui le rend vulnérable en ce moment même ? Où sont les failles de son armure ?
– Carrie sait maintenant que Timothy McGoldrick et lui ne sont qu'une seule et même personne.
J'ai approuvé de la tête.
– Faille numéro un.
– Quoi d'autre ? a-t-elle demandé.
– Il n'a pas mis de rideaux aux fenêtres.
– O.K.
– Tu l'as suivi pendant la journée, Ange. Tu n'as rien noté de spécial ?
Elle a réfléchi à la question.
– Pas vraiment, non. Oh, attends...
– Oui ?
– Il laisse le moteur tourner.
– De sa camionnette, tu veux dire ? Quand il s'arrête pour récupérer le courrier ?
Avec un sourire, Angie a opiné.
– Et la clé est sur le contact.
Alors que nous allions sortir du Mass Pike, j'ai jeté un coup d'œil au rétroviseur et fait demi-tour.
– Hé, qu'est-ce que tu fabriques ? a demandé Angie.
– On passe d'abord chez Bubba.
Elle s'est penchée en avant pour scruter la chaussée balayée par la lumière jaune du tunnel.

— T'as un plan, c'est ça ?
— J'ai un plan, ai-je confirmé.
— Un bon ?
— Un peu brut de décoffrage, peut-être. Il aurait besoin d'être peaufiné. Mais il est efficace, je crois.
— Le côté brut de décoffrage, ça me va. Est-ce qu'il est retors ?
J'ai souri.
— Certains pourraient le penser.
— Alors, c'est encore mieux.

Quand Bubba nous a ouvert, il avait juste une serviette autour des reins et sa mine n'avait rien d'avenant.
Son torse, de la taille au creux de sa gorge, se présente comme une masse de tissu cicatriciel rose pâle et rose foncé en forme de queues de homard, sillonnée de boursouflures rouges grosses comme des doigts d'enfant rappelant un peu des limaces. Les queues de homard, ce sont des brûlures ; les limaces, des marques laissées par des éclats d'obus. Bubba les a ramenées de Beyrouth, où il était stationné avec des marines le jour où un kamikaze porteur de bombes a franchi les portes de leur camp sans que les militaires en faction puissent rien faire, car on leur avait donné des balles à blanc pour charger leurs fusils. Bubba avait passé huit mois dans un hôpital libanais avant de recevoir une médaille et un ordre de démobilisation. Il avait revendu la médaille, puis disparu pendant dix-huit mois ; quand il était revenu à Boston, fin 1985, il avait des contacts dans le milieu des trafiquants d'armes que d'autres avaient essayé d'établir avant lui aux dépens de leur vie. Outre un torse qui ressemblait à la représentation topographique de l'Oural, il se distinguait depuis par son refus obstiné d'évoquer la nuit de l'attentat et une absence totale de peur qui rendait les gens amenés à le fréquenter encore plus nerveux qu'avant son départ.
— Quoi ? a-t-il aboyé.
— Nous aussi, on est contents de te voir. Laisse-nous entrer.
— Pourquoi ?
— On a besoin de matériel.
— Quel genre ?
— Le genre illégal.
— Sans déc'.
— Bubba, est intervenue Angie, on sait déjà que t'as fait des cochoncetés avec Mlle Moore, alors arrête, O.K. ? Laisse-nous entrer.

Il a froncé les sourcils en avançant sa lippe. Enfin, il s'est écarté, révélant Vanessa Moore, vêtue en tout et pour tout d'un maillot de hockey appartenant à Bubba, allongée sur le canapé rouge au milieu de l'entrepôt, une coupe de champagne en équilibre sur son estomac plat comme une planche à repasser, en train de regarder *Neuf semaines et demie* sur le téléviseur à écran géant. Elle a pressé la touche Pause de la télécommande en nous voyant entrer, immobilisant Mickey Rourke et Kim Basinger en pleine action contre un mur dans une ruelle, le corps trempé par une pluie éclairée en bleu.

– Salut, a-t-elle dit.

– Salut. On ne te dérange pas, j'espère...

Elle a attrapé une poignée de cacahouètes dans le bol sur la table basse, puis elle les a grignotées.

– Pas de problème.

– Nessie ? a lancé Bubba. Faut qu'on parle business, là, ma puce.

Accrochant mon regard, Angie a articulé en silence : « Nessie ? »

– Des trucs illégaux ?

Bubba m'a jeté un coup d'œil par-dessus son épaule. J'ai hoché la tête avec vigueur.

– Ouais.

– O.K.

Elle a fait mine de se lever.

– Non, reste là, a repris Bubba. On te laisse. De toute façon, faut qu'on monte à l'étage.

– Mmm. Tant mieux.

Vanessa s'est de nouveau étendue, elle a de nouveau actionné la télécommande, et Mickey et Kim ont recommencé à souffler et à ahaner sur une mauvaise bande-son rock des années 80.

– Tu sais, je n'ai jamais vu ce film, m'a avoué Angie en suivant Bubba dans l'escalier menant au deuxième.

– Mickey n'est pas encore trop gras dans celui-là.

– Et y a Kim en socquettes blanches, m'a rappelé Bubba.

– C'est vrai, y a Kim en socquettes blanches.

– Encensée par les deux frères pervers, a répliqué Angie. Quel triomphe !

– Écoute, m'a lancé Bubba en éclairant le deuxième étage pour permettre à Angie d'aller examiner les caisses à la recherche d'une arme, ça te pose un problème si je, euh, comment je pourrais tourner ça, si je me tape Vanessa ?

J'ai dissimulé un sourire derrière ma main en m'approchant d'une caisse ouverte remplie de grenades.

– Ah, non, vieux. Aucun problème.
– Parce que j'ai pas eu de, merde, comment je pourrais dire, de...
– Petite amie attitrée ?
– Ouais, depuis sacrément longtemps.
– Depuis le lycée, ai-je précisé. Stacie Hammer, pas vrai ?
Il a fait non de la tête.
– En Tchétchénie, courant 84, j'ai eu quelqu'un.
– Je ne l'ai jamais su.
– Je t'en ai jamais parlé, vieux, a-t-il répliqué en haussant les épaules.
– Exact.
Posant une main dans mon dos, il s'est penché vers moi.
– Alors, c'est bon ? Ça t'embête pas ?
– C'est tout bon. Et Vanessa ? Qu'est-ce qu'elle en pense ?
– C'est elle qui m'a dit que ça te ferait rien.
– Ah oui ?
– Oui. Elle a dit que c'était pas sérieux entre vous. Que c'était juste pour l'exercice.
– Pfff, ai-je marmonné quand nous avons rejoint Angie. L'exercice.
Angie a retiré d'une caisse en bois un fusil dont elle a appuyé la crosse contre sa hanche. L'extrémité du canon lui arrivait au-dessus de la tête. L'arme était si massive, elle semblait si lourde et difficile à manipuler que c'était difficile d'imaginer Angie capable de la tenir sans tomber de côté, entraînée par son poids.
– T'as une lunette de visée pour ce petit bijou ?
– Sûr, a répondu Bubba. Et pour les balles ?
– Plus elles sont grosses, mieux c'est.
Bubba m'a jeté un coup d'œil impassible.
– Tiens, c'est marrant. C'est aussi ce que dit Vanessa.

Postés sur le toit en face du loft de Scott Pearse, nous attendions l'appel. Nelson, intrigué par le fusil, était resté avec nous.
À vingt-deux heures pile, le téléphone a sonné chez Scott Pearse, et nous l'avons vu traverser le salon pour aller décrocher le combiné d'un poste noir fixé à un pilier en brique au centre de la pièce. Il a souri en entendant la voix à l'autre bout de la ligne, puis s'est appuyé nonchalamment contre le pilier, le combiné calé entre le cou et l'épaule.
Mais son sourire s'est évanoui peu à peu, avant de se muer en grimace dégoûtée. Il a parlé rapidement, les mains tendues comme si

on pouvait le voir à l'autre bout de la ligne, le corps penché en une attitude de supplication.

Et puis, Carrie Dawe a dû raccrocher, car Scott Pearse a brusquement écarté le combiné, qu'il a contemplé un instant. Soudain, avec un cri de rage, il a fracassé le boîtier contre le pilier de brique, frappant encore et encore jusqu'à ce qu'il n'en reste plus que quelques morceaux de plastique noir et le micro au bout de son fil.

– La vache, a fait Angie. J'espère qu'il en a un autre.

J'ai retiré de ma poche le mobile pris chez Bubba.

– Tu paries combien qu'il va bousiller aussi son portable quand j'aurai fini ?

J'ai composé le numéro de Scott Pearse.

Au moment où j'allais presser la touche d'envoi, Nelson a lancé :

– Hé, Ange ! (Il a indiqué le fusil.) Tu veux que je m'en charge ?

– Pourquoi ?

– Avec ce foutu recul, t'as l'épaule qui risque de partir à un kilomètre. (Il a pointé le pouce dans ma direction.) Pourquoi il le ferait pas, lui, d'abord ?

– Il vise comme un pied.

– Avec une lunette pareille ?

– Comme un pied, je te dis.

Nelson a écarté les mains.

– Je serais ravi de te rendre service, Ange.

Angie a considéré la crosse, puis son épaule. Enfin, elle a hoché la tête. Elle a tendu l'arme à Nelson, puis lui a expliqué ce que nous voulions faire.

– Bon, O.K., a-t-il déclaré. Mais pourquoi on le descend pas, tout simplement ?

– Parce que primo, on n'est pas des assassins.

– Et secundo ? a demandé Nelson.

– Secundo, ai-je répondu, ce serait encore trop sympa pour lui.

J'ai appuyé sur la touche d'envoi et entendu la sonnerie à l'autre bout de la ligne.

Scott Pearse, le front pressé contre le pilier, a relevé lentement la tête, comme s'il avait du mal à identifier la provenance du son. Puis il s'est dirigé vers la cuisine et il a récupéré le portable posé sur le bar à l'entrée de la pièce.

– Allô ?

– Scottie ? Qu'est-ce qui t'arrive ?

– Je me demandais à quel moment tu allais téléphoner.

– Tu n'es pas surpris ?

– Que tu aies découvert mon identité ? Je n'en attendais pas moins de toi, Pat. Tu m'observes, en ce moment ?
– Possible.
Il a laissé échapper un petit rire.
– Je l'ai senti. Oh, rien de précis – je veux dire, t'es plutôt doué –, mais depuis à peu près une semaine, j'ai l'impression d'être épié.
– T'es drôlement intuitif, Scott. Impressionnant.
– Et encore, tu ne sais pas à quel point.
– C'est aussi ton intuition qui t'a soufflé de passer à la baïonnette cinq femmes à Panamá ?
Il s'est mis à arpenter le salon en se grattant le côté du cou, la tête baissée, un sourire ironique aux lèvres.
– Eh bien, a-t-il lâché dans le combiné, je constate que tu as fait tes devoirs, Pat. Excellent.
Le sourire a déserté son visage, mais ses grattements sont devenus un peu plus rapides.
– Alors, quel est ton plan, mon pote ?
– Je ne suis pas ton pote, ai-je rétorqué.
– Oups, désolé. Quel est ton plan, connard ?
J'ai éclaté de rire.
– Tu commences à perdre ton sang-froid, Scott ?
Il a porté une paume à son front, puis rejeté ses cheveux en arrière, les yeux fixés sur ses fenêtres sombres. De la pointe de sa chaussure, il a poussé un petit bout de plastique noir.
– Je suis patient, a-t-il déclaré enfin. Tu finiras bien par te lasser de me regarder ne rien faire.
– C'est aussi ce que m'a dit mon associée.
– Elle a raison.
– Tu m'excuseras, mais je ne vois pas les choses de la même façon, Scottie.
– Tiens donc.
– Je t'assure. Combien de temps peux-tu te permettre d'attendre, maintenant que Carrie Dawe sait qui est en réalité le pilote Tim McGoldrick et que cet homme a détruit sa fille ?
Scott a gardé le silence un moment. Un étrange sifflement assourdi s'élevait de son côté de la ligne, comme le bruit d'une théière juste avant que l'eau parvienne à ébullition.
– Tu peux me répondre, Scottie ? Vraiment, je suis curieux.
Il déambulait toujours sur le plancher blond ciré. Brusquement, il s'est approché des immenses baies vitrées pour contempler son reflet, puis il a levé les yeux vers ce qui ne pouvait être, vu du loft, que le bord presque indistinct du toit sur lequel nous nous trouvions.

– Ta sœur vit à Seattle, enfoiré. Avec son mari et leurs...

– ... enfants, oui, Scott, ils viennent tous de partir en vacances. À mes frais. Je leur ai envoyé des billets d'avion lundi dernier, p'tite tête. Ils se sont envolés ce matin.

– Elle finira bien par revenir.

Il a regardé directement le toit, et de mon poste d'observation, j'ai vu les tendons de son cou se tendre sous la peau.

– D'ici là, Scottie, tout sera terminé.

– Des mots, tout ça, Pat. Je ne me laisse pas démonter aussi facilement.

– Oh, si, Scottie. Un type qui passe à la baïonnette des femmes à l'agonie est un type qui pète les plombs. Alors, prépare-toi, parce que je compte bien en profiter.

Toute son attitude exprimait le défi quand il a répondu :

– Écoute-moi...

J'ai coupé la communication.

Il a baissé les yeux vers le mobile dans sa main, manifestement choqué que deux personnes aient osé lui raccrocher au nez le même soir.

J'ai adressé un signe de tête à Nelson.

Scott Pearse a levé le combiné comme s'il voulait le flanquer par terre, et la fenêtre près de lui a explosé sous l'impact des quatre balles tirées par Nelson.

Pearse s'est jeté sur le plancher en lâchant le portable.

Nelson a de nouveau fait feu, à trois reprises, et la baie juste devant Scott Pearse a volé en éclats, projetant une pluie de verre dans le loft.

Pearse a roulé vers la gauche, puis s'est accroupi.

– Ne le touche pas, surtout, ai-je recommandé à Nelson.

Il a opiné, avant de tirer dans le plancher à quelques centimètres des pieds de Scott Pearse qui filait sur le bois blond. Soudain, il a bondi comme un chat par-dessus le bar pour aller se réfugier dans la cuisine.

Nelson m'a interrogé du regard.

Angie a délaissé le scanner de la police emprunté à Bubba quand les alarmes de Scott Pearse se sont déclenchées, déchirant le silence de cette nuit d'été.

– O.K., on a peut-être deux minutes trente.

J'ai tapoté l'épaule de Nelson.

– Tu peux faire beaucoup de dégâts en soixante secondes chrono ?

Il a souri.
— Des tonnes, vieux.
— Vas-y, fais-toi plaisir.

Nelson a d'abord détruit le reste des fenêtres, puis il s'est attaqué aux lumières. La lampe Tiffany en verre teinté au-dessus du bar ressemblait à une sorte de gros pétard rouge rempli de confettis quand il en a eu fini avec elle. Les rampes fluorescentes éclairant la cuisine et le salon ont été réduites à des squelettes de plastique blanc d'où pendaient des bouts de verre. Les caméras vidéo ont rendu l'âme dans de grandes gerbes d'étincelles bleues et rouges. Nelson a labouré les planchers, transformé canapés et fauteuils inclinables en masses de bourre blanche et percé tellement de trous dans la porte du réfrigérateur que presque toute la nourriture à l'intérieur serait endommagée avant même que les flics aient terminé de rédiger leur rapport.

— Une minute ! a crié Angie pour couvrir le vacarme. On y va.

Nelson a jeté un ultime coup d'œil au gros tas de douilles en cuivre sur le toit.

— Qui c'est qu'a chargé les magasins ?
— Bubba.

Il a hoché la tête.

— Elles sont clean, alors.

Nous avons quitté notre poste d'observation et descendu l'escalier de secours à toute allure. Nelson m'a jeté le fusil sans un mot avant de sauter dans sa Camaro et de démarrer en trombe dans la ruelle.

Au moment où nous grimpions dans la jeep, j'ai entendu les sirènes de police résonner de Congress, près des quais, jusqu'à l'extrémité du front de mer.

À peine sorti de la ruelle, j'ai tourné à droite dans Congress, traversé le port et pénétré dans la ville proprement dite. J'ai bifurqué vers la droite au feu orange dans Atlantic Avenue, avant de ralentir pour faire demi-tour et reprendre la direction du sud. J'ai senti mon cœur recouvrer un rythme normal quand nous avons atteint la voie express.

En m'engageant sur la rampe d'accès, j'ai récupéré le téléphone donné par Bubba et pressé la touche Bis.

Scott Pearse a lâché « Quoi ? » d'une voix rauque, ct cn arrière-fond, le ululement des sirènes s'est brusquement arrêté, indiquant que les voitures étaient devant son immeuble.

— Bon, voilà comment je vois les choses, Scott. D'abord, je précise que j'utilise un téléphone cloné. Alors, tu peux toujours essayer de localiser le signal, ça ne te mènera nulle part. Ensuite, tu m'accuses d'avoir redécoré ton loft, je t'accuse d'avoir fait chanter les Dawe. On s'est compris, jusque-là ?

– Je vais te tuer.

– Super. Juste pour que tout soit bien clair, Scott, c'était un petit exercice d'échauffement. Tu veux savoir ce que je te réserve pour demain ?

– Je t'écoute.

– Nan. Tu verras bien.

– Tu ne peux pas me faire ça, connard. On ne me fait pas ça à moi, t'entends ? (Sa voix s'enflait pour couvrir le bruit des coups sourds frappés à sa porte.) Pas à moi !

– Trop tard, Scott. Tu sais quelle heure il est ?

– Hein ?

– L'heure de surveiller tes arrières, Scottie. Sur ce, je te souhaite une bonne nuit.

Les flics défonçaient la porte quand j'ai raccroché.

32.

Le lendemain matin, alors que Scott Pearse déposait du courrier dans une boîte à l'angle de Marlboro et de Clarendon, Bubba lui a fauché sa camionnette.

Pearse ne s'en est aperçu qu'au moment où Bubba tournait dans Clarendon, et le temps qu'il lâche son sac postal pour s'élancer derrière lui, Bubba s'engageait dans Commonwealth et écrasait la pédale d'accélérateur.

Angie s'est garée près de la boîte aux lettres, je suis sorti sans même refermer la portière, j'ai attrapé le sac postal et je suis remonté dans la Honda.

En redémarrant, nous avons vu Scott Pearse de dos, toujours figé au croisement de Clarendon et de Commonwealth.

– À ton avis, a demandé Angie en prenant Berklee pour rejoindre Storrow Drive, dans quel état il sera, ce soir ?

– Prêt à faire des conneries, j'espère.

– Des conneries, chez lui, ça peut vouloir dire des trucs sanglants.

Je me suis retourné sur mon siège pour expédier le sac sur la banquette arrière.

– Ce type a déjà prouvé que s'il a le temps de s'organiser, ça finit dans un bain de sang de toute façon. Je ne veux pas lui en laisser le temps. Je veux juste le pousser à réagir impulsivement.

– Donc, prochaine étape, sa bagnole ?

– Ben...

– Je sais, Patrick. C'est un modèle de collection. Je comprends.

– C'est LE modèle de collection, Ange. Peut-être la voiture la plus géniale jamais fabriquée en Amérique.

Elle a posé une main sur ma cuisse.
- T'as dit qu'il fallait être retors.

J'ai soupiré en regardant à travers le pare-brise les voitures sur Storrow Drive. Aucune, même les plus ridiculement chères, ne pouvait soutenir la comparaison avec une Shelby de 68.
- O.K., ai-je murmuré. Soyons retors.

Il la laissait dans un parking de A Street à Southie, à environ cinq cents mètres de son loft. Nelson l'avait vu la sortir un soir, sans but particulier, juste pour la pousser sur le front de mer et faire le tour du port avant de la ramener. Je connais pas mal de types comme lui, qui rendent visite à leur voiture dans un garage tels les propriétaires d'animaux familiers en pension dans un chenil, et soudain pris de pitié pour la pauvre bête esseulée, la dépouillent de sa bâche protectrice pour l'emmener en virée.

À vrai dire, je suis de ces types. Angie disait qu'avec le temps, ça me passerait. Récemment, elle m'a avoué qu'elle avait abandonné tout espoir.

Nous avons pris un ticket à l'entrée et nous sommes montés au deuxième niveau, où nous nous sommes garés à côté de la Shelby qui, même sous une épaisse bâche, était immédiatement identifiable. Angie m'a donné une tape d'encouragement dans le dos, puis elle a descendu l'escalier jusqu'au rez-de-chaussée pour aller occuper l'employé avec un plan de la ville, une mine de touriste perdue et un T-shirt en résille noir qui s'arrêtait avant la ceinture de son jean.

Quand j'ai retiré la bâche, j'ai manqué m'extasier tout haut. La Mustang Shelby GT-500 de 1968 est à l'automobile américaine ce que Shakespeare est à la littérature et les Marx Brothers à la comédie : tout ce qui est venu avant n'était, avec le recul, qu'une mise en bouche, et tout ce qui est venu après n'a jamais égalé le niveau de perfection atteint durant un bref moment.

Je me suis glissé en dessous avant que mes genoux se dérobent, j'ai passé la main sous le châssis entre le bloc moteur et la cloison pare-feu et j'ai tâtonné trois minutes pour localiser le récepteur de l'alarme. Je l'ai arraché d'un coup sec, avant de m'extirper de sous la voiture. Je me suis servi d'une pince monseigneur pour forcer la portière avant, et de l'intérieur, j'ai ouvert le capot. Une fois devant la Mustang, j'ai regardé dans un état quasi hypnotique le mot COBRA gravé dans l'acier sur le bouchon du filtre ainsi que sur le réservoir à huile, fasciné par l'impression de puissance concentrée qui émanait du moteur 428 luisant.

Une odeur de propre se dégageait de sous le capot, comme si le moteur, le radiateur, l'arbre de transmission et la tubulure d'admission venaient de sortir de la chaîne de montage. C'était l'odeur d'une voiture dont on avait pris un soin maniaque. Scott Pearse l'aimait, c'était évident, quels que soient par ailleurs ses sentiments envers la race humaine.

— Désolé, ai-je lancé à l'adresse du moteur.

Puis je suis allé chercher dans le coffre d'Angie le sucre, la sauce au chocolat et le riz.

Après avoir déposé le contenu du sac postal de Pearse dans une boîte de notre quartier, nous sommes retournés au bureau. J'ai téléphoné à Devin pour lui demander de faire des recherches sur Timothy McGoldrick ; en compensation, il m'a extorqué deux billets pour le match Patriots-Jets en octobre.

— Sois sympa, ai-je dit. Je suis abonné depuis treize ans, alors qu'ils étaient encore inconnus. Ne me prive pas de ça.

— Tu l'épelles comment, son nom de famille ?

— Dev, c'est un match du lundi soir.

— C'est MAC ou juste MC ?

— Juste MC. Tu fais chier.

— Hé, j'ai remarqué ce matin sur les rapports des collègues que quelqu'un avait salement mitraillé un loft à Sleeper Street. Le nom de la victime m'a paru familier. Tu serais pas au courant, par hasard ?

— Les Pats contre les Jets, ai-je énoncé lentement.

— Tuna Bowl ! s'est écrié Devin. Tuna Bowl ! T'as toujours des bonnes places ?

— Ouais.

— Génial. Je te rappelle.

Il a raccroché.

Je me suis adossé à mon siège avant de poser mes pieds sur le rebord de la fenêtre. Assise à sa table, Angie m'a souri. Derrière elle, un vieux téléviseur en noir et blanc sur le classeur de rangement montrait une émission de jeu. Quelques personnes applaudissaient, d'autres sautaient sur place, sans pour autant que nous nous sentions concernés. Le son était en panne depuis des années, mais pour une obscure raison, nous trouvions réconfortant de le laisser allumé quand nous étions dans le clocher.

— On ne gagne rien sur cette affaire, a-t-elle dit.

— Non.
— Tu viens de bousiller une bagnole que t'as toujours rêvé de toucher.
— Mmm.
— Et voilà que tu dois renoncer à tes places pour le plus important match de foot de l'année.
— En gros, c'est ça.
— Tu vas pleurer ?
— J'essaie de résister.
— Pourquoi ? Parce que les hommes ne pleurent pas ?
J'ai fait non de la tête.
— Parce que si je commence, j'ai peur de ne plus pouvoir m'arrêter.

Nous avons déjeuné pendant qu'Angie imprimait une synthèse du dossier en cours ; le téléviseur silencieux derrière elle montrait maintenant un soap dans lequel tous les acteurs étaient sur leur trente et un et semblaient crier beaucoup. Angie avait toujours eu un don pour l'écriture que je ne possède pas, sans doute parce qu'elle lit durant ses loisirs tandis que je me contente de regarder des vieux films ou de jouer au golf en vidéo.

Elle avait travaillé à partir de mes notes sur ma première rencontre avec Karen Nichols, le chantage exercé par Scott Pearse sous l'identité de Wesley Dawe, la mutilation de Miles Lovell, la disparition de Diane Bourne, l'échange de bébés quatorze ans plus tôt qui aboutirait à la mort de la fillette recueillie par les Dawe et amènerait Pearse dans leur vie, récapitulant les étapes jusqu'au début de notre attaque frontale contre lui – formulée, bien évidemment, dans des termes vagues tels que « commencé à exploiter les faiblesses du sujet telles que nous les avons perçues ».

— Voici mon problème, a déclaré Angie en me tendant la dernière feuille.

Sous le titre *Pronostic*, elle avait écrit : « Le sujet ne semble plus avoir les moyens de s'en prendre aux Dawe ou à leur argent. Il a perdu son dernier soutien quand C. Dawe a eu connaissance du faux nom qu'il utilisait avec elle – T. McGoldrick. L'exploitation des faiblesses du sujet, bien que psychologiquement satisfaisante, semble ne donner aucun résultat déterminant. »

— « Déterminant », ai-je répété à haute voix.
— Le terme te plaît ?

– Et Bubba qui m'accuse de montrer que j'ai fait des études !

– Sérieux, a-t-elle poursuivi en plaçant son sandwich à la dinde sur le papier sulfurisé à côté de son sous-main. Quelle raison pourrait-il avoir de persécuter les Dawe ? On l'a coulé. (Elle a jeté un coup d'œil à l'horloge derrière sa tête.) À l'heure actuelle, soit il a été mis à pied soit il a été viré pour avoir perdu sa camionnette et un gros sac de courrier. Sa voiture est foutue. Son appartement est dévasté. Il n'a plus rien.

– Je suis sûr qu'il a d'autres atouts dans sa manche.

– Lesquels ?

– Je ne sais pas. Mais c'est un ancien militaire. Il aime les jeux. Il a prévu une solution de secours, un as de réserve. Tu peux me croire.

– Non, Patrick. Je suis persuadée au contraire qu'il a épuisé ses ressources.

– Si tu le dis...

Elle a haussé les épaules avant de mordre dans son sandwich.

– Alors, quoi, Ange ? Tu veux boucler le dossier ?

Elle a hoché la tête, avalé sa bouchée de sandwich et bu une gorgée de Coca.

– Il n'ira pas plus loin. Il pense qu'on l'a puni. On ne pourra pas ramener Karen Nichols à la vie, mais on a ébranlé son petit univers. Il avait quelques millions à portée de main et on l'en a privé. On lui a donné le coup de grâce. C'est fini.

J'ai réfléchi. Au fond, j'étais bien obligé de me ranger à son opinion. Les Dawe étaient prêts à reconnaître l'échange de bébés. Carrie Dawe n'était plus sensible au charme de McGoldrick/ Pearse. Ce n'était pas comme si Pearse pouvait les assommer et s'enfuir avec leur fortune. Sans compter qu'il ne s'attendait certainement pas à une réaction aussi rapide et aussi brutale de notre part.

J'avais espéré le pousser à bout pour qu'il fasse quelque chose de stupide. Mais quoi ? Tenter de s'en prendre à Angie, à Bubba ou à moi ? Une telle initiative ne pouvait le mener nulle part. Furieux ou pas, il l'avait forcément compris. S'il tuait Angie, il signerait son arrêt de mort. S'il me tuait, il lui faudrait se débarrasser de Bubba et du dossier que j'avais monté sur lui. Quant à attaquer Bubba, autant foncer sur une voiture blindée avec pour toute arme un pistolet à eau. Au mieux, il pourrait le ralentir, mais après avoir lui-même subi de sérieux dégâts, et une fois encore, dans quel but ?

Par conséquent, je n'avais d'autre solution que d'en convenir : Scott Pearse ne semblait plus être une menace.

Ce qui ne laissait pas de m'inquiéter. C'est en général au moment exact où vous croyez votre adversaire sans défense que vous – et non lui – êtes le plus vulnérable.

– Vingt-quatre heures de plus, ai-je répondu. Tu peux m'accorder ça ?

Elle a levé les yeux au ciel.

– Oh, O.K., Banacek, mais pas une seconde de plus.

J'ai incliné le buste en guise de remerciement et le téléphone a sonné.

– Allô ?

– Tu-na ! a croassé Devin. Tu-na ! Foutu Parcells, a-t-il ajouté avec l'accent de Revere. Pour moi, il est comme Dieu, ce mec, mais en plus malin !

– Ne remue pas le couteau dans la plaie, ai-je répliqué. La blessure est encore fraîche.

– Timothy McGoldrick. Ils sont plusieurs. Mais y en a un qui sort du lot : né en 1965, mort en 1967. Il a passé son permis de conduire en 1994.

– Il est mort, mais il conduit.

– Bel exploit, non ? Il habite au 1116 Congress Street.

J'ai remué la tête, stupéfait par l'audace de Pearse. Il avait un loft au 25 Sleeper Street et un autre logement dans Congress. De prime abord, la distance entre les deux pouvait paraître courte, mais elle l'était encore plus quand on savait que l'immeuble de Sleeper Street donnait aussi sur Congress ; autrement dit, les deux adresses se situaient sous le même toit.

– Hé, t'es toujours là ? a lancé Devin.

– Oui.

– On n'a rien sur ce type. Il est clean.

– Sauf qu'il est mort.

– Ça devrait intéresser le bureau du recensement, c'est sûr.

À peine avait-il raccroché que j'ai composé le numéro des Dawe.

– Allô ? a dit Carrie Dawe.

– C'est Patrick Kenzie. Votre mari est là ?

– Non.

– Parfait. Quand vous retrouviez McGoldrick, où vous donnait-il rendez-vous ?

– Pourquoi ?

– S'il vous plaît.

Elle a soupiré.

– Il sous-loue un appartement dans Congress Street.

– À l'angle de Congress et de Sleeper ?
– Oui. Comment...
– Peu importe. Vous avez repensé à cette arme dans le New Hampshire ?
– J'y pense en ce moment même.
– Pearse est hors d'état de nuire. Il ne peut plus vous faire de mal.
– Il en a déjà fait beaucoup, monsieur Kenzie. Il a détruit ma fille. Comment suis-je censée réagir, d'après vous ? Il faudrait que je lui pardonne, peut-être ?

Quand elle a coupé la communication, je me suis tourné vers Angie.

– L'état d'esprit de Carrie Dawe m'inquiète un peu, ai-je avoué.
– Tu crois qu'elle veut descendre Pearse ?
– Peut-être.
– Tu veux faire quoi ?
– Demander à Nelson de laisser tomber Pearse pour surveiller les Dawe pendant un moment.
– Combien tu le paies ?
– Ce n'est pas le propos.
– Allez.
– Cent cinquante par jour.

Elle a écarquillé les yeux.

– Tu lui files plus de mille dollars par semaine ?
– C'est son tarif, ai-je répondu en haussant les épaules.
– On court à la faillite.

J'ai levé l'index.

– Rappelle-toi : encore un jour, Ange.
– Mais pourquoi ? a-t-elle lancé en ouvrant les bras.

Derrière elle, à la télévision, le soap a été interrompu par des images tournées en direct sur les berges de la Mystic River.

D'un geste, je lui ai indiqué l'écran.

– Voilà pourquoi.

Elle s'est retournée au moment où des plongeurs retiraient de l'eau un corps frêle. Un instant plus tard, des enquêteurs à l'air usé ont fait reculer les journalistes.

– Oh, merde.

J'ai regardé le petit visage gris qui se découpait sur les rochers mouillés, puis les flics ont réussi à neutraliser les caméras.

Siobhan. Elle n'aurait plus jamais à se soucier d'un éventuel retour en Irlande.

33.

La veille au soir, Nelson était censé rebrousser chemin après avoir croisé les voitures de police, revenir se garer dans Congress Street et surveiller l'immeuble de Pearse au cas où ce dernier ressortirait après le départ des enquêteurs.

Tant qu'il faisait son travail, je ne voyais pas d'objection à verser mille dollars par semaine à Nelson. Ce n'était pas cher payé pour rester informé des mouvements de Scott Pearse.

Mais c'était hors de prix pour une gaffe de cet ordre.

– Bien sûr que je l'ai surveillé, s'est défendu Nelson quand j'ai réussi à le joindre. Je le surveille toujours, d'ailleurs. Merde, je lui colle au train comme son ombre.

– Raconte-moi ce qui s'est passé hier soir.

– Les flics l'ont conduit à l'hôtel Meridian. Il est sorti de la bagnole, rentré dans l'hôtel, et les flics sont partis. Plus tard, il a pris un taxi pour retourner à Sleeper Street.

– Dans le loft ?

– Je crois pas, non. Mais dans l'immeuble, c'est sûr. Je peux pas te dire où il est allé exactement.

– Les lumières ne se sont pas allumées ? Il n'y a pas eu de...

– Ce putain de bâtiment est grand comme un pâtés de maisons, vieux. T'as le côté Sleeper Street, le côté Congress et deux allées. Comment voulais-tu que je couvre tout ça ?

– Mais il est resté à l'intérieur, d'après toi ?

– Ouais. Jusqu'à ce qu'il parte au boulot ce matin. Il s'est repointé y a une demi-heure, et il avait l'air sacrément en rogne. Depuis, il a pas bougé de l'immeuble.

– Il a réussi à tuer quelqu'un la nuit dernière.

– C'est pas possible.
– Désolé, Nelson, mais il doit y avoir une sortie qu'on ne connaît pas.
– Où vivait la victime ?
– Elle se trouvait à Canton. On l'a retirée de la Mystic cet après-midi.
– C'est pas possible, a-t-il répété avec plus de force. Patrick, quand les flics en ont eu fini avec lui hier soir, il était quoi, presque quatre heures du mat'. Il est parti bosser à sept heures. Tu crois qu'il aurait pu se glisser dehors sans que je le remarque, faire tout le trajet jusqu'à ce putain de bled, liquider quelqu'un, transporter le corps jusqu'à la Mystic, et après – après quoi ? revenir, se débrouiller pour m'éviter et se préparer pour aller au boulot ? En sifflotant pendant qu'il se rasait et tout et tout ? Comment il s'y serait pris, hein ?
– Ce n'est pas possible, ai-je admis.
– T'as foutrement raison. Ce mec a peut-être des tas de trucs dégueulasses sur la conscience, Patrick, mais durant les dix dernières heures, il s'est tenu à carreau.
J'ai raccroché, puis plaqué mes paumes sur mes yeux.
– Quoi ? a demandé Angie.
Je lui ai tout raconté.
– Nelson en est sûr ?
J'ai hoché la tête.
– Alors, si ce n'est pas Pearse qui l'a tuée, c'est qui ?
– Je ne sais pas, ai-je répondu en résistant au désir de me cogner la tête contre mon bureau.
– Carrie ?
J'ai arqué un sourcil.
– Pourquoi Carrie ?
– Elle a peut-être deviné que Siobhan travaillait pour Pearse.
– Comment ? On ne lui a rien dit.
– Mais elle est maligne. Peut-être qu'elle a... (Elle a levé les mains, puis les a laissées retomber.) Merde, je n'en sais rien.
– Franchement, tu vois Carrie aller à Canton, abattre Siobhan, emporter le corps jusqu'à la Mystic et le jeter à l'eau ? Comment aurait-elle pu le soulever, d'abord ? Elle pèse encore moins lourd que toi. Et puis, pourquoi aurait-elle décidé de traverser toute la ville pour balancer le cadavre dans la rivière ?
– Peut-être qu'elle n'a pas tué Siobhan à Canton. Peut-être qu'elle lui a fixé rendez-vous ailleurs.
– Je veux bien croire que quelqu'un a fixé rendez-vous à Siobhan. Mais pas Carrie. Je ne dis pas qu'elle n'est pas capable de tuer,

loin s'en faut. Mais c'est la façon dont l'assassin s'est débarrassé du corps qui me tracasse. C'est trop froid. Trop méthodique.

Angie s'est adossée à sa chaise, puis elle a soulevé le combiné et pressé la touche Bis.

— Devin ? Je n'ai pas de billets pour les Patriots à échanger, mais tu pourrais quand même répondre à une question ?

Elle l'a écouté quelques secondes.

— Non, rien de ce genre. La femme qu'ils ont retirée de la Mystic, quelle est la cause de sa mort ? (Elle a hoché la tête.) O.K. Pourquoi est-elle remontée aussi vite à la surface ? (Elle a opiné de nouveau, à plusieurs reprises.) Merci. Hein ? Oh, j'en parle à Patrick et je te tiens au courant. (Elle a souri en me regardant.) Oui, Dev, on est de nouveau ensemble. (Elle a mis sa main sur le combiné.) Devin voudrait savoir pour combien de temps.

— Au moins jusqu'au bal de fin d'année.

— Au moins jusqu'au bal de fin d'année. J'ai de la chance, hein ? Bon, on se rappelle plus tard.

Elle a raccroché.

— Siobhan a été retrouvée avec une corde autour de la taille. L'hypothèse la plus plausible, c'est qu'elle a été attachée à quelque chose de lourd et précipitée au fond, où une bestiole a rongé la corde et une partie de sa hanche. Elle n'était pas censée remonter de sitôt.

Ma chaise a tapé contre le mur quand je me suis levé pour aller me poster près de la fenêtre, d'où j'ai regardé l'avenue en contrebas.

— Je ne sais pas ce que Scott Pearse a prévu, Ange, mais il va bientôt passer à l'offensive.

— Pourtant, on est bien d'accord qu'il n'a pas pu la tuer.

— Mais il est derrière ce meurtre. Ce salopard est derrière tout ça.

Nous avons quitté le clocher pour regagner mon appartement, et le téléphone a sonné au moment où nous pénétrions dans le salon. Comme cette fois sur la place de l'hôtel de ville, j'ai su que c'était lui avant même de décrocher.

— Très drôle, vraiment, cette mise à pied dont j'ai écopé, a lancé Scott Pearse. Aha, Patrick ! Aha !

— Ça fout les boules, non ?

— Quoi ? De recevoir un blâme ?

— De savoir que quelqu'un a décidé de t'emmerder et risque de continuer encore un moment.

— Je suis sensible à l'ironie de la situation, Patrick. Crois-moi. Un de ces jours, j'en suis sûr, en repensant à tout ça, je me marrerai.
— Ou peut-être pas.
— Peu importe, a-t-il rétorqué posément. Écoute, si on disait qu'on a égalisé le score ? À partir de maintenant, tu continues de ton côté et moi du mien.
— Oh, bien sûr, Scott. Pas de problème.
Pendant une bonne minute, il n'a pas soufflé mot.
— T'es toujours là ? ai-je demandé.
— Oui. Honnêtement, Patrick, je suis surpris. T'es sérieux ou tu te fous de ma gueule ?
— Je suis sérieux. Je perds de l'argent sur ce coup-là, et toi, tu n'as plus accès à celui des Dawe. On est quittes, non ?
— Si c'est le cas, pourquoi avoir détruit mon appartement ? Pourquoi avoir volé ma camionnette ?
— Pour m'assurer que t'avais bien compris le message.
Il a laissé échapper un petit rire.
— C'est réussi, alors. Oh, oui. Tu as été remarquable, Patrick. Tout à fait remarquable. Mais dis-moi, je vais partir en fumée la prochaine fois que je prendrai le volant de ma voiture ?
Mon rire a fait écho au sien.
— Pourquoi penses-tu une chose pareille, Scott ?
— Eh bien, a-t-il répondu gaiement, comme tu t'en es pris à mon logement, et ensuite à mon boulot, j'en ai déduit que la prochaine étape serait ma bagnole.
— Elle n'explosera pas au démarrage, Scott.
— Non ?
— Non. Mais à mon avis, elle ne démarrera plus.
Son rire a de nouveau résonné à mon oreille.
— T'as trafiqué ma Mustang ?
— Ça me fend le cœur d'avoir à te l'avouer, mais il se trouve que oui.
— Oh, nom de Dieu ! (Son rire a résonné plus fort encore, avant de décroître peu à peu, jusqu'à se réduire à quelques gloussements assourdis.) T'as mis du sucre dans le réservoir à essence, de l'acide dans le moteur, ce genre de trucs ?
— Du sucre, oui. De l'acide, non.
— Alors, quoi ? (J'ai visualisé son sourire crispé.) Je suis sûr que t'as fait preuve de créativité.
— De la sauce au chocolat. Et aussi une livre de riz non traité.
Il a littéralement rugi.

– Dans le moteur, Patrick ?
– Ouais.
– Et tu l'as laissé tourner un moment ?
– Il tournait encore quand je suis parti. D'accord, il faisait un bruit bizarre, mais il tournait.
– Waouh ! Tu... t'es en train de me dire que t'as bousillé un moteur que j'ai mis des années à retaper et... et... et que t'as détruit le réservoir d'essence, les filtres et... Enfin, tout sauf l'intérieur, quoi.
– Hé oui.
– Je pourrais... (Il a gloussé.) Je pourrais te tuer tout de suite, mon pote. Je veux dire, à mains nues.
– Je m'en doute. Scott ?
– Oui ?
– Tu n'en as pas fini avec les Dawe, hein ?
– T'as démoli ma bagnole, a-t-il dit doucement.
– Alors ?
– Je vais te laisser, maintenant, Patrick.
– C'est quoi, ton plan de secours ?
– Je veux bien oublier la mise à pied et même la destruction de mon loft, mais pour ma voiture, il va me falloir du temps. Je te tiendrai au courant.
– Qu'est-ce que tu comptes utiliser contre eux ?
– Comment ça ?
– Qu'est-ce que tu comptes utiliser contre les Dawe, Scott ?
– Je croyais qu'on était d'accord pour partir chacun de notre côté, Patrick. J'espérais bien terminer cette conversation en sachant que nos routes n'auraient plus l'occasion de se croiser.
– À condition que tu laisses les Dawe tranquilles.
– Oh. Très bien.
– Mais tu ne peux pas faire ça, Scott...

Il a laissé échapper un léger soupir.

– Tu ne dois pas être trop mauvais aux échecs, Patrick. Je me trompe ?
– Oui. Je n'ai jamais été doué.
– Pourquoi ?
– Un de mes copains affirme que je suis plutôt bon sur le plan tactique, mais que je suis incapable d'avoir une vue globale du jeu.
– Ah. J'aurais dû deviner.

Sur ces mots, Scott Pearse a raccroché.

J'ai regardé Angie en reposant le combiné sur le socle.

– Patrick, a-t-elle dit en remuant lentement la tête.
– Oui ?
– Peut-être que tu ferais mieux de ne pas répondre au téléphone pendant un moment.

Nous avons décidé de laisser Nelson en faction près de l'appartement de Scott Pearse, tandis qu'avec Angie, nous allions nous poster à une cinquantaine de mètres de chez les Dawe.

Nous avons surveillé la maison jusque tard dans la nuit, bien après que les lumières à l'intérieur se furent éteintes et que celles de l'extérieur se furent allumées.

De retour dans mon appartement, je me suis allongé sur mon lit en attendant qu'Angie sorte de la douche, et j'ai essayé de résister à l'emprise du sommeil, de ne plus penser à mes muscles douloureux, raidis par trop de jours et de nuits passés assis dans des voitures ou sur un toit, de faire taire la petite voix dans ma tête répétant inlassablement que j'avais négligé un détail, que Pearse avait plusieurs longueurs d'avance sur moi.

Mes paupières lourdes se sont fermées, mais je les ai soulevées aussitôt, et quand j'ai entendu la douche couler, j'ai imaginé le corps d'Angie sous le jet. J'ai décidé de me lever. De ne pas me contenter d'imaginer ce que je pouvais vivre.

Mais mon corps a refusé de bouger, mes paupières se sont de nouveau fermées et le lit m'a paru osciller sous moi, comme si j'étais couché sur un radeau flottant à la surface étale d'un lac.

Je n'ai pas entendu la douche s'arrêter. Ni Angie s'allonger à côté de moi et éteindre la lampe.

« C'est par là », dit mon fils, et il me prend par la main pour m'entraîner hors de la ville. Clarence trottine à côté de nous en haletant doucement. Le soleil va bientôt se lever et la ville baigne dans une lumière bleu métallisé. Nous descendons d'un trottoir, la main de mon fils toujours dans la mienne, et le monde autour de nous vire au rouge et se remplit de brume.

Nous sommes dans la tourbière de canneberges, et pendant un moment, conscient de rêver, je sais que c'est impossible de descendre d'un trottoir en ville et de me retrouver à Plymouth, mais je me dis : C'est un rêve, ce genre de choses arrive dans les rêves. Tu n'as pas de fils, et pourtant il est là, en train de te tirer par la main, et Clarence est mort, et pourtant il ne l'est pas.

Alors, j'accepte la situation. Le brouillard matinal est dense et blanc, et Clarence aboie quelque part devant nous, englouti par les nappes épaisses, tandis que mon fils et moi quittons la berge meuble pour nous engager sur la croix de bois. Nos pas résonnent sur les planches quand nous fendons la nébuleuse blanche, et peu à peu, je distingue plus précisément les contours de la cabane devant nous.

Clarence aboie de nouveau, mais nous l'avons perdu de vue.

« *Il aurait dû faire du bruit, dit mon fils.*

– Quoi ?

– Il est puissant. Quatre plus deux plus huit égalent quatorze.

– C'est ça. »

Nos pas devraient nous rapprocher de la cabane, mais non. Elle se trouve à vingt mètres devant nous dans le brouillard, et nous marchons vite, mais elle reste à distance.

« *Quatorze, c'est beaucoup, ajoute mon fils. C'est fort. Tu l'aurais entendu. Surtout par ici.*

– Oui.

– Tu l'aurais entendu. Alors, pourquoi ça n'a pas été le cas ?

– Je ne sais pas. »

Mon fils me tend une carte de la région où je vois le point formé par le marécage ; la forêt le cerne de toutes parts, sauf du côté où je suis arrivé.

Je lâche la carte dans le brouillard. J'ai une révélation, mais j'oublie aussitôt ce que c'était.

« *J'aime le fil dentaire, dit mon fils. J'aime le sentir glisser entre mes dents.*

– C'est bien. (Un grondement s'élève en même temps que les planches vibrent. Quelque chose fonce vers nous dans le brouillard.) Tu auras de belles dents.

– Il ne peut pas parler avec la langue coupée.

– Non. Ce serait difficile. »

Le grondement s'amplifie. La cabane est engloutie par la brume. Je ne vois plus les planches sous mes pieds. Je ne vois même plus mes pieds.

« *Elle a dit : " Ils savent. "*

– Qui ? »

Il secoue la tête.

« *Pas " Il sait ", mais " Ils savent ".*

– Oui.

– M'man n'est pas dans la cabane, hein ?

– Non. M'man est trop maligne. »

Je plisse les yeux pour tenter de scruter le brouillard autour de nous. J'aimerais savoir ce qui gronde ainsi.

« *Quatorze* », *dit encore mon fils, et quand je me tourne vers lui, c'est la tête de Scott Pearse que je vois sur son petit corps. Il arbore un sourire cynique.* « *Quatorze, ça devrait faire un boucan d'enfer, pauvre con.* »

Le grondement est tout proche, à présent, et je scrute le brouillard de plus belle pour découvrir une forme sombre dans les airs ; les bras écartés, elle se porte à ma rencontre à travers la brume pareille à de la barbe à papa.

« *Je suis plus malin que toi* », *dit la créature Scott Pearse/mon fils.*

Et un visage grimaçant jaillit du brouillard à cent cinquante kilomètres/heure – grondant, souriant et crachant, les dents à nu.

C'est d'abord le visage de Karen Nichols, puis celui d'Angie sur le corps nu de Vanessa Moore, puis celui de Siobhan avec son teint cadavérique et ses yeux morts, et enfin, c'est Clarence qui se matérialise et me heurte le torse avec ses quatre pattes, me propulsant sur le dos, et je devrais tomber sur les planches, mais elles ne sont plus là et je m'enfonce en suffoquant dans l'épais brouillard.

Je me suis redressé en sursaut.
– Rendors-toi, a marmonné Angie, le visage dans l'oreiller.
– Pearse n'a pas pris sa voiture pour se rendre dans le marécage.
– Bon, il n'a pas pris sa voiture. D'accord.
– Il y est allé à pied. De chez lui.
– T'es toujours en train de rêver.
– Non. Je suis bien réveillé, là.
Elle a soulevé légèrement la tête et posé sur moi un regard embrumé.
– Ça ne peut pas attendre demain matin ?
– Oh si.
Angie a laissé retomber sa tête et fermé les yeux.
– Il a une maison à Plymouth, ai-je dit dans l'obscurité.

34.

– Donc, on va à Plymouth parce que ton fils t'a parlé en rêve ? a lancé Angie quand nous avons pris la Route 3 à l'embranchement de Braintree.
– En fait, ce n'est pas mon fils. Je veux dire, il l'est dans le rêve, mais dans le rêve, Clarence est vivant, et on sait tous les deux qu'il est mort, et en plus, on ne peut pas descendre d'un trottoir en ville et se retrouver à Plymouth, et même si c'était possible...
– Stop ! a-t-elle ordonné en levant la main. J'ai compris. Donc, ce gosse qui est ton fils mais n'est pas ton fils a déliré sur quatre plus deux plus huit qui font quatorze et...
– Il n'a pas *déliré*, ai-je objecté.
– Tout ça pour en arriver où, déjà ?
– Quatre-deux-huit. Le moteur de la Shelby.
– Oh, nom d'un chien ! On en est revenus à cette foutue bagnole ? C'est une voiture, Patrick, tu saisis ? Elle ne peut pas t'embrasser, ni te préparer à manger, ni te border le soir, ni te tenir la main.
– D'accord, sœur Angela Les Pieds Sur Terre. J'ai bien compris. Le moteur quatre-deux-huit était le plus puissant de son époque. Capable de laisser sur place n'importe quel autre véhicule et...
– Je ne vois toujours pas ce que...
– ... et il fait un boucan d'enfer. Tu trouves que cette Porsche rugit ? En comparaison, le quatre-deux-huit, c'est une vraie bombe.

Elle a plaqué ses paumes sur le tableau de bord.
– Et alors ?
– Alors, tu as entendu quelque chose qui ressemblait à un bruit de moteur dans le marécage ? Un moteur très puissant, qui plus est ? Écoute, j'ai consulté la carte avant qu'on suive Lovell. Il n'y avait

qu'un accès possible en voiture – celui qu'on a pris. La route la plus proche du côté de Pearse se trouvait à trois kilomètres de là, à travers bois.

– Eh bien, il a marché.
– À la tombée de la nuit ?
– Bien sûr.
– Pourquoi ? Il ne pouvait pas encore savoir que nous avions filé Lovell. Pourquoi ne se serait-il pas garé dans la même clairière que nous ? Et même s'il avait eu des soupçons, il y avait une route d'accès à une centaine de mètres plus à l'est. Alors, pourquoi est-il parti vers le nord ?
– Parce qu'il avait envie de se promener, peut-être ?
– Parce qu'il habite là.

Elle a calé ses pieds sur le tableau de bord, avant de se frapper le front.

– C'est l'intuition la plus débile que t'aies jamais eue.
– Sympa.
– Et Dieu sait que des intuitions remarquablement débiles, t'en as déjà eu.
– Tu préfères de la bière ou du vin avec ton chapeau ?

Angie a enfoui la tête entre ses genoux.

– Si tu te trompes, oublie le chapeau, tu boufferas de la merde jusqu'au prochain millénaire.
– Heureusement pour moi, il sera vite là...

Une carte occupait presque tout le mur est dans le bureau du receveur des impôts à Plymouth. L'employé derrière le comptoir, loin d'être le sinistre chauve à lunettes qu'on s'attend à trouver dans le bureau d'un receveur des impôts, était grand, bien bâti, et à en juger par les coups d'œil furtifs que lui coulait Angie, plutôt sexy.

Ah, ces clones des Chippendales... Il devrait y avoir une loi pour leur interdire de quitter la plage.

Il m'a fallu quelques minutes pour localiser le marécage où nous avait entraînés Lovell. Plymouth est complètement saturée de canneberges. Mauvaise nouvelle si vous n'aimez pas leur odeur. Bonne nouvelle si vous les récoltez.

Quand j'ai enfin trouvé ce que je cherchais, j'avais déjà surpris à quatre reprises Chippendale en train de lorgner les endroits où les franges du jean coupé d'Angie révélaient un peu plus que l'arrière de ses cuisses.

– Crétin, ai-je pesté dans ma barbe.
– Hein ? a fait Angie.
– Je disais « Regarde ».

Je lui ai montré un point sur la carte. Au nord de la tourbière, à environ cinq cents mètres, estimais-je, se trouvait une inscription : LOT #865.

Angie s'est détournée du plan pour s'adresser à Chippendale.

– Nous serions intéressés par le lot huit-six-cinq. Vous pourriez nous dire à qui il appartient ?

Chippendale lui a décoché un sourire radieux, révélant les dents les plus blanches que j'aie jamais vues après celles de David Hasselhoff. Des couronnes, ai-je pensé. Je parie que cet imbécile porte des couronnes.

– Bien sûr. (Ses doigts se sont activés sur les touches de son clavier.) Le lot huit-six-cinq, c'est ça ?

– C'est ça, a approuvé Angie.

J'ai examiné le lot sur la carte. Rien aux alentours. Pas de lot huit-six-six ou huit-six-quatre. Rien sur à peu près dix hectares, peut-être plus.

– Le Territoire Interdit, a murmuré Chippendale, les yeux fixés sur son écran.

– Pardon ?

Il a relevé la tête, sans doute étonné d'avoir parlé à voix haute.

– Oh, eh bien... (Il nous a adressé un sourire gêné.) Quand on était gosses, on avait surnommé cette zone le Territoire Interdit. On se mettait au défi de s'y aventurer.

– Pourquoi ?

– C'est une longue histoire. (Il a contemplé son clavier.) Vous comprenez, personne n'est censé savoir...

– Mais ? l'a pressé Angie en se penchant vers le comptoir.

Chippendale a haussé les épaules.

– Bah, ça fait plus de trente ans, maintenant. Je n'étais même pas encore né.

– Trente ans, ai-je répété.

Il s'est penché vers nous à son tour, les yeux brillants comme ceux d'une commère sur le point de colporter des ragots, et il nous a expliqué à voix basse :

– Dans les années 50, l'armée avait soi-disant installé un centre de recherche par ici. Rien d'impressionnant, disaient mes parents, juste un bâtiment de deux ou trois étages, mais archi-secret.

– Et sur quoi portait la recherche ?

– Sur les gens. (Il a étouffé avec son poing un petit rire nerveux.) Les malades mentaux et les individus arriérés, en principe. Du coup, c'est ce qui nous effrayait le plus quand on était mômes – de se dire que les fantômes qui traînaient sur le Territoire Interdit étaient des fantômes de fous. (Il a écarté les mains et reculé d'un pas.) Mais bon, c'était peut-être juste une histoire macabre dont se servaient nos parents pour nous empêcher d'aller traîner dans le marécage.

Angie l'a gratifié de son sourire le plus langoureux.

– Mais vous savez ce qu'il en est, n'est-ce pas ?

Il a rougi.

– J'ai voulu vérifier, un jour.

– Et ?

– Et il y avait bien un bâtiment à cet endroit-là jusqu'en 1964, date à laquelle il a été rasé ou brûlé, et le gouvernement était propriétaire du terrain jusqu'en 95, date à laquelle il l'a vendu aux enchères.

– À qui ? ai-je demandé.

Il a jeté un coup d'œil à son écran.

– Bourne. Le lot huit-six-cinq appartient à une certaine Diane Bourne.

La bibliothèque de Plymouth possédait une carte aérienne de la ville, relativement récente qui plus est, prise un an plus tôt par une belle journée dégagée. Nous l'avons étalée sur une grande table dans la salle des catalogues afin de l'examiner à l'aide d'une loupe empruntée à la bibliothécaire, et au bout de dix minutes, nous avons réussi à trouver le marais de canneberges. Nous avons ensuite étudié la zone sur la droite.

– Il n'y a rien du tout, là, a souligné Angie.

J'ai déplacé la loupe millimètre par millimètre au-dessus de la masse de végétation verte et brune, mais sans distinguer la moindre forme rappelant un toit.

Levant un peu la loupe pour considérer les lieux dans leur ensemble, j'ai demandé :

– C'est le bon marécage, tu crois ?

Le doigt d'Angie est apparu sous le verre grossissant.

– Oui. Tiens, regarde, voici la route d'accès. Et là, on dirait la cabane. Ici, c'est la forêt de Myles Standish. C'est bien ça. Pour ce qui est des rêves divinatoires, tu repasseras.

– Ce terrain appartient à Diane Bourne, Ange. Ne me dis pas que c'est un détail insignifiant !

– Je te dis qu'il n'y a pas de baraque par là.
– Il y a quelque chose, me suis-je obstiné. Forcément.

Les bestioles nous en voulaient. C'était encore une journée humide, suffocante ; l'eau s'évaporait sous la chaleur à la surface du marécage et les canneberges sentaient plus que jamais les fruits pourris. Le soleil cognait fort et les moustiques attirés par notre odeur devenaient fous.

Angie se tapait si souvent le cou et l'arrière des jambes que très vite, il m'est devenu impossible de distinguer les marques rouges causées par les petits suceurs de sang et celles laissées par ses mains.

Pendant un moment, j'ai moi-même opté pour une attitude zen consistant à les ignorer, à faire comme si mon corps ne présentait aucun intérêt pour eux. Mais au bout d'une centaine de piqûres environ, j'ai renoncé. Confucius n'avait jamais connu de journées à trente-cinq degrés présentant un taux d'humidité de quatre-vingt-dix-huit pour cent. Dans le cas contraire, il aurait probablement coupé quelques têtes et dit à l'empereur qu'il ne lui offrirait plus de petites phrases bien tournées tant qu'on n'aurait pas installé la clim' dans le palais.

Nous étions tapis parmi les arbres en bordure de la rive est du marécage, d'où nous observions les alentours aux jumelles. Si Scott Pearse – ex-membre des Forces spéciales et responsable du massacre d'innocents à Panamá – se cachait bel et bien dans ces bois, il avait dû truffer l'endroit de fils de détente reliés à toutes sortes de pièges et d'explosifs qui rendraient purement théorique la possibilité pour moi d'envisager le recours au Viagra sur mes vieux jours.

Mais tout ce que je voyais pour le moment, c'étaient des bois, des ronces desséchées rendues cassantes par la chaleur, des bouleaux flétris, des pins noueux et de la mousse désagrégée ayant la texture de l'amiante. C'était vraiment un endroit ingrat, fétide, insupportable dans cette touffeur.

J'ai examiné les lieux avec les jumelles que Bubba avait rachetées à un officier de marine, mais malgré leur puissance et leur netteté, je n'ai pas décelé l'ombre d'une maison.

– J'en peux plus, a gémi Angie en aplatissant un autre moustique sur sa peau.
– T'as repéré quelque chose ?
– Que dalle.

— Concentre-toi sur le sol.
— Pourquoi ?
— C'est peut-être une construction souterraine.
Elle s'est de nouveau giflée.
— D'accord.

Cinq minutes plus tard, nous avions sacrifié encore un peu de sang, mais rien découvert d'autre dans le sous-bois que des aiguilles de pin, des écureuils et de la mousse.

— Il est là, pourtant, ai-je dit quand nous avons rebroussé chemin.
— Je te préviens, je ne reste pas en mission de surveillance.
— Je ne te l'ai pas demandé.

Nous sommes montés dans la Porsche et j'ai contemplé une dernière fois le marécage.

— C'est là qu'il se cache, Ange.
— Si c'est le cas, c'est une sacrée bonne cachette.

J'ai démarré, posé mon coude sur le volant et regardé les arbres.
— Il me connaît.
— Quoi ?

J'ai jeté un coup d'œil vers la cabane au milieu de la croix.
— Pearse. Il me connaît, Ange. Il a mon numéro.
— Et toi, tu as le sien.
— Mais j'en sais moins long sur lui.

Le bosquet semblait chuchoter. Gronder, même.
Ne t'approche pas, disait-il. *Ne t'approche pas.*

— Il devait bien se douter que je finirais par revenir ici, ai-je repris. Mais peut-être pas aussi rapidement.
— Et alors ?
— Alors, il faut qu'il agisse. Et qu'il agisse vite. Quelle que soit sa prochaine offensive, ou il s'apprête à la déclencher, ou elle est déjà lancée.

J'ai senti la main d'Angie se poser sur mes reins.
— Ne le laisse pas devenir une obsession, Patrick. C'est ce qu'il veut.

Je regardais toujours les arbres, la cabane et ce foutu marécage brumeux.

— Trop tard, Ange.

— C'est vraiment une photocopie merdique, a râlé Bubba en examinant la reproduction de la vue aérienne de la tourbière.
— On n'a pas pu faire mieux, figure-toi.

Il a fait non de la tête.

– Si j'avais dû bosser avec des documents comme ça, ma pierre tombale serait à Beyrouth.

– Pourquoi est-ce que tu n'en parles jamais ? a demandé Vanessa, assise sur le tabouret de bar derrière lui.

– De ? a-t-il répliqué machinalement, les yeux sur la feuille.

– Beyrouth.

Il a tourné son énorme tête vers elle, puis il a souri.

– Les lumières se sont éteintes, y a eu un grand *Boum*. J'ai perdu l'odorat pendant trois ans. Voilà, j'en ai parlé.

Du dos de la main, elle lui a donné une petite tape sur le torse.

– Salaud.

Bubba a rigolé en reportant son attention sur la photocopie.

– Là, y a un truc qui cloche.

– Où ?

Il a approché du papier la loupe que nous avions apportée.

– Là.

Angie et moi nous sommes penchés par-dessus son épaule pour scruter l'endroit en question à travers le verre grossissant.

– C'est un buisson, non ? ai-je dit.

– Ah, ben non. Regarde encore.

Ce que nous avons fait, Angie et moi.

– Quoi ? a demandé Angie.

– Là, c'est trop ovale, a-t-il répondu. Regarde le dessus. C'est lisse. Comme la surface de cette loupe.

– Et alors ? ai-je lancé.

– Alors, les broussailles ont pas cette forme, tête de nœud. C'est des broussailles, tu comprends ? Elles ont tendance à être, hum, broussailleuses, quoi.

J'ai tourné la tête vers Angie. Elle a tourné la sienne vers moi. Nous avons tous les deux esquissé un mouvement de dénégation.

Bubba a placé l'index sur le buisson qui nous intéressait.

– Vous voyez ? La courbe est parfaite, comme celle de mon ongle. C'est pas l'œuvre de la nature, ça. Non, c'est l'œuvre de l'homme. (Il a posé la loupe.) À mon avis, c'est une parabole.

– Une parabole.

Il a hoché la tête, avant de se diriger vers le réfrigérateur.

– Ouais.

– Qui servirait à quoi ? Coordonner les frappes aériennes ?

Il a retiré du freezer une bouteille de Finlandia.

– Ça m'étonnerait. Je dirais plutôt que c'est pour qu'ils puissent regarder la télé.

– Qui ?
– Ben, les gens qui habitent sous la forêt, crétin.
– Oh.
Bubba a tapé la bouteille contre l'épaule de Vanessa.
– Et toi qui le croyais plus malin que moi !
– Pas plus malin, a répliqué Vanessa. Plus baratineur.
Il a avalé une gorgée de vodka, qu'il a ponctuée d'un rot sonore.
– La baratinerie, c'est surestimé.
Vanessa lui a souri.
– Tu en es la preuve, bébé. Crois-moi.
– Elle m'appelle « bébé », m'a lancé Bubba. (Il a encore avalé un peu de vodka, puis il m'a fait un clin d'œil.) T'as raconté que c'était une espèce d'asile militaire ? Je suis sûr qu'il reste un sous-sol, là-bas. Un grand.
Le téléphone près du frigo a sonné. Bubba a décroché, coincé le combiné entre son oreille et son épaule, puis écouté en silence. Au bout d'une minute environ, il a raccroché.
– Nelson a perdu Pearse.
– Quoi ?
Il a hoché la tête.
– Où ? ai-je demandé.
– Rowes Wharf. Tu connais l'hôtel, là-bas ? Pearse était dans le coin, sur le quai. Nelson est resté à l'intérieur, tu vois, genre le type cool, pas pressé. Au dernier moment, Pearse a sauté sur le ferry qui va à l'aéroport.
– Alors, pourquoi Nelson n'est-il pas allé tout de suite à l'aéroport pour l'attendre de l'autre côté ?
– Oh, il a essayé. (Bubba a tapoté sa montre.) T'as déjà pris le tunnel un vendredi soir à cinq heures, vieux ? Quand Nelson est arrivé à Eastie, il était cinq heures quarante-cinq. Le ferry accoste à cinq heures vingt. Ton bonhomme s'est tiré.
Angie a enfoui le visage dans ses mains en remuant la tête.
– T'avais raison, Patrick.
– Comment ça ?
– Il a déjà lancé l'offensive.

Quinze minutes plus tard, j'avais téléphoné à Carrie Dawe et nous nous tenions près de la porte de l'entrepôt quand Bubba nous a rejoints en traînant un sac de toile noire qu'il a posé à nos pieds.
Vanessa, minuscule en comparaison de la montagne qu'était Bubba, s'est approchée de lui et lui a posé les mains sur le torse.

– C'est le moment où je suis censée dire « Fais attention » ?
Il nous a montrés du pouce.
– Je sais pas. Demande-leur.
Elle nous a jeté un coup d'œil par-dessous le bras de Bubba.
Nous avons opiné de concert.
– Fais attention, alors.
Bubba a retiré de sa poche un .38 qu'il lui a donné.
– Le cran de sûreté est pas mis, a-t-il précisé. Le premier qui passe la porte, tu lui tires dessus. Plusieurs fois, c'est mieux.
Elle a levé les yeux, contemplé la peinture sur son front et sous ses paupières, les traînées sur ses pommettes.
– Tu m'embrasses ?
– *Devant eux ?*
Angie m'a pris par le bras.
– On ne regarde pas, a-t-elle lancé.
Nous nous sommes tournés vers la porte métallique avec ses quatre verrous et sa barre d'acier renforcé.
Même encore aujourd'hui, j'ignore s'ils se sont embrassés.

Nous avons trouvé Christopher Dawe à l'endroit indiqué par sa femme.
Quand il est sorti du parking de Brimmer Street au volant de sa Bentley, nous l'avons bloqué des deux côtés – Bubba par-devant avec sa camionnette, moi par-derrière avec ma Porsche.
– Mais enfin, à quoi ça rime ? a-t-il demandé en baissant sa vitre à mon approche.
– Il y a un sac de sport dans votre coffre. Combien contient-il ?
– Allez au diable.
Sa lèvre inférieure tremblait.
– Allons, docteur, ai-je repris en appuyant mon bras sur le toit. Votre femme nous a dit que vous aviez reçu un appel de Pearse. Alors, combien contient ce sac ?
– Écartez-vous de ma voiture.
– Il vous tuera, docteur. Je ne sais pas où vous comptez aller comme ça, ni ce que vous comptez faire, mais vous n'en reviendrez pas.
– Vous vous trompez.
Sa lèvre inférieure s'est mise à trembler de plus belle et un léger tressaillement a agité ses paupières.
– Que sait-il sur vous ? ai-je demandé. Docteur ? Je vous en prie. Aidez-moi à mettre un terme à tout ça.

Il m'a regardé en essayant d'adopter une attitude de défi, mais il a échoué. Il a mordu sa lèvre inférieure, son visage étroit a paru se creuser, puis des larmes ont jailli de ses yeux.

— Je ne peux pas... je ne... (Ses épaules se soulevaient par saccades, comme s'il descendait des rapides en ayant perdu une rame. Il a aspiré de l'air entre ses dents.) Je ne peux plus le supporter.

Sa bouche a formé un O plaintif et ses joues, des sillons pour les larmes.

J'ai placé une main dans son dos.

— Rien ne vous y oblige, docteur. Déchargez-vous de ce fardeau. Je le porterai à votre place.

Il a baissé les paupières et secoué la tête. Ses pleurs ont taché son costume comme des gouttes de pluie.

Je me suis agenouillé près de la portière.

— Elle nous observe, docteur, ai-je murmuré.

— Qui ?

Il avait posé la question d'une voix étranglée, mais forte.

— Karen. J'en suis persuadé. Regardez-moi.

Christopher Dawe a fini par tourner légèrement la tête, comme si quelqu'un le poussait, et il a plongé dans les miens ses yeux larmoyants.

— Elle nous observe. Je veux lui rendre justice.

— Vous la connaissiez à peine.

— Rares sont les gens que je connais bien.

Ses yeux se sont écarquillés, pour se refermer aussitôt, et il les a plissés jusqu'à les réduire à deux fentes, tandis que ses larmes coulaient sans discontinuer.

— Wesley, a-t-il dit.

— Quoi, docteur ? Qu'est-ce qu'il a fait ?

Il a frappé à plusieurs reprises la console à côté du siège. Il a frappé le tableau de bord. Et aussi le volant. Puis il a fourré la main dans la poche intérieure de sa veste pour en retirer un sac en plastique roulé plusieurs fois sur lui-même jusqu'à ressembler à un cigare ; en voyant ce qu'il y avait à l'intérieur lorsqu'il l'a déroulé, j'ai eu l'impression de sentir la chaleur de la nuit peser à l'arrière de mon crâne.

Un doigt.

— C'est le sien, m'a révélé Christopher Dawe. Celui de Wesley. Pearse me l'a envoyé cet après-midi. Il a... il a dit que... que si je ne lui apportais pas l'argent sur une aire de repos de la Route 3, il m'enverrait un testicule la prochaine fois.

— Quelle aire de repos ?
— Juste avant la sortie Marshfield en allant vers le sud.
J'ai jeté un coup d'œil au sac.
— Comment savez-vous que c'est le doigt de votre fils ?
— C'est mon fils ! a-t-il hurlé.
J'ai baissé la tête en déglutissant avec peine.
— Oui, docteur. Mais comment pouvez-vous en être sûr ?
Il m'a mis le sac sous le nez.
— Vous voyez, là ? Vous voyez cette cicatrice ?
J'ai redressé la tête. Elle était à peine visible, mais bel et bien présente, comme un petit astérisque en travers des lignes sur la phalange.
— Vous voyez ? a-t-il insisté.
— Oui.
— C'est la marque d'un tournevis cruciforme. Wesley est tombé dans mon atelier quand il était jeune. La tête du tournevis s'est enfoncée dans la peau et a brisé l'os. (Il m'a frappé au visage avec le sac.) C'est le doigt de mon fils, monsieur Kenzie !
Je n'ai pas reculé. Je me suis forcé à opposer un regard calme au sien, frénétique.
Au bout d'un moment, il a de nouveau roulé le sac avec beaucoup de soin, puis il l'a replacé dans la poche de sa veste. Il a reniflé, essuyé son visage et contemplé la camionnette de Bubba à travers le pare-brise.
— Je voudrais mourir, a-t-il murmuré.
— C'est exactement la réaction qu'il cherche à susciter en vous.
— Alors, il a réussi.
— Pourquoi ne pas avoir prévenu la police ? ai-je demandé. (Il a secoué la tête avec véhémence.) Docteur ? Pourquoi ? Vous êtes prêt à reconnaître ce que vous avez fait avec Naomi quand elle était bébé. Nous savons maintenant qui est derrière tout ça. Nous avons les moyens de le coincer.
— Et mon fils, monsieur Kenzie ?
— Il est peut-être déjà mort.
— Je n'ai plus que lui. Si je le perds parce que j'ai prévenu la police, je mourrai, monsieur Kenzie. Rien ne pourra me retenir.
Les premières gouttes de pluie se sont écrasées sur ma tête tandis qu'accroupi près de la voiture, je dévisageais Christopher Dawe. Mais ce n'était pas une averse rafraîchissante. Elle était grasse et chaude comme la sueur. J'avais l'impression d'un liquide sale dans mes cheveux.

– Laissez-moi l'arrêter, ai-je dit. Donnez-moi le sac et je vous ramènerai votre fils vivant.

Il a posé un bras sur le volant et tourné la tête vers moi.

– Pourquoi vous confierais-je cinq cent mille dollars ?

– Cinq cent mille dollars ? me suis-je étonné. C'est tout ce qu'il a exigé ?

Le Dr Dawe a hoché la tête.

– C'est tout ce que j'ai pu retirer dans un délai aussi court.

– Et ça ne vous a pas alerté ? Ce délai, sa décision de demander beaucoup moins que la somme réclamée au départ ? Il est aux abois, docteur. Il brûle les ponts derrière lui et essaie de limiter les pertes. Si vous allez à ce rendez-vous, vous ne reverrez plus jamais votre maison, votre bureau ou l'intérieur de cette voiture. Et Wesley mourra, lui aussi.

Il a appuyé la tête contre le dossier de son siège et contemplé le plafond.

La pluie tombait plus fort, à présent, mais moins sous la forme de gouttes que de filets, comme des cordes d'eau tiède s'insinuant à l'intérieur de ma chemise.

– Vous devez me faire confiance, docteur.

– Pourquoi ? a-t-il demandé sans changer de position.

– Parce que...

J'ai essuyé mes paupières mouillées.

Il a tourné la tête.

– Parce que quoi, monsieur Kenzie ?

– Parce que vous avez déjà payé pour vos fautes.

– Pardon ?

J'ai cillé et opiné.

– Vous avez payé, docteur. Vous avez fait quelque chose de terrible, mais la petite est tombée dans l'étang, et d'abord votre fils et maintenant Pearse vous ont torturé pendant dix ans. Je ne sais pas si c'est suffisant pour Dieu, mais pour moi, ça l'est. Vous avez purgé votre peine. Vous avez connu l'enfer.

Il a grogné. Plaqué l'arrière de son crâne contre l'appui-tête. Regardé la pluie ruisseler sur son pare-brise.

– Ce n'est jamais suffisant. Ça ne s'arrêtera jamais. La souffrance...

– Peut-être. Mais Pearse, lui...

– Oui ?

– Lui, on peut l'arrêter, docteur.

Il m'a dévisagé un long moment.

Enfin, il a opiné, ouvert la boîte à gants et pressé un bouton à l'intérieur. Le coffre s'est soulevé.

– Prenez le sac, monsieur Kenzie. Réglez mes dettes. Faites ce que vous avez à faire, mais ramenez-moi mon fils, d'accord ?

– D'accord.

Je me relevais quand il m'a posé une main sur le bras. Je me suis baissé.

– Je me suis trompé, monsieur Kenzie.

– Sur ?

– Karen.

– Comment ça ?

– Elle n'était pas faible. Elle était la gentillesse même.

– Oui.

– Ce qui lui a sans doute coûté la vie.

Je n'ai pas répondu.

– C'est peut-être ça, le châtiment que Dieu réserve aux pécheurs.

– Qu'est-ce que vous voulez dire, docteur ?

Il a de nouveau fermé les yeux.

– Il nous laisse vivre.

35.

Christopher Dawe est parti retrouver sa femme, avec pour instructions d'emporter quelques affaires et de prendre une chambre au Four Seasons, où je le joindrais quand tout serait terminé.

– Quoi que vous fassiez, lui ai-je recommandé avant qu'il démarre, ne répondez ni à votre mobile, ni à votre pager, ni au téléphone de la maison.

– Je ne suis pas sûr de...

J'ai tendu la main.

– Donnez-les-moi.

– Quoi ?

– Votre mobile et votre pager. Donnez-les-moi maintenant.

– Je suis chirurgien. Je...

– Je m'en fous. Il s'agit de votre fils, docteur, pas de celui d'un inconnu. Alors, donnez-les-moi.

Il me les a finalement remis à contrecœur, et nous l'avons regardé s'éloigner dans la rue.

– L'aire de repos, c'est pas un bon plan, a marmonné Bubba quand nous sommes montés dans sa camionnette. Je peux pas prévoir les pièges. Je préfère la planque de Plymouth.

– Mais la planque en question est certainement mieux protégée, a observé Angie.

Bubba a opiné.

– D'accord, mais là, je suis capable d'anticiper. Je sais où je placerais les fils de détente si je devais rester là-bas en mission de longue durée. Mais l'aire de repos ? (Il a fait non de la tête.) Je vois pas comment le contrer s'il a décidé d'improviser. C'est trop risqué.

– Alors, on va à Plymouth, ai-je déclaré.

– Retour en eaux troubles ? a lancé Angie.
– Retour en eaux troubles.

Le téléphone portable de Christopher Dawe a sonné au moment où nous quittions la voie express pour nous diriger vers Plymouth. Je l'ai porté à mon oreille en même temps que je passais au point mort derrière la camionnette de Bubba dont les feux de stop venaient de s'allumer.

– Vous êtes en retard, docteur.
– Scottie !
Silence.
J'ai coincé le combiné dans mon cou, enclenché la première et tourné à droite derrière Bubba.
– Patrick, a enfin énoncé Scott Pearse.
– Je suis un peu comme la bronchite, tu vois, Scott ? Chaque fois que tu crois t'être débarrassé de moi, je reviens.
– Elle est bonne, Pat. Pense à la raconter au docteur quand il recevra par la poste l'aorte de son fils. Je suis sûr qu'il appréciera.
– J'ai ton fric, Scott. Tu le veux ?
– T'as mon fric...
– Hé oui.
Devant moi, Bubba a bifurqué vers la route d'accès qui pénétrait dans la forêt de Myles Standish et menait au marécage.
– Quel genre de numéro de cirque il va falloir que je fasse pour le récupérer, Pat ?
– Appelle-moi Pat encore une fois, Scottie, et je le transforme en confettis.
– O.K., Patrick. Qu'est-ce que je dois faire ?
– Donne-moi ton numéro de mobile.
Il me l'a communiqué et je l'ai répété à Angie, qui l'a écrit sur le calepin fixé par une ventouse à ma boîte à gants.
– Il n'arrivera rien ce soir, Scott. Alors, rentre chez toi.
– Attends.
– Et si tu essaies de contacter les Dawe, tu ne verras jamais la couleur de cet argent. On s'est bien compris ?
– Oui, mais...
J'ai raccroché.
Angie a regardé la camionnette de Bubba s'engager sur un chemin plus étroit.
– Comment peux-tu être sûr qu'il ne retournera pas à Congress Street ? a-t-elle demandé.

– Parce que si Wesley est retenu prisonnier quelque part, c'est ici. Pearse sent que les choses lui échappent. Il va forcément vouloir jeter un coup d'œil à son va-tout pour se conforter dans l'idée de sa puissance.
– Waouh ! On dirait presque que t'y crois.
– Que veux-tu, l'espoir fait vivre.

Nous avons traversé la clairière et parcouru encore quatre cents mètres avant de dissimuler nos véhicules parmi les arbres. Nous avons ensuite regagné à pied la route d'accès.

Pour la première fois depuis dix ans, Bubba était sorti sans son trench. Il portait du noir de la tête aux pieds. Jean noir, bottes noires, T-shirt noir à manches longues, gants noirs et bonnet noir en laine. Sur sa demande, nous avions fait un détour par mon appartement en allant intercepter Christopher Dawe afin de prendre nous aussi des vêtements sombres, et nous nous étions changés avant de laisser les voitures dans les bois.

– Dès qu'on aura localisé sa planque, je pars en éclaireur, a déclaré Bubba en chemin. C'est très simple. Vous, vous restez à dix pas derrière moi. (Il nous a jeté un coup d'œil par-dessus son épaule en levant un doigt.) J'ai dit, exactement derrière moi. Vous marchez où je marche. Si je saute sur une mine ou si je touche un fil de détente, foutez le camp tout de suite, par le même chemin. Vous avisez même pas de songer à me porter secours, O.K. ?

Ce n'était pas le Bubba que je connaissais. Toute trace de sa psychose semblait évanouie. En même temps qu'il perdait son aspect électron libre, sa voix avait changé, se teintant d'inflexions légèrement plus graves, et cette aura de solitude et d'étrangeté qui flottait en permanence autour de lui avait disparu, remplacée par une impression de confiance totale et d'aisance absolue.

Il se retrouvait en terrain connu, ai-je pensé soudain. Il était ici dans son élément. Bubba était un guerrier, il avait répondu à l'appel du combat et se savait fait pour ça.

Alors que nous avancions derrière lui sur la route, j'ai compris ce que les hommes de Beyrouth avaient dû sentir aussi : en cas d'affrontement, et quel que soit l'officier aux commandes, c'était Bubba qu'il fallait suivre et Bubba qu'il fallait écouter, car lui seul était capable de les guider à travers la mitraille et de les ramener vers la sécurité.

C'était un leader-né ; en comparaison, John Wayne faisait figure de mauviette.

Sans s'arrêter, il a ramené devant lui le sac qu'il avait passé en bandoulière. Il l'a ouvert, puis il en a retiré un M-16 et il a tourné la tête vers nous.

— Vous en voulez pas un, c'est sûr ?

Nous avons répondu non. Un M-16. Il me suffirait sans doute de tirer une fois pour me fracasser l'épaule.

— On se contentera des pistolets, ai-je dit.

— Vous avez des chargeurs de réserve ?

J'ai hoché la tête.

— Quatre.

Il a consulté Angie du regard.

— Des speed-loaders ?

— Oui. Trois.

Angie m'a jeté un coup d'œil en avalant avec peine. Je savais exactement ce qu'elle ressentait. Moi aussi, je commençais à avoir la bouche desséchée.

Nous nous sommes engagés sur les planches et nous avons longé la cabane où se trouvait la pompe.

— Bon, quand on aura découvert sa planque et qu'on sera rentrés ? a repris Bubba. Dès qu'un truc bouge, vous tirez. Vous vous posez pas de questions. Si c'est pas attaché, c'est pas un otage. Et si c'est pas un otage, c'est pas amical. Pigé ?

— Euh, oui, ai-je fait.

— Ange ?

— Oui. Pigé.

Bubba s'est immobilisé pour sonder le visage blême d'Angie et ses yeux écarquillés.

— T'es certaine de vouloir continuer ? lui a-t-il demandé d'une voix douce.

Elle a hoché la tête à plusieurs reprises.

— Parce que...

— Allez, ne sois pas sexiste, Bubba. Il n'est pas question de se battre à mains nues. Tout ce que j'ai à faire, c'est viser et tirer, et je suis plus douée que vous.

— Toi, par contre..., a lancé Bubba à mon adresse.

— Oh, t'as raison, je vais rentrer, ai-je répliqué.

Il a souri. Angie aussi. Moi aussi. Dans le silence du marécage envahi par les ténèbres, j'ai eu le sentiment que nous n'aurions plus l'occasion de sourire avant longtemps.

— D'accord, a dit enfin Bubba. On y va tous les trois. Mais rappelez-vous : la seule faute impardonnable, au combat, c'est l'hésitation. Alors, tâchez de pas hésiter, bordel !

Nous nous sommes arrêtés en bordure des arbres, où Bubba a posé son sac sur le sol. Cette fois, il en a sorti trois objets carrés munis de lanières à attacher derrière la tête et de gros verres devant. Il nous en a donné deux.

— Mettez ça.

À peine avions-nous ajusté notre équipement que le monde autour de nous est devenu vert – arbres et buissons ont pris une couleur menthe à l'eau, la mousse a viré à l'émeraude et l'air s'est teinté d'une nuance vert-jaune.

— Prenez le temps de vous habituer, nous a conseillé Bubba.

Il a porté à ses yeux une énorme paire de jumelles à infrarouges pour scruter lentement chaque centimètre carré du sous-bois.

Tout ce vert avait quelque chose d'agressif, d'écœurant aussi. Mon .45 me brûlait les reins comme un tisonnier chauffé à blanc. La sécheresse dans ma bouche avait gagné ma gorge et rendait ma respiration laborieuse. Sans compter que je me sentais complètement idiot affublé de ces grosses lunettes à infrarouges. Je me faisais l'effet d'un Power Ranger.

— Je l'ai, a déclaré Bubba.

— Quoi ?

— Regarde au bout de mon doigt.

Il a tendu le bras et, suivant la direction qu'il m'indiquait, j'ai fouillé du regard un enchevêtrement de broussailles, de branches et de troncs semblables à des algues jusqu'à localiser les fenêtres.

Au nombre de deux, elles émergeaient du sol comme des périscopes oblongs. Elles devaient mesurer seulement quarante centimètres de haut, mais en les voyant se détacher sur cette toile de fond verte, je me suis demandé comment nous avions pu ne pas les remarquer jusque-là.

— Elles passent inaperçues au grand jour, a expliqué Bubba comme s'il lisait dans mes pensées, sauf si le soleil tape directement sur les vitres. À part elles, tout est peint en vert, y compris les encadrements.

— Merci pour...

Soudain, il a incliné la tête et levé un doigt pour m'intimer le silence. Environ trente secondes plus tard, j'ai entendu à mon tour un bruit de moteur et de pneus sur la route menant à la tourbière. Lorsque les pneus ont fait crisser la terre meuble dans la clairière au nord, Bubba nous a tapé sur l'épaule, et après avoir ramassé son sac, il a avancé le long des arbres sur notre gauche en prenant soin de rester baissé. Nous nous sommes élancés à sa suite au moment où une portière s'ouvrait puis se refermait, et bientôt, des chaussures ont foulé le chemin descendant jusqu'au marécage.

Bubba a disparu parmi les troncs, et nous l'avons rejoint.

Un Scott Pearse vert s'est engagé sur les planches et ses pas ont résonné avec force tandis que, moitié courant moitié marchant, il passait devant la cabane pour se diriger droit vers nous. Il semblait sur le point de se ruer dans les bois quand soudain, il s'est immobilisé sur la rive.

Sa tête a pivoté lentement vers nous, et durant un long moment, il a paru me regarder directement. Puis il s'est penché pour mieux scruter les alentours et il a tendu les bras comme pour réduire au silence les moustiques et le léger clapotement des fruits dans le marécage envahi par la brume. Les yeux fermés, il a écouté.

Au bout de ce qui nous a fait l'effet d'une éternité, il a rouvert les yeux et secoué la tête. Enfin, il a écarté les branches devant lui pour s'enfoncer dans les bois.

Je me suis tourné vers Bubba, mais il n'était plus à côté de moi. À aucun moment je ne l'avais entendu bouger. Posté environ dix mètres plus loin, les mains sur les genoux, il observait Pearse qui se frayait un passage au milieu de la végétation.

J'ai reporté mon attention sur Pearse. Celui-ci s'est arrêté à quelques mètres des deux fenêtres avant de se baisser pour soulever une trappe. Le temps de se faufiler à l'intérieur, et il ramenait le battant au-dessus de sa tête.

En un éclair, Bubba est revenu près de nous.

— Bon, on sait pas s'il peut activer de l'intérieur des détecteurs de mouvements ou des fils de détente, mais je dirais qu'on a une minute. Suivez-moi. Restez exactement dans mes traces.

Il s'est de nouveau déplacé sur la berge avec souplesse et rapidité, comme le plus gros félin du monde. Angie est restée à dix pas derrière lui, et moi à cinq derrière elle.

Soudain, il s'est engagé sous le couvert, nous entraînant à sa suite. Sans la moindre hésitation, il a retracé en silence l'itinéraire de Scott Pearse.

Parvenu devant la trappe, il nous a fait signe de nous dépêcher.

En m'approchant de lui, j'ai éprouvé soudain le désir irrépressible de ralentir, de rebrousser chemin, de m'accorder une pause pour respirer. Les choses se passaient beaucoup plus vite que je ne l'avais imaginé. Beaucoup trop vite. J'en avais le souffle coupé.

— Tout cc qui remue, vous tirez, a dit Bubba en armant le M-16. On est pas sûrs qu'y ait de la lumière à l'intérieur, alors gardez vos lunettes. Si c'est éclairé, perdez pas de temps à les passer par-dessus votre tête. Laissez-les pendre autour de votre cou. Prêts ?

— Je, euh..., ai-je commencé.
— Un, deux, trois, a fait Bubba.
— Oh, Seigneur, a murmuré Angie.
— On déconne plus, là, a dit Bubba d'un ton brusque. On y va ou on se casse. Maintenant.

J'ai sorti mon .45 de mon holster, puis ôté d'un coup de pouce le cran de sûreté avant d'essuyer ma paume sur mon jean.

— On y va, a dit Angie.
— On y va, ai-je dit en écho.
— Si on est séparés, a répliqué Bubba, on se retrouve dehors plus tard.

Avec un grand sourire, il a attrapé la poignée de la trappe.

— Je suis tellement content, a-t-il encore lancé.

J'ai jeté un rapide coup d'œil perplexe à Angie. Elle a serré plus fort son .38 pour calmer le tremblement de ses mains, et enfin, Bubba a soulevé la trappe.

Devant nous, une quinzaine de marches en pierre blanche descendaient abruptement jusqu'à une porte en acier.

Bubba s'est agenouillé au sommet de l'escalier, a épaulé le M-16 et tiré à plusieurs reprises dans les angles gauches de la porte. Les balles ont martelé la surface métallique, faisant s'élever des gerbes d'étincelles jaunes. Le vacarme était assourdissant.

Soudain, les fenêtres devant nous ont volé en éclats et j'ai distingué des canons pointés dans notre direction. Nous nous sommes baissés tandis que Bubba dégringolait les marches et enfonçait à coups de pied la porte dont il avait fracassé les charnières.

Les tireurs postés aux fenêtres faisaient feu quand nous l'avons rejoint ; de l'autre côté de la porte s'étendait un couloir en ciment d'environ trente mètres de long, bordé de nombreuses portes.

Comme il était brillamment éclairé, j'ai ôté mes lunettes à infra-rouges et je les ai laissées pendre sur ma gorge. Angie m'a imité, et nous sommes restés immobiles un instant, tendus, effrayés, aveuglés par la lumière crue.

Une petite femme a brusquement surgi d'une pièce à dix mètres sur notre droite. J'ai eu le temps de voir qu'elle était maigre, brune et armée d'un .38 avant que Bubba presse la détente de son M-16 et fasse disparaître sa poitrine dans un jaillissement rouge.

Le .38 lui a sauté des mains et elle s'est affaissée contre la porte, morte avant même d'avoir touché le sol.

– Avancez, nous a ordonné Bubba.

Il a donné un coup de pied dans la porte la plus proche, révélant un bureau vide de l'autre côté. Il a néanmoins jeté une grenade de gaz lacrymogène à l'intérieur avant de refermer.

Nous nous sommes approchés du seuil où gisait l'inconnue. Derrière elle s'ouvrait une chambre, petite et vide elle aussi.

De la pointe de sa botte, Bubba a poussé le cadavre.

– Tu la reconnais ?

J'ai esquissé un mouvement de dénégation, mais Angie a répondu :

– C'est la femme qui était avec David Wetterau sur les photos.

Je l'ai examinée de plus près. Elle avait la tête renversée, les yeux révulsés, du sang partout sur le menton, mais c'était bien elle ; Angie avait raison.

Déjà, Bubba se dirigeait vers la porte en face de nous. Il l'avait enfoncée et s'apprêtait à tirer quand j'ai détourné son arme.

Un homme pâle et dégarni se trouvait devant nous, assis sur une chaise métallique. Son poignet gauche était attaché solidement à l'accoudoir par une épaisse corde jaune, et en guise de bâillon, on lui avait fourré dans la bouche une petite balle bleue. Une autre corde jaune pendait sous son bras droit, comme s'il avait réussi à le libérer avant notre arrivée. Il avait à peu près mon âge et j'ai tout de suite remarqué qu'il lui manquait l'index droit. Un rouleau de ruban adhésif était posé à ses pieds, mais ses jambes n'étaient pas entravées.

– Wesley ?

Il a hoché la tête en posant sur nous un regard éperdu, désemparé et terrifié.

– On le sort d'ici, ai-je dit.

– Non, a rétorqué Bubba. On ne contrôle pas la situation. Pas question de sortir maintenant.

Je me suis tourné vers l'escalier derrière moi. Dix mètres seulement nous en séparaient.

– Mais...

– On est exposés, a-t-il grondé. Discute pas mes ordres, bordel !

Wesley a frappé le sol de ses talons en secouant frénétiquement la tête ; ses yeux me suppliaient de le détacher, de l'emmener hors de cette pièce.

– Merde, ai-je lâché.

Bubba a considéré la porte suivante, quelques mètres plus loin sur notre droite.

– O.K., on va faire ça dans les règles. Patrick, je veux que tu...

La porte au bout du couloir s'est ouverte à la volée et nous avons tous les trois pivoté dans cette direction. Diane Bourne semblait flotter devant nous, les mains levées et les pieds à quelques centimètres du sol. Scott Pearse se tenait derrière elle, un bras passé autour de sa taille, l'autre replié pour lui appuyer un pistolet contre le crâne.

– Lâchez vos armes ou je la descends ! a-t-il crié.

– Et alors ? a rétorqué Bubba en calant la crosse du M-16 contre son épaule afin de mieux viser.

Le corps de Diane Bourne était parcouru de spasmes violents.

– Non, je vous en prie, je vous en prie...

– Lâchez vos armes ! a hurlé Pearse.

– Abandonne, ai-je dit. T'es piégé, Pearse. C'est terminé.

– On n'est pas en train de négocier, a-t-il riposté.

– T'as foutrement raison, mon pote, a rugi Bubba. C'est des conneries, tout ça. Je vais tirer à travers elle, O.K. ?

– Attendez !

La voix de Scott Pearse m'a paru aussi tremblante que le corps de Diane Bourne.

– Non, a répliqué Bubba.

Lentement, Pearse a baissé son arme. Bubba a marqué une brève pause, mais soudain, le bras de Pearse s'est détendu, passant par-dessus l'épaule de Diane Bourne pour braquer le canon du pistolet droit sur le front d'Angie.

– Au moindre mouvement, mademoiselle Gennaro, je vous fais sauter la tête.

Il n'y avait plus l'ombre d'un tremblement dans sa voix. L'arme fermement serrée dans sa main, il s'est avancé vers nous, maintenant Diane Bourne plaquée contre lui, se servant de son corps comme d'un bouclier.

Angie, pétrifiée, le .38 immobilisé près de la cuisse, fixait du regard le trou à l'extrémité du pistolet pointé sur elle.

– Quelqu'un pense que je n'en suis pas capable ? a lancé Pearse.

– Bordel, a murmuré Bubba.

– Lâchez vos armes, tous les trois. Maintenant.

Angie s'est exécutée. Moi aussi. Bubba n'a pas bougé. Il tenait toujours Pearse en joue.

– Rogowski ! Lâche ton arme ! a ordonné Pearse.

– Va te faire foutre.

La sueur assombrissait les cheveux de Bubba, mais le M-16 n'a même pas tressailli.

– Comme tu voudras, a déclaré Pearse.

Il a tiré.

J'ai précipité mon épaule contre celle d'Angie, juste avant de sentir une épée de glace brûlante me déchirer la poitrine juste en dessous de la clavicule. Sous le choc, j'ai été propulsé contre le mur en ciment, puis renvoyé vers le couloir, où j'ai atterri sur mes genoux.

Pearse a de nouveau ouvert le feu, mais la balle a ricoché sur le ciment derrière moi. Déjà, Bubba pressait la détente du M-16. Diane Bourne a disparu derrière un nuage pourpre, tressautant comme si elle était électrocutée.

Angie, à plat ventre, a rampé vers son .38. J'ai eu l'impression que le sol se portait à ma rencontre, puis je suis tombé sur le dos.

Près de moi, Bubba a heurté l'encadrement de la porte. Il a lâché le M-16 pour agripper sa hanche.

J'ai voulu me redresser, mais je n'ai pas pu.

J'ai vu la main de Bubba se refermer sur les cheveux d'Angie et l'entraîner vers la pièce où se trouvait Wesley Dawe. Des coups de feu résonnaient autour de moi, mais j'étais dans l'incapacité totale de soulever la tête pour localiser leur provenance.

Rassemblant mes forces, j'ai néanmoins réussi à la tourner vers la gauche.

Bubba, à l'entrée de la cellule de Wesley Dawe, m'a lancé un regard d'une douceur et d'une tristesse infinies.

Puis il a claqué la porte entre nous.

Les tirs ont cessé. Dans le silence qui a suivi, j'ai entendu des pas approcher.

Scott Pearse m'a toisé en souriant. Il a éjecté de son 9 mm le chargeur vide qui a rebondi près de moi et il en a mis un autre avant de faire monter une balle dans la chambre. Ses vêtements, son cou et son visage étaient couverts du sang de Diane Bourne. Il a tendu la main vers moi.

– T'as un trou dans la poitrine, Pat. Tu ne trouves pas ça drôle ? Parce que moi, ça m'amuse beaucoup.

J'ai tenté de répondre, mais seul un liquide chaud a jailli de mes lèvres.

– Merde, meurs pas tout de suite. Je veux que tu assistes à la mort de tes copains.

Il s'est accroupi près de moi.

– Ils ont abandonné toutes leurs armes ici. Et il n'y a pas d'issue dans la pièce où ils sont enfermés. (Il m'a tapoté la joue.) T'es sacrément rapide, tu sais. J'espérais que t'aurais le temps de voir ta belle petite garce recevoir une balle en pleine tête, mais tu m'as pris de vitesse.

Mes yeux se sont détachés de lui, non parce que je l'avais décidé, mais parce qu'ils semblaient brusquement montés sur des roulements à billes, glissant sur des rouages huilés sans que je puisse les contrôler.

Scott Pearse m'a attrapé par le menton, puis asséné une gifle sur la tempe, et les roulements à billes ont ramené mes yeux vers lui.

– Je t'ai dit de ne pas mourir tout de suite, vieux. Je veux savoir où est mon fric.

J'ai esquissé le plus infime mouvement de dénégation. J'éprouvais une sensation de picotement chaud du côté gauche de ma poitrine, en dessous de ma clavicule. De plus en plus chaud, en fait. De plus en plus proche de la brûlure.

– T'aimes bien les blagues, hein, Pat ? (De nouveau, il m'a tapoté la joue.) Alors, tu vas adorer celle-là. Tu vas mourir ici, mais avant que tu nous quittes, je veux que tu comprennes un truc : tu n'as jamais réussi à avoir une vue globale de l'échiquier. Et ça, ça me réjouit au plus haut point. (Il s'est esclaffé.) Le fric est dans ta voiture, qui ne devrait pas être garée très loin. Pas de problème, je la trouverai.

– Non, ai-je répondu – ou cru répondre.

– Oh, si. Bon, tu m'as amusé un moment, Pat, mais maintenant, je commence à me lasser. Le temps d'aller liquider la petite salope et le gros monstre, et je reviens.

Quand il s'est redressé, puis tourné vers la porte, j'ai tendu une main engourdie sur le sol en m'efforçant d'ignorer la douleur qui fusait dans mon torse.

Scott Pearse a éclaté de rire.

– Les flingues sont à au moins un mètre cinquante de tes jambes, Pat. Mais que ça ne te décourage pas, surtout.

J'ai serré les dents et hurlé en rassemblant toutes mes forces pour soulever ma tête et mon dos afin de m'asseoir. Aussitôt, le sang a giclé de ma blessure et coulé jusqu'à ma ceinture.

Pearse a fait pivoter son arme vers moi.

– T'as l'esprit d'équipe, Pat. Félicitations.

Je l'ai regardé en souhaitant qu'il presse la détente.

– O.K., a-t-il dit doucement. (Il a armé le chien.) On va mettre fin à tes souffrances.

La porte derrière lui s'est ouverte à la volée, et Pearse s'est retourné en tirant une balle qui a déchiré la cuisse de Bubba.

Mais celui-ci ne s'est pas arrêté pour autant. Agrippant d'une main le pistolet de Pearse, il lui a enserré le torse par-derrière.

Pearse a poussé un cri guttural en se contorsionnant pour se libérer, mais Bubba l'a plaqué plus fort contre lui, et son prisonnier s'est mis à suffoquer et à émettre des petits gémissements suraigus quand il a vu le pistolet dans sa propre main s'approcher inexorablement de sa tempe.

Quand il a essayé de tourner la tête, Bubba lui a projeté son front massif à l'arrière du crâne avec tant de force que le bruit m'a rappelé le claquement de boules de billard.

Sous l'impact, les yeux de Pearse ont roulé dans leurs orbites.

– Non, a-t-il gémi. Non, non, non...

Bubba a grogné sous l'effort, la cuisse ruisselante de sang, tandis qu'Angie avançait à quatre pattes dans le couloir pour aller récupérer son .38.

Elle s'est redressée sur un genou, puis elle a armé le chien et visé la poitrine de Pearse.

– Fais pas ça, Ange ! a crié Bubba.

Elle s'est figée, le doigt sur la détente.

– T'es à moi, Scott, a grondé Bubba dans l'oreille de Pearse. T'es tout à moi, mon grand.

– Je t'en prie ! a supplié Pearse. Attends ! Non ! Fais pas ça ! Attends, je t'en prie !

Bubba a grogné de nouveau, il a pressé le canon du pistolet contre la tempe de Pearse et lui a emprisonné le doigt sur la détente.

– Tu te sens déprimé, abandonné, suicidaire, peut-être ?

– Non !

De sa main libre, Pearse a tenté de frapper la tête de Bubba.

– Ben, t'as plus qu'à appeler SOS Amitié, Pearse, parce que moi, j'en ai rien à foutre.

Bubba lui a enfoncé son genou dans les reins et l'a soulevé du sol.

– Je t'en prie ! a hurlé Pearse, les jambes battant l'air, les joues inondées de larmes.

– C'est ça, c'est ça, a fait Bubba.

– Oh, mon Dieu !

– Hé, espèce d'enfoiré, oublie pas de dire bonjour à ce foutu clebs de ma part, d'accord ? a lancé Bubba, avant de pulvériser la cervelle de Scott Pearse.

36.

J'ai passé cinq semaines à l'hôpital. La balle m'avait atteint à l'épaule gauche juste en dessous de la clavicule avant de ressortir par-derrière, et j'avais perdu près de deux litres de sang quand les secours sont arrivés. Je suis resté quatre jours dans le coma, et quand j'ai repris connaissance, j'avais des tubes dans la poitrine, dans le cou, dans le bras et dans les narines, j'étais relié à un respirateur artificiel et j'avais tellement soif que j'aurais volontiers donné toutes mes économies en échange d'un seul glaçon.

Les Dawe avaient apparemment des relations en ville, car un mois après la libération de leur fils, les charges pesant contre Bubba pour possession d'armes illégales ont été purement et simplement abandonnées. C'était comme si, au bureau du procureur, on avait dit : Vous avez attaqué le bunker de Plymouth avec une puissance de feu suffisante pour envahir un pays tout entier, mais vous avez réussi à sauver un gosse de riches. Alors, il n'y a pas de mal. Je suis sûr que l'adjoint du procureur aurait vu les choses différemment s'il avait su que Pearse s'était servi comme moyen de pression sur les Dawe de preuves les rattachant à un échange de bébés, mais Pearse n'était plus là pour en parler, et nous qui étions dans le secret, nous avons oublié de le mentionner.

Wesley Dawe est venu me voir. Il m'a pris la main et m'a remercié avec des larmes dans les yeux, avant de me raconter comment il avait rencontré Pearse par l'intermédiaire de Diane Bourne qui, en plus d'être sa psychiatre, était aussi sa maîtresse. Tous deux avaient pris le contrôle de son esprit fragile grâce à la manipulation psychologique, à des jeux de pouvoir sexuels ou mentaux, et à un traitement médical administré de façon irrégulière. C'était lui qui avait eu l'idée de faire chanter son père, a-t-il admis, mais Diane Bourne et Scott Pearse avaient poussé les choses plus loin quand ils s'étaient mis dans la tête de s'approprier la fortune des Dawe.

Dans le courant de l'année 98, ils avaient pris Wesley en otage, le maintenant attaché sur une chaise ou sur son lit, le menaçant d'une arme chaque fois qu'il prenait un peu d'exercice.

Je n'avais pas encore recouvré l'usage de ma voix. Elle avait disparu quand la balle avait envoyé un minuscule fragment de ma clavicule dans mon poumon gauche. Au cours de ces premières semaines, quand j'essayais de parler, je n'émettais qu'une sorte de sifflement aigu, comme une bouilloire en train de chauffer ou Donald Duck piquant sa crise.

Quoi qu'il en soit, je n'aurais pas eu grand-chose à dire à Wesley Dawe. Il me faisait l'effet d'un être triste et faible, et je ne parvenais pas à chasser de mon esprit l'image du petit garçon maussade qui avait autrefois déclenché tous ces drames – intentionnellement ou non – simplement parce qu'il avait besoin de bouder dans son coin. Sa sœur par alliance était morte, et si je ne pouvais pas vraiment le tenir pour responsable de son suicide, je n'avais pas envie non plus de lui pardonner.

Lors de sa seconde visite, j'ai fait semblant de dormir, et il s'est contenté de glisser sous mon oreiller le chèque rédigé par son père et de chuchoter : « Merci. Vous m'avez sauvé. »

Comme Bubba et moi étions tous les deux coincés à Mass General pour un bon bout de temps, nous avons fini par nous retrouver ensemble en rééducation – moi avec un bras inerte et lui avec une prothèse à la place de la hanche droite.

C'est étrange de devoir sa vie à quelqu'un. On se sent humble, coupable et vulnérable tout à la fois, et aussi submergé par une reconnaissance tellement démesurée que parfois, elle pèse sur le cœur comme une enclume.

– C'est pareil qu'à Beyrouth, a-t-il dit un jour en hydrothérapie. Le passé est le passé. Ça sert à rien d'en parler.

– Possible.

– Merde, vieux, t'aurais fait la même chose pour moi.

À cet instant, j'ai eu la certitude réconfortante qu'il avait sans doute raison, même si je me demandais bien comment, avec une balle dans ma hanche et une autre dans ma cuisse, j'aurais pu tenir tête à un type comme Scott Pearse.

– Tu l'as fait pour Ange, a-t-il repris. Tu l'aurais fait pour moi.

– D'accord, ai-je répondu. Compris. Je ne te remercierai plus.

– Et t'en parleras plus.
– O.K.
Il a hoché la tête.
– O.K. (Il a parcouru du regard les baignoires métalliques. La mienne se trouvait à côté de la sienne, et il y avait six ou sept autres patients dans la pièce, tous en train de mijoter dans l'eau chaude et bouillonnante.) Tu veux que je te dise ce qui serait cool ?

J'ai opiné.
– Un petit joint. (Il a haussé les sourcils.) Tu crois pas ?
– Sûr.

Il a tapoté le bras de l'institutrice d'un certain âge dans le bassin voisin du sien.
– Savez pas où on pourrait trouver de l'herbe, ma sœur ?

La femme abattue par Bubba dans le bunker a été identifiée sous le nom de Catherine Larve, un ancien mannequin de Kansas City qui s'était spécialisé dans les photos publicitaires pour les grands magasins du Midwest à la fin des années 80 et au début des années 90. Elle n'avait pas de casier et personne ne savait grand-chose d'elle depuis son départ de Kansas City, quelques années plus tôt, en compagnie d'un homme que les voisins supposaient être son petit ami – un beau blond qui conduisait une Mustang Shelby de 1968.

Bubba est sorti de l'hôpital dix jours avant moi. Vanessa est venue le chercher, et avant même de retourner à l'entrepôt, ils se sont arrêtés dans un refuge de la SPA pour adopter un chien.

Pour moi, ce sont ces derniers dix jours qui ont été les plus terribles. L'été s'est achevé, l'automne a envahi mon horizon de l'autre côté de ma fenêtre, et moi, je ne pouvais rien faire d'autre qu'écouter les inflexions changer dans les voix des personnes dix étages plus bas. En me demandant comment celle de Karen Nichols aurait résonné dans la récente fraîcheur de l'air si elle avait vécu assez longtemps pour voir les premières feuilles tomber.

J'ai gravi lentement les marches jusqu'à mon appartement, un bras autour des épaules d'Angie ; dans mon autre main, je serrais une balle pour faire travailler les muscles de mon bras appelé à guérir lentement.

Toute la partie gauche de mon corps restait faible, sans force, un peu comme si le sang était moins épais dans cette zone, et la nuit, parfois, je sentais le froid m'envahir de ce côté.

– On arrive à la maison, a dit Angie quand nous avons enfin atteint le palier.

– À la maison ? La mienne ou la tienne ?

– La nôtre.

Elle a ouvert la porte, et j'ai regardé le couloir devant moi d'où montait une forte odeur d'encaustique. J'ai savouré la chaleur de la peau d'Angie sur ma paume. J'ai vu mon bon vieux fauteuil La-Z-Boy dans le salon. Et je savais que si Angie ne les avait pas bues, il y aurait deux Beck bien fraîches dans le réfrigérateur.

Au fond, ce n'est pas si mal, la vie, ai-je décidé. Elle est faite de petits riens tellement agréables... Des fauteuils qui ont pris la forme de votre corps. Une bière fraîche par une journée chaude. Une fraise parfaite. Les lèvres d'Angie.

– On y est, enfin, ai-je murmuré.

L'automne était déjà bien avancé quand je suis parvenu à lever les deux mains au-dessus de ma tête pour m'étirer, et un après-midi, je suis parti à la recherche de mon sweat-shirt préféré – un vestige de l'époque du lycée, élimé jusqu'à la trame –, que j'avais fourré sur l'étagère du haut dans la penderie de la chambre, le dissimulant dans l'ombre de la porte. Si je le cachais, c'est parce que Angie le détestait – soi-disant, il me donnait l'air d'un clodo – et me semblait nourrir à son encontre des desseins malveillants. Or j'ai appris à ne jamais prendre à la légère les menaces des femmes concernant ma garde-robe.

Ma main a rencontré le coton usé, et j'ai poussé un soupir d'aise, mais quand j'ai voulu le retirer, plusieurs objets me sont tombés sur la tête.

L'un d'eux était une cassette que je croyais avoir perdue, un enregistrement pirate des Muddy Waters jouant en live avec Mick Jagger et les Red Devils. Un autre était un livre prêté par Angie que j'avais abandonné au bout de cinquante pages et rangé là-haut dans l'espoir qu'elle l'oublierait. Le troisième était un rouleau de ruban adhésif dont je m'étais servi l'été précédent pour réparer un cordon électrique, et que je n'avais pas remis dans ma boîte à outils.

J'ai ramassé la cassette, jeté le bouquin dans l'obscurité et tendu la main vers le rouleau.

Mais je ne l'ai jamais atteint. Au lieu de quoi, je me suis assis par terre, les yeux fixés sur lui.

Et là, enfin, j'ai vu tout l'échiquier.

37.

– Monsieur Kenzie, a dit Wesley quand je l'ai rejoint près de l'étang au fond de la propriété paternelle. Quelle bonne surprise.
– C'est vous qui l'avez poussée ?
– Quoi ? Qui ?
– Naomi.
Il a brusquement redressé la tête en esquissant un sourire incertain.
– De quoi me parlez-vous ?
– Elle voulait récupérer sa balle sur la glace, ai-je répondu. C'est bien ça, je crois ? Mais comment cette balle avait-elle atterri là ? C'est vous qui l'aviez envoyée, Wes ?
Il m'a gratifié d'un petit sourire étrange, peiné, m'a-t-il semblé, et désolé. Puis il s'est de nouveau tourné vers l'étang, le regard absent, et il a fourré les mains dans ses poches en se penchant légèrement en arrière, les épaules raidies, le corps parcouru d'un lent frisson.
– C'est Naomi qui a jeté cette balle, a-t-il dit doucement. Je ne sais pas pourquoi. Je marchais devant elle. (Il a incliné la tête vers la droite.) Par là. J'étais sûrement absorbé par mes pensées, même si je ne me rappelle plus à quoi je pensais. (Il a haussé les épaules.) Quoi qu'il en soit, j'ai continué à avancer, et ma sœur a lancé cette balle. Peut-être qu'elle a rebondi sur une pierre, ou peut-être que Naomi l'a expédiée sur l'étang pour voir ce qui allait arriver. Au fond, peut importe pour quoi. La balle est partie et Naomi l'a suivie. J'ai entendu ses pas, tout d'un coup, comme si quelqu'un avait soudain passé une bande-son. Juste avant, j'étais replié sur mes foutues pensées, comme d'habitude, et là, brusquement, j'étais capable d'entendre un écureuil se déplacer dans l'herbe à vingt mètres de

moi. J'avais l'impression d'entendre fondre la neige. Et j'ai entendu Naomi avancer sur la surface gelée. J'ai tourné la tête au moment où la glace se brisait sous son poids. Et il était tellement assourdi, ce son... (Il a arqué un sourcil.) On aurait tendance à penser le contraire, pas vrai ? Mais ça ressemblait au bruit d'une feuille d'aluminium qu'on froisse dans sa main. Et Naomi... (Il a souri.) Si vous l'aviez vue ! Son visage rayonnait de joie. Quelle expérience ce serait ! Elle n'a pas fait un bruit. Même pas crié. Elle est tombée, c'est tout. Et elle a disparu.

Wesley a de nouveau haussé les épaules, puis il a ramassé un caillou sur le sol et l'a lancé loin au-dessus de l'étang. J'ai regardé le projectile fendre l'air automnal et retomber au milieu de l'eau, soulevant une minuscule gerbe d'éclaboussures.

– Alors, non, a-t-il poursuivi. Je n'ai pas tué ma sœur, monsieur Kenzie. J'ai simplement fait preuve de négligence alors que j'étais censé la surveiller.

Il a replacé les mains dans ses poches avant d'esquisser un autre sourire peiné.

– Mais ils vous en ont voulu, ai-je répliqué en indiquant la terrasse où Christopher et Carrie Dawe prenaient le thé et se partageaient le journal du dimanche. N'est-ce pas, Wesley ?

Les lèvres pincées, il a acquiescé.

– Oui. C'est vrai.

Wesley a tourné à droite et nous avons marché lentement autour de l'étang sous le soleil de ce dimanche après-midi de la fin octobre. Ses pas semblaient incertains, et soudain, j'ai pris conscience de son déhanchement prononcé du côté droit. J'ai regardé ses chaussures ; la semelle de la droite avait cinq bons centimètres de plus que la gauche, et je me suis rappelé qu'il était né avec une jambe plus courte que l'autre.

– J'imagine que ç'a été difficile.

– Quoi ?

– D'être tenu pour responsable de la mort de votre demi-sœur alors que vous n'y étiez pour rien.

Il a gardé la tête baissée, mais un sourire ironique a incurvé ses lèvres au dessin mou.

– Vous avez le don de formuler des évidences, monsieur Kenzie.

– Chacun ses talents, Wes.

– Quand j'avais treize ans, j'ai vomi un demi-litre de sang. Un demi-litre. Oh, rien de grave, c'était juste « nerveux ». À quinze ans, j'ai eu un ulcère gastro-duodénal. À dix-huit, on m'a découvert maniaco-dépressif et atteint de schizophrénie. Le diagnostic a embarrassé mon père. Il s'est senti humilié. Il s'est dit que s'il arrivait à m'endurcir – s'il me torturait suffisamment avec ses petits jeux psychologiques et ses brimades perpétuelles –, un jour, je me réveillerais différent. (Il a laissé échapper un petit rire.) Ah, les pères... Vous vous entendiez bien avec le vôtre ?

– Pas du tout, Wesley.

– Il a voulu vous obliger à répondre à ses attentes, peut-être ? Il vous a traité de « bon à rien » tellement souvent que vous avez fini par le croire ?

– Il m'a plaqué au sol et m'a brûlé avec un fer à repasser.

Wesley s'est arrêté près des arbres pour me regarder.

– C'est vrai ?

J'ai hoché la tête.

– Il m'a aussi envoyé deux fois à l'hôpital et répété à longueur de temps que je n'étais qu'une merde. Il était le mal incarné, Wesley.

– Seigneur...

– Mais je n'ai pas poussé ma sœur au suicide pour me venger de lui.

– Quoi ? (Il a renversé la tête en riant.) Ça suffit, maintenant.

– Je vais vous dire comment je vois les choses. (J'ai machinalement arraché une petite branche d'arbre que j'ai tapotée contre ma cuisse en revenant de l'autre côté de l'étang.) Je pense que votre père vous a rendu responsable de la mort de Naomi et que vous – une espèce de pauvre loque à l'époque, je suppose – étiez près de craquer complètement quand vous êtes tombé sur ces dossiers médicaux prouvant que Naomi avait été échangée à la naissance. Pour la première fois de votre vie, vous aviez enfin un pouvoir sur votre père.

Il a acquiescé, jeté un coup d'œil à sa main droite et à la protubérance de chair qui lui tenait lieu d'index, puis laissé retomber son bras.

– Je plaide coupable, Votre Honneur. Mais vous le savez depuis des mois. Je ne vois pas pourquoi...

– À mon avis, il y a dix ans, vous n'étiez qu'un malheureux paumé avec une armoire à pharmacie pleine de pilules et un cerveau génial mais tordu. Et puis vous avez trouvé ce moyen facile d'extorquer une pension à papa, et pendant un moment, ça vous a suffi. Jusqu'à ce que Pearse fasse son apparition.

Il m'a gratifié d'un petit hochement de tête étudié, mi-contemplatif, mi-dédaigneux.

— C'est ça, monsieur Kenzie. Et je suis tombé sous sa...

— Ah non, arrêtez vos conneries. C'est lui qui est tombé sous votre coupe, Wes. C'est vous qui êtes derrière tout ça. Derrière Pearse, derrière Diane Bourne, derrière la mort de Karen...

— Hé, une minute, m'a-t-il interrompu en écartant les mains.

— Vous avez tué Siobhan. Ça ne peut être que vous. Pearse était sous surveillance et aucune des femmes du bunker n'aurait pu la soulever.

— Siobhan ? (Il a fait non de la tête.) Siobhan qui ?

— Vous vous doutiez bien que tôt ou tard, on découvrirait votre planque. C'est pour cette raison que vous avez voulu nous abuser avec les cinq cent mille dollars. J'ai toujours pensé que c'était une somme plutôt modeste. Après tout, pourquoi Pearse s'en serait-il contenté ? Et pourtant, il l'a fait. Parce que vous le lui avez ordonné. Parce que vous avez fini par vous dire qu'au lieu de récupérer cette somme dont vous vous estimiez l'héritier légitime, vous pourriez *redevenir* l'héritier légitime de la fortune dans son entier. Alors, vous vous êtes réinventé dans le rôle de la victime.

Son sourire incertain s'est élargi. Il s'est arrêté au bord de l'étang, puis il a jeté un coup d'œil en direction de la terrasse.

— Je ne sais pas où vous allez chercher toutes vos idées, monsieur Kenzie. En tout cas, elles sont plutôt fantaisistes.

— Quand nous sommes entrés dans cette pièce, le rouleau d'adhésif était à vos pieds, Wesley. Autrement dit, quelqu'un s'apprêtait à vous ligoter les chevilles mais a oublié de le faire, ce qui me paraît peu probable, ou alors, en nous entendant arriver, vous avez vous-même fourré cette balle dans votre bouche et envisagé de vous lier les pieds, mais pressé par le temps, vous avez préféré vous attacher un poignet. Un seul poignet, Wesley. Pourquoi ? Parce que vous ne pouviez pas entraver les deux.

Il a étudié nos reflets sur l'étang.

— Ça y est ? Vous avez fini ? a-t-il demandé.

— Pearse m'a dit que je n'avais pas une vue d'ensemble de l'échiquier, et il avait raison. Je suis un peu lent à la détente, parfois. Mais je vois tout, maintenant, Wesley. C'est vous qui tiriez les ficelles depuis le début.

Quand il a lancé un caillou dans l'eau, les remous ont fait onduler mon image.

— Ah, dans votre bouche, ça paraît tellement machiavélique, monsieur Kenzie... Mais les choses sont rarement comme ça.

— Comment ?

— Aussi simples. (Il a expédié une autre pierre dans la mare.) Je vais vous raconter une histoire. Un conte de fées, si vous préférez. (Il a ramassé une poignée de petits cailloux qu'il a jetés dans l'eau les uns après les autres.) Il était une fois un méchant roi au passé trouble et au cœur de pierre qui vivait dans son palais avec sa reine-trophée, son fils imparfait et sa belle-fille imparfaite. C'était un endroit froid. Mais un jour – un jour, monsieur Kenzie –, le roi et sa reine ont eu un troisième enfant. Un être exceptionnel. Une vraie beauté. Volée à une famille de paysans, il est vrai, mais dénuée de toute tare. Le roi, la reine, la princesse plus âgée et même le prince faible, tous adoraient cette enfant. Et durant quelques années trop brèves, le royaume a brillé de tous ses feux. L'amour remplissait toutes les pièces du palais. Les péchés étaient oubliés, les faiblesses ignorées, la colère envolée. C'était une période bénie. (Il s'est tu, les yeux fixés sur l'étang, avant de hausser ses épaules étroites.) Et puis, lors d'une promenade avec le prince – qui l'aimait, qui l'adorait même –, la petite princesse a suivi un lutin dans l'antre d'un dragon. Et elle est morte. Au début, le prince s'est senti coupable, alors qu'il n'aurait pas pu faire grand-chose. Mais ça n'a pas arrêté le roi ! Oh, non. Il a accusé le prince. La reine l'a accusé aussi. Ils ont torturé le prince avec leur silence – des journées entières de silence ponctuées de regards noirs. Ils le tenaient pour responsable, c'était évident. Alors, vers qui pouvait-il se tourner pour trouver un réconfort ? Eh bien, sa sœur par alliance, évidemment. Mais elle... elle l'a rejeté. Elle aussi le rendait responsable. Oh, elle ne l'a pas dit clairement, mais par sa bienheureuse ignorance – sans condamner ni pardonner –, elle lui a fait plus de mal encore que le roi et la reine. La princesse, voyez-vous, devait aller à des bals, des galas... Elle s'est drapée dans son indifférence et ses fantasmes pour occulter la mort de sa sœur, et du même coup, elle a repoussé le prince et l'a abandonné à sa solitude, à son chagrin, à sa culpabilité et à l'éternel regret de n'avoir pas été assez rapide pour atteindre à temps l'antre du dragon.

— C'est terrible, ce que vous me racontez, Wesley, mais je déteste les reconstitutions historiques.

Il m'a ignoré.

— Alors, le prince est parti en exil pendant longtemps, jusqu'au jour où son amour secret, chaman à la cour de son père, l'a présenté à un groupe de rebelles qui voulaient renverser le roi. Leurs plans comportaient des failles, et le prince le savait, mais il les a rejoints quand même et son esprit tourmenté a commencé à guérir.

Il a échafaudé des solutions de secours. De nombreuses solutions de secours. (Il a envoyé les derniers cailloux dans l'eau, puis m'a regardé en se baissant pour en ramasser d'autres.) Et le prince est devenu fort, monsieur Kenzie. Il est devenu très fort.

– Suffisamment pour se couper le doigt ?

Wesley a souri.

– C'est un conte de fées, monsieur Kenzie. Ne vous arrêtez pas aux détails.

– Et que ressentira le prince quand quelqu'un de fort lui coupera la tête, Wesley ?

– Je suis chez moi, maintenant, a-t-il déclaré. J'ai retrouvé ma place. J'ai mûri. Je profite de l'amour de mon père et de ma belle-mère. Je suis heureux. L'êtes-vous aussi, Patrick ?

Je n'ai pas répondu.

– Je l'espère. Préservez-le, ce bonheur. Il est rare. Et si fragile qu'il peut se briser à tout moment. Si vous continuez à lancer des accusations sans fondement à tort et à travers, cela pourrait affecter votre bonheur. Vous risqueriez d'être balayé au tribunal par certains avocats possédant une connaissance approfondie de la législation sur la diffamation.

– Ah oui ?

Il m'a de nouveau adressé son sourire incertain.

– Rentrez chez vous, Patrick. Soyez gentil. Protégez-vous, protégez les êtres qui vous sont chers et préparez-vous à la tragédie. (Il a envoyé un autre caillou sur mon reflet.) Elle n'épargne aucun de nous.

J'ai jeté un coup d'œil vers la terrasse où Christopher Dawe lisait le journal et Carrie Dawe, un livre.

– Ils ont suffisamment payé, Wesley. Je ne veux pas leur faire de mal en m'en prenant à vous maintenant.

– Quelle sollicitude, a-t-il répliqué. J'avais entendu parler de cet aspect de votre personnalité.

– Mais...

– Oui, Patrick ?

– Ils ne sont pas éternels.

– Non.

– Pensez-y. Ils forment le seul rempart entre vous et moi.

Il m'a semblé déceler sur ses traits un infime tressaillement, un soupçon de peur. Mais son expression troublée s'est évanouie presque aussitôt.

– Ne vous approchez pas de moi, a-t-il murmuré. Ne vous approchez pas de moi, Patrick.

– Tôt ou tard, vous serez orphelin. (J'ai tourné le dos à l'étang.) Et ce jour-là, la lignée s'éteindra.

Je l'ai laissé là et je me suis avancé sur la grande pelouse en direction de la terrasse.

C'était une magnifique journée d'automne. Les arbres flamboyaient. La terre sentait le foin coupé.

Mais le soleil avait commencé à perdre son éclat et la brise légèrement rafraîchie par l'ombre des arbres apportait avec elle une promesse de pluie.

Dans la même collection

Cesare Battisti, *Terres brûlées* (anthologie sous la direction de)
Cesare Battisti, *Avenida Revolución*
William Bayer, *Labyrinthe de miroirs*
William Bayer, *Tarot*
Marc Behm, *À côté de la plaque*
Marc Behm, *Et ne cherche pas à savoir*
Marc Behm, *Crabe*
Marc Behm, *Tout un roman!*
James Carlos Blake, *Les Amis de Pancho Villa*
James Carlos Blake, *L'Homme aux pistolets*
James Carlos Blake, *Crépuscule sanglant*
Lawrence Block, *Moisson noire 2002* (anthologie sous la direction de)
Edward Bunker, *Aucune bête aussi féroce*
Edward Bunker, *La Bête contre les murs*
Edward Bunker, *La Bête au ventre*
Edward Bunker, *Les Hommes de proie*
James Lee Burke, *Prisonniers du ciel*
James Lee Burke, *Black Cherry Blues*
James Lee Burke, *Une saison pour la peur*
James Lee Burke, *Une tache sur l'éternité*
James Lee Burke, *Dans la brume électrique avec les morts confédérés*
James Lee Burke, *Dixie City*
James Lee Burke, *La Pluie de néon*
James Lee Burke, *Le Brasier de l'ange*
James Lee Burke, *Cadillac Juke-Box*
James Lee Burke, *La Rose du Cimarron*
James Lee Burke, *Sunset Limited*
James Lee Burke, *Heartwood*
Daniel Chavarría, *Un thé en Amazonie*
Daniel Chavarría, *L'Œil de Cybèle*
Daniel Chavarría, *Le Rouge sur la plume du perroquet*
George C. Chesbro, *Bone*
George C. Chesbro, *Les Bêtes du Walhalla*
Christopher Cook, *Voleurs*
Robin Cook, *Cauchemar dans la rue*
Robin Cook, *J'étais Dora Suarez*
Robin Cook, *Le Mort à vif*
Robin Cook, *Quand se lève le brouillard rouge*
David Cray, *Avocat criminel*
Pascal Dessaint, *Mourir n'est peut-être pas la pire des choses*
Tim Dorsey, *Florida Roadkill*
Tim Dorsey, *Hammerhead Ranch Motel*

Wessel Ebersohn, *Le Cercle fermé*
James Ellroy, *Le Dahlia noir*
James Ellroy, *Clandestin*
James Ellroy, *Le Grand Nulle Part*
James Ellroy, *Un tueur sur la route*
James Ellroy, *L. A. Confidential*
James Ellroy, *White Jazz*
James Ellroy, *Dick Contino's Blues*
James Ellroy, *American Tabloid*
James Ellroy, *Crimes en série*
James Ellroy, *American Death Trip*
James Ellroy, *Moisson noire 2003* (anthologie sous la direction de)
James Ellroy, *Destination morgue*
Davide Ferrario, *Black Magic*
Barry Gifford, *Sailor et Lula*
Barry Gifford, *Perdita Durango*
Barry Gifford, *Jour de chance pour Sailor*
Barry Gifford, *Rude journée pour l'Homme-Léopard*
Barry Gifford, *La Légende de Marble Lesson*
Barry Gifford, *Baby Cat Face*
James Grady, *Le Fleuve des ténèbres*
James Grady, *Tonnerre*
James Grady, *Comme une flamme blanche*
James Grady, *La Ville des ombres*
Vicki Hendricks, *Miami Purity*
Tony Hillerman, *Le Voleur de temps*
Tony Hillerman, *Porteurs-de-peau*
Tony Hillerman, *Dieu-qui-parle*
Tony Hillerman, *Coyote attend*
Tony Hillerman, *Les Clowns sacrés*
Tony Hillerman, *Moon*
Tony Hillerman, *Un homme est tombé*
Tony Hillerman, *Le Premier Aigle*
Tony Hillerman, *Blaireau se cache*
Tony Hillerman, *Le vent qui gémit*
Craig Holden, *Les Quatre Coins de la nuit*
Craig Holden, *Lady Jazz*
Philippe Huet, *L'Inconnue d'Antoine*
Thomas Kelly, *Le Ventre de New York*
Thomas Kelly, *Rackets*
Helen Knode, *Terminus Hollywood*
William Kotzwinkle, *Midnight Examiner*
William Kotzwinkle, *Le Jeu des Trente*
Terrill Lankford, *Shooters*
Michael Larsen, *Incertitude*

Michael Larsen, *Le Serpent de Sydney*
Dennis Lehane, *Un dernier verre avant la guerre*
Dennis Lehane, *Ténèbres, prenez-moi la main*
Dennis Lehane, *Sacré*
Dennis Lehane, *Mystic River*
Dennis Lehane, *Gone, Baby, Gone*
Dennis Lehane, *Shutter Island*
Elmore Leonard, *Zig Zag Movie*
Elmore Leonard, *Maximum Bob*
Elmore Leonard, *Punch créole*
Elmore Leonard, *Pronto*
Elmore Leonard, *Beyrouth-Miami*
Elmore Leonard, *Loin des yeux*
Elmore Leonard, *Viva Cuba libre!*
Elmore Leonard, *Dieu reconnaîtra les siens*
Bob Leuci, *Odessa Beach*
Bob Leuci, *L'Indic*
Jean-Patrick Manchette, *La Princesse du sang*
Dominique Manotti, *À nos chevaux!*
Dominique Manotti, *Kop*
Dominique Manotti, *Nos fantastiques années fric*
Tobie Nathan, *Saraka bô*
Tobie Nathan, *Dieu-Dope*
Jim Nisbet, *Prélude à un cri*
Jack O'Connell, *B.P. 9*
Jack O'Connell, *La Mort sur les ondes*
Jack O'Connell, *Porno Palace*
Jack O'Connell, *Et le verbe s'est fait chair*
Hugues Pagan, *Tarif de groupe*
Hugues Pagan, *Dernière station avant l'autoroute*
David Peace, *1974*
David Peace, *1977*
David Peace, *1980*
Andrea Pinketts, *La Madone assassine*
Andrea Pinketts, *L'absence de l'absinthe*
Michel Quint, *Le Bélier noir*
Rob Reuland, *Point mort*
John Ridley, *Ici commence l'enfer*
Édouard Rimbaud, *Les Pourvoyeurs*
John Shannon, *Le Rideau orange*
Pierre Siniac, *Ferdinaud Céline*
Les Standiford, *Johnny Deal*
Les Standiford, *Johnny Deal dans la tourmente*
Richard Stark, *Comeback*
Richard Stark, *Backflash*

Richard Stratton, *L'Idole des camés*
Paco Ignacio Taibo II, *À quatre mains*
Paco Ignacio Taibo II, *La Bicyclette de Léonard*
Paco Ignacio Taibo II, *Nous revenons comme des ombres*
Ross Thomas, *Les Faisans des îles*
Ross Thomas, *La Quatrième Durango*
Ross Thomas, *Crépuscule chez Mac*
Ross Thomas, *Voodoo, Ltd*
Jack Trolley, *Ballet d'ombres à Balboa*
Andrew Vachss, *Le Mal dans le sang*
Y. S. Wayne, *Objectif Li Peng*
John Wessel, *Le Point limite*
John Wessel, *Pretty Ballerina*
Donald Westlake, *Aztèques dansants*
Donald Westlake, *Faites-moi confiance*
Donald Westlake, *Histoire d'os*
Donald Westlake, *361*
Donald Westlake, *Moi, mentir?*
Donald Westlake, *Le Couperet*
Donald Westlake, *Smoke*
Donald Westlake, *Le Contrat*
Donald Westlake, *Au pire, qu'est-ce qu'on risque?*
Donald Westlake, *Mauvaises Nouvelles*
Donald Westlake, *Moisson noire 2001* (anthologie sous la direction de)
J. Van de Wetering, *Retour au Maine*
J. Van de Wetering, *L'Ange au regard vide*
J. Van de Wetering, *Le Perroquet perfide*
Charles Willeford, *Miami Blues*
Charles Willeford, *Une seconde chance pour les morts*
Charles Willeford, *Dérapages*
Charles Willeford, *Ainsi va la mort*
Charles Willeford, *L'Île flottante infestée de requins*
Daniel Woodrell, *Sous la lumière cruelle*
Daniel Woodrell, *Chevauchée avec le diable*

Cet ouvrage a été réalisé par

FIRMIN DIDOT

GROUPE CPI

Mesnil-sur-l'Estrée

*pour le compte des Éditions Payot & Rivages
en avril 2004*

Achevé d'imprimer en avril 2004 par
Normandie Roto Impression s.a.s., 61250 Lonrai
Dépôt légal : avril 2004
N° d'impression : 041044

Imprimé en France